U0309350

给孩子讲
《红楼梦》

普航　著

清华大学出版社

北京

图书在版编目 (CIP) 数据

给孩子讲《红楼梦》/ 昝航著. -- 北京 : 清华大
学出版社, 2024. 8. -- ISBN 978-7-302-66905-0

Ⅰ. I207.411-49

中国国家版本馆CIP数据核字第2024WF8173号

责任编辑：孙元元
封面设计：谢晓翠
责任校对：薄军霞
责任印制：杨　艳

出版发行：清华大学出版社
　　　　网　　址：https://www.tup.com.cn, https://www.wqxuetang.com
　　　　地　　址：北京清华大学学研大厦A座　　邮　　编：100084
　　　　社 总 机：010-83470000　　　　　　　邮　　购：010-62786544
　　　　投稿与读者服务：010-62776969, c-service@tup.tsinghua.edu.cn
　　　　质量反馈：010-62772015, zhiliang@tup.tsinghua.edu.cn
印 装 者：三河市春园印刷有限公司
经　　销：全国新华书店
开　　本：140mm×210mm　　印　　张：11.25　字　　数：250千字
版　　次：2024年8月第1版　　　　　　　印　　次：2024年8月第1次印刷
定　　价：79.00元

产品编号：104970-01

目 录

第1章
《红楼梦》的神话开篇

上古时候，水神共工与火神祝融起了冲突，发生了一场恶战。在较量中，共工败下阵来，恼怒之下，他一头撞向了位于西北的不周山。

这可不得了！不周山上有支撑苍天的天柱，经共工这一撞，天柱崩断，苍天倾斜，天空中立刻出现了一个大窟窿。人间顿时变得暗无天日，洪水肆虐，一些妖魔鬼怪也乘机作乱，大地上生灵涂炭，民不聊生。

慈悲的神女女娲看到这一切，不禁心生怜悯，希望百姓重新过上安定的生活，便施展法力，炼成美丽的五色石补天。

终于，天空中的窟窿被补上了，地上的洪水渐渐退去。人们日出而作、日落而息，恢复了安宁的生活。

从此，人们铭记着女娲的功绩，每当看到天边的霞光时，就说那是用来补天的五色石正散发着耀眼的光彩。

《红楼梦》的故事便由此开始——

当初女娲炼石补天，炼制的五色石共三万六千五百零一块，每块高十二丈①、方二十四丈，硕大无比。其中三万六千五百块被用来补天，唯独剩了一块，被弃在大荒山无稽崖青埂峰下。②

谁知，这块补天遗石为神仙炼制而成，已经有了灵性，能够像人一样思考、说话。它心想，别的五色石都担当了补天的重任，只剩下形单影只的我。为什么偏偏是我被女娲娘娘抛弃在这里呢？难道是因为我有什么不足吗？……

补天遗石百思不得其解，又无法挪动，只得日日待在青埂峰下，不免寂寞悲伤，却没有任何法子。

然而，这块补天遗石也有它的神奇使命，只是这时的它还浑然不觉。

直到有一天，补天遗石远远看到一个僧人和一个道士徐徐而来。这二位乃天上的神仙，皆神通广大，能够往来于天地之间，僧人名为茫茫大士，道人名为渺渺真人。③

这二位神仙游走于天地间，见多识广，走累了就席地而坐，闲聊起来。原来这红尘之中有很多美丽的景物，也有着富贵的生活，

---

① "丈"是古代常用长度单位，古时各朝代对1丈的具体长度有不同规定，当今1丈约为3.33米。这样说来，《红楼梦》中女娲炼制的巨石高十二丈，仿佛是一座座小山。

② 曹雪芹撰写的地名、数字，往往都有文学寓意。"大荒"意味着"极其荒唐"，"无稽"表示"无从查考"，而"青埂"谐音"情根"，寓意与情有关的故事从此开始。《红楼梦》中有"金陵十二钗"的说法，是指十二位优秀的女性，"十二丈""二十四丈"等数字，是对"十二钗"的强调。

③ 古典长篇小说往往以具有神话色彩的内容开篇，以吸引读者阅读下去，像《水浒传》开头就是洪太尉放走妖魔的故事。而成书于清代乾隆年间的《红楼梦》，被誉为"古典章回小说的巅峰之作"，书中具有神话色彩的开篇故事包含了更加丰富的内容，表达了作者深刻的思想。

无论是车马田宅、山水美景，还是歌舞美酒、宝器华服，都是说不尽的繁华景象。

偏偏他们所说的一切，被寂寞了千年的补天遗石听到。它心中想，人世间竟然有那么多五光十色的景致，跟青埂峰下的荒凉迥然不同。只可惜，多彩的人间生活我并没有见过，如果能感受一番，也不枉在荒山中的千年等待。

两位神仙休息好了，眼看即将离开。补天遗石不想错过这难得的机会，忙毕恭毕敬地开口说话。因形体笨重，它便自称"蠢物"。

"二位仙师，弟子蠢物，请恕不能见礼了。"

两位神仙见多识广，倒不觉奇怪，回身与补天遗石攀谈起来。

补天遗石壮着胆子，说出了自己的想法："二位仙师法力无边，不知可否带弟子步入红尘，去见识见识人世间的富贵繁华。"

两位神仙听了，相视一笑，摇头道："红尘中倒不像山林里这般寂寞，然而，虽有些欢乐的事情，但也难免乐极生悲——都说'美中不足，好事多磨'，倒不如安安静静地待在这里。"

石头既然已经动了凡心，哪里听得进去，一心想要去人间经历一番。两位神仙见状，只好依从了石头。

可巨石如何能带入凡间呢？好在两位神仙法力高强，他们施展幻术，顷刻间，这块巨石就变成了一块鲜明莹洁的美玉，如同扇坠大小，可以拿在手中，也可以佩戴在身上。

补天遗石本由女娲娘娘炼制，并非凡品，变成的玉亦十分美丽。茫茫大士将玉托在掌上端详着，说道："看这外观，倒也是个宝物了。只是，若见识平平的人看了，也不过以为是一块普通的玉石。依我说，还要再刻上一些字迹，注明你的神奇之处，让人们一看就知道你来历不凡才好。"

茫茫大士答应石头，要带它去昌明隆盛之邦、诗礼簪缨之族，体验一番花柳繁华地、温柔富贵乡的生活。

石头迫不及待地问，究竟要到什么地方去，赐给它哪几样字迹，又有怎样的神奇之处。

天机自然不可泄漏。茫茫大士不答，将美玉藏在袖中，与渺渺真人有说有笑，飘然而去……

补天遗石变成美玉后，又过了很多很多年。有一天，一个人来到了大荒山无稽崖。他叫空空道人，走遍名山大川是为了得道成仙。

空空道人来到青埂峰下，便被眼前的一幕惊呆了——丛林之中耸立着一块巨石，奇异的是，石头上竟密密麻麻写满了小字，看上去隐约有"贾府""贾宝玉""林黛玉"等字样。

空空道人不曾见过此景，好奇地逐一辨认，终于明白了石上文字写的是什么。

原来，这块石头就是当年茫茫大士与渺渺真人带走的补天遗石，它在经历红尘繁华之后，又变回了原形，回到青埂峰下。只不过，去往人间数十载，这块石头并非毫无知觉，而是将它的所见所闻变成文字，显现在自己身上，成为一段凄美动人的故事。

在故事的开头，还有一首诗：

无材可去补苍天，枉入红尘若许年。

此系身前身后事，倩谁记去作奇传？

原来，这正是补天遗石的心声，它希望自己的经历让更多人知晓，让人们从中悟出一些道理。

空空道人来了兴致，想圆了石头的梦想，打算抄回这些故事，在人间流传。然而，他转念一想，又觉得无非是家庭日常生活的种种，并非什么奇特的经历，更无关历史上的大人物、大事件，所以便犹豫了。

这时候，补天遗石看出空空道人的心思，便与他攀谈起来。

原来，石上故事记录了很多优秀的女孩子，有的才华横溢，有的心胸开阔，有的眼界高远，各有所长。这些女子的优秀之处，是值得世人知晓的。

空空道人觉得言之有理，又细看了看文中故事，其中朝代年纪、地舆邦国已经失落无考，不知是什么朝代、哪个年号间的故事，且大都是与情有关的内容，极少谈及朝政等，想来不至于触怒朝堂上的大臣、皇帝。

空空道人便把故事抄了回来，使之在世人中流传。这本是源自石头上的故事，因此名为《石头记》。①

人们都很喜欢这个故事，越流传越广，因此《石头记》又被人们命以种种别名，比如《金陵十二钗》《红楼梦》，等等。

石上的故事虽好，但不免冗长，后来曹雪芹先生在他的书斋悼红轩中"披阅十载，增删五次"，一一编出目录、整理出章回，这才

---

① 年号是中国古代封建王朝用来纪年的一种形式，一个皇帝即位后可以使用不止一个年号。"朝代年纪、地舆邦国""失落无考"的文学设定，是虚构的内容。学界主流观点认为，书中写的是清朝发生的故事。只是由于清代大兴文字狱，作者为了防止著作被禁毁，有意进行了模糊处理。

有了当今世人所见的作品。①

　　而在书的开篇，也有曹雪芹的一首诗：

> 满纸荒唐言，一把辛酸泪。
>
> 都云作者痴，谁解其中味？

---

① 红楼故事源于补天遗石上所记文字，这是小说内容的一部分，小读者们不可当真。其实，《红楼梦》前八十回的作者是曹雪芹，他祖上曾担任清代的江宁织造。他幼年经历过富贵的生活，因此书中对大家族生活的展现相当鲜活。网络上常有人否定曹雪芹是《红楼梦》的作者，小读者们应持审慎的态度，面对争议时冷静地思考，慎重地辨析。

第2章

甄士隐去，贾雨村言

一首开篇诗之后，书中故事正式开始。且说那石头上的故事，是从江南的姑苏城讲起的。

姑苏，也就是苏州，是一个繁华兴盛的地方。苏州有一个城门名为阊门，周围百姓聚居，商贸兴隆，名闻遐迩。

阊门附近有一条十里街，街上有条仁清巷，巷子深处有一座古庙，由于地方狭窄，寺庙建得不方不圆，被人戏称为葫芦庙。[①]

在这葫芦庙旁住着一户人家，主人名叫甄费，表字[②]士隐。这甄士隐饱读诗书，素日观花栽竹，过着富裕的生活。

一天，正值炎炎夏日，甄士隐读书困倦了，伏在桌上睡去。不承想，这一睡就做了一个神奇的梦。

---

① 曹雪芹的写作手法相当灵活，"姑苏""阊门"皆是真实的地名，而"仁清巷""十里街"则是虚构的地方，通过谐音，强调了"人情""势利"。

② 表字：古人的表字与大名有关，在意思上是对大名的解释，如关羽字云长。因表字有"表德"的作用，表明一个人的道德追求，故名表字。平辈的友人、同窗之间为表尊重，不能称呼彼此的大名，要称呼表字。

梦中，甄士隐来到了一处烟云缭绕的地方，仿佛是那诗文中描写的仙境。他正疑惑，忽见远处走来两位神仙，边走边谈。其中一位光着头，是位僧人；而另一位手执拂尘，是个道士。

这两人是谁？想必小读者们已经猜到了，正是茫茫大士和渺渺真人。当初他们带着补天遗石变成的美玉飘然离去，如今出现在甄士隐梦中，正是携玉而去之后的故事。①

甄士隐远远听到两位神仙笑谈，道士问：美玉无手无脚，如何让它到人间经历繁华呢？僧人胸有成竹，说眼下有一桩奇事，正是将美玉带入世间的良机。他侃侃而谈，讲出了另一段仙界中的故事——

原来，在西方灵河岸上，有一块石头名为"三生石"，相传这块石头掌管着人的前生、今生与来生的缘分。在三生石旁边，生出了一株长着绛红色珠子的仙草，因此得名"绛珠草"。

不远处有神仙居住的赤瑕宫，里面住着一位仙人，名为"神瑛侍者"。神瑛侍者具有慈悲心肠，每日用仙界甘露来灌溉这株绛珠草。年深日久，绛珠草得日月之精华，终于修炼成一位女子，乃绛珠仙子。②

---

① "披阅十载，增删五次"文学化地展现了作者艰辛的创作历程，曹雪芹撰写《红楼梦》前后经历了十年，付出了大量心血。书中的线索穿插极为精妙，介绍"还泪"神话前史的一段故事，发生在甄士隐梦中，却呼应了前文中补天遗石变成美玉被仙人带走的情节，衔接相当巧妙。

② "绛"是指深红色，"绛珠"寓意着"血泪"，铺垫出后文林黛玉还泪的故事。"赤瑕"表示玉上有红色的斑点，"瑛"是指像玉的石头。这几个说法呼应，巧妙点出了"木石前盟"的神话背景。神瑛侍者下凡，便是贾宝玉，而绛珠仙子变成了林黛玉，"还泪"正是两人前世的盟约。"三生石"是参考"三生石上旧精魂"的古诗句，指出宝玉与黛玉的缘分是注定的。

绛珠仙子与神瑛侍者相处未久，忽而一日，神瑛侍者动了凡心，觉得仙界虽然美妙，却不像人世间有着那么多的奇闻佚事。因此，他想下凡到人间去经历一番。

仙界中掌管这些事情的是警幻仙姑，仙姑得知神瑛侍者的想法后，便来找绛珠仙子。既然绛珠仙子受过神瑛侍者的"甘露之惠"，依理要报恩，而他下凡到人间，正是绛珠仙子报恩的机会。

可当初神瑛侍者浇灌绛珠草，用的是仙界的甘露，到了人间，绛珠仙子并无这样的奇水可供报恩。她想了想，说待到了凡间，便以一生所有的泪水来报答神瑛侍者的甘露之惠。

这是一段"还泪"的佳话。听茫茫大士说完，渺渺真人连连称奇。茫茫大士又道，既然要让石头变成的美玉感受凡间生活，不妨就借神瑛侍者下世投胎的机会，将美玉带往人世间。[1]

渺渺真人向来以慈悲为怀，觉得人世间有乐事，也不免有悲伤，何不趁此机会与茫茫大士一起下界，去解救人们于苦难。

茫茫大士觉得有理，约定将美玉交予太虚幻境的警幻仙姑，之后与渺渺真人一起去往人间。

两位神仙相谈甚欢，而一旁的甄士隐听了这段美妙的故事不免称奇，好奇心起，上前恭敬施礼，想要看一看这块神奇之物。

---

[1] 古籍往往存在版本问题，像引起大家争论的"天将降大任于是人"还是"斯人"，就是一个版本问题。同样，《红楼梦》的版本对阅读也有影响。早期的抄本（如甲戌本、庚辰本等）体现出曹雪芹的本意：补天遗石变成通灵宝玉，神瑛侍者投胎成为贾宝玉。但到了后来的程本（如程甲本、程乙本等），有人对《红楼梦》进行了修改，将补天遗石与神瑛侍者混为一谈，那并不代表曹雪芹的原意。抄本只到前八十回，程本整理者则进行了续写、整理，增添了后四十回续书。

茫茫大士见甄士隐是读书人的打扮，又忠厚老实，便笑颜相对，从袖中拿出美玉让甄士隐观看。

仙界的美玉岂是人间之物可比，甄士隐一看，就被美玉瑰丽的外表惊呆了。只见这块玉十分莹润，上面镌有"通灵宝玉"四字。[①]玉上还有几行小字，甄士隐正欲细看，偏巧这时已到一座巍峨的石牌坊前，牌坊之上有"太虚幻境"四字。

原来，三人已经来到太虚幻境。僧人与道士拿了通灵宝玉便走，甄士隐还想跟随他们进入幻境。那幻境岂是凡人能擅入的，忽听半空中一声惊雷，甄士隐就从九霄云外坠入了凡间，惊恐之中，只依稀记得太虚幻境石牌坊上的一副对联：

假作真时真亦假，无为有处有还无。

甄士隐猛地惊醒，才发现是做了一个梦。他睡眼惺忪，看着书房外炎炎烈日正照在翠绿的芭蕉上，泛出淡淡的光彩，不失为夏日的美景。甄士隐看着这人间景致，倒把梦中在仙界的经历忘了一大半。

这时，院中传来孩子稚嫩的声音，只见奶妈抱着女儿甄英莲走来。英莲此时才三岁，生得粉妆玉琢，十分可爱。甄士隐年已半百，与妻子只有这一个女儿，故而一向宠爱。英莲张着小手要父亲抱，甄士隐笑呵呵地抱过她，到街上玩耍。

街上熙熙攘攘，非常热闹，英莲见了十分开心，甄士隐不时逗

---

① 甄士隐看到的玉名为"通灵宝玉"，就是贾宝玉佩戴的那块玉。前文茫茫大士说要给玉刻上文字，即呼应这一处情节。由此可以看出，阅读《红楼梦》应细细鉴赏、品味，一目十行、囫囵吞枣的读法是不适合这部名著的。

她，沉浸在天伦之乐当中。

可就在这时，发生了一件匪夷所思的事情。

有两个人从远处走了过来，外表极为怪异。其中一人光着头，穿着破烂的袍子，胸前挂着佛珠，一路赤脚走来。另一个人手中拿着脏兮兮的拂尘，头发蓬乱，一条腿是瘸的，走起路来摇摇晃晃。这一僧一道疯疯癫癫，不时嬉笑，口中说着一些别人听不懂的话语。人们看到他们这副模样，都躲得远远的。

甄士隐正逗英莲玩，谁知，一僧一道从他们身边经过时却停了下来，看着英莲嘻嘻地傻笑。甄士隐怕吓到英莲，正要躲开。可不承想，两人居然伸手要抱走孩子，口中喃喃说要带孩子出家。

甄士隐大吃一惊，立刻紧紧地抱住孩子，转身就走。

僧人见状，慨叹一声，说道："施主既然不让孩子出家，只怕是元宵之日便要大祸临头！"

甄士隐只当是疯话，抱着英莲往家走，可忽又想到，一些有奇异能力的人，往往会显得怪诞荒唐，这僧人的话语中会不会另有玄机呢？

甄士隐一心全在英莲身上，担心孩子会有闪失，便想找僧人问清楚。可哪里知道，一转头的工夫，两人已经各奔东西，渐行渐远了。

这两个看似疯癫落魄的人，究竟是谁呢？小读者们或许已经猜出来了，这一僧一道，正是仙界中的茫茫大士与渺渺真人幻化而成的。

原来，他们一心要解救苦难中的人，但又不希望人们一眼看出他们的身份，因此才特意变幻成一副肮脏疯癫的样子，成为癞头和尚与跛足道人。恰恰因为这样，甄士隐虽在梦中见到过他们，此时却已然认不出了。

癞头和尚与跛足道人各自游走世间，偶尔又会结伴而行，不时出现在《红楼梦》的故事当中，小读者们要随时留意！至于僧人说英莲的话又是什么意思呢？咱们后文再说。

只说眼下，甄士隐将女儿交给奶妈，但心中不免有很多疑惑，又站在门口张望，希望能再次见到一僧一道。只可惜，哪里还有半点人影。

在一旁的葫芦庙中，寄住着一个穷困的读书人。此人名为贾化，别号雨村，人们都称呼他贾雨村。贾雨村父母双亡，本想上京赶考，怎奈身无分文，只好暂时寄住在葫芦庙中，平时靠帮人写书信等事勉强度日。甄士隐见贾雨村有些学识，便高看一眼，与他时常来往。

此时，贾雨村正从甄家门口经过，看到甄士隐，便上前恭恭敬敬跟甄士隐打招呼。甄士隐放下心事，与贾雨村闲聊几句诗文，甄士隐来了兴致，便约好月夕时节与贾雨村一同小酌赏月。

到了八月十五，正是中秋佳节。姑苏城中，家家户户团圆赏月，人们推杯换盏，欣赏着笙歌乐舞，一派喜庆祥和的景象。

甄士隐一家团聚欢饮之后，妻子照看英莲睡去。甄士隐命人在书房摆了精致的酒菜，请贾雨村到家中小酌。

贾雨村此时正在葫芦庙中，独自一人为生计与日后科举的事发愁，见甄士隐诚意相邀，自是欣然赴约。

与甄士隐谈诗论画、品尝佳肴，贾雨村不免多喝了几杯。借着月色，他诗兴大发，吟起了天上的明月：

　　　　　时逢三五便团圆，满把晴光护玉栏。

　　　　　天上一轮才捧出，人间万姓仰头看。①

　　甄士隐擅长诗词，一听就明白了，这是眼前的穷书生隐隐表达了内心的抱负：他希望靠科举在官场上博得一席之地，日后令万人仰慕。

　　见贾雨村有此志向，甄士隐赞扬不绝。往来多时，贾雨村的心事甄士隐也能猜出几分。其实甄士隐早有意周济，便借此机会，拿出五十两银子及一些衣物，资助贾雨村进京赶考。

　　贾雨村见状，似乎并不在意，只是略略谢过，之后仍与甄士隐饮酒闲谈。甄士隐依习俗，建议贾雨村选个吉日启程，贾雨村似乎也未放在心上。

　　当时天色渐晚，甄士隐送走贾雨村，就睡去了。待到第二天一早，酒意散去，他才想起京城中还有一些老朋友，应该写了书信让贾雨村带去，以方便其拜望求助。

　　甄士隐找来书童，让他到葫芦庙去告诉贾雨村一声。哪里知道，书童回来说，庙里的和尚告诉他，一大清早，贾雨村已然收拾好东西上路了！②

_____

① 《红楼梦》的一大特点，是融入了众多诗词歌赋作品，被誉为"文备众体"。书中的诗词往往有着特殊的文学功能，例如贾雨村的诗，结合其身份、性格，表明了他想成为高官的雄心，铺垫出后文。小读者们在写作文时，也可以参考这种笔法。

② 贾雨村接受了资助，在甄士隐面前表现得毫不在意，酒宴后却匆匆离去，不告而别。这究竟是出于读书人的清高，还是由于贾雨村内心的狡猾？对于这样的文学问题，小读者们可以有自己的思考。

甄士隐心胸豁达，并不介意，依然每日观书赏花，过着宁静的生活。然而，这样的宁静，竟然很快就被打破了！

黄叶飘落，白雪纷飞，过了年便又要迎来春日。甄家欢欢喜喜庆贺元宵节，不承想，仆人带着年幼的英莲去看花灯，不慎将英莲丢失。

甄家得到消息乱成一团，连忙各处寻找，人海茫茫，未找到英莲下落。甄士隐夫妇思念女儿，顾不得生计，平日里常常相对垂泪，日渐消瘦，身体一天不如一天。①

谁知，屋漏偏逢连夜雨，数月后，葫芦庙不慎失火，众人扑救不及，大火将相邻的甄家也烧成了一片废墟，甄士隐夫妇二人连存身之所都没有了。

无奈之下，甄士隐夫妇遣散了一些下人，只带着娇杏等几个丫鬟，到乡下投奔岳父。由于连年水旱灾害，盗贼横行，甄士隐空有满腹学问，却不懂得打理生计，日子不免越过越穷困。他思念女儿，又忧虑生活，身体每况愈下，两鬓斑白，十分苍老。

有一天，恰巧跛足道人云游来到这里，在街上与垂垂老矣的甄士隐相遇。道士口中吟诵着一首歌谣，其中有几句甄士隐听得真切：

世人都晓神仙好，惟有功名忘不了！

古今将相在何方？荒冢一堆草没了②……

① 曹雪芹的亲朋好友在看过《红楼梦》之后留下了批语，因用红墨书写，被称为"脂批"，具体署名有脂砚斋、畸笏叟等。脂批点出了原著主旨、笔法等内容，对于理解文本有不可替代的参考价值。像脂批点出，"甄英莲"的谐音为"真应怜"，她走失后终被卖到薛家，改名香菱，经历是可悲可怜的。
② 草没（mò）了：指年代久远的坟墓被荒草掩盖。歌谣内容与名称中的"了"皆读作 liǎo。

世人都晓神仙好，只有金银忘不了！

终朝只恨聚无多，及到多时眼闭了……

甄士隐道："你满口说的是什么？只听见些'好''了''好''了'的！"道人答道："你若能听懂'好'与'了'，那还算你有造化。孰知，好就是了，了就是好；想要好，便要了。我这歌谣就名为《好了歌》。"

经历过以往的坎坷波折，甄士隐对红尘世事已经看透，如今听到道人所言，又有了新的感悟，便说道："既如此，你待我把这歌谣解注出来。"

说着，甄士隐脱口而出：

陋室空堂，当年笏满床；衰草枯杨，曾为歌舞场。

蛛丝儿结满雕梁，绿纱今又糊在蓬窗上。

……

金满箱，银满箱，展眼乞丐人皆谤。

……

因嫌纱帽小，致使锁枷扛；昨怜破袄寒，今嫌紫蟒长。

乱烘烘你方唱罢我登场，反认他乡是故乡。

甚荒唐，到头来都是为他人作嫁衣裳！①

道士一听，甄士隐感慨的是富贵人家因世事变迁而兴衰不定，

---

① 甄士隐为《好了歌》作的解注，一般称为《好了歌解注》或《好了歌注》。歌谣表达出对历史中兴衰更替的思考，在全书正文开始不久就隐隐点出了全文主旨，这是《红楼梦》独特结构的一大体现。

极合实情，正是《好了歌》中表达的意思。因此，道士连连感慨道："解得贴切！"

至此，甄士隐自觉已经看破世事，觉得再无任何希望，不如远离世间纷扰。他便随道士而去，不知去往何处……①

---

① 《红楼梦》开头的故事中，甄士隐不知去向，而贾雨村开始当官，有了发言权。这种"甄士隐去，贾雨村言"的设置，隐寓着"真事隐去，假语村言"，是指作者通过文学创作，巧妙体现出一些真实的事件与真实的情感。另外，都说《红楼梦》写的是大家族的故事，书中偏从甄家等中等家庭写起。"甄"的谐音是"真"，"贾"的谐音为"假"，这种"真""假"呼应，不但体现在小家庭和中等家庭中，也体现在贾府、甄府等大家族中。这种创作思路，正合太虚幻境牌坊上的"假作真时真亦假"。

第3章
冷子兴演说荣国府

甄士隐的故事告一段落，我们且说曾与他有来往的贾雨村。

那一年贾雨村接受了资助进京赶考，在科举考试中大展才华，中了进士，而后做了地方官。

方一到任，贾雨村听说甄家移居于此，便唤了他家里人来见，还给甄夫人送上了金银绸缎等物。听说英莲走失，他更是慨叹一番，说日后一定差遣手下将孩子找回。

无人之处，贾雨村又隐隐向甄夫人之父言出一段心事。

原来，甄家有一丫鬟名为娇杏。先时贾雨村曾偶然见过，起了好感，此时意欲纳娇杏作二房。甄夫人之父听闻，哪有不照办的道理，忙将娇杏送去贾雨村府中，贾雨村又另酬谢了些礼物。后来，贾雨村正妻亡故，娇杏又诞育了儿子，贾雨村就将她扶正了。①

且说贾雨村在任上，既表现出优点，又难免有不足。对于上司，

---

① 《红楼梦》中的很多人名都有特殊的内涵，"谐音寓意"是曹雪芹为人物命名的方式之一。脂批点明，"娇杏"的谐音就是"侥幸"。当然，结合贾雨村日后下场来看，这样的侥幸也是一时的。

他不愿同流合污，屡屡违抗上司，在官场中得罪了不少人；而面对百姓，他又不免有些贪污受贿、过于严酷的毛病。终于，上司容不得他，找了理由将他革职。寒窗苦读这么多年，好容易得来的职位就这样丢了。

贾雨村心中愤恨，却不表现出来，临离开时，与同僚仍旧嬉笑交谈，如同平常一样。

经过一番这样的波折，贾雨村深知官场上的一些陋习。此后，贾雨村有没有对官场深恶痛绝、从此远离呢？承诺帮甄家夫人寻找女儿，他究竟有没有兑现呢？这些皆是后话。

贾雨村被革职之后，将家人送回原籍安顿好，索性打点行装，用攒下来的钱周游名山大川，几年间走过了不少地方。

这一年他来到了风光旖旎的扬州。出游已久，钱花得差不多了，他便想找个大户人家去做家庭教师。经过友人举荐，贾雨村凭借进士的身份，进入一户人家。教的学生是谁呢？正是林黛玉。

林家原籍苏州，因黛玉的父亲做官才来到扬州。黛玉之父名叫林海，表字如海，如今做的是巡盐御史。

这林如海出身于书香门第，积淀深厚。早年间，林家袭过列侯，也就是朝廷赐给有军功的大臣的爵位①。功臣的爵位可以传给子孙，但只能传袭三代。后来因为皇帝开恩，作为第四代的如海之父又袭了一代。

而林如海是第五代，无论如何没有爵位可袭了，果真是"君子之

---

① 爵位：古代帝王为皇亲国戚与功臣封赐的身份，依等级享有不同的优厚待遇。如亲王、公主等，是皇室亲属的爵位。功臣爵位的等级依次为公、侯、伯、子、男等。只传袭三代为书中文学设定，与史实无关。

泽，五世而斩"。好在林如海还可以通过科举考试当官。林家藏书颇丰，最重读书，林如海在科举考试中夺得探花，在所有的学子里居于第三名。

皇帝见林如海学识渊博，任命他做了兰台寺大夫，管理典籍等事务；后来又任命他为巡盐御史，于是他举家来到扬州。[①]

可惜的是，林家人丁[②]并不兴旺，林如海到四十多岁时，也只有黛玉一个女儿。

黛玉形单影只，却聪颖灵秀，林如海夫妻二人便教黛玉读书识字。黛玉读的书，并不比当时的公子们少。

贾雨村来到林家做教师，年方五岁的黛玉在丫鬟陪伴下跟随贾雨村读经习文。当时的女孩子不能参加科举考试，对教师要求较少，因此，贾雨村在课业上十分轻松，觉得这是一份不错的营生。

这样的日子过了一年，林家夫人因生病去世了。黛玉本就身体怯弱，加上母亲故去伤心，又生病了。贾雨村不授课，就闲了几日。

一天，他去郊外游玩，吃酒时恰好遇见了一位故友——在京城做古董生意的冷子兴。

古时候，这种古董商人常常出入豪门大户，既富有，又能结交一些有头有脸的人物。贾雨村一直觉得冷子兴是有大本领的人；而冷子兴又羡慕贾雨村的诗文学识，愿意与他交往，想着万一今后贾雨村在官场上有出头之日，自己也好沾沾光。

---

① 在朝代年纪失落无考的大背景下，《红楼梦》中的官职参考了历史上各个朝代的官名，是加工创作的文学产物。而交代林家背景，是为塑造女主角林黛玉服务的，像林如海的名字，即寓意着"学海文林"——他饱读诗书，才教导出才华横溢的女儿。

② 古时候"丁"指成年的男性。在这里，"人丁"泛指家庭成员。

贾雨村虽身在江南，却也没忘了关注京城中的消息，若有机会，他还是希望能够当官。恰巧冷子兴是从京城来的，贾雨村就打听京中有没有什么新消息。

他乡遇故友，冷子兴与贾雨村把酒言欢，长篇大论地说起一桩奇事。而且这奇事，还与贾雨村的家世有关联！

原来，京城中的贾府地位显赫，极其富贵。而贾雨村虽然出身于落魄的家庭，可他也姓贾，两家竟有共同的祖先！

早在很多年之前，两家就记录在同一个家谱上。后来，贾氏一族的人口越来越多，渐渐分居到各省。其中的一支（贾府）逐渐富贵起来，而贾雨村这一支，则人丁不旺，很快败落了。但贾雨村与贾府的贾政等人，仍然记于共同的家谱上，古人把这种关系叫作"同谱"——虽然早已没有往来，但名义上依然算是一个家族中的亲戚。①

冷子兴所说的奇闻，就发生在贾府。由于沾亲，贾雨村显得格外有兴趣。他想着，万一能够攀上贾府这门声势赫赫的亲戚，自己岂不就能平步青云了吗？！

古时候，有这种想法的人非常多，不足为奇。冷子兴早已看出这一层，况且他又知道贾府的底细——原来，冷子兴的岳父岳母，正是贾府中有身份的仆人，他们服侍的太太便是贾政之妻王夫人，也就是贾宝玉的母亲。冷子兴深知贾府内情，绘声绘色地讲给贾雨村听。

话说几十年前，王朝刚刚定鼎中原，四处征战不断。这时，有兄弟二人领兵打仗，出生入死，为皇帝立下了汗马功劳，两人名为

① 《红楼梦》是一部现实主义的文学作品，细致入微地展现了 18 世纪中国社会生活的各个角落。像书中的"同谱"等说法便体现了古人的观念，品味《红楼梦》也有助于我们了解古代人的生活。相比而言，当代一些网络小说、影视剧的情节，则是杜撰的、失真的，小读者们不要混淆。

贾演、贾源。后来，朝廷的局势渐渐安定。为了安抚人心，朝廷为功臣赐封了爵位：贾演赐封宁国公，贾源赐封荣国公。一家当中出了两个位极人臣的国公，这是何等的荣耀！

这时候，原籍同在金陵、早已相识并互相帮衬的史家、王家、薛家，或得到封爵，或被皇帝赏识，几个家族牢牢地掌控着朝政，私下里也结为世交。①

宁国公与荣国公地位尊崇，皇帝赏赐给他们豪华的府第——宁国府与荣国府。这两个府第相邻，足足占了一条街的北侧。其中，宁国府在东，荣国府在西，习惯上又称为东府、西府。两府中间，隔着一条狭窄的小巷。而西边的荣国府，正是主人公贾宝玉生活的地方。

宁荣二公的后代来往频繁，这种关系与贾雨村这种名义上的"同谱"亲眷，是截然不同的。

宁国府的人丁并不兴旺，宁国公将爵位传给了儿子贾代化。而贾代化去世后，其子贾敬一心想修道成仙，日日住在城外的道观中，不回家，更不管教子孙，硬是让贾敬之子贾珍袭了爵位。因为世袭爵位是要降低等级的，所以到了贾珍这一代，爵位就变成了"三品威烈将军"。贾珍如今年近四十，有一个儿子名为贾蓉，娶了秦可卿为妻。②

---

① 在历史上，"金陵"原本是南京的别称。在《红楼梦》中，曹雪芹借鉴并加工，创作出了"金陵省"的说法。书中主要描写的是出身于金陵省的几个大家族，如贾家、史家、王家、薛家，后人习惯称为"四大家族"。其实，江南甄家同样不可忽略。

② 贾家同一辈的人，名字中都有相同的一个字或偏旁。依辈分，分别带有三点水旁、代字、反文旁、提玉旁（王字旁）与草字头，可以称为：水字辈、代字辈、文字辈、玉字辈、草字辈。掌握住这个规律，男性角色的辈分关系便容易区分了，例如后文中的贾芸，论辈分是贾琏、贾宝玉的侄子。

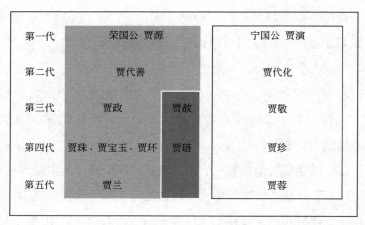

贾府五代人的辈分关系 ①

贾珍生活奢靡，父亲贾敬又不过问家事，任由贾珍胡来。因此，贾珍、贾蓉父子一味铺张，做出了很多荒唐事。

相比而言，荣国府的家庭成员更多一些。荣国公有一个儿子名为贾代善，娶的是史侯爷的女儿——老太太如今已年过七旬，她正是贾宝玉的祖母，贾母史太君。

贾母生了两个儿子，大的名为贾赦，即贾宝玉的大伯；而二子名为贾政，即贾宝玉的父亲。

后来贾代善过世，贾赦作为嫡长子袭了一等将军的爵位。但贾赦行事荒唐，远不如贾政稳重得体，贾母更喜欢小儿子，因此让贾政当家。贾赦一家住到了荣国府东部有黑油大门的小院中。荣国府

---

① 本图中底色用于区分三个家庭所处的位置，小读者们可以将书中人物与《宁荣二府示意图》结合起来看。作者之所以作了"两个府第、三个家庭"的文学安排，实际与不同家庭的道德水平有关。贾政一家相对正派，而贾赦、贾琏、王熙凤则做出了一些有违封建礼法的事。至于宁国府，贾珍、贾蓉相关情节较少，但着重突出了他们的奢靡与骄纵，作为读者我们当引以为戒。

建筑很多，还有中路的正堂——皇帝亲题匾额的"荣禧堂"，西路是贾母小院，贾政之妻王夫人居住的正房位于正堂东边。贾赦与邢夫人出入要绕行荣国府之外，与贾母显得比较疏远。

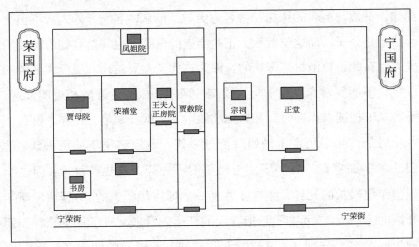

宁荣二府示意图

贾赦的妻子曾生育了儿子贾琏。后来妻子亡故，贾赦又继娶了出身较低微的邢夫人。贾琏还有庶出的妹妹贾迎春以及弟弟贾琮，他们的母亲都是贾赦的姜室。

而贾政当初成婚时，娶的是金陵王家的小姐。王夫人为贾政先后生育了三个孩子：长子贾珠、长女贾元春与次子贾宝玉。贾政的姜室赵姨娘还生了一女一子：贾探春与贾环。

贾元春十分优秀，已进宫做了女官，掌管皇后的礼仪等事。贾珠原本勤奋好学，前途无量，谁知因得病早早亡故，只留下了寡居的妻子李纨与儿子贾兰。李纨出身于书香门第，父亲曾做过国子监祭酒。贾珠去世后，依当时的规矩，李纨不能改嫁，只好侍奉公婆、教导儿子，同时照顾贾探春等小姑子的生活，带着她们学习针线，等等。

古时有一种习俗：大家族中女孩子取名，也依照兄弟们的排行。比如，贾赦与贾政的妹妹，就名为贾敏。单从姓名上，外人看不出是小姐还是公子。而这位贾敏，正是黛玉的母亲，也就是林如海已故的夫人。对此，贾雨村是深知的。因为古代子女要避讳，父母大名中的汉字，不能照常念出或书写，要减一两笔，或有意念成相近的读音。平时黛玉在读书作文时，凡遇到"敏"字，就要缺笔，读作"密"。

可是，到了贾宝玉的姐妹们这一代，贾家有了不同的做法：她们的名字都带有"春"字，与兄弟们不一样。这也有缘故：四位小姐中年纪最长的元春，生在正月初一，即古代所说的"元旦"、新年开始的第一天，"元春"意指春天的开始。后来又有了三个妹妹，便皆依此命名，分别是：贾赦的女儿贾迎春、贾政的次女贾探春、贾珍幼小的妹妹贾惜春。

贾母喜欢女孩子，就让探春、迎春、惜春都跟在自己身边一起读书、生活。因此，惜春虽然是宁国府的人，平时却生活在荣国府中。

贾、史、王、薛四家都属名门望族，联姻频繁。到贾琏成婚时，娶的也是王家的小姐，名为王熙凤，即王夫人的侄女。若从娘家论，王夫人是王熙凤的姑妈；可若从贾琏这边论，王夫人又是王熙凤的婶子。另外，王夫人还有一个妹妹，嫁到了薛家，即薛宝钗的母亲薛姨妈，同时也是王熙凤的另一位姑妈。[①]

---

① 书中人物关系复杂可见一斑，但对于小读者们来说其实也并不难理解。人物众多是《红楼梦》的一大特点，作者借冷子兴之口巧妙铺垫，读者读后文时便会感觉条理清晰。这种特殊的文学表达，是由原著特点所决定的。

　　四个大家族中，史家、薛家是文臣出身，修养较好，而贾家、王家则是武将出身。像王熙凤的叔叔、王夫人的兄长王子腾，就是一位武官，在朝堂上一路高升，掌管着军国大事。

　　王熙凤出身于武将之家，性格泼辣，几乎不识字。但她也有不少优点：外表美丽，口齿伶俐，爱笑，管理家事上也颇有成效。人们都说，贾琏娶亲之后，和王熙凤比起来倒显得逊色多了。

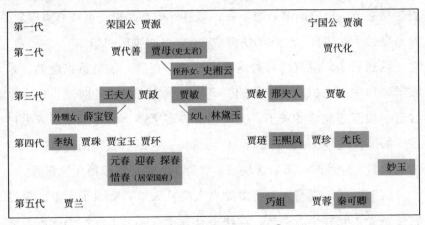

《红楼梦》主要人物关系①

　　掌管荣国府家庭事务的是贾政与王夫人。但贾珠早亡、元春进宫，贾宝玉等人年龄又小，王夫人就把侄女王熙凤夫妻二人调过来，帮助自己打理大大小小的家务事，从此荣国府处处少不了王熙凤的身影。

　　相比之下，贾府的男子们就显得平庸多了。当初宁国公在疆场

① 《红楼梦》中描写了大量女性角色，人物关系图中标底色的为女性，为了醒目暂略去府第格局的底色，但小读者们依然可以参照理解。书中描写的"金陵十二钗正册"包括十二位优异的女子，依次为林黛玉、薛宝钗、贾元春、贾探春、史湘云、妙玉、贾迎春、贾惜春、王熙凤、巧姐、李纨、秦可卿。

上出生入死，奋勇杀敌，危急时刻被忠心的仆人焦大从死人堆中背出来，才死里逃生。祖上历尽艰辛积累下的家业，贾府的公子少爷们却不珍惜，一味地奢侈铺张。冷子兴感慨说，真是"安富尊荣者尽多，运筹谋划者无一"。[①]

有再丰厚的家底，若是子孙不知长进，也会有坐吃山空的一天。眼看贾府的公子们一代不如一代，长辈的优点无人承继，也无人想着建功立业。贾府渐渐衰败下去，虽然外表看起来还有些富贵气象，然而早已不如往日，今后的情势也必会一天不如一天。

虽然沾亲，但贾雨村对这些事情并不在意。他最感兴趣的，是冷子兴口中那一桩闻所未闻的奇事——贾宝玉出生的时候，口中就含着一块五彩晶莹的美玉，上面还有许多字迹。由古至今从未见过这样的事，人们不免连连称奇，认为这是"吉兆"。长辈们便以"宝玉"为他命名，让他时时戴着这块玉，贾母等人都把它看得无比重要。

前文说过，茫茫大士与渺渺真人将补天遗石变成了美玉，要带它去感受人间繁华。那么，这块玉石究竟去哪里了呢？小读者们或许已经想到了——贾宝玉出生时所含的美玉，正是补天遗石变成的通灵宝玉，上面不但有字迹，甚至还有穿绳子的眼儿。这皆是由两位神仙的法力幻化而成，经由警幻仙姑之手，借着贾宝玉的降生来到世间，终于圆了补天遗石感受人间的梦想。也恰恰是有了这番经历，才有了后来青埂峰下石头上的字迹，有了后来的《石头记》。那

---

① 古代是男权社会，男性地位高，而女性的才能往往受到压制。但曹雪芹一方面另辟蹊径，反思了封建礼教，在作品中肯定了女性的才华与治家能力；另一方面，他笔下的大多男性，对于塑造女性优点起到了反衬作用。《红楼梦》所具备的思想价值，是值得我们肯定的。

贾宝玉前世又是谁呢？自然是天上的神瑛侍者。

贾宝玉不仅有"衔玉而诞"的奇特经历，也有十分出奇的个性。当时封建社会讲究男尊女卑，男性能够当官、四处游走，女性则是被压抑的，只能生活在狭小的宅院之中。可贾宝玉的看法跟别人不同，偏说"女儿是水作的骨肉，男人是泥作的骨肉"。他见了聪明灵秀的女孩子，便觉得清爽，相反，却不愿与为官、看重利益的男人们打交道。当时的人不理解贾宝玉的观点，但贾宝玉向来坚持自己的看法，有着不同于众人的行事方式。①

说话间，两人酒意阑珊，席上只余残羹冷炙。聊完这些奇闻佚事，冷子兴与贾雨村渐渐归了正题。贾雨村听说，京中朝政动荡，有一批跟他一样被革职的人，现在又被重新起用，获得了官职，便向冷子兴问起。若果真如此，他觉得自己或许还有机会获得高官厚禄。

冷子兴给贾雨村提出建议：贾政虽未袭爵，却在朝中当官，如今是工部员外郎，而贾政与王子腾来往密切，二人皆能插手朝政。林如海是贾政的妹夫，贾雨村既为黛玉授课，若是林如海出于厚待，能够介绍贾雨村与贾政认识，岂不是一条当官的捷径？！

攀附上贾家、王家，自然是很多人巴不得的机会。然而，贾雨村能否如愿以偿呢？且看后文。

---

① 曹雪芹借主人公贾宝玉之口表达了具有进步意义的思想，这需要放到当时的时代背景下去理解。在古代男权社会中，这样的表达是振聋发聩的。贾宝玉的优点是关心女孩子并欣赏她们的优秀之处，《红楼梦》的读者应当清晰地认识到这一点。

第4章
林黛玉进贾府

听罢冷子兴的建议，贾雨村眉开眼笑，回去就向林如海提及此事。

林如海觉得，贾雨村论起来与贾政沾亲，贾政又一向爱与读书人打交道，想必愿意帮助贾雨村走上官场。可深宅大院，又哪能轻易进去呢？故而，林如海修书一封，派人给贾政先行送去，好让他知晓详情。

至于行程，贾雨村就正好可与黛玉一路同行。

原来，贾敏因病故去，生前未能与母亲见最后一面。贾母听到消息老泪纵横，又想到自己没有见过外孙女黛玉，若是见到她，便如同见到贾敏一样，因此，已派了船只、仆人来接黛玉入京。

依林如海的意思，贾雨村可一同入京，在路途中彼此有个照应。

贾雨村十分欣喜，一口答应下来，接连道谢。

倒是黛玉听到这个消息，不免有些伤心。她不想离开父亲，这一去又不知几时才能相见，因此说不愿去遥远的京城。

林如海体谅女儿，怜爱地劝说道，自己公务缠身，怕是照顾不好她。况且自己年纪已大，不想再娶，家中虽有几位姨娘，却出身低微，不能教导黛玉。在外祖母家里生活安定，还有姊妹们做伴，能学些礼仪规矩。希望黛玉不要惦念自己，切不可辜负了外祖母的一番好意。

听父亲这样说，黛玉才勉强应允，让小丫鬟雪雁等人打点行李，准备北上。

临行时，黛玉与父亲道别良久，恋恋不舍地上船了。而一旁，贾雨村也千恩万谢地拜别了林如海。

黛玉乘的是荣国府派来的豪华大船；贾雨村则雇了一条小船，与书童登船，驶往京城。①

黛玉不曾出过远门，虽有熟悉的丫鬟、婆子照应，但难免旅途劳顿，加之思念父亲，又怀念故去的母亲，不禁黯然神伤。

行船多日，终于到了京城。贾雨村与黛玉遥相告别，忙自己的事情去了。黛玉下船，看到贾府安排接她的车马、仆人已经等候多时。

黛玉坐上轿子，想到初次来到京城，既忐忑又好奇。她知道大家族的规矩更多，须得小心翼翼，生怕礼仪上出现疏失，被人笑话。

轿夫抬着轿子离开码头，一路向城中走去。小姐乘坐的轿子，要垂下帘子，以免被行人窥见。黛玉透过帘子的缝隙，依稀看到了沿途的街景、行人。果然，京城的风物与江南相比，又是另一番情致。

---

① 《红楼梦》的故事相对平淡，没有太多跌宕起伏的情节，这一点跟《水浒传》《西游记》等传统小说有很大不同。实际上，曹雪芹以细腻的视角审视现实生活，并以鲜活的笔法、巧妙的构思进行文学创作，达到了前所未有的文学高度。像启程去往京城的情节中，由于礼教束缚，林黛玉与贾雨村需乘坐两条船，这种细微之处在阅读时不应忽视。

进了城，街市上越发热闹起来，车水马龙，熙熙攘攘。

行走多时，终于来到了宁荣街。荣府门庭宽阔，雕梁画栋，"敕造荣国府"的匾额彰显着皇帝对贾府的优待。门前列坐着十来个身穿华服的仆人，虽然地位不高，却个个挺胸叠肚，派头十足。

大户人家的正门，往往有要事或接驾、接旨时才开，平时都紧闭。依贾府的惯例，轿夫将轿子抬进了大门旁的西角门。这些粗使[①]的轿夫，个个五大三粗，平时并不能在府中久留。进了角门后，往前走了一射之地[②]，到拐弯处，他们就不能再往里走了。

轿子轻轻落下，黛玉透过轿帘缝隙隐约看到，上来几个十七八岁的小厮，个个衣帽整齐。粗使的轿夫退下去，这些小厮又抬起轿子，一直走到贾母小院的垂花门前。

人们常说，大家闺秀"大门不出，二门不迈"。装饰华丽的垂花门，正是贾府中的一道"二门"。平时太太、小姐们就生活在小院中，不能轻易出这道门。[③]

小厮们落了轿，黛玉知道规矩，并不急于下轿。待小厮们远远地退下去、婆子上前打起轿帘，请小姐下轿，黛玉才款款起身走出轿子。

位于天子脚下的深宅大院，论宽敞，论气派，不是远在江南的

---

① 粗使：承担粗重工作。在古代，这样的仆人大都地位低下。
② 一射之地：射出一支箭所能达到的距离，一般指一百二十至一百五十步，古代"步"为长度计量单位，"一射"约合今 150~200 米。
③ 在古代建筑中，垂花门是门的一种形式，装饰极为华美，往往带有倒垂的花骨朵形状的木制饰物，故有此名。古代的大宅中，内院的门（"二门"）常采用垂花门。古代大家族妇女的生活范围就局限在狭小的二门之内，其乏味、无趣可想而知。曹雪芹留意到这一点，对她们的遭遇表达了同情与反思。

林家可比的。黛玉自小就听母亲说过，荣国府中各位亲戚地位更高，规矩也更多。如今来到这里，她心中就暗暗想着，凡事一定要先看看别人怎么做，千万不能做错了被人小看，因此决不肯多说一句话，多行一步路，生怕别人笑她没见过世面。

这时，有婆子过来扶黛玉走进垂花门，为她带路。黛玉是六岁的孩子，不免有些好奇，但碍于礼仪，她小心翼翼，只能用余光去瞥院中的景物：小巧别致的游廊环绕着院子，四周栽种着花草，廊檐下鸟笼里各种鸟儿鸣叫跃动……这一切，让黛玉感到陌生与些许不安。

待走过两进院子，终于看到了贾母宽大的正房。门前有丫鬟见黛玉风尘仆仆地走来，赶忙掀起帘子，说道："林姑娘可来了，一大早儿老太太还念叨呢，说数着日子也该到了！"

黛玉走进屋中，奢华的陈设琳琅满目，显得富贵无比。黛玉还未及细看，只见两个人搀扶着一位鬓发如银的老太太迎上来，衣着华丽的夫人、少奶奶与丫鬟们围拢在旁。

黛玉明白，这老人正是她从未见过面的外祖母——贾母史太君。

贾母悲喜交集，一把将年幼怯弱的黛玉搂入怀中，也顾不得见礼，便相拥而泣。贾母又是怀念女儿贾敏，又是感慨黛玉小小年纪没了母亲，不禁老泪纵横。

黛玉心中难过，轻轻啜泣。周围的亲眷不免动容，都拿手帕拭泪。

贾母哭了好一阵子才渐渐平复下来。黛玉远道而来，又是第一次见外祖母，还没来得及行大礼。丫鬟们便搀扶着她，向贾母行了大礼。

这里一屋子的女眷，黛玉一个也不认识。贾母按照辈分，一一为黛玉介绍。有贾赦之妻、黛玉的大舅母邢夫人，还有贾政之妻、黛玉的二舅母王夫人。而贾珠已逝，寡居的李纨是珠大嫂子。

黛玉上前，一一行过礼。大家都赞叹黛玉聪明、知礼，又不免安慰一番。渐渐地，黛玉跟这些长辈们熟悉起来。

贾母又命人将家里的三位姑娘叫来，说道："今日有远客来，不必去上学了。"

不一会儿，迎春、探春、惜春三位小姐到来，她们皆与黛玉年龄相仿。三春姑娘穿戴几乎一样，举止彬彬有礼。这三位姑娘是黛玉的表姐妹，迎春略大，是姐姐，其他两位是妹妹，黛玉与她们一一见礼。

大家各自归座，贾母看着黛玉，又想起贾敏，感慨道："这些儿女之中，我独疼你母，没想到又早早地离我而去，唉……"

敏感的黛玉听了，再次落泪。王夫人、李纨等担心贾母身体，又想着不要让黛玉频频难过，连忙说些别的话题，问起黛玉平日如何调养。

黛玉说自己素来体弱，自打会吃饭就要吃药，其中还有一段奇异的经历：原来，黛玉三岁时，有一个癞头和尚要化她出家，说只有如此她的病才能好。林如海与贾敏如何舍得，一口回绝了。

谁知，和尚听了感慨道：若是如此，只怕这病一生也不能好了，除非从此不见任何外姓亲眷，也不许听到任何哭声。林如海夫妇只当这和尚疯疯傻傻，并没往心里去。

贾母忙问清黛玉吃什么药，让丫鬟吩咐下去，给黛玉配日常吃的丸药。亲戚们便聊起家常，问黛玉的父亲身体如何、家中如何。

贾母是贾府地位最高的长辈，在贾母面前，上到太太、少奶奶，下到小姐、丫鬟，都规规矩矩的，不敢轻易说笑。

李纨一直站着忙前忙后，服侍贾母，照顾黛玉。原来，这就是大家族中的规矩，媳妇要服侍长辈，在婆婆、太婆婆面前是不敢轻易坐的。黛玉看着，将荣国府的规矩默默记在心里。

这时，后院里远远地传来一阵笑声，细听是一个年轻女人的声音。

黛玉十分奇怪：其他人在贾母面前都敛声屏气，这来的是谁，难道连规矩也不顾吗？

黛玉心中想着，并不表现出来。不多时，从后房门进来一群人，为首的是一位打扮华丽的少奶奶，周围簇拥着丫鬟、婆子。这位少奶奶周身上下彩绣辉煌，恍若神妃仙子：头上戴着金丝八宝攒珠髻，绾着朝阳五凤挂珠钗，身上穿缕金百蝶穿花大红洋缎窄裉袄，外罩五彩缂丝石青银鼠褂，下面穿翡翠撒花洋绉裙。再看模样，一双丹凤三角眼，两弯柳叶吊梢眉，粉面含春威不露，丹唇未启笑先闻。[①]

见到黛玉，这位少奶奶说道："我来迟了，不曾迎接远客！"

这人如此不讲礼数，黛玉原以为贾母会不高兴。谁知，贾母和颜悦色，周围众人脸上也渐渐浮现出笑容。

见了从未见过的亲戚，黛玉应行大礼。然而，贾府亲眷众多，黛玉哪里知道对方是谁、该如何称呼呢？

贾母笑道："你不认得她，她是我们这里一个没见识的破落户，

---

① 有人认为王熙凤的服装过于艳丽，其实大红袄是穿在里边的，外面有石青褂子。这里的"石青"是指青黑色，在清宫剧中时常会看到。内穿大红、外罩石青，这体现出清代上层社会的穿衣习惯，由此也可看出书中写的是清朝的故事。值得留意的是，一些影视剧、画作等并不会完全依照原著描写来展现人物服饰。这类作品都是二次创作，无法替代对《红楼梦》原著的赏析。

用南省方言说，叫作'辣子'。你就叫她'凤辣子'好了！"

一语未尽，众人都笑起来，气氛一下变得轻松了。自从进屋，直到这时，黛玉脸上才泛起一丝笑容。

黛玉明白，贾母这是开玩笑，当不得真。她仍不知来的是谁，好在李纨等人连忙告诉她："这是琏二嫂子。"

黛玉方才想起，母亲曾跟她提起过荣国府中的亲戚。大舅家的堂兄贾琏，娶的是二舅母的侄女，学名^①叫王熙凤。她性格泼辣，颇像男孩子的个性。

黛玉连忙向嫂子行礼，王熙凤满面堆笑，一把将黛玉拉起。方才进屋时，一看贾母待黛玉如此亲切，王熙凤就明白要更周到细致些。

故而，她连忙扶黛玉坐下，说道："天下竟有这么标致的人儿，我今天才算见着了！怨不得老祖宗口头心头一时不忘——看这通身的气质，哪里是外孙女，简直是个嫡亲的孙女！"

这一句话把大家都逗笑了。可王熙凤见黛玉柔弱，眼睛红红的，是刚哭过的样子，想必是怀念故去的母亲了。"只可怜我这妹妹这样命苦，怎么姑妈偏就去世了呢！"说着，王熙凤便拿手帕拭泪。

一听这话，黛玉不禁眼圈又红了。

贾母连忙道："我才好了，你又提这事！你妹妹远路才来，身子又弱，大家也不过刚刚劝住，才不哭了。快别再提这事了！"

看似责怪，但贾母的语气中却透着几分娇宠。王熙凤听了，忙转悲为喜，说道："我一见了林妹妹，又是高兴，又是伤心，倒把老

---

① 学名：即人的大名。古代尊师重教，老师与长辈、地位尊贵者有资格称呼大名，而平辈之间只能称呼表字。

祖宗给忘了。是我不对，该打，该打！"①

这样一说，贾母等人又都笑起来，黛玉也淡淡地笑了。

王熙凤是荣国府的当家少奶奶，家里大大小小的事都要她操持。多了一个妹妹，便又多了一份事务需要经心。见贾母喜欢黛玉，王熙凤更表现得格外热情。她走近黛玉，拉着黛玉的手说起了家常，又是问"妹妹几岁了"，又是问"可曾上过学"，又问"现吃什么药"，这一番话说得像连珠炮似的。黛玉不敢逾礼，轻声细语一一回答。②

王熙凤又嘱咐："在这里不要想家，想要什么吃的、什么玩的，尽管告诉我。丫鬟、婆子这些下人若做得不好，你也要告诉我。"

说罢，王熙凤换了一副腔调，转而向丫鬟们说："林姑娘的行李东西搬进来了吗？带了几个下人来？你们赶早打扫两间下房，让他们去歇歇。"有婆子一一回复，又有丫鬟连忙走出去传话。这些小事，自然会有管事的仆人安排好。

此时，已有丫鬟献上热茶、点心。王熙凤亲手为黛玉端茶、递点心，生怕她客气。

用茶时，王夫人想起一件事，问道："凤丫头，这个月的月钱放了没有？"

"太太请放心，月钱早已放完了。"王熙凤恭恭敬敬地答道。又说："昨日太太说让到后楼库房中找缎子，我刚刚带人去了，却没找到太

---

① 王熙凤的出场描写体现出她随机应变、八面玲珑，能够时时讨得贾母欢喜。黛玉初到贾府，氛围是悲切的。而随着王熙凤的出场，气氛变得活跃起来。

② 曹雪芹行文注重详略得当，此处强调王熙凤的问话，表现出关心，但略去了林黛玉的具体答语。有人认为这是"不等人回答"，其实是作者突出塑造王熙凤的形象，采用了详略得当的写作方法。下文王熙凤询问仆人，同样也略去了答语。

太说的那个样式的。想来，会不会是太太记错了。"①

王夫人轻描淡写地说道："这年深日久的，旧年余下的缎子又多，哪里记得那么清楚。许是记错了，许是什么时候用完了。不过，有没有的也不要紧，倒是你这妹妹刚来，你该顺手拿出两匹来，给你妹妹裁两件新衣裳。回头叫下人再去拿吧，不要忘了。"

王熙凤一听，连忙接道："我倒是先料着了。知道妹妹不过这两日就到，已经预备下了。只是没请太太示下，不敢做主。等回去了，我让人拿给太太过目，太太若觉得好，我送来就是。"②

王夫人品着茶果，听王熙凤这么说，便点头微笑。

邢夫人虽是王夫人的嫂子，却出身低微，在荣国府没有发言权。她就像不曾听见一样，表现得很冷淡。

众人饮了茶，略品了几样小食。丫鬟们撤去杯盘，人来人往，规矩一丝不乱。

黛玉初来，荣国府中长辈众多，需要逐一拜见。至于宁国府的亲戚，关系略远，倒不急于一时，有机会再见面就好。

此时见过了外祖母、舅母、嫂子等人，家中还有大舅贾赦、二舅贾政要去拜见。为表尊重，黛玉须亲自到他们的住处去。

见时候差不多了，邢夫人起身恭敬地请示贾母："老太太，今日正巧她大舅在家，我带外甥女过去见见吧。坐我的车过去，倒也方

---

① 王熙凤日常协助王夫人管理家务，真正的决策者是王夫人。古人对长辈格外尊重，不敢违拗。虽是姑侄关系，但王熙凤对待王夫人仿佛对待上司一样。
② 关于找缎子一节，脂批点出"余知此缎阿凤并未拿出"，无非是随机应变，体现自己周到、能干。赏析文学作品，读者可以有自己的见解。对于此处细节，我们可以参考脂批，也可以提出自己的看法。语文考试中关于《红楼梦》的主观题，有一类为开放性命题，小读者们要注意依据原文，自圆其说。

便些。"

贾母微笑点头："正是这样，你也过去吧，不必过来了。"

邢夫人与贾赦住在东边的小院里，来往并不方便，除了晨昏定省①，不常过来，故而贾母如此吩咐。

黛玉暂拜别了众人，邢夫人领她出了垂花门。邢夫人是一等将军夫人，乘坐的是与身份匹配的翠幄青绸车。黛玉上车，一路出荣府西角门，又穿过黑油大门，来到贾赦居住的小院中。

方才贾母那边，正房高大宽敞，显示出老太君的身份。而此处的房舍面貌迥然不同，山石嶙峋，房子小巧别致，栽着各种花木。这处院落是从荣国府花园中隔断出来的。贾赦住在这里，远离贾母，吃喝玩乐更自在些。

从未谋面的外甥女远道而来，贾赦理应看望、抚慰一番。谁知，作为兄长的他想到妹妹贾敏过世，怕见了外甥女反倒彼此伤心，不如心情平复时再相见，故而命仆人传话，嘱咐黛玉几句。

虽是仆人传话，却与舅舅当面教导无异，黛玉忙站起身来恭敬听着。

仆人说，贾赦嘱咐黛玉：平日里跟随外祖母、舅母一起生活，就像在家里一样，千万不要客气。黛玉答应过，复又坐下。

年幼的黛玉想得周到，惦着还应去拜见二舅，便辞谢了邢夫人留饭。邢夫人命丫鬟、婆子好生服侍，送黛玉上车离开。

车子再次进入荣国府的西角门。下车后，婆子带着黛玉穿过宽阔的层层院落，来到了荣国府的正堂——荣禧堂。

———————

① 晨昏定省：古人须每日早晚两次向长辈请安问候，称为"晨昏定省"。

府第中的正堂，是最能彰显主人身份地位的厅堂。只见堂上摆着各种华丽的陈设，一幅巨大的墨龙大画挂在正中墙上，画面鲜活无比，云海深处，巨龙张牙舞爪，翻腾舞动，显示出贾府的赫赫声势。

王夫人偶尔在这个院落中办理事务，平时居住休息，是在东边的小院里。方才王夫人命下人去请贾政，却得知贾政公务在身，并不在家，便命丫鬟带着黛玉来到自己居住的正房。①

同辈的姊妹②中，黛玉还有一位表兄未见，那就是贾政、王夫人的儿子贾宝玉。

论道理，童年时的兄弟与姐妹也是分开居住的，无非是逢年过节偶尔见一两面。但贾宝玉与别人不同。他生得秀气，极像女孩子，贾母对他格外疼爱，生怕不在自己身边，别人会亏待了他，因此就让他在内帏生活。于是，贾宝玉便能够时常与姐妹们相伴。

王夫人同黛玉聊到了宝玉，戏称他是家里的"混世魔王"。黛玉曾经听母亲提起过他，只知这位表兄比自己大一岁，其他的一概不知。

这位公子究竟如何，且看下文。

---

① 经常有人质疑，认为两位舅舅都没有见黛玉，是对外甥女的"冷落"。实际上，这里还应从详略得当的角度进行分析。贾赦、贾政等人并非书中主要角色，不必长篇大论描述他们出场的内容，因此作者一笔带过。

② 古汉语中，"姊妹"常泛指兄弟姐妹。

第 5 章

宝黛初会

黛玉正跟王夫人闲聊，天色渐渐暗了下来，忽有丫鬟来传话，说老太太要用晚饭了。

王夫人听了，忙携黛玉出来，穿过荣禧堂后面的夹道，往贾母小院来。途中经过一个小小的院子，王夫人告诉黛玉，那是王熙凤与贾琏居住的小院，平时需要什么尽可以到这里来找王熙凤。

黛玉看到院门口也有几个八九岁的小厮垂手侍立。原来，大家族中女眷不方便跟成年男人见面，只有借助这些年幼的小厮才能够传话沟通。[①]

待来到贾母房中，提着食盒等物的仆人已经到齐了，只等王夫人来了，才开始往餐桌上摆放各种餐具、菜肴。

以往三春姐妹和贾宝玉跟贾母一同用饭，如今黛玉来了，也跟

---

① 《红楼梦》的语言十分凝练，像写到王熙凤院门口"也有"八九岁的小厮，实际上就点出其他院子门前大都如此。他们跟黛玉年纪相仿，可出生在仆人家庭，小小的年纪就要学着服侍主子。封建社会等级森严，由此可知一二。

贾母一起吃饭。但王夫人信佛，日常吃得清淡，并不在这儿吃饭。为什么要等她来了才摆饭呢？

这里还有缘故：作为晚辈，王夫人、李纨、王熙凤要服侍贾母用饭，只有这些儿媳、孙媳到齐了，才能给贾母摆饭。若摆了饭王夫人才到场，就失礼了。

地位最高的贾母先入了座，坐在正中的榻上，两边余着四张空椅。王熙凤热情地拉了黛玉，让她坐在贾母左手边的第一张椅子。黛玉明白那是上座，便推让了一番。

贾母慈祥地说："你舅母和你嫂子们不在这里用饭，你是客，论理该如此坐的。来，快坐吧。你坐了，她们才好坐的。"

黛玉方施礼表示谢意，而后轻轻坐下。

之后，贾母对王夫人道："你也坐吧。"

王夫人在贾母对面坐了，三春姐妹这才一一施礼，按年龄大小依次坐下。[1]

至于李纨、王熙凤，则照例站着服侍贾母、照顾黛玉等姊妹，凡事皆须按规矩来，一步也错不得。

贾母与众小姐用饭，周围有很多丫鬟服侍，外间屋中还有不少等着撤餐饭的仆人，但个个凝神屏息，一声咳嗽也没有，静悄悄的。

黛玉心中默默感叹着荣国府规矩繁多。不一会儿，贾母吃完饭，放下筷子。姊妹们连忙也跟着放下筷子，示意吃完。丫鬟们见了，逐一用小盘端来了茶碗。

---

[1] 在古代的大家族中，座次极有讲究。黛玉初来贾府，是客人，因此先坐在上座。王夫人是来侍膳的，但辈分高，有资格坐着。如果王夫人不坐，三春姐妹就只能站着。入座的次序不可打乱。

黛玉见此情景，不免有些感伤：在家的时候父亲教导她，吃过饭要稍待片刻再饮茶，这样才能不伤及脾胃。可是，眼看茶已经端了过来，虽然不符合自己的习惯，初来乍到，又怎么好回绝呢？若是外祖母与姊妹都喝了这茶，自己也只好跟着喝下去，绝不好不照做的。这样一想，她心中泛起忧伤，又惦念起远在千里之外的父亲。

但黛玉并不表现出来，默默地接过茶，同时不忘看看姊妹们是怎么做的。

谁知，迎春、探春等姐妹并没有喝这茶，而是用它漱了口，吐在丫鬟捧来的漱盂中。黛玉恍然大悟：原来这是漱口的茶，而不是喝的！幸好黛玉没有把漱口茶喝下去，不然，众多的婆子、丫鬟看了，背后还不知该怎么笑话她呢！黛玉忙照迎春等人的样子漱了口，并用手略略遮挡，显得极为优雅。三春身边的丫鬟撤去了茶碗、漱盂，又有人端来了茶。这一次的茶，才是喝的茶！

闹了半天，并不是贾府的人不懂得养生，而是林家没有以茶漱口的规矩。可这对于黛玉来说只是刚刚开始，日后生活在荣国府中，她还有更多的规矩要学！①

服侍完用饭，听到贾母允许，王夫人才带着李纨、王熙凤离开。显然，王夫人回到自己房中用饭，李纨、王熙凤也要照样去服侍，之后，妯娌两人才能各自回房用饭。

黛玉心中感叹：荣国府果然处处规矩森严！

---

① 贾府规矩繁多，黛玉初来必定有种种不习惯，但在文学作品中不必一一写出。作者着重描写漱口茶这个细节，凝练地点出黛玉适应贾府生活的过程。这种写作思路，小读者们也可以借鉴。

　　饭后闲来无事，贾母问起黛玉读过什么书。

　　黛玉答道："只刚念了'四书'①。"

　　林如海学识渊博，黛玉又跟贾雨村读了几年书，对"四书"非常熟悉，打下了学识的底子。此时黛玉怕显得过于张扬，还有意说得谦虚些。

　　说完，黛玉又问迎春等姐妹们读什么书。

　　可没等小姐妹们说话，贾母说道："她们哪里是读什么书，不过是认识几个字，不是睁眼的瞎子罢了。"

　　刚说到这里，忽然听到门外有人风风火火地走来。有丫鬟掀起帘子，说道："宝玉来了！"

　　宝玉还未及进门，黛玉忽然想起王夫人所说的"混世魔王"等语，心中暗想：还不知道是怎样一个慵懒顽劣的公子哥儿呢！

　　烛光摇曳中，人影一闪，一位少年公子走进房中，先给贾母施礼。②

　　只见他头上戴着束发嵌宝紫金冠，齐眉勒着二龙抢珠金抹额，穿一件二色金③百蝶穿花大红箭袖，外罩石青起花八团倭缎排穗褂。

---

① "四书"：指《大学》《中庸》《论语》《孟子》，是古代读书人参加科举考试的必读书目。明清时期，八股文的题目大多出自"四书"原文。

② 黛玉进府这段情节中共有三拨人先后出场，曹雪芹安排得参差错落，条理清晰。贾母、三春姐妹等是一群人同时出场，王熙凤是在丫鬟簇拥下出场，而贾宝玉则是单独出场——越往后出现的人数越少，却篇幅越长，内容越丰富，文学意义也越重要。

③ 《红楼梦》中写到了大量丝织品的名目，这与作者的身世背景有关。清朝早期，曹家曾有多人担任江宁织造一职，如曹玺、曹寅等。江宁织造署是为皇室制作龙袍及名贵丝织品的机构，其特色产品在后世被称为"南京云锦"。像此处的"二色金"，是用两种不同色调的金线织成的锦缎，为云锦的一种，比前文王熙凤所穿的"缕金"更为华贵。作者通过这一细节点出贾宝玉在家中独一无二的地位。

面若中秋之月，色如春晓之花，鬓若刀裁，眉如墨画，项上又戴着一块美玉。

黛玉有些诧异，心中想道："好生奇怪，倒像在哪里见过一般，为何如此眼熟呢……"

正想着，宝玉转身又去见母亲，请过安方回来。这时，贾母才让宝玉跟表妹黛玉见礼。

宝玉忙作揖行礼，端详着初次见面的黛玉。只见她生着两弯似蹙非蹙胃烟眉①，一双似泣非泣含露目，态生两靥之愁，娇袭一身之病；闲静时如姣花照水，行动处似弱柳扶风；心较比干多一窍，病如西子胜三分。

宝玉看着，和善地笑道："这个妹妹，我曾见过的。"

贾母笑道："这不又是胡说！你林妹妹从未到过京城，你又何曾见过！"

宝玉道："虽然未曾见过，然一看便觉熟识，心里就当作旧相识。今日只看作远别重逢，亦未为不可。"②

姐妹们听了，都暗笑宝玉胡言乱语。

宝玉问黛玉："妹妹可曾读书？"

黛玉道："不曾读，只上了一年学，些须认得几个字。"

---

① 胃烟眉：胃（juàn）指缠绕、挂，古人在诗歌中常以"胃烟"描写依稀的烟柳等，这里指林黛玉的眉淡而优雅，略带忧愁之感，像微微皱眉的样子，正如贾宝玉后文所说的"眉尖若蹙"。"蹙（cù）"与"颦（pín）"都有皱眉的意思。

② 《红楼梦》中存在大量前后呼应的细节，有的甚至跨越几十个章回。像宝黛初会便觉得曾经见过彼此，便呼应着神瑛侍者与绛珠仙子的神话前史。要深入理解《红楼梦》，就须注意这些文本中的呼应或对比。

贾母听了，微微点头，见黛玉聪慧谨慎，心中愈发怜爱。①

宝玉却不管这些，只觉来了一个妹妹，家中更加热闹了，又问道："妹妹既名黛玉，可有表字？"

黛玉摇头。宝玉笑道："不如我送妹妹一个表字，当是'颦颦'二字极妙。只因《古今人物通考》有言，黛石可用于画眉，妹妹眉尖若蹙，取'颦颦'极妙！"

探春素来性子爽朗，便笑说又是二哥哥的杜撰。

姐妹们说笑了一番，宝玉又问："妹妹可有玉没有？"

黛玉以为宝玉是显弄自己有玉，忖度着道："我没有玉。想来那玉是一件罕物，岂是人人都有的。"

不承想，宝玉一听，便立刻摘下那玉，狠命往地上一摔，哭道："什么罕物，还说什么'通灵'不'通灵'呢！不但家里姐妹们没有，又来了一个神仙似的妹妹，竟然也没有，可知它不识好歹，我也不要这东西了！"

这一摔，众人可慌了神，丫鬟们忙四下寻找。黛玉一见，心中忐忑，眼中含泪却又不好哭泣。②贾母责备了宝玉，又哄了几句，嘱咐他戴好，一场小小的风波方渐渐过去。

到了晚间，王熙凤也不闲着，命下人挑选了锦被和床帐，自己

———————————

① 黛玉答语前后不同，并不是曹雪芹写冲突了，而是隐隐点出一个细节：古代讲究"女子无才便是德"，敏感的黛玉听到贾母委婉提醒，当场便改口了。这一细节只是点到为止，但读者应充分注意。当代"致敬"《红楼梦》的网文、影视剧很多，如有的母亲提醒女儿在选秀时不要说读过书，实际上是对《红楼梦》中这段情节的化用。

② 黛玉与宝玉第一次见面，书中就写到了流泪的情节，这照应着前文"还泪"的神话前史。作者娓娓道来，不落窠臼：并非直接写黛玉哭泣，而是先写宝玉落泪，经过铺垫，后文又着重写黛玉流泪。

过目后差人给黛玉送来。

婆子收了这些物品，来问贾母，黛玉就寝之处安排在哪里。

原来，在孙辈中，贾母以往最宠爱宝玉。贾母的小院中房子很多，除了她的正房外，还有厢房。贾母让三春姐妹住在厢房中，宝玉则跟贾母在上房休息，贾母睡在最舒适的暖间，而宝玉住在碧纱橱①中。

如今黛玉来了，也成为受宠的孩子。大冬天里，贾母怕两个孩子冷，打算让黛玉住碧纱橱内，而让宝玉挪出来跟自己睡一张床。

不承想，宝玉很喜欢跟黛玉相处。碧纱橱之外还有一张床，以往是给仆人睡的，以备夜间服侍小主人。宝玉对祖母说，让林妹妹和贴身丫鬟住在碧纱橱里，自己跟奶妈李嬷嬷、丫鬟袭人等，一同暂住在碧纱橱外的床上。②

贾母不愿让孙儿失望，可又怕长此以往亏待了宝玉。但她转念又一想，宝玉、黛玉此时尚且年幼，日后渐渐大了，住在一个房间中必然不便，早晚是要分开住的，不妨暂且如此安排。等过了严冬，天气渐暖的时候，再另作一番长远安排。

夜渐渐深了，宝玉在李嬷嬷的照顾下已经睡了。丫鬟袭人年纪略大，考虑事情周全些，看碧纱橱内还燃着灯，便进来探视。黛玉

---

① 碧纱橱：古时大家族为了区隔室内空间，往往设置隔扇门，门后的空间仿佛是一个小房间，其中放置床等家具。由于隔扇门常常糊上纱，习惯称为"碧纱橱"。

② 这里的宝玉细致体贴，而原著中有两阕描写贾宝玉的《西江月》，其中提到："天下无能第一，古今不肖无双；寄言纨绔与膏粱，莫效此儿形状！"其实这并非对贾宝玉的否定，而是以调侃的语气强调当时人对贾宝玉的不理解，是一种明贬实褒的手法。贾宝玉的种种行为是不容于封建礼教的，从中折射出曹雪芹具有进步意义的思想。赏析《红楼梦》首先应明确作者的创作意图，并据此进行分析。脱离创作意图的个人好恶，没有太大的普遍意义。

忙客气地让袭人坐。

原来，贾母出身于文臣之家，当初父亲史侯爷曾经做过尚书令，是文官中的佼佼者。贾母受到家庭氛围的熏陶，喜欢赏画、听曲、听戏，在乐曲上有独到的见解。她的丫鬟名字亦别具特色，有的取自颜色艳丽的鸟雀，比如鸳鸯；再如派去服侍黛玉的丫鬟名叫鹦哥，这是日常的俗称，正式的名字是鹦鹉。又有其他几个丫鬟名字源于华贵的珠宝，比如琥珀、珍珠。

这袭人亦是贾母的丫鬟，跟在贾母身边时名叫珍珠。贾母宠爱宝玉，觉得袭人周全稳重，便让袭人来服侍宝玉。袭人虽然论年纪只比宝玉大两岁，但已经是一个懂事、殷勤的丫鬟了。宝玉看古诗中有一句"花气袭人知骤暖"，又得知袭人因家贫，从小被卖到贾府做丫鬟，原本姓花，索性就给她改名为"花袭人"。

黛玉虽然刚到荣府，但时时留意，对这些丫鬟的身份也略知一二了。袭人虽服侍宝玉，但仍算是贾母房中的丫鬟，出于对长辈的尊重，黛玉依着规矩，口口声声叫"姐姐"。

袭人见黛玉满面泪痕，又不好直接询问。鹦哥与袭人日日相处，便告诉她说："林姑娘正在这里伤心呢。说第一天才来，就因一句话，引起了你们家公子的痴狂病，连玉都摔了。若是他日后不好相处，还不知道会出什么乱子呢！"

袭人笑着宽慰黛玉："我们这位小爷，从小娇生惯养，脾气又跟别人不一样，林姑娘切莫往心里去。没准儿住久了你就发现，这不算什么，比这更离谱的事也有呢！"

被她劝了一番，黛玉觉得心里舒畅多了。又说到那来历神奇的通灵宝玉，黛玉就问，果真是宝玉出生时就含在嘴里的吗？

　　袭人点头，说果然如此，听说当初从宝玉口中拿出来的时候，上面就有字迹，连穿绳子的眼儿都有。说着袭人就要起身，打算把玉拿来给黛玉看。黛玉觉得天色已晚，不如改日再看。众人方各自吹灯睡下。

　　黛玉对这通灵宝玉并不感兴趣，可哪里知道，日后正是因为这玉，才有了"金玉良姻"的说法，致使黛玉流了那么多眼泪！相反，另一位小姐薛宝钗，日后却主动要看通灵宝玉呢！①

---

① 黛玉与宝玉的前缘被称为"木石前盟"；而世人只注意到金、玉乃名贵之物，人为撮合宝玉与宝钗，这是"金玉良姻"——此说法后来在程本等版本中被改为"金玉良缘"，实际上"金玉良姻"的说法才是曹雪芹的本意。

第6章
贾雨村判案

　　黛玉在贾府住下来，贾母对她关爱有加，朝夕相处的宝玉也时时关心照顾。日子久了，她便渐渐习惯了。只是闲暇时，她难免想念远方的父亲，又不知何时才能回到父亲身边，偶尔悄悄垂泪。常是宝玉找了各种理由，拿来各式各样好玩的东西逗她开心。冬去春来，花开花落，日子就这样一天天过去。

　　一同进京的两个人，说完了黛玉，还要转过头来说说贾雨村。

　　当日船到京城，贾雨村作别了黛玉，急忙与书童寻了一处住下，收拾停妥了，方到荣国府见贾政。由于与贾政"同谱"，比宝玉年长许多的他，时时自称"宗侄"，向贾政献媚。

　　贾政觉得贾雨村是个读书人，同情他被革职的遭遇，又有妹夫林如海的推荐，因此想方设法帮贾雨村谋求官位。由于妻子王夫人的哥哥王子腾在官场上一路高升，掌管着军权，官位比自己高许多，贾政便引见贾雨村结识了王子腾。

　　不久，王子腾联络朝中的大臣，为贾雨村谋了一个金陵省应天府尹的职位。应天府尹掌管着南京城的事务，不知有多少人眼红，可由于借助贾府与王府的势力，贾雨村不费吹灰之力就拿到手中。①

前一次当官，贾雨村还没来得及有所作为就被革职。这一次重新得到了官位，并且比之前官阶更高，他会不会有一番作为呢？

贾雨村到任后，立刻就遇到了一件棘手的人命官司。若说起来，这是旧案，案发将近一年的时间，却久久未破。都说新官上任三把火，贾雨村正想施展自己的能力，办几件让人称赞的大事，故而亲自审这个案子。

公堂之上，告状的人跪倒在地，哭诉着案情。其实，案子并不复杂——数月前，有两家公子，在人贩子那里看中了同一个丫头，都想要买回家去。结果双方相持不下，其中一人有钱有势，指使手下人将对方打死。冤死的公子虽无父母，但还有家中的仆人，众人便商议着要告状，为死去的公子讨回公道。

贾雨村听了勃然大怒，誓将凶犯捉拿归案。待凶犯到案，承认了这一切，将其正法，这案子便可以了结。

谁知，告状的仆人们告诉贾雨村：前任的府尹也说要捉拿凶手，可眼看将近一年，还是没有抓到。

贾雨村心想，国有国法，哪有明明知道凶犯是谁，却找不到、抓不来的道理。因此，他便要动用文书，发出签牌，命衙役去抓捕凶犯。眼看手中的签牌就要掷下，箭在弦上之际，雨村却注意到堂上一人有奇怪的举动。

---

① 贾雨村再次谋得官职的过程，必然伴随着一些中饱私囊、贪赃枉法的丑恶行为。但在封建社会的君主、高官看来，这些内容是犯忌的，因此曹雪芹没有展开，只是一笔带过，给读者留下思考的余地。

那是一个门子^①，偷偷向贾雨村使眼色，让他不要发签。贾雨村不解，但上一次当官的经历，让他明白了官官相护的道理。他猜事有蹊跷，只好借故退堂，说改日再审。

退堂之后，贾雨村把门子叫到私密的房间，想要问个明白。

不承想，这门子原来是旧相识——他曾经是苏州葫芦庙中的僧人，当初贾雨村借住在庙中，两人时常见面。贾雨村在甄士隐的资助下去京中赶考。之后葫芦庙失火，这个僧人无处可去。几年的清修生活让他觉得无味，心想不如找个落脚之处，或许还能有出人头地的机会，因此索性又蓄了发，当了门子。转眼八九年过去了，贾雨村没有认出这位故人，他却早早地认出了贾雨村。

精明的贾雨村一眼便看出了门子的用意：他之所以提醒自己，一来由于二人是旧相识，二来无非想借机取得自己信任，谋个升官发财的机会。

贾雨村表面上装作念旧，其实急切地想要知道门子不让自己发签的原因。原来，早在上一任府尹居官时，门子已经把事情弄得一清二楚了。案子久久不破的原因，门子也了如指掌。见贾雨村有器重自己的苗头，门子便和盘托出。

原来，案子中两家争买的这个女孩子，竟是雨村以往认识的人——甄士隐当年走失的女儿甄英莲！

那一年元宵节的夜晚，英莲跟着仆人看灯走丢，后被人贩子拐走。人贩子十分凶狠，对英莲非打则骂，英莲再不敢说自己被拐，只说对方是自己的爹。日子久了，英莲已将自己的身世忘得一干二净。

①　门子：日常在府衙中做幕僚事务的人，通常地位不高。

恰巧门子向外租赁房子，被这个人贩子租住。英莲眉心生了一颗胭脂记，纵然她已经长大，但门子还是认出了她是苏州甄家的女儿。

人贩子一直想把英莲卖给别人，凄苦无依的英莲只能期盼日后将她买回家的人可以稍稍善待她。有个名叫冯渊的公子，虽然父母双亡，但是多少有些家底，想要把英莲买回去服侍自己。英莲听天由命，觉得总比被人贩子打骂强些。于是冯公子付了钱，准备择日接英莲回家。①

就在这个当口儿，有一个名叫薛蟠的公子也看上了英莲。人贩子存心使诈，又收了薛公子的钱，便携银逃走了。可人只有一个，究竟归谁呢？冯公子与薛公子互不相让，争执不下。谁知，薛公子仗着家里的势力，负气斗狠，指使仆人一拥而上，把冯公子打成重伤，最后不治而亡。然后薛公子便把英莲抢回了家，至今逍遥法外。

论起来，当初若没有甄士隐的接济，或许贾雨村如今还是寄人篱下的穷书生呢，照此说来，甄家是贾雨村的恩人。可是，贾雨村有没有想过借此机会解救英莲呢？

眼下贾雨村最在意的，是如何处理抓捕凶犯这件事。

门子告诉贾雨村："这薛公子可万万抓不得！"

难道打死人能够轻易地逍遥法外吗？为何这薛公子就碰不得呢？贾雨村十分诧异。

门子反问贾雨村："老爷您来到应天府当官，难道不曾抄一份'护官符'？"

---

① 《红楼梦》中人物众多，作者的写法不拘一格。冯渊只在贾雨村判案一节提到，曹雪芹赋予这个人物的名字也有一定的文学寓意。冯渊，谐音"逢冤"，指平白无故遭受冤情。

贾雨村一愣，从来没听说过"护官符"这个东西。

门子混迹官场数年，得意洋洋地给贾雨村介绍了一番。

当时，每个地方都有几家豪门大户。他们把持着官场，与朝廷中的大官颇为熟识，家族之间彼此勾连，势力很大。没有根基的官员，根本无力与他们抗衡。新官到任，只能对他们忍让，甚至主动投靠，这官才能做得长远；若是有什么事情得罪了他们，不但官位不保，没准儿还会丢了性命！

因此，每个地方的官员都需要了解这些大家族，必要时委曲求全，而"护官符"记录的正是这些大家族。①

贾雨村听了，并不表态。门子适时拿出自己抄录的本省护官符，呈给贾雨村。贾雨村细看，其上写着四句顺口溜，代表着老百姓对四个家族的评价，这四家正是金陵省有权有势的大户：

> 贾不假，白玉为堂金作马。
>
> 阿房宫，三百里，住不下金陵一个史。
>
> 东海缺少白玉床，龙王来请金陵王。
>
> 丰年好大雪，珍珠如土金如铁。

四句顺口溜借着谐音，展示了贾、史、王、薛四家的富贵奢华。再细看，其后还有小注，写出了各家祖上的官爵。贾家、史家和王家分别是公爵、侯爵与伯爵，地位尊崇。而薛家没有爵位，后代在

---

① "护官符"一词，并不是历史上真实存在的，而是文学创作的产物。曹雪芹通过文学加工，形象地揭示了封建社会官官相护、无人为百姓做主的黑暗现象，是发人深省的。

朝廷中已无职务，借着旧日人情成为皇商，专门为皇家采办。

门子解释道，这打死人的薛蟠，正出身于薛家。而贾史王薛四家连络有亲，一荣皆荣，一损皆损，若是当真抓捕薛蟠，莫说薛家不会善罢甘休，就连其他三家，想必也会找贾雨村的麻烦。

贾雨村不禁想到前一次被上司罗织罪名惨遭革职的事情，加了三分小心。

门子接着说道："听说老爷此次上任，借助的是贾府和王府的势力，这两家正与薛家沾亲带故。那京营节度使王子腾王老爷，乃薛公子的舅舅。这层关系老爷不考虑吗？您说这薛公子是动得，还是动不得呢？"

贾雨村觉得门子所说有理，但想不到他对自己上任的内幕也知情，又对门子多了几分戒心。门子等着贾雨村示下，贾雨村思忖良久。

门子以为自己已经得到府尹老爷信任，照实说出了自己的看法——薛家是得罪不起的，只好设法包庇薛蟠，而前来告状的冯家仆人，让薛家略出些钱财即可打发了。

贾雨村表面上连说不妥，其实心里已经采纳了门子的建议。第二天升堂，他索性乱判一通，徇私包庇薛蟠，硬生生结了案子。①

此案一了，贾雨村连忙写了两封书信，分别寄给贾政与王子腾。信中说：您外甥薛蟠的案子已由自己一手了结，不会再生事端，请二位老爷放心。这既算"报答"了贾府与王府的恩情，也表达出对

---

① 书中详细描写了贾雨村徇私判案的过程，用意有二：一是点出封建时代官场的黑暗，二是引出宝钗进贾府等后文。前者尤其值得我们深思，贾宝玉不愿读书、不愿参加科举，原因正在于此：封建官场如同污泥浊水一般，一个喜欢美、追求真的少年，怎么可能愿意涉足其中呢！这与不求上进并不是一回事。

王子腾的投靠之意。果不其然，王子腾对贾雨村的做法很满意，日后贾雨村官运亨通，皆是王子腾在幕后一手促成。

至于那出谋划策的门子，被贾雨村找了个理由，将其充军发配到荒凉的地方了。这是因为贾雨村忌讳他知道自己的底细太多，又怕他说出包庇薛蟠等内情。

门子以为自己能受府尹老爷重用，不承想聪明反被聪明误，倒沦为了阶下囚，实在是可悲可笑！ ①

那历尽坎坷的英莲，最终的命运又如何呢？她被薛蟠强行抢到薛家，改名为香菱，作了薛蟠的妾室。

这薛蟠人称"呆霸王"，头脑简单，粗鲁不堪，时常对香菱拳脚相加。可怜原本乡绅家庭的女儿，竟沦落到这等凄惨境地。

面对恩人的女儿，贾雨村视而不见，袖手旁观，一心想着升官发财，连当初答应甄夫人找回孩子的诺言也抛诸脑后。如此忘恩负义，实在令人不齿！

---

① 这段情节在原著回目中叫作"葫芦僧乱判葫芦案"。古代俗语有"葫芦提"一说，借谐音指"糊里糊涂"，原著中以此突出徇私乱判案子。"葫芦僧"即门子。

第 7 章

贾宝玉梦游太虚幻境

为了结薛蟠的案子，贾雨村蓄意作假，以官府的名义认定薛蟠已经因意外而死亡。告状的人自然无法再追究，草草结了案。可事实上，薛蟠仍在应天府地界上逍遥自在呢！这些人实在是无法无天！

之前说过，薛蟠之母薛姨妈是王夫人的妹妹，而王子腾是两姊妹的兄长。薛姨妈的丈夫去世早，她独自一人带着女儿薛宝钗、儿子薛蟠生活。

王子腾担心薛蟠再惹出什么事端，心想不如让外甥一家进京，一来远离应天府的是非，二来到京中有自己和亲属照应，也稳妥些。因此，便写了书信，让薛蟠打点行李，带着母亲和妹妹一起来京城，日后就在京中长住。

接到书信，薛蟠十分乐意。他可以借此机会四处游走，花天酒地。薛家在各省也有生意，虽然薛蟠没有才能，素日都靠一些老仆人打理，但作为少爷，他总要做做样子，过问一番。

此外，还有一个特殊的原因：皇帝曾经下旨选拔达官贵人家中善于读书的女孩子，将她们的名单送往户部，以备皇帝挑选，相伴公主读书学习。妹妹薛宝钗已经到了待选的年龄，薛蟠也正要借此机会，一路护送妹妹去往京城。①

薛蟠收拾金银细软，带着母亲、妹妹、香菱，以及家里的仆从上路了。行李等物装满了好几辆车，这等排场让路人纷纷投来羡慕的目光。

江南距离京城路途遥远，这一路上，一行人又是查看各省的生意，又是游山玩水，耗费了很长时间。

眼看快要到京城了，薛姨妈盘算起进京后的住处，想着如何安排才稳妥。她左思右想，拿了一个主意，之后才告诉薛蟠。

原来，薛家曾经与贾家、王家一样，也在朝中当官，虽这几年不常进京，但仍有几处空置的宅院。

但薛姨妈有顾虑：若到老宅院中居住，虽然处处妥当，但薛蟠大手大脚、胡作非为惯了。京城是天子脚下，万一得罪了皇亲国戚可了不得。薛姨妈是女眷，连出门都不方便，更无法时时管着儿子。于是她想寄住到亲戚家，这样男性长辈可以多少看管薛蟠。

若是住到哥哥王子腾家，自然方便，可偏巧哥哥升官了，作为九省统制，要到边境上巡视军队，想必家里正忙乱，自己不好去添麻烦。既如此，不妨就选择住在姐姐王夫人家。贾政作为姨父来管教薛蟠，也不怕他不服管束。

薛姨妈就故意说，京中的老房子陈旧得很，需要修缮才能住，进京后不如先寄住荣国府。

---

① 在很多清官剧中都有"选秀女"的情节，那是清朝皇帝选纳嫔妃的流程。但曹雪芹杜撰出另一种"待选"，是给公主选侍读，而非选妃。原著中这一笔是为薛宝钗进京做的合理化解释，并未提及更多相关内容。

薛蟠一心想着恣意玩乐，若在长者的眼皮子底下难免拘束，便不同意。可薛姨妈生怕儿子再惹出事来，一再坚持，薛蟠只好听从。

故而，薛家进了京城，就直奔荣国府而来。

这时，王熙凤得到消息，陪着王夫人等人已经等候多时了。忽听下人说薛家的车马已经进入荣国府，正在张罗着卸东西，众人忙迎了出来，把薛姨妈与薛宝钗接进内院。

有道是"人生七十古来稀"，王夫人与薛姨妈年近五十，便觉已是暮年。姊妹俩多年未见，如今皆已两鬓斑白，自然感慨良多，又是欣喜，又是落泪，互相劝慰、问候了好一阵子。王熙凤安慰着二位姑妈，又将女眷逐一引见。[①]

宝玉向来最喜欢与女孩子相处，在男尊女卑的社会中，偏偏宝玉能够尊重女孩子，并且欣赏她们的优点。他见又来了一位端庄秀丽的表姐，心中十分高兴。

古人最重亲缘关系，像黛玉，是宝玉的姑舅姊妹；而宝钗，则是两姨姊妹。两相对比，宝玉对宝钗略疏远一些。[②]

至于迎春、探春、惜春等人，虽与宝钗无血缘关系，但因其是王夫人的亲眷，也都视其为表姐妹。

作为客人和晚辈，薛姨妈与宝钗略略收拾一下，立刻去拜见贾母。

贾母因薛姨妈是儿媳的妹妹，自然以礼相待，又见宝钗行事端

---

① 由于时代不同、生活条件不同，清朝人在五十岁左右就已经感觉是"暮年"，这需要放到当时的时代背景下去理解。再如黛玉六岁进府，就已经读过"四书"，那么乖巧懂事，一方面是因为作者对黛玉的聪颖作了文学夸张，另一方面是因为不同时代的观念对人的行为举止有着不同的要求。

② 黛玉之母是宝玉的姑妈，宝玉之父是黛玉的舅舅，黛玉与宝玉是"姑舅姊妹"；而宝钗、宝玉之母互为两个孩子的姨妈，宝钗与宝玉是"两姨姊妹"。在古人观念中，前者更亲近些。

庄，孝敬长辈，更加欣喜，但想到薛姨妈的丈夫早早过世，又不免慨叹一番。那时候，家中没有男人主事，女人不能抛头露面，打理家事会格外困难。出于人之常情，贾母便挽留薛姨妈住在荣府，彼此也好有个照应，总归贾府家大业大，空余的房子也有很多。

这正合了薛姨妈的心意，但私下里她同王夫人说，只是借住房子，开销上自己不会花贾府一分钱。

王夫人知道，薛家虽无人当官，但好在有各种商铺，又是木材铺，又是药铺、当铺，虽然不比贾府富贵，可也不愁吃穿，因此答应下来。

那安排薛家住在哪里呢？当初荣国公晚年喜好静养，在荣国府东北角上远远地建了一处房舍，由于院中栽植了雪白的梨花，煞是好看，故命名为"梨香院"。如今梨香院空置着，略略打扫即可居住，王夫人就安排薛家母子住在那里。而且梨香院有街门可以直通到街上，薛家人行动也方便些。从此，薛家就在荣国府长住下来。

住下之后，薛姨妈打点东西，薛蟠忙着四处拜见贾府的亲戚，一一奉上江南带来的礼品。他先是拜见了姨父贾政，大老爷贾赦亦是长辈，也要见礼；之后又见过了同辈的贾琏、贾宝玉。薛蟠是男子，行动方便，又去宁国府拜见了兄长贾珍。贾珍的儿子贾蓉眼下已经十七八岁，比薛蟠还略大些，却要恭恭敬敬地管他叫"叔叔"，这在古代的大家族中也是常事。

宝钗是女孩子，而且她与黛玉不同，跟贾府的老爷、公子没有血缘关系。因此，这些人宝钗是不见的，只由哥哥薛蟠代为问候。

宝钗素日与黛玉、三春姐妹相处，而这些女孩子，薛蟠也是不能见面的。

薛姨妈筹划住在贾府，原因之一是希望贾府的老爷、少爷们能够管教、规劝薛蟠，好让他走正路。这样的初衷有没有实现呢？

事与愿违，这个想法终究是落空了。

贾政虽喜好书画诗文，却不在意家事等俗务。贾珍年轻，却是贾家的族长，论理他该管束兄弟子侄。但贾珍本人就荒唐无耻，连带着贾蓉、贾琏也只知玩乐，不知读书上进。这样一来，薛蟠与他们混在一起，不但没有长进，反而更加顽劣了。

可叹，不思进取的一帮纨绔子弟凑在一起，这样的大家族又怎能不衰败呢！

相比之下，女孩子们聪颖灵秀，娴静高雅，颇得人们赞扬。

且说薛家经历了一番波折，又长途跋涉来到京城，距离当初黛玉进府已经过去了四五年[①]。这数年间，宝玉与黛玉一处起居，关系亲密。从小一起长大，一起玩耍，兴趣一致，彼此理解、帮助，是多么美好的童年经历啊！

可是，鱼与熊掌哪能兼得。两人既然彼此熟识，难免相处时对彼此的要求也高些，总是希望对方能够理解自己。若是偶尔因为一两件小事产生了小矛盾，不免就会彼此错怪。每每遇到这种事情，敏感的黛玉就止不住眼泪了。

好在宝玉是哥哥，虽然偶有负气的时候，但依然懂得关心妹妹、照顾妹妹，平静下来之后，大都会好言劝慰一番。

论年纪，宝钗比宝玉还要大两岁，举止行为更成熟些，有时面对

---

① 曹雪芹写了《红楼梦》的前八十回，并没有最终修订完成，因此留下了一些瑕疵，比如时间与人物年龄前后矛盾，一个人物出现多个生日，等等。对于这些问题，我们不必苛责。在文本中，黛玉进府与宝钗到来只间隔一个章回，但我们依据曹雪芹的本意来推断，宝钗进京实际上要晚四五年左右。

人和事，已俨然大人的模样。她知道哥哥薛蟠顽劣，又粗枝大叶，不能体贴、照应母亲，自己便在日常生活、针线活计上多为母亲分忧。

贾府的人听说了，都称赞宝钗懂事。特别是一些仆人，私下里会拿黛玉与宝钗比较。一开始还算收敛，后来屡屡议论，连黛玉自己都听说了。

黛玉本就没有父母兄弟陪伴，听到了这样的议论，不免伤心难过，又不好表现出来。有时怕别人说三道四，就不愿与宝钗时常在一起。倒是宝钗，哪怕听到这些风言风语也不放在心上，对待姊妹们并没有亲疏远近之分。

人从来没有十全十美的，宝钗素来有病，据说是从胎里带来了一股热毒，一旦发病便不时咳喘，吃了很多药也不见效。

后来，有一个秃头和尚给了一个"海上仙方"，配成一味药，名为"冷香丸"。可这药十分神奇，不是人人都能配的，只说需要的材料就样样难得。

要找来春天的白牡丹花蕊、夏天的白荷花花蕊、秋天的白色木芙蓉花蕊，以及冬天的白梅花花蕊，各凑齐十二两，还需要雨水节气当天的雨水、白露节气当天的露水、霜降节气当天的霜、小雪节气当天的雪各十二钱，再配上蜂蜜、白糖，再加上有奇异香气的药末，才能配成这丸药。待身体不适时，用黄柏煎了药汤送服。[1]

若是平常人家，怕是都凑不齐这些药材呢！比如，倘若雨水这日不下雨，岂不是要再等一年？好在薛家殷实，薛蟠派了不少人手

---

[1] "冷香丸"的配方是作者杜撰的，小读者们千万不要当真！作为文学意象，冷香丸突出薛宝钗克制着内心想法，才能使自己的行为符合礼教观念，从而受到上上下下的认可。文中多个"十二"依然是照应着"金陵十二钗"的数目。

各处搜寻，总算配成了这味药。平时药丸放在瓷坛里，就埋在梨香院的梨树下。待偶然发病时，宝钗便会服用。

姐妹们相处的欢乐时光总是过得很快，转眼间，又是一年大雪纷飞。正巧，宁国府花园中的梅花开得极好，贾珍之妻见了，想起要请贾母等女眷宴饮赏花。

贾珍的上一任妻子生了贾蓉之后不久就去世了，贾珍这才又娶了尤氏。尤氏的出身要差一些。她的父亲也当过官，有些家底，但后来家境就渐渐破败了。

若论起来，贾珍与荣国府的宝玉等人血缘已经很远了。可东西二府邻近，家眷更是常来常往。贾珍又是族长，逢年过节、祭祖的大事他要出面张罗；况且在贾母面前他是孙辈，也要尽一些孝心。因此，尤氏与贾珍商量好，专门请了女眷赏花，与贾母的重孙媳、贾蓉之妻秦可卿专门来请贾母、王熙凤等人。

家宴之日，红梅绽芳吐蕊，幽香远播，席上更是珍馐齐备，美酒飘香。

虽说尤氏是大嫂子，可她出身低微，又不像王熙凤能说会道。王熙凤八面玲珑，照顾亲戚间的面子，也乐得跟尤氏、秦氏开几句玩笑。大家说笑着，上上下下的人皆十分开心。

酒宴之后，宝玉有些累了，想要小憩一会儿。宁国府当家的媳妇秦可卿亲自安排宝玉去休息。秦可卿是贾母心目中重孙媳里最稳妥的人，不但容貌清秀，而且行事周全，由她带宝玉去休息，贾母当然非常放心。

古时讲究男女有别，宝玉要午休，理应去贾珍日常居住的上房。可是，一进上房，宝玉便不高兴了。

为何？原来墙上正中挂着图轴与对联，其上写的是：世事洞明皆学问，人情练达即文章。

大户人家挂画、挂书法，都是常见的陈设，一般无人在意，偏偏宝玉说什么也不肯在这间屋里休息。

原因是什么呢？这两句话当官的人最喜欢，宝玉不愿与达官贵人来往，自然也就不喜欢这副对联。[1]

此时的宝玉还有些孩子气，也不顾是在亲戚家，说什么都不肯在这房里午休。那可怎么办呢？

秦可卿索性就说：好在宝玉不是大人，不必讲究那么多，就到我的房中去睡吧。

其实，若论辈分，秦氏是侄媳妇，而年少的宝玉则是叔叔，跟来的荣国府婆子们心中便觉不妥。

可她们不知道，贾敬住在道观中不问家事，贾珍、贾蓉肆意胡来，宁国府的礼仪规矩早已废弛了。

众人只好客随主便，送宝玉到秦可卿华丽的卧室去午睡，放下如云影一般的帐子，就纷纷退了出去。宝玉睡眼蒙眬，隔着帐子看到墙上的对联。这对联与刚才那副不同，写着：嫩寒锁梦因春冷，芳气笼人是酒香。这正是宝玉喜欢的诗文风格，而落款处则题着宋代学士秦太虚的名字。

宝玉眼中的陈设渐渐变得迷蒙，帐子让字迹愈发模糊，依稀只看到"太虚"二字。转瞬间，轻柔的帐子仿佛飘动起来，化为浮动的朵朵白云，再看那对联，却化为一座精美石牌坊上的字迹。

---

[1] 作者常常通过贾宝玉的行为、观念来表达自己的看法。很多人觉得"世事洞明皆学问，人情练达即文章"很有道理。至少在原著中，曹雪芹是表达了反思的。透过字面，这副对联反映出当时官员攀龙附凤、互相勾结的黑暗现实。今天的人对这两句话有新的理解则是另一回事。

宝玉十分奇怪，看着这高大华丽的牌坊，还不及多想，上面的对联已吸引了他。宝玉轻声念道："假作真时真亦假，无为有处有还无。"再看中间，是横写的四个大字"太虚幻境"。

不知小读者们是否觉得这座牌坊似曾相识？没错，这就是甄士隐在梦中曾经到过的仙境——太虚幻境。如今，宝玉在梦中也来到了这里。

此时宝玉还不知是怎么回事，只顾四处张望，只见云气缥缈，牌坊之后的远处，楼阁玲珑，香雾氤氲，是一个十分优美的地方。

宝玉想一探究竟，便大步跨过了牌坊，正愁不知路径，不远处飘然出现一位仙姑，身穿荷衣，环珮铿锵。

宝玉见这仙姑眉目带笑，十分和善，便上前作揖道："神仙姐姐是谁？这又是哪里？我不知为何来到此处，想要游玩游玩，可否带我四处看看呢？"

那仙姑轻启朱唇，缓缓说道："我乃太虚幻境警幻仙姑，若有意，不妨随我一游。"

仙姑轻移莲步，带宝玉走到一片宫殿之中，只见斗角飞檐，楼阁巍然，庄重典雅，不亚于朝廷中部府司院的气势。各殿牌匾上皆有字样，标明"春感司""秋悲司"等，最近的一个名为"薄命司"。

宝玉不解何为"薄命司"，硬缠着仙姑要进去看看。

仙姑心想这是仙界重地，哪里是凡人能随意窥视的，因此固执不肯，但耐不住宝玉一再央求，只好说道："也罢，你有些许缘分到此，那就在这薄命司里略观看观看吧。"

说着，仙姑轻拂衣袖，殿门开启，宝玉迫不及待地走了进去。

可是，一进门宝玉就失望了——原本想着，这仙界中的宫殿一定富丽堂皇，还不知有多少精奇的摆设呢。可这薄命司中阴阴暗暗，似乎很久没有人进来过了，四周只摆放着一些大橱，上面都贴有封条，除此之外别无他物。

宝玉细细看去，封条上的字样令他不解。无论朝廷部院，还是自己家中，若有重要之处不许人动，都会拿封条贴上。可这里的封条不一样，上面写着"十二钗"的字样。

"什么是'十二钗'？"宝玉不禁问道。

警幻仙姑道："这里记录的是人间各省优异的女子，省中为首的十二人，便在'正册'；次之的，名列'副册'；再次的，就在'又副册'了。"

宝玉想起自家出身于金陵省，就四处找金陵省十二钗的册子。果不其然，正如仙姑所说，"金陵十二钗"封条封着的大橱分为三层，分别贮着正册、副册、又副册。

宝玉又生出一个疑问："我素来听说金陵省很大，必然有特别多的女子，单我家里，上上下下就有几百个女子呢！这三册拢共才能记多少人，怎么会只有'金陵十二钗'呢？"

仙姑笑道："这些都是极优秀的女子，其他平庸的，便不会记录在册了。"

宝玉向来关心女孩子，听仙姑这么说，急于知道册子上都有哪些人，便顾不得询问，揭去封条就拿起册子看。

他先拿出的是"金陵十二钗又副册"，第一页上不过是满纸乌云浊雾，第二页画着一簇鲜花，一床破席。两页都配有文字，宝玉不解，便打开"副册"橱门。他翻开册子，只见第一页画着一枝桂花，下面却是池塘干涸，荷花枯萎。一旁题着一首诗：

根并荷花一茎香，平生遭际实堪伤。

自从两地生孤木，致使香魂返故乡。

宝玉不知所云，皱了皱眉头，索性放下。想必仙姑不肯说破，只好自己去猜，或许，"正册"能够看明白一些吧。

宝玉又翻开"正册"一一看去——有的画着玉带挂在树林中，有的画着孩子在放风筝、水面上大船远去，或是画着凤凰立在冰山上，还有的画着恶狼在追一位姑娘……这些都是什么意思呢？纵然一旁有诗文，却也不过只言片语。

宝玉疑惑不解，越是难懂，越是苦苦思索。

警幻仙姑怕泄露天机，忙收了册子，拉了宝玉出来："随我来，带你领略一番这仙界的景致。"

宝玉随警幻仙姑一路走去，只见清溪潺潺，山石嶙峋，亭台楼阁点缀其间。往来的仙人众多，却都是女子，无一是男子。

宝玉心中不免惊叹："我平日最厌那些满口之乎者也、为官做宰的男人，而这里皆是女儿，真是个清净所在！"

宝玉心旷神怡，随着警幻仙姑来到一处殿宇，有众仙子摆出美酒佳肴款待。茶是取千百花朵上的露水在神仙洞府制作而成，名为"千红一窟"，而酒也是采万千艳丽花木佐以仙界奇物酿制，名为"万艳同杯"。宝玉细品，果然不同凡响。①

随着一阵仙乐响起，警幻仙姑让众仙子演出新制的《红楼梦》

---

① 脂批点出，太虚幻境中的茶与酒，借助谐音突出了"千红一哭""万艳同悲"，亦即《红楼梦》主基调。在礼教束缚下，古代的女子皆是受到禁锢和压制的。"千红""万艳"指万千女性，处于那种时代氛围中，她们都是可悲的、凄惨的。曹雪芹通过《红楼梦》歌颂女子，决定了著作的思想价值。

仙曲十二支"。

仙界之乐舞，自然不同于凡间。只听仙子唱着，又是什么"演出这怀金悼玉的《红楼梦》"，又是"一个是阆苑仙葩，一个是美玉无瑕"，一会儿又是"一帆风雨路三千""霁月光风耀玉堂"……

曲子纵然好听，宝玉却不解其意，久了便觉乏味，加之不胜酒力，不免有些瞌睡。

仙子终于唱到了最后一支曲子，"好一似食尽鸟投林，落了片白茫茫大地真干净"。仙子雪白的衣袖在宝玉面前舞动，朦朦胧胧如同漫天飞雪飘舞，宝玉强睁眼睛看着，却越发觉得迷离。

他忽想自己身在宴席中，切不可失了礼，忙睁开眼睛。只见眼前纱帐似轻云飘动，远处墙上是太虚学士的对联——哪有什么仙袂飘摇，又哪里是什么幻境？自己分明还在秦氏房中，原来是恍惚之间做了一个梦！

梦中所见的"金陵十二钗"判词与《红楼梦》仙曲，此时宝玉并未参悟明白。其中究竟讲了些什么呢？待到日后宝玉渐渐明白内中深意时，距离贾府的最终结局也就越来越近了。小读者们不要心急，我们留待后文揭晓。①

---

① 作为一部现实主义巨著，《红楼梦》也融入了浪漫主义色彩。像太虚幻境、警幻仙姑等，皆出自曹雪芹的创作，"金陵十二钗"判词与《红楼梦》仙曲，隐寓着书中主要人物的命运。全书故事有一个大背景——是从石头上抄来的、已经发生过的故事，那必然有明确结局。在这种设定下，书中以判词、曲子等一系列内容，隐隐点出人物的结局。

第 8 章

刘姥姥初进荣国府

有道是"贫欠饭租难乞米",跟别人借钱、借东西,是一件很为难的事情。借的时候该如何开口呢? 万一人家不想借,自己会不会感到尴尬呢? 今天我们就讲一个关于借钱的故事。

借钱的主角跟贾府有关,可又不是贾府中的人——那就是大家都很熟悉的人物——刘姥姥。[①]

讲述大家族生活的《红楼梦》,为何要写一个贫苦的刘姥姥呢? 她跟贾府究竟有什么关系? 为什么会来荣国府借钱,最终又有没有借到呢? 咱们慢慢道来。

且说京城中漫天飞雪,银装素裹,又到了腊月时节,家家户户都忙着准备过年。在京城郊外,有一家人却愁眉不展。原来,眼看就要过年了,可他们这一年收成有限,没有钱置办过年的衣食物品。

这家的男主人三十岁上下,想着家里的事发愁,又多喝了两杯

[①] 刘姥姥是《红楼梦》里一个家喻户晓的人物,九年级语文课本中有课文《刘姥姥进大观园》,便取材于刘姥姥二进荣国府、游览大观园的情节。了解她初次进荣国府借钱的经历,有助于小读者们全面把握这个人物。

酒，不免摔摔打打发泄着愁闷。

古时是男权社会，男人地位高，做妻子的看到丈夫这样，虽然不满，却不敢说出口。

可男人的岳母看不下去，数落了姑爷几句，而且还拿了个主意，称或许可以解燃眉之急。

这岳母不是别人，正是刘姥姥！刘姥姥的女儿嫁给了王狗儿，生了一儿一女，男孩叫板儿，女孩叫青儿。

刘姥姥丈夫去世得早，又只有一个女儿，没有儿子养老，女婿王狗儿就把刘姥姥接来养老。刘姥姥勤劳一辈子，下地干活，还能操持家务，照顾青儿和板儿，一家五口倒也过得和睦。

一家人原本也有几亩庄稼，只是赶上水旱灾害，收的粮食连糊口都不够，更不要说过年了。

这王狗儿祖上也富贵过。当初，他爷爷曾在京城中当官。那时候，金陵王家声势赫赫，王熙凤的爷爷受到皇帝重用，很有权势，甚至家中连西洋的珍稀物件都数不胜数。人人爱慕王家的富贵，但凡有门路的，都想巴结巴结，以便沾带些好处。

狗儿他爷爷也不例外，恰好，他爷爷也姓王——不过，可不像贾雨村与贾府"同谱"，狗儿他爷爷跟王家根本八竿子打不着，完全没有关系！哪怕如此，狗儿他爷爷也不放弃这样的机会，硬是攀龙附凤，凭着姓同一个"王"就跟金陵王家攀了亲戚。这就是过去"连宗"的陋习。无数人为了攀附权贵，都借这种关系来钻营。只不过，人在矮檐下，不得不低头。虽然年纪相仿，狗儿他爷爷却要自降一辈，充当"侄子"。

虽然有失身份，但到手的利益却不少，当年狗儿爷爷一家过得十分富裕。可这种硬攀附得来的富贵，又哪里能持久呢？到了狗儿父亲这一辈，日子就过得紧巴了。后来一家人在城中过不下去，就搬到村子里，一来二去，跟金陵王家虽偶有联络，但关系终究是疏远了。到了眼下这些年，就几乎没有再来往过。

刘姥姥年岁高，在村子里受到尊重，有些乡绅富户家里唱戏、办寿宴，都要请她去，为的是图个喜庆、吉利。所以，刘姥姥是见过些世面的。眼看日子难挨，刘姥姥心里也急。但她知道，光发愁没有用，要想办法才行，因此，就数落了狗儿几句。

见岳母说得有道理，狗儿只好听着，可实在想不出办法，索性反问刘姥姥有什么主意。

别说，刘姥姥还真想出个办法来——以往狗儿一家曾去看望过王家二小姐，二小姐知道她们的底细，便不让空着手走，多少接济些银两物品。如今这王家二小姐早已出嫁，嫁到了荣国府。你道这二小姐是谁？正是如今的王夫人。刘姥姥说，既然实在没办法了，只好再去求一求荣国府的王夫人，没准儿还能拿到些银两，解这燃眉之急。

王狗儿见她说得有理，长长地舒了一口气，虽然不知能否得到钱，但终究是个办法，可以一试。不过转念一想，他又发愁了——自己不认识荣国府的人。别的不说，那些看门人派头那么大，哪里会理他呢！再说了，男女授受不亲，就算能进荣国府，王夫人也不可能见他呀！狗儿又一想，女眷进府倒容易些，口气便软下来，求丈母娘亲自跑一趟。

刘姥姥虽然能出主意，可人家朱门绣户，愿不愿意相帮还不知道呢，她心里也没底。可一想，自己若不去，别说闺女为难，就连外孙、外孙女也得挨饿不是！干脆，一不做二不休，舍出这张老脸去试试！

此事一定，狗儿眉开眼笑，一家人细细商量了一番。一来，为了好说话，让刘姥姥把板儿带上，荣国府的太太、奶奶们看孩子可怜，没准儿也能给俩钱儿；二来，金陵王家的主子，如今狗儿一家是说不上话了，可论起他们家的仆人，狗儿是曾经打过交道的。

这里说的王家仆人，咱们也提到过，就是冷子兴的岳父岳母——周瑞跟周瑞家的①。过去大户人家小姐出嫁，不但要带嫁妆，还要带一些仆人，有贴身服侍自己的丫鬟，还有已经成婚的、办事稳重的仆人，称为陪房。这周瑞跟他媳妇，就是王夫人出嫁时从娘家带来的，如今是堂堂荣国府二太太的陪房。

早些年，周瑞仗着自己是王夫人身边有头有脸的仆人，别人不敢得罪，也曾巧取豪夺过别人的田地。其间出现纷争时，他曾找王狗儿从中周旋，也算欠了狗儿一点人情。

王狗儿说，刘姥姥到了荣国府，没那么容易见到当家太太，唯一的办法，是先找陪房周瑞一家。若是他们家肯念旧情，八成还有希望！

刘姥姥都记在心里。商议好了，一家人便早早地睡下了。

第二天天还没亮，刘姥姥就起来了，略收拾了一下，便带着外孙板儿冒着寒风上路。刘姥姥雇不起车，只得一步一步地走往京城，好在她时常干农活，身体硬朗，不然哪里扛得住！

看着日头渐渐高起，估摸着快到晌午了，祖孙二人才赶到宁荣

---

① 某某家的：古代女仆地位低，称呼已婚女仆时不提她们的名字，而是冠以丈夫姓名。某某家的，即指某某的媳妇。像"周瑞家的"，也可称为"周瑞媳妇"。

街。刘姥姥往荣国府门前一瞅，坐在板凳上的看门人都是锦衣华服，极有派头，再看看自己，风尘仆仆，粗布衣裳满是褶皱，下边还走了两脚泥。①

刘姥姥壮了壮胆子，掸了掸衣服，方领着板儿走上前去。

看门人一听这个乡下老太太要找周瑞，眼皮都不抬一下，告诉她在一边墙根下等着，过一会儿周瑞就出来了。

刘姥姥信以为真，就在一旁等着，可等来等去，连个人影都没有。

这时，有个管事的老者，向来稳重，心肠也软，一看门口有个乡下人眼巴巴地等着，就问是怎么回事。看门人一说方才的情况，就被老者数落了一顿："平白的你们耍人家做什么！"

原来是刘姥姥被戏弄了！若是干等着，还不知要等到何年何月呢！

这个老者上前告诉刘姥姥："周家大爷被派出去办事了，没在京城。你若找他们家人，他娘子倒在家。后门附近有一片下人们住的房子，你到那里去找吧。"

刘姥姥千恩万谢，忙带着板儿往府后走，打听了半天，才找到周瑞家的。

周瑞家的居然还认识刘姥姥。想到狗儿当年相助一事，她既想帮帮刘姥姥，也想显示一下自己在主子面前说话有分量。

此时周瑞家里已经使唤上丫鬟了，于是周瑞家的便派小丫鬟去

---

① 看门人在荣府中实际地位不高，但在外人看来却极具派头。书中通过这样一笔衬托出荣府的赫赫声势，也照应了前文黛玉进府时在府门前看到的场景，细致入微。

府里，看看琏二奶奶王熙凤伺候完老太太用饭没有，回来告诉她，才好作安排。小丫鬟去了，周瑞家的端来茶果，陪刘姥姥聊天。

这王熙凤未出闺阁的时候，在家被称作凤丫头，又叫凤哥儿^①，刘姥姥当初听说过。

周瑞家的告诉刘姥姥："两家多年未走动，眼下府里的事儿，都跟当年不一样了。凤哥儿如今嫁的是府里琏二爷，成了琏二奶奶了！太太年纪大了，便让琏二奶奶来当家。这二奶奶不但出落得美貌，也精明得很，少说有一万个心眼子；若论口齿，再会说话的人也说不过她！你这一次来呢，意思我也明白，全看二奶奶能不能成全。至于太太，见不见的倒无妨。"

刘姥姥心中感激，又有些不安，连连称是，说道："好好，全凭周嫂子安排！"

这时，小丫鬟回来说："打听清楚了，老太太那里已经摆过饭了，二奶奶正在太太屋里侍膳呢。"

周瑞家的连忙起身道："姥姥，快跟我走，这会儿正是个当口儿！过了这阵儿，二奶奶吃过饭还要办事，要是等到睡了午觉，更不知道什么时辰了。晚了城门落锁，你们就赶不回去了。快走！"

刘姥姥急忙跟着周瑞家的一路走来，门上也有小厮侍立。因是周瑞家的带领，刘姥姥又是女眷，方进到府中。刘姥姥心里发慌，一路紧跟着周瑞家的，左转右绕，终于来到一处院落。

此时王熙凤还没有回来，周瑞家的先找了一个人，把来龙去脉说了一遍。找的这人是谁呢？就是自小服侍王熙凤的心腹丫鬟平儿。

① 凤哥儿：清代时，常用称呼男孩的方式来称呼女孩。在这里，"凤哥儿"即指王熙凤。

平儿不认识刘姥姥，但周瑞家的是老资格的仆人，须给几分薄面。平儿便让把刘姥姥带进来，先到东边屋里等着。这屋子本是王熙凤的女儿大姐儿 ① 睡觉的地方，此时奶母带着孩子出去玩，周瑞家的就让刘姥姥与板儿在这里等着。

不多时，忽听屋外传来一阵爽朗的笑声，平儿与周瑞家的忙迎了出去。屋里只剩下了刘姥姥祖孙俩，刘姥姥看着仿佛天宫一般华丽的屋子，又见王熙凤的排场这么大，心里更紧张了三分——一家老小还急等着用钱呢，不知这一次会不会扑空！

给王熙凤摆饭的仆人早就恭候着了，悄无声息地服侍用饭。刘姥姥透过帘子缝隙张望着，这规矩、这阵势，让她直咂嘴。

王熙凤吃过饭，周瑞家的禀告了几句，问二奶奶见还是不见，毕恭毕敬地说："人正在东屋里候着呢，奶奶看是……若是奶奶没工夫，我就让他们回了。"

王熙凤此时还摸不清底细，怕让王夫人脸上不好看，想了一想，便说要见。

周瑞家的大喜过望，连忙叫刘姥姥过来。

大红撒花门帘一掀，刘姥姥跟着周瑞家的进到屋中，只见一个穿着华丽的年轻妇人，正坐着低头拨弄手炉里的灰。

刘姥姥站也不是，坐也不是，又不敢打扰，手足无措。这满屋里的人一语不发，平儿站在王熙凤身边端着茶。刘姥姥求救一般看周瑞家的，周瑞家的摇头使眼色，让刘姥姥不要动，千万别惊动了

---

① 大姐儿是指王熙凤的大女儿，此时还没有正式的名字，依习俗称为"大姐儿"，意思近乎"大女儿"。后文中刘姥姥为她取了名，大名为巧姐。刘姥姥首次来到凤姐院里，就进入了巧姐的房间，隐隐点出两人之间奇妙的缘分。

二奶奶，惹她不高兴。

王熙凤一边拨手炉，一边问道："怎么还不请进来？"

刘姥姥还是不敢贸然出声，看看这少奶奶的装扮，再低头看看自己的衣裳，两脚满是泥，恨不得找个地缝钻进去。

过了好一会儿，王熙凤盖好手炉，抬头要茶，却发现刘姥姥已经等在那里了。

"哟，已经请进来了啊！你瞧，我这没看见，周姐姐怎么也不说一声！"王熙凤以责怪的口吻说道。

近在咫尺，难道王熙凤真的没看见刘姥姥进门吗？或许小读者们心里已经有答案了。这是王熙凤有意摆谱，给刘姥姥一个下马威。①

对于这心思，周瑞家的心知肚明，并不接话。只是，如何引见就有些门道了。毕竟，刘姥姥这种"亲戚"，是硬攀的，若言辞不合适，就会讨王熙凤厌烦，没准儿还会把账算到自己头上。

因此，周瑞家的只说："这就是方才我说的那姥姥②。"

刘姥姥连忙施礼："给姑奶奶请安！"

眼下有求于人，刘姥姥不敢随意。既然曾与王家攀过亲，刘姥姥便权当一家人，称呼"姑奶奶"，听起来比"少奶奶"更亲近些。

"周姐姐快搀起来，"王熙凤半起身半不起身，也不还礼，笑道，"快请坐下。我年轻，不知是什么辈分，也不知该如何称呼。"

这话倒不假，王家、贾家名声在外，来攀亲的人多着呢！究竟以往是不是有连宗这回事，王熙凤还要验证一番。

① 曹雪芹笔下的人物极其鲜活，进荣府借银的情节，不只塑造了刘姥姥，而且同时强化了王熙凤的形象。自黛玉进府一节王熙凤出场后，这是书中第一处以王熙凤为主要角色的情节，值得大家细品。

② 姥姥：在清朝时，"姥姥"是对老年女性的尊称。

刘姥姥行过礼，便让板儿给王熙凤作揖。谁知板儿怕见生人，说什么也不肯行礼。

王熙凤借题发挥，笑道："罢了，何苦为难孩子呢。这显见是亲戚们不常走动，都疏远了。知道的人呢，说你们不喜欢跟我们来往。要是那不知道的人，嘴碎起来还不定说什么呢，没准儿还觉得是我们眼里没有亲戚。"①

王熙凤言语厉害，一上来刘姥姥就领教了，别说借钱，连话都没法接了，只好勉强应付着。

"我们……我们家道艰难，实在是没那个能耐走动……"说着，刘姥姥想起了在门口受到的戏弄，又不敢直说，"来一趟，连个给奶奶们尝鲜的正经东西都没有。别说您，就是……就是管家的各位大爷看了，也不像回事。"

王熙凤听了，轻轻冷笑着："这是哪里的话！我们也不过是借着祖父的虚名，在朝中做个小官，有那么几两银子的俸禄罢了。都说皇帝家里还有三门穷亲戚呢，何况是我们。"

这一番话，堵得刘姥姥什么也说不出来。

王熙凤问周瑞家的："回过太太了吗？"

没得王熙凤同意，周瑞家的哪敢自作主张，赔笑道："等奶奶示下。"

王熙凤便打发周瑞家的去见王夫人，看看太太如何对待这特殊的"亲戚"。

---

① 爱笑，是王熙凤的一大性格特点，但王熙凤的笑也分很多种。像此处她虽然笑着对刘姥姥说话，却不是和善的笑，而是近乎讥笑。在有的场合下，王熙凤则是强颜欢笑，甚至是以笑来掩饰尴尬。

周瑞家的轻车熟路，问完王夫人，回来对刘姥姥说："太太说了，难得你们来一趟，只是这会儿有事，不得闲，让二奶奶陪着叙叙旧。如果没事倒好，如果有事儿呢，只管告诉二奶奶，与见了太太是一样的。"

刘姥姥明白，周瑞家的这是提醒自己跟王熙凤说借钱的事。可这怎么张得开口呢！她瞠目结舌，不知该怎么说。

等了半晌，连周瑞家的都替刘姥姥着急，一再冲她使眼色。

刘姥姥把心一横，要说家里的事，刚说了两句，只听外间屋丫鬟说道："二奶奶，东府里小蓉大爷来了！"

来的正是贾蓉，轻裘宝带，美冠华服。刘姥姥虽是乡下人，可作为妇道人家，轻易也不见男人。贾蓉突然到来，让刘姥姥更是没了主意。

贾蓉来跟王熙凤借名贵的玻璃炕屏，说是会客时摆一摆，可见王熙凤的家底有多么丰厚。王熙凤作为婶子，一副高高在上的样子，贾蓉唯唯诺诺，只有听着的份。安排好这些事，王熙凤才接着跟刘姥姥说话。

刘姥姥指着板儿说："眼看快过年了，他爹在家里也没了主意……"实在张不开口，她只好推着板儿说，"你爹打发咱们来做啥了？！"

虽然在家里已经教了板儿几句话，可五六岁的孩子，一见生人，全都忘了，一句话也说不出来，看得刘姥姥干着急。

王熙凤早已明白其中内情，见这架势，不便多说，就让人在东边屋里摆了一桌客饭，安排刘姥姥与板儿去吃。她表面上说让周瑞家的替她照应，但一转眼，又让小丫鬟悄悄把周瑞家的叫过来。

原来，王熙凤要借着刘姥姥二人吃饭的工夫，详细问问周瑞家的。

此时，周瑞家的才直言道："太太说，确实有这么一回事，旧年里是认了这么一门亲，只是犯不着惊动族里的亲眷，也就没多少人知道。依太太的意思呢，好歹上门一回，也算她记着这门子亲戚，来看看咱们。以往这事儿也有过，但凡他们家来人，都没让空着手回去过。至于多少，太太说，让二奶奶斟酌着办就是了。"

王熙凤这才明白是怎么回事，念叨着："怪不得我没听说过这家子人呢……"

不一会儿，刘姥姥祖孙吃过饭，净了手，周瑞家的又带过来。

刘姥姥难得享用这么美味的饭菜，吃得甭提多有滋味了。只是想到再过来见二奶奶，不免又犯愁：有些话，若要不说，可再也没机会了，岂不是白来一趟？这可怎么好呢？

可这次再坐下，却见王熙凤满面笑意，话语也温和多了："老人家，您听我说。论理您来一趟，是惦着我们这门子亲戚。若说起来，亲戚之间，您不开口，我们也该想着照应。只是家里实在事情多，太太一时想不到，也是难免。"

刘姥姥心中一喜，没想到，最难开口的话，二奶奶都替自己说了。可是，这钱究竟借还是不借呢？

王熙凤接着说："可有一样，您有您的难处，我们也并非处处宽裕。都说我们家里富贵，可哪里知道呢，这家大业大，也有大的难处。只是这内情，纵然我们说给别人听，别人也未必信呢！"

一听说"难"，刘姥姥心凉了一半：这说有难处，意思不就是不想借嘛！没准儿这一次是白来了！

"我这里，若说多的也没有，"王熙凤冲平儿使个眼色，说道，"好在有昨日太太给的二十两银子，是给我的丫鬟年下做衣裳的，若是姥姥不嫌少，就拿了去用着。"

平儿拿来包好的一封银子，还有一吊钱。刘姥姥见了，大喜过望。

"少不得我再四处腾挪，给她们做衣裳罢了，"王熙凤指着板儿道，"你拿了这钱去，过年时也好给孩子做两件新衣裳。来这一趟不容易，这一吊钱拿着雇个车回去吧。"

刘姥姥喜出望外，连连道谢，又是欣喜，又是紧张，也不知道说什么好，张口便说："多谢姑奶奶，我就说，您老拔根汗毛，比我们腰还粗呢……"

刘姥姥一高兴，连平日里的这些粗话也说出来了。王熙凤只是笑而不语。周瑞家的着慌，赶忙使眼色制止。

刘姥姥这才闭了嘴，却不知道该如何感谢，连手脚都不知道该往哪搁了。

王熙凤说道："天色不早了，我也不虚留你们。日后得了闲，再来我们这儿坐坐。周姐姐，你替我送送吧。"

周瑞家的带着刘姥姥出来，到了僻静处，无奈地说："你平常挺会说话，怎么见了少奶奶倒不会说了！"

刘姥姥道："我一见了她，又觉得她了不起，又是高兴，倒不知该说什么了。"

出了荣府后门，刘姥姥这才千恩万谢地作别了周瑞家的。①

---

① 书中塑造刘姥姥这个人物，一来是通过对比强调贾府的富贵奢靡，二来王熙凤接济了刘姥姥，也体现出王熙凤有善意的一面。根据脂批提示，刘姥姥总共三次进入荣国府，借钱的情节为后来的二次进府表示谢意做了铺垫。刘姥姥知恩图报，最终成为巧姐的恩人。这个人物身上的优点，值得我们欣赏。

刘姥姥来这一趟，得了二十两银子，搁在当时可不是小数目。莫说过年，足够刘姥姥他们家过一年了！可对贾府来说，这不过是九牛一毛，连平素摆个宴席都不够。

至于王熙凤说的，这些钱原本是给丫鬟们做衣裳的，大家觉得会是真的吗？是确实如此呢，还是王熙凤的说辞？想必聪明的小读者们会有自己的答案。

第9章
共赏通灵玉

周瑞家的送走刘姥姥之后，来回禀王夫人。谁知，王夫人闲来无事，到梨香院找薛姨妈聊天去了。周瑞家的又一路走到梨香院，跟王夫人说如何给钱、如何送刘姥姥走的。

话音刚落，薛姨妈便说，新得了纱堆的宫花十二枝，是宫里新制的样式，正要送给贾府的姑娘们，不妨让周瑞家的顺路带去。说着，她命香菱将宫花拿给王夫人看，果然花样新巧，颜色艳丽。

王夫人心想，不知这宫花是哪里来的，许是薛蟠经手皇商事务，从中克扣了些。薛姨妈能拿来送人，必定价值不菲。因此，王夫人道："这花极好看的，留着给宝丫头戴吧，不必想着她们姐妹。"

薛姨妈道："姐姐你有所不知，这宝丫头有她的脾性，平时不喜欢戴这些鲜艳的花朵之类。"

说着，薛姨妈将盛着宫花的锦匣递给周瑞家的，吩咐道："你们家三位姑娘，每人两枝，给林姑娘两枝。这样的话，还有四枝……嗯，就都给凤丫头吧。"

周瑞家的接了宫花出去，王夫人表示谢意，又跟薛姨妈聊些家常话。

周瑞家的去给众姑娘送宫花。荣国府地方大、房子多，要一一送上这些宫花，还要跑好几处地方呢！

黛玉刚来的时候，三春姐妹住在贾母的小院；黛玉、宝玉格外受宠，住在贾母的上房中。后来他们年龄渐大，贾母也年纪大了，怕照顾不周，就重新给他们分了房间。

三春姐妹住到了王夫人正房后的抱厦中，一处起居，由大嫂子李纨照管。而宝玉、黛玉从上房挪出来，各分了一间厢房，在一个院子里，彼此来往也方便。[①]

若论亲疏远近，应该先把宫花送给黛玉，毕竟她是客人。但黛玉在荣国府时间久了，周瑞家的又自恃是有身份的仆人，而且大中午的没少跑腿，便不考虑那么多，顺路就把花送出去了。

她先到了距离最近的抱厦，给三春姐妹送了花。

贾府的姐妹们，元春、迎春、探春、惜春各学了一门才艺，是被称为“文人四艺”的琴棋书画[②]。这从她们各自大丫鬟的名字就能够看出来——分别是抱琴、司棋、待书[③]、入画。当然，古代毕竟讲究“女子无才便是德”，她们不过略学一学，修身养性罢了，从来也不能在人前炫耀，更不许刻意展现。

---

① 在明清章回小说中，成书较早的《水浒传》《西游记》等，往往参考曲艺、戏曲中的相关故事梳理而成，整体结构较为简单。《红楼梦》诞生较晚，是曹雪芹独立创作而成，全书结构复杂，线索交织独具特色。这里交代姊妹们的住处，呼应着黛玉进府一节贾母对孙辈住房的考量。

② 琴棋书画：“琴”指弹奏古琴，“棋”指下围棋，“画”指传统的中国绘画。值得注意的是，“书”指书法，与读书无关。

③ 待书：有的版本写作“侍书”。

迎春学的下棋，探春也略通一二，两人正在窗下对弈切磋。姐妹们命司棋等人收了宫花，都口口声声称呼"姐姐"，向周瑞家的表示谢意。

随后，周瑞家的又一路往西走，到了王熙凤的小院中，送上了四枝花。王熙凤叫来院门口服侍的小厮彩明，让他给宁国府的秦可卿送去两枝。秦可卿日常帮着尤氏打理宁国府的事务，与婶子王熙凤常有往来。

这时，匣子里只剩了两枝花。周瑞家的拿着，继续往西进了贾母的小院给黛玉送花。黛玉正在宝玉房中与众人解九连环玩耍。周瑞家的上前，说自己替薛姨妈给姑娘送花。

不承想，这触动了黛玉内心最敏感的地方，她不接匣子。

倒是宝玉，一向喜欢跟女孩子相处，对女孩子用的首饰也格外在意。他好奇是什么样的花，主动接过匣子，拿出宫花翻来覆去地端详着。

黛玉一看，这么大的匣子，里边只有两枝花，便问周瑞家的："这花是单给我一个人，还是别的姑娘都有？"

周瑞家的站在一旁，听出黛玉的口气不对，拐弯抹角地说："其他姑娘都有了，这两枝……是姑娘的了。"

黛玉冷笑一声："我就知道，不是别人挑剩下的也不给我。"

听了这话，周瑞家的便不开口。

原来，别的姑娘皆是住在自己家中。而黛玉远离父亲，纵有外祖母宠爱，毕竟隔着一层。况且贾母年纪大，精力有限，黛玉也不能事事倾诉，与跟在父母身边是没法比的。时间长了，黛玉生出了寄人篱下的孤独感，担心别人不是真心待自己，只能暗自落泪。况且，这宫花虽好，却来自薛家，平常人人都赞扬宝钗，甚至不惜贬低自己，也让她打心底里更不高兴。

见黛玉不悦，宝玉忙把花放回匣里，不再提及。

黛玉淡淡地道："替我道谢吧。"

宝玉连忙岔开话题："听说宝姐姐近来身体不适，你就说，过几日我去看她。"

周瑞家的应了一声，转身出去了。

有的小读者可能会说：黛玉不是小心谨慎吗，为何现在说话如此犀利了呢？其实，年龄渐长，必定伴随着各种各样的变化。黛玉日日住在贾母小院中，上有外祖母照管，下有宝玉关心，日子长了，不像刚来时那么拘谨。况且，她为宫花气恼，确实事出有因，等日后再长大一些，她便不会这么直白地表达情绪了。到那时，她见到丫鬟、婆子送东西，有时会给些零用钱，有时会嘘寒问暖。当然，这都是后话。

且说过了几日，宝玉想起之前说要去探望宝钗，午后闲来无事，正好可去梨香院一叙。但是，贾母的院子在西边，而梨香院在东北角，若是从正堂荣禧堂附近走，就怕遇到父亲贾政。①

宝玉向来都躲着贾政走，见了父亲，就如同耗子遇见猫。若是贾政考查起学业，别说游玩，还要赶忙回来温习功课呢！所以，宝玉绕了一个弯，出了垂花门，想沿着荣国府南面的路绕到东边。

---

① 古时讲究"严父慈母"，母亲对待孩子温柔慈祥，而父亲要时时保持一副威严的模样——哪怕是肯定孩子，都不可以直接夸赞，生怕那样做会让孩子变得骄傲。这是古时人们的观念，阅读《红楼梦》还须放到当时那个时代背景下去理解。

府里平日有一些"清客相公"围绕在贾政身边，这些人都读过不少书，有的没能考中科举，却年事已高，不可能再当官了；也有的家境不够宽裕，卖官鬻爵的好事轮不到他们；也有的纯属不求上进，只愿围在老爷身边，靠别人的施舍得些利益，甚至不惜拍马屁。

贾政闲了，便与这些清客相公谈天、下棋。他们肚子里有些学问，多少能帮着做一些文书方面的事。在贾家，他们又好歹是客，连宝玉也对他们客气三分。

宝玉正走着，就遇见了两位清客，一个叫詹光，另一个叫单聘仁。①

一见宝玉，两人溜须拍马的技能就用上了。行礼的时候，把腰弓得低低的，又是抱着宝玉的腰，又是携着宝玉的手，满口说着："我的哥儿，我说昨晚怎么平白就做了好梦呢，原来今天在这里会遇见你！"

宝玉最不喜欢跟这些人打交道，但又不敢怠慢，不然万一传到父亲耳朵里，自己便要吃亏。因此，他只能应付着，过了好一会儿，才送走了两位清客相公。

此时已经绕到了荣国府的东部，宝玉拐弯向北，直奔梨香院。大家族人口多、事务多，有很多机构和办事人员。这时，银库房的总领吴新登、仓库的头目戴良、买办钱华等人正从账房出来，见到宝玉，忙上前请安。这些都是仆人，宝玉打着招呼就走过去了，不

———————

① 脂批点明，这两个清客的名字，分别谐音"沾光"与"善骗人"。曹雪芹借谐音寓意，惟妙惟肖地写出一个群体的特征。他将各种古典小说的笔法用得出神入化，值得小读者们细细品味。

一会儿来到了梨香院。①

宝玉进门先拜见了薛姨妈，便到里间跟宝钗聊天。只见宝钗穿着蜜合色棉袄，玫瑰紫银鼠比肩褂，一色半新不旧②；唇不点而红，眉不画而翠，脸若银盆，眼如水杏。这样的装扮不显奢华，倒正合宝钗的个性：罕言寡语，人谓藏愚；安分随时，自云守拙。

宝玉问候一番。原来，宝钗并不是什么大病，只是旧病犯了，吃了几颗冷香丸便好了。

宝钗的丫鬟莺儿献上茶来。这莺儿自幼服侍宝钗，本名叫黄金莺，因宝钗嫌叫"金莺"拗口，就唤作"莺儿"。

宝钗张罗让宝玉喝茶、品尝果馔，一转头，看到了宝玉项上戴着的通灵宝玉。

宝钗道："自从来了这里，成日家听人说起你戴的玉，都说有多么神奇。究竟是个什么样的玉，让我细看看如何？"

宝玉笑着摘下通灵宝玉，递给宝钗。

宝钗接过来，只见流光溢彩，不免觉得惊异。

"果然不是寻常之物！"宝钗感叹着，把通灵宝玉托在手上端详着。只见这块玉约有雀卵大小，通体晶莹明澈，如同天边的晚霞，细腻温润，又呈现出丝丝缕缕的五色花纹。

"姐姐你看，上面还有字呢！"细看去，方能看到玉上的小字，

---

① 仆人的姓名同样各有寓意："吴新登"谐音"无星戥"，即没有刻度的小秤，指随意支出；"大"字又读作 dài，"戴良"即谐音"大量"，指过度耗费物品；"钱华"暗指采购物品时花销无度。书中巧妙写出大家族生活的奢靡浪费，仆人的胡作非为更是埋下贾府衰败的祸根。

② 书中写到日常陈设时，常常强调"半旧"，这是依据古代大家族的现实突出了生活气息，下笔极为细腻，不落俗套。值得注意的是，这与大家族的衰败无关，以往语文考试中也曾多次考过这个知识点。

皆是古雅的篆字。宝钗逐一辨认，只见正面刻着"通灵宝玉"四字——当初甄士隐在梦中，看到的便是这四字，其他的小字他未来得及看，而那小字是"莫失莫忘，仙寿恒昌"。玉背面亦有十二字："一除邪祟，二疗冤疾，三知祸福。"①

宝钗觉得很神奇，不经意间念了出来。

一旁的莺儿听了，忽道："这跟我家小姐的金锁上的两句话倒像是一对儿。"

宝钗怕失了礼，连忙借故让莺儿走开："水都凉了，也不赶快添了热水来。如今天冷，仔细茶凉了。"

宝玉却往心里去了，也要看宝钗戴的金锁。

宝钗只道"听她胡说"，宝玉央求半天方才应了。她解开外衣，从璎珞上解下金锁，递到宝玉手上。

这金锁沉甸甸的，十分华丽，正面刻的是"不离不弃"，而背面是"芳龄永继"。

宝玉惊叹道："果然跟我玉上的字是一对儿！"

莺儿奉上茶来，又插言道："当初是个秃头和尚送了这两句吉祥话，说一定要刻在金器上……"

宝钗忙打断她，赶紧把金锁戴好。一抬头，却发现黛玉正站在门口，也不进来，却目不转睛地盯着两个人，脸上似笑非笑，一语不发。

---

① 曹雪芹杜撰出的通灵宝玉，整体是红色的，暗合全书叙事氛围；如霞光般通透、五色花纹缠护，皆呼应女娲补天的神话前史。书中通过茫茫大士、甄士隐的所言所见，以及冷子兴的对白层层铺垫，才最终呈现了玉的外观与字迹，藏露得宜，笔法十分细腻。

宝钗不免有些尴尬，连忙道："颦儿，你几时来的，快来坐。"

宝玉也道："快把外头衣裳脱了，怎么只站在那风口里……"

黛玉故意说："哎哟，我来得不巧了！"

见黛玉说话酸溜溜的，宝钗掩饰着尴尬，有意问道："颦儿这话是什么意思？"

黛玉见周围婆子、丫鬟众多，不好说破，轻轻地道："早知他来，我就不来了。要来一群都来，要不来一个也不来。若是今天他来，明日我再来，岂不是天天有人来了？这样既不会太冷清，又不会太热闹，姐姐怎么反倒不明白这么简单的意思呢？"

宝钗知道，黛玉与宝玉相伴长大，在一起玩耍习惯了，今天见宝玉不打招呼就来了自己这里，难免不快。好在宝钗也不计较，只让黛玉快坐。旁边丫鬟拿了黛玉的斗篷，去外边抖落上面的雪珠。

宝玉方才只顾说话，不知天色已暗，飘起了雪花。他不便接黛玉的话，对丫鬟说道："外边下雪了吗？我的斗篷取来了没有？"

黛玉却不依不饶："你看，我来了，他就要走了，岂不是生怕太热闹了？"

宝玉赔笑道："好妹妹，我何时说要走了？来，天气冷，快喝些热茶暖暖。"听宝玉这么说，黛玉才入座，三人一起品茶聊天。

第10章

小宴梨香院

眼看天色将晚，到了该吃饭的时候。平日里薛蟠大大咧咧，不能体贴母亲；倒是宝玉性子温和，又难得来一趟。薛姨妈就吩咐准备了几样精致的菜肴，留宝玉和黛玉一起吃饭。

入了席，宝玉觉得糟制的鹅掌鸭信 ① 味道可口，便聊到这个菜宁国府做得好。贾珍不求上进，倒是喜欢享乐，宁国府的饮食游乐处处讲究。宝玉尚年幼，不管那么多，只记得宁国府宴席上的菜肴好吃。

薛姨妈见宝玉喜欢，让丫鬟多拿些来。糟制的菜肴是江南的美味，薛家刚从江南来京不久，厨子最擅长这个。

宝玉大快朵颐，又说：“吃这个，就酒才有趣。”

薛姨妈不愿让他扫兴，命人拿了酒来大家略喝一点。②

宝玉正在兴头上，等不及热酒，便要喝凉的。薛姨妈哄他道：“这

---

① 鸭信，指鸭舌。
② 清朝上层社会流行饮用黄酒，但让孩子饮酒属于观念上的局限性。当今的小读者们应自觉远离烟酒。不过，内容高雅的酒令等文化，我们可以适度了解。

可不行！酒要吃热的，吃了冷酒，写字的时候手打颤！"

宝玉只说没事。宝钗道："宝兄弟，亏你还杂学旁收的！天寒地冻的，若是喝了这冷酒，需要五脏去暖它，身体怎么受得了呢？！"

宝玉觉得有道理，改口说："好好，那就热了来喝。"

早有丫鬟备了热水和酒具，忙着热酒。黛玉瞥了一眼宝玉，一言不发。宝玉只顾品尝美食，并没有留意。

这时，贾母小院中，丫鬟们正惦记着黛玉。特别是紫鹃，知道黛玉素来体弱，担心她受了风寒。你道这紫鹃是何人？原来，自打鹦哥跟了黛玉，黛玉觉得"鹦哥"这名字不雅，又见宝玉给袭人取了名，便把她的名字改为紫鹃。①

紫鹃处处周到，看天气冷了起来，就让小丫头雪雁给黛玉送去取暖的手炉。黛玉与宝玉朝夕相处，平日里若觉得宝玉有事做得不对，时常劝说他。宝玉有些事听从了，却也有些事没放在心上。这次宝钗一劝宝玉就听了，黛玉心里不痛快，就想找个话题讽刺他。因此，一见雪雁来了，黛玉顿时有了主意，故意问道："这是谁让你送来的？"

雪雁道："紫鹃姐姐怕姑娘冷，让我给送了来。"

"亏你倒听她的！我平时告诉你的话，全当耳旁风。怎么她一说你就听，比圣旨还快些！"说着，黛玉悄悄抬眼瞟着宝玉。

宝玉与黛玉何等熟悉，哪能不知道她的意思，只是嘻嘻地笑着，仍继续品尝菜肴。

---

① 这里突然提及一个叫"紫鹃"的丫鬟，脂批点出，这是由于"鹦哥改名也"。曹雪芹只完成了《红楼梦》的前八十回，后四十回是程本印刷时添上的续书。在续书中，有的场景同时出现了鹦哥与紫鹃，并不符合曹雪芹的原意。

宝钗也听出黛玉的意思，可并不往心里去，连连让黛玉吃菜。

倒是薛姨妈没听出弦外有音，还喋喋不休地说丫鬟们是为黛玉着想，让黛玉别着凉。

这时，奶妈李嬷嬷怕宝玉喝多，按捺不住了。由于亲手喂养公子长大，李嬷嬷在荣国府格外受尊重。如今她年事已高，连孙子都有了，儿子李贵也在荣国府当差。因李嬷嬷是奶妈，贾母便安排李贵服侍宝玉。平日里，李嬷嬷不免倚老卖老，主仆们往往也礼让三分，不跟她计较。

李嬷嬷见宝玉频频饮酒，心里着慌了，若是喝得多了，宝玉一时有什么失礼之处，自己头一个就会被贾母怪罪。但薛姨妈是贾府的客人，作为下人，李嬷嬷不好直说，索性搬出了贾政，对宝玉说："哥儿，快少喝些。今日老爷在家呢，仔细问你的功课！"

宝玉一听，哪里还有半点兴致！

见李嬷嬷唠唠叨叨，黛玉不愿宝玉扫兴，小声说道："别理她，咱们吃咱们的。"

李嬷嬷又道："我的话小爷也不听。只怕林姑娘你劝两句，他还听得进去。"

黛玉说："我为什么要劝他呢？当然也犯不着助他。不过吃饭时饮两杯酒，还是姨妈让我们喝的——难不成，我们就不该在这里陪姨妈用饭吗？"①

---

① 这是《红楼梦》中首个宝黛钗齐聚的场景。黛玉语言犀利，经常被网友称为"林怼怼"（这是网络语言，正式写作文或答题时不宜盲目引用）。需要注意的是，率性的语言体现出黛玉的纯真，这时她只是十岁出头的孩子，并非存心刻薄。另外，黛玉希望宝玉开心畅快，初衷仍是好的。

一听这么说，李嬷嬷便接不上话了，退到一边，不再阻拦。

宝钗笑道："真真是颦儿的一张嘴，叫人恨也不是，爱也不是！"

薛姨妈又哄了半天，宝玉才有了兴致，与大家边吃边聊。薛姨妈也怕喝酒太多不妥，让人收了酒，上了饭食。

吃过饭，眼看雪越下越大。薛姨妈怕路滑不好走，连连提醒宝玉和黛玉早些回去，还派了人送他们。

宝玉多喝了几杯，不免头晕眼花，平日里黛玉照顾他习惯了，悉心帮他穿好斗篷，戴好挡雪的斗笠，还整理了一下簪的红绒球，让它露在外边，煞是好看。

二人到了贾母小院，给贾母请过安，各自回房安歇。宝玉一看门的上方多了三个字，正是清晨他自己题写的斋号"绛芸轩"。[①]

宝玉房中丫鬟众多，性情各不相同，数晴雯最为活泼。早上宝玉来了兴致，便让晴雯研墨。晴雯以为他要写多少文章，研了好久，累得手腕子都酸了。可闹了半天，宝玉就写了"绛芸轩"三个字！这时宝玉微醺，只想歇着，晴雯却不依不饶，硬拉着他去写字。宝玉逗了晴雯半天，方才作罢。

宝玉与丫鬟之间常常玩笑。此时袭人正躺在榻上歇着，见宝玉来了也不起，故意装睡，等着出其不意逗他一乐。

宝玉忽想起，宁国府早上送来一份豆腐皮的包子。他想着晴雯爱吃，好意留着给她，便问晴雯吃了没有，味道如何。

谁知，晴雯道："可别提了！李嬷嬷那会儿见了，就拿去给她孙

---

① 在传统文化中，"红"有不同寓意，比如代表富贵繁华，也可以指代女性。《红楼梦》频繁用到与"红"有关的意象。比如贾宝玉的服饰突出红色，斋号中的"绛"是指深红色；而丫鬟茜雪名字中的"茜"，本是指暗红色。

子吃了，我连豆腐皮包子长什么样都没看着！"

宝玉听了心中不悦，也不去跟袭人说话。酒后又觉口干舌燥，宝玉想起走的时候，曾泡了一碗枫露茶^①。这茶十分特别，需要冲泡三四次，茶汤才能色香味俱全。几个时辰前泡好的枫露茶，此时喝正是最可口的，便叫丫鬟茜雪去端茶。可谁知，茜雪端来的却并非枫露茶。

这茶泡起来极费工夫，此时再泡哪里还来得及，宝玉有些气恼，问那杯枫露茶哪儿去了。

茜雪回道："原本我是留好的，那会儿李奶奶来了，说没喝过这个茶，要尝一尝，我就让她喝了。"

又是李嬷嬷！处处管着自己，不让自己尽兴，又拿走了包子，喝了枫露茶！宝玉借着酒劲，猛地把杯子往地上一摔，瞬间杯子粉碎，茶水溅得到处都是："她算哪门子奶奶，值得你们这么伺候她！处处都迁就她，快把她惯成祖宗了！依我说，把她撵出去，才能耳根清净！"

说着，他也不顾那么多，要让贾母把李嬷嬷撵走。

袭人是宝玉房中的大丫鬟，地位比晴雯还高。一见出了这乱子，不敢再躺着了，连忙起来劝住宝玉。

摔杯子的响动，正房中的贾母已经听到了，怕宝玉有什么闪失，忙让丫鬟来询问。袭人连忙掩饰过去，只说地上有雪水，自己不小

---

① "枫露茶"是作者杜撰的茶名。想必这种茶汤与枫叶一样是红色的，暗合《红楼梦》的叙事氛围。脂批点出，这与梦游太虚幻境时的"千红一窟"相呼应，将茶汤比作女性的血泪。另外，曹雪芹幼年在南京生活，参考南京口音，"枫露"的谐音为"逢怒"，指恰逢贾宝玉发怒。

心踩滑了，打碎了杯子，其他的一概不敢说。

贾母并没有起疑，可宝玉还闹着要撵李嬷嬷。

论起来，仆人若没有大错，是不能轻易撵出去的。更何况大家族中的关系盘根错节，李嬷嬷是有头有脸的仆人，一家祖祖辈辈都服侍贾府主子，没有功劳也有苦劳，哪能说撵就撵呢。其实往日李嬷嬷也不把袭人放在眼里，时不常要数落两句。此时看宝玉醉醺醺的，袭人不仅不添油加醋，反而还劝阻宝玉。

"都是你屋里的人，你要撵，索性连我们一起都撵走吧。总归仆人有的是，日后再挑上来，没准儿比我们服侍得还好！"听袭人这么说，宝玉才作罢。袭人怕再出别的事情，匆匆照顾宝玉睡下。

但此事终究传到了贾母耳朵里，长辈们偏让茜雪当了替罪羊，不明不白地把茜雪赶了出去。

这让宝玉后悔不迭，觉得不该一时任性，让无辜的女孩子受牵连。可茜雪并不记仇，后来还表现得有情有义，详情且留待后文再表。

第11章
王熙凤协理宁国府

　　眼看到了冬末，贾府收到一个不好的消息：黛玉的父亲林如海病重，盼女儿速速前去探望。

　　黛玉听说，不免愁上心头，屡屡伤感，以泪洗面。贾母连忙命人做种种准备，安排黛玉上路。毕竟姑娘家出门不便，贾母就命表兄贾琏一路护送黛玉回南方，等到了地方，也让贾琏帮助料理寻医诊治等事务。

　　黛玉来到贾府这几年，深得贾母喜欢。在老人家看来，黛玉与宝玉是她心中最重要的人。黛玉回南方照顾父亲是人之常情，但对于贾母来说，黛玉走得久了，她难免时常思念。因此，贾母特地交待贾琏，等林如海康复了，仍旧把黛玉带回来。

　　如此安排下去，王熙凤与平儿着实忙乱了一番。这一去不知多久，两人不辞辛苦，为贾琏打点路上使用的一应物品。尤其是王熙凤，还要吩咐黛玉此行带的丫鬟、婆子。

　　匆匆打点好，贾琏就护送着黛玉上路了。

　　贾琏一走，王熙凤更是格外忙碌。她素来争强好胜，凡事不愿被人戳脊梁骨，到了过年的时候，纵然十分辛劳，她也勉力支撑着。

　　待过完年，春回大地，王熙凤才稍稍轻松些。贾琏走的时日长了，王熙凤心中不免牵挂。春日天仍短，晚上她与平儿闲聊几句话，灯下做一会儿针线活，一时觉得乏味，也就与平儿做伴，早早地睡下了。吹了灯，两人又数着日子，想着贾琏兴许到了哪里、在做什么。

　　古时音信不通，只好遥遥思念。那边宝玉对黛玉的牵念、挂心，更是不必细说。

　　说来也怪，这一夜，王熙凤翻来覆去，总是睡不安生。谁知，三更时分，荣国府夜空中传来一阵急促而清脆的响声，在宁谧的夜里听得格外真切，令人心惊胆战。

　　一听这声响，王熙凤立刻就醒了，留意着响了几下。"一、二、三……"王熙凤心里默默数着，最终，这个声音响了四下。

　　"是丧音！"王熙凤惊呆了，慌忙从床上坐起来。[1]

　　大晚上的，家里居然有人过世了！为什么连一点征兆都没有？死的会是谁呢？王熙凤心一下就乱了。

　　这时，有下人打着白灯笼走进院子，在窗外告诉王熙凤："东府蓉大奶奶没了。"

　　"贾蓉之妻秦氏？"王熙凤听了，更觉得惊异。毕竟，她才二十岁上下的年纪，怎么会去得这么突然呢？

　　王熙凤心事重重，平儿匆匆服侍她穿好衣服，先来见王夫人与

---

[1] 古时大宅中传递消息十分不便，府中会悬挂一块装饰着云头纹样的金属板，名为"云板"，用于报事或召集人员。古人以单数为阳数、双数为阴数，敲击云板四下表示"丧音"，示意家中有人故去。

贾母。毕竟，家里的亲戚过世，有很多礼仪上的事务需要打理，哪怕是半夜，也要赶忙派人前去祭吊。

年轻轻的一个人，说没就没了，实在太突然，家中上下都觉得意外。

先是男性亲眷过去祭奠，贾政、宝玉等人都去了。贾府兴盛了近百年，如今住在宁荣二府的，是嫡出的近派子孙。还有很多支派的儿孙，都已经分了房子住在外边。有富裕一些的，亦有关系远的，日子过得很紧巴。这时众人皆已得到了消息，陆续从四面八方赶来。

宁国府一时间忙乱不堪，仆人们四下奔忙，急着挂上各种白色的帐幔，准备各式丧仪用具。另外，有的去给熟悉的达官贵人家里报信，有的去接僧人、道士来做法事，种种琐事，千头万绪。

贾珍办理丧事一味挥霍，要停灵七七四十九日，凡事还只求"好看"。上下人等投其所好，大肆花销，不知多花了多少银两。

爱拍马屁的人给贾珍送了些好木头，贾珍看不上眼，一定要找珍稀的木料来给秦可卿做棺椁。

还是薛蟠有办法。他家木材铺子里有好木头，原本是备了给老王爷用的，说是叫樯木，极为罕见，异香扑鼻。

贾珍不顾出格，立刻花大价钱命人赶制，又想着贾蓉只花钱捐了个国子监的监生，地位太低——若是捐个正经的官位，既说出去好听，礼仪规格也能置办得更高些。

正巧，大明宫内相戴权从早年就与贾府有来往，听说秦可卿死了便来祭吊。贾珍趁机将戴权让到僻静之处，提起为贾蓉捐官之事。

在大家族中，这样的事情司空见惯。戴权便说宫里有一种侍卫，名为龙禁尉，如今正空出两个名额，很多达官贵人想为儿子捐。①

要捐这个官，所需的数目可是不小，要一千多两白银。有的人跟戴权相熟，戴权便应允了；而有的人，纵然是当官的，可跟戴权说不上话，哪怕想花钱捐，戴权还不给这个面子呢！

贾珍只顾丧仪上好看，不想那么多，一口答应下来。

不几日，贾蓉龙禁尉的腰牌、官服都到手了，重新置办了丧仪的仪仗，更加引人注目。

眼看该花钱的地方都花够了，该办理的事务也办理得差不多了，可贾珍还有一件事不称心——这节骨眼上，妻子尤氏病倒了，不能打理事务。有道是"男女有别"，二门之内女眷的事务，贾珍、贾蓉都不方便打理。内帏无人主事，大小事务仆人们都来问贾珍，让他疲于应付。

贾珍别无他法，马上来见王夫人、凤姐等人，请王熙凤去宁国府协理事务。这倒正中王熙凤下怀。她不嫌事务繁忙，反而想着办理完丧仪，理家经验更加丰富了，连王夫人也会高看一眼，自己又在仆人中立了威风，日后也好办其他婚丧等大事。

故而，见王夫人担心弄巧成拙，王熙凤反劝王夫人体谅贾珍，答应他的请求。贾珍不由分说，从袖中拿出对牌②交给王熙凤，让她

---

① 与前文"戴良"类似，"戴权"即谐音"大权"。通过卖官的描写，宦官的嚣张跋扈跃然纸上。明朝时，太监擅权，祸国殃民。清朝借鉴明朝的历史教训，避免了此类情况再次发生。小说中，作者参考明代弊政，写出了戴权卖官的情节，笔法十分灵活。

② 由于女主人不便面见管账、管银的男性仆人，大家族中支领钱物就需要用到"对牌"。对牌两个一对，账房中有一个，女主人手中掌握另一个，需要领钱领物时交给仆人，管家见两个相符即表示得到女主人同意。在古代，对牌代表着理家权限，对于家务管理极其重要。

一定帮忙打理眼下一个月的事务。

见此情景，王熙凤收了对牌，接下了协理宁国府的重任。

受人之托便忠人之事，眼看天色晚了，王熙凤先送走王夫人，自己留下做些准备。

王熙凤选了一处抱厦用于理事，思索着：宁国府上上下下的仆人不少，她如今来协理丧仪，调动的是宁国府女仆的一多半。虽说常来常往，但素日有印象的仆人没几个，因此，要先想法把她们调动起来。可是，调遣仆人并非易事，这是由于宁国府素来规矩不严，家中事务极其混乱，若要顺利办好丧仪，须得找出问题一一解决。

那么，宁国府贾敬不管不问、贾珍铺张奢华，都造成了哪些弊病呢？

王熙凤琢磨着，总结出了宁国府的"五大风俗"：

一是人员往来界限不清，常常顺手牵羊，丢失东西；

二是事情没有分工，出了问题彼此推诿；

三是借故冒领物品银两，仆人暗自挪用；

四是忙的太忙、闲的太闲，累的活儿谁都不愿去干；

五是仆人散漫惯了，有头有脸的不服主子管束，地位低下的又不专心于事务。

想到这里，对于如何解决种种弊病，王熙凤心里也就有数了。

事不宜迟，王熙凤命人领了纸张，由小厮彩明制作各种记录事务的账簿和册子。她还找来宁国府管家赖升①的媳妇，要了花名册，

---

① 曹雪芹去世时，前八十回文本尚未修订完成，存有一些瑕疵。在书中不同情节里，宁国府大管家的名字有赖升、来升、赖二等不同写法，本书统一作赖升。

让第二天一早传齐了女仆来训话。忙完这些，王熙凤才回去安歇。

私下里，西府琏二奶奶要来协理的消息早就传开了。仆人们议论纷纷：有明理的，说应该让王熙凤来治理治理；也有的根本不把她放在眼里，想着她比贾珍、尤氏都年轻，又能有多大本事呢！

宁国府大管家赖升召集了一些管事的仆人，让他们提醒手下人："那琏二奶奶，可是个面黑心硬的烈货，一旦急了，不管你是谁、受不受主子器重，都是一样问罪惩处。你们可得时时处处小心些！"

宁国府的仆人竟敢对堂堂荣国府当家少奶奶如此评价，果然十分嚣张！那么，王熙凤协理宁国府进展会顺利吗？她能够调动仆人、管好宁国府的事务吗？会不会惹出什么麻烦、闹出什么乱子呢？

问题都摆在眼前，就看王熙凤有没有这个本事了！

且说第二天清晨，王熙凤来到宁国府，坐在抱厦中先跟赖升媳妇说话。抱厦不大，声音便传到了院子里，在场的婆子、丫鬟们都听得清清楚楚。这正是王熙凤敲山震虎的法子！

王熙凤道："你们珍大爷既然托我打理府中事务，就不要怪我多事，让你们操劳为难了！我可不比你们奶奶脾气好，任由你们胡来。谁也别再告诉我说：'我们府里原本就是这样安排的。'自打今儿起，这里所有的事情都要听我的，若是错个一点半点，可别怪我翻脸不认人。要是出了错，不管哪个是有头有脸的，哪个是没有靠山的，都一样处置！谁要是不好好办事，到时惹出麻烦，再后悔可就迟了！"

仆人表面上恭恭敬敬地听着，心里究竟怎么想却没人知道。

有道是"人上一百，形形色色"，宁国府仆人众多，除了二门外的男仆由贾珍、贾蓉安排，大多女仆都参与办理丧仪，皆由王熙凤调遣。这样算下来，里里外外有两三百人。但这里不比荣国府，王熙凤并不认识她们，也不知道她们性情、能力如何，又怎么安排事务呢？

王熙凤丝毫不马虎。她先按着花名册，将所有归她调遣的女仆一一察看，有的还问两句话，让彩明逐个在花名册上记下来。她不辞辛苦，从头到尾阅视了一遍，之后立刻给女仆们分了工。①

王熙凤照着花名册，安排道："她们这二十个分作两班，一班十个人，单管给来祭拜的女客倒茶，别的事情跟她们没关系，也不用找她们干；这二十个人也分作两班，本家亲戚来了，让她们管着给太太奶奶们提供饭食，其他事情也跟她们没关系！这四个人管用酒用饭的器物，若是东西少一样，就让她们照原样赔，买不着原样的，就拿钱来抵！"

赖升媳妇听了，默默记着，心里想：这下好，连我都不能轻易调动手下人了！

王熙凤继续说："这四个人，专门收管女客们用茶的茶器，若是丢了，也让她们照原样赔。话说回来，若是客人失手打碎了，倒也不怪她们，但也要据实收着那碎瓷片子，留着我日后查对！"

王熙凤一气呵成，一样样安排下去，所有仆人都领了各自的差事。相对清闲的，几个人搭配着，一干就是一天；若是比较辛苦的差事，便分成两班，半天轮换一次，也好有个休息的空当。

而像蜡烛、灯油等物，消耗极大，若一件两件也到库房领，不但麻烦，外头管仓库的人也会说主子不体恤下情。王熙凤就算好总量，一次领来，再一一分派给负责的仆人。

除了分工，若是提供饭食等事情迟误了，也不免让客人笑话。

---

① 作为协理的开始，王熙凤先不急于干预具体事务，而是了解仆人的个性后再作分工安排。这体现出王熙凤精明强干，抓住主要问题，花费时间与精力优先解决，这样的办事经验值得我们借鉴。

当时的大户人家，已拥有来自西洋的精美钟表，甚至连王熙凤身边的心腹仆人都戴着怀表。平时王熙凤理事，极重视时间安排，因此，她为协理丧仪划定了办理事务的时间。

王熙凤吩咐下去："每日卯正二刻，我过来点卯。巳正吃早饭，凡是有什么事情要回禀的、要拿对牌领东西的，一律安排在饭后的午时初刻来见我。过了时辰，我可不候着你们！到了傍晚，戌时客人们就该散了，我亲自到各处查一遍，之后管茶管饭的各处关门落锁，钥匙一并交到我这儿，没有急事不许再开启！眼下家里有事，少不得你们早歇着早起，第二天仍是卯正二刻过来。"①

王熙凤喝了一口茶，最后说道："大家别嫌辛苦，家里正是用人的时候，干好了眼前的事，大家都好。忙过了这些天，珍大爷自然按等级赏你们，到时候再乐呵几天不迟！"

一切安排好，仆人们各自忙活去了。

若说起来，以往宁国府的丧仪上，可是乱得不成样子：常常是这个人正管倒茶呢，又被慌忙叫去迎接客人，倒茶却没人管了；可临时叫个人来倒茶，做饭的事情又耽误了……种种乱象，数不胜数。

眼下，经过王熙凤调遣，大家都明白自己该干什么，立刻就忙活起来。以前没人干的苦差事，现在有人干了；以前缺什么东西不知道，现在有人主动来申领，宁国府出现了一派新气象！

王熙凤见理出了头绪，有几分得意。但一开始大家都有新鲜劲，时间长了，保不齐有懈怠的、偷懒的，想到此，王熙凤也不敢大意。

况且，荣国府一刻也离不了王熙凤。贾琏又不在家，她肩上的

---

① 明朝末年，欧洲的钟表进入中国，到清朝时在上层社会进一步普及。不过当时的人计时仍习惯用传统的时辰，像"卯正二刻"，约为清晨六点半，从中不难看出仆人们的辛劳。

担子越发重了。荣国府的仆人要支领东西时，需动用荣国府的对牌，这也由王熙凤掌管着。故而不时便有荣国府的仆人到宁国府来找王熙凤；若是宁国府偶尔有急事，不免也会有仆人半夜三更追到荣国府请示。

虽然劳累，但王熙凤觉得自己越发能服众，心里倒觉痛快。每天到了宁国府，她就专心在抱厦中理事。无论是贾氏本家的客人，还是其他官贵家的女眷，王熙凤大都认识。但为了不影响理事，她一概不见。

渐渐地，时间长了，就有宁国府仆人生出了抱怨。一天天这么忙碌，不像以往能偷个闲，甚至偷偷溜出去喝点酒、打打牌，所以私下里怨言就多了起来。

有的仆人机灵，日日盯着王熙凤几时来府里、几时理事，想着若是王熙凤松懈了、渐渐来得晚了，自己就能趁机睡会儿懒觉。

谁知，王熙凤以身作则，每日都按时理事，无论风雨，从无一天迟到。日子久了，仆人领教了，也就不敢再抱着偷懒的心思。

除了两府的事宜，此时偏偏又发生了很多琐事。京中不少达官贵人家都有人过寿，需要送去礼物。王熙凤的哥哥王仁要回南方看望父母，她也要送上礼品表达孝心。况且，作为长辈，王熙凤还要时常到秦可卿灵前祭奠，又不免痛哭伤心。一事接着一事，让王熙凤愈发忙了。眼看协理的时间过半，丧仪上一切都很顺利，王熙凤悬着的心才稍稍放下。

没想到，就在离出殡还有十几天时，出了乱子，若王熙凤一着不慎，或许就会前功尽弃。作为宁国府亲戚的王熙凤究竟会如何处置呢？是网开一面，还是按规矩发落？我们且看后文。

第12章

协理宁国府一波三折

这一日清晨，王熙凤照常到宁国府协理丧仪。

与往日不同，赖升媳妇按名册查岗时，发现迎送亲友的仆人中，尚有一个人未按时来。赖升媳妇平日里跟这个仆妇相熟，但王熙凤有言在先，赖升媳妇也不敢回护她。

原来，贾府的富贵延续了近百年，而从宁荣二公发达时，赖家就跟着他们做管家，后来一辈一辈传到赖升这一代。眼下赖大是荣国府的大管家，而赖升则是宁国府的大管家，兄弟之间时不时互相帮衬。可王熙凤提醒了，说赖升媳妇若有意回护宁国府的仆人，那这三四辈的脸面也就没法保全了。赖升媳妇心知王熙凤的厉害，绝不敢拿赖家的荣耀开玩笑，故而据实报给了王熙凤。

另一边，早有人去找那迟到的仆人。这人倒乖觉，一头跪在王熙凤面前，口口声声告饶。王熙凤此时不动声色，只听那仆妇怎么说。

犯错的仆妇道："二奶奶，小的错了。原本每日小的都来得早，偏赶今日醒了，觉得时辰还不到，想多躺会儿，不承想睡过头儿，误了差事。还求二奶奶饶过小的这次，小的下次再不敢了。"

王熙凤一看，原来是个有头有脸的仆人，以往是受宁国府主子优待的，心里便有了数。此时，抱厦外人来人往，下人们探头探脑，想知道王熙凤会如何处置——若是严格处罚，怕是要顾及这人的面子，甚至还要考虑如何跟贾珍交待；若是碍于面子放宽处置，有一就有二，下次自己也就可以不用那么小心翼翼了。很多下人都存着这个心思，彼此你看看我，我看看你。

王熙凤若无其事地看了一眼抱厦内外的人，冷笑道："自打来了这里办事，你是头一个迟误的！我还当是谁呢，原来是你！你平时手底下管着不少人，说一不二，连珍大爷、珍大奶奶都须给你三分面子，所以你才敢迟到，才敢不听我的话，是不是？"①

那仆妇只是求饶、说好话，不敢造次。

荣国府有个下人叫王兴媳妇，此时来到宁国府，站在一旁静候。王熙凤明白王兴媳妇有事要办，且不发落犯错的那人，只问有什么事。②

原来，眼看就到出殡的日子了，荣国府太太、奶奶们要送灵，车子上须换成素色的装饰，要领白色的丝线制作流苏等饰物，王兴媳妇正是为此事而来。

王熙凤听彩明念了单子上的数额，在心里核对无误，便发下荣国府对牌，让王兴媳妇去仓库领取。

此时，那犯错的仆妇如芒在背，只是闷头跪着，不知该怎么办。

---

① 见有仆人犯错，王熙凤仍以笑容相对，只不过这里强调是"冷笑"。古典章回小说行文含蓄，极少直接描写人物心理，作者借这种方式留下悬念。
② 《红楼梦》人物众多，提及人名的方式也千变万化。书中，"王兴媳妇"只在这一处提到；至于宁国府犯错的仆人，名字却没有提及。这体现出曹雪芹著书别出心裁，不落窠臼，点明了大家族中仆人众多。

外头有些宁国府仆人窃窃私语，有人希望从轻发落，自己也可减些小心；也有跟这人关系不好的，巴不得她被狠罚一通。

谁知，陆续又来了几个荣国府的仆人，有领东西的，有领匠人工钱的，事项不一。王熙凤一一审核。有的许是想浑水摸鱼，王熙凤当场把单子掷在地上，让回去重新算；也有几个算得无误，王熙凤就立即办理。

待这三四个仆人先后领了对牌办完事，已经有一炷香①的工夫了。

这时，王熙凤才回过头来，发落这犯错的仆妇。仆妇跪了半天，早就垂头丧气了。这正是王熙凤的初衷——借着理事，让来往的仆人都看看此人跪在这里，本身也是杀鸡儆猴的手段。②

王熙凤道："睡过头，倒也难免。可今日你睡过头了，明日兴许我也睡过了，后日别的人又起晚了——这等着用人的时候，岂不都找不见人了！若说起来，你是头一个出错的人，我有心要饶你……"

听到这儿，那仆妇不免有些侥幸，以为王熙凤会饶她。

王熙凤顿了顿，接着道："可若是宽恕了你，就难免再有人犯错，到时候管治别人，分寸就不好把握了。说到底，不如立时发落为好！"

说到这儿，王熙凤眉毛一挑，声音变得尖利起来："来人！拖下去，打二十大板！出去告诉赖升，再罚她一个月的月钱！你们都看好，今天犯错的头一个，打二十；明儿再有犯的，打四十；后日的，打六十！有谁不怕挨打的，那就接着睡，接着迟到！"

那仆妇一听打二十大板，一把鼻涕一把泪地求饶，此时哪里还

---

① "一炷香"指燃尽一支香所用的时间，约为半小时。《红楼梦》中作诗的场合常会焚"梦甜香"计时，其长度更短，燃烧更迅速，提高了作诗的难度。

② 先写办理事务，之后再写对犯错仆人的处置，古人把这种笔法称为"山断云连"，用意在于：一是点出王熙凤的忙碌；二是为后文留下悬念。虽然书中没有太多激烈的情节，但在写作上极讲究细节的处理。

有用，早有仆人拖着出去打了一顿。

众人见此情形，面面相觑，哪个还敢造次！眼看再有十来天就该送殡了，众人自此知道王熙凤不好惹，都专心于各自的事务，谁也不敢再犯错，丧仪顺顺利利地进行下去。

闲暇时，王熙凤又抽空到灵前祭奠。只见周围白花花一片，仆人们哭号不止。她回想往日情景，更是泪如雨下。

秦氏曾赞誉王熙凤，说她是"脂粉队里的英雄"，觉得连那些官场上的男人也比不过她。如今王熙凤忆起，更是感慨万千。想这秦氏，虽出身不比贾家高贵，然而性情温柔，时时留心，上下赞扬不绝。那秦家虽属寒门，秦氏倒知多加盘算，虑及长远。她曾提醒王熙凤：朝中败落的大家族数不胜数，贾府不可只看眼下的富贵，还须督促子孙读书长进。

在灵前想起这些，王熙凤不禁声泪俱下。可王熙凤不免心存侥幸，加之大家族中人多口杂，纵然有心也未必能施行。尤其丧仪上人人哀伤、事事劳心，王熙凤就更没有精力顾及这些了。

屋漏偏逢连阴雨，这时又传来一个坏消息。

贾琏的亲信小厮昭儿回来了。昭儿告诉王熙凤：黛玉的父亲林如海病情越来越重，医治不好，已经过世了！① 这个消息如同晴天霹雳，让正在办丧事的贾府又添了几分悲凉。贾母等人得知后，连连慨叹黛玉命苦。

宝玉听到消息也不免伤神，王熙凤劝慰他："你不就想让林妹妹住在咱们家吗？等姑丈的丧事办完了，你琏二哥哥把她带回来，她

---

① 《红楼梦》写到大家族的衰败与优异女子的凄惨命运，是一部悲剧。描写秦可卿丧仪时，作者有意叠加上林如海故去的内容，叙事氛围悲上加悲，这符合全书的主基调，寓意着贾府终将走向颓败。

就在咱们家长住了，再也不走了！"

　　宝玉与黛玉自小生活在一起，黛玉不在，他怅然若失。分别的这些天，宝玉日日念着黛玉，回想着与她一起玩耍、一起学诗文的日子，巴不得立刻见到她。

　　可是，听王熙凤这么说，他却并不因能与黛玉朝夕相处而欣喜。原来，他知道黛玉爱哭，之前母亲去世，现在父亲也不在了，还不知道她会有多难过、哭得多伤心呢！只可惜自己不能分担她的痛苦，只好在心里默默祈愿她平安康健。①

　　贾琏等人出门有些时日了，昭儿回来这一趟，要往南方带些应季的衣物。晚间，从宁国府回来，王熙凤与平儿忙忙地收拾东西，知道出门不易，嘱咐昭儿要好好服侍贾琏，凡事不要偷懒，等等。待这一切忙完，天都快亮了。即便躺下，王熙凤心也不静，几乎睁着眼过了一夜。便是如此，她也并不推托，仍然按时起身收拾洗漱，在卯正二刻来到宁国府，又开始了一天的忙碌。

　　眼看到了出殡这一日，全家人都要送灵去城外的家庙铁槛寺，琐事诸多，头绪纷杂，仿佛有安排不完的事，来请示的仆人一个接着一个。王熙凤一整夜都没有休息，一直在宁国府安排方方面面的事。此时的她，对宁国府的事务愈发熟悉了，指挥起仆人也更加得心应手，虽然事项繁多，但一桩桩、一件件逐个落实，办得无比顺利。

　　清晨，贾家送殡的队伍就启程了。老爷、公子、太太、奶奶不计其数，骑马的骑马，坐车的坐车，一路上仆人们打着白色的仪仗，伴随着乐器吹吹打打和仆人们接连不断的哭丧声，再加上贾府交往

---

① 很多人只看到贾宝玉喜欢与女孩子相处，但他的初衷、本心却往往被忽略了。实际上，曹雪芹塑造的贾宝玉能够为他人着想，与女子相处时设身处地关心、照顾她们，希望她们舒畅、顺心。

的达官贵人都派人送殡，就连北静王、南安王、东平王、西宁王这四位王爵，也看在祖辈的交情上亲来祭奠。送灵的队伍排出三四里，引得路人纷纷围观。他们指指点点，仿佛在看一场表演。

直至送灵到铁槛寺，举行了仪式，丧仪才算告一段落，王熙凤的协理也顺利结束了。可她的威重令行，却受到一个人的注意——那就是水月庵的住持净虚尼姑。

原来，王熙凤琐事缠身，当天不便回城里，就在水月庵住了一晚。这水月庵俗称"馒头庵"，离铁槛寺不远。因是尼庵，王熙凤便选择住在这里。

这净虚表面上是出家人，可常常出入贾府等豪门大户，满心想着利益。她见王熙凤丧仪办得好，越发受到王夫人信任，便想借王熙凤的权势，为自己谋得好处。她用一张巧嘴，说动王熙凤仗着贾府的势力，强迫他人收回订婚的聘礼，拆散了一对青年男女的姻缘。

王熙凤一向贪财，平日里还拿了小姐、丫鬟们的月钱偷偷地去放高利贷，时常导致月钱迟发，众人敢怒不敢言。见净虚有心"孝敬"，她便冒用贾琏的名义办妥了一切事情，坐享了三千两银子，而王夫人等一概不知情。做了这件事情之后，王熙凤的胆子越发大起来，瞒着贾府人等偷偷办了很多昧良心的事，从中不知赚取了多少银子！①

① 生活中的人从没有十全十美的，但在以往的小说、戏曲中，塑造出的人物往往是单薄的，好人从无缺点，坏人一无是处。曹雪芹打破了这一模式，比如在展现王熙凤的优点之后，毫不掩饰地点出了其贪财等缺点。这种写法是极富魄力的，正如鲁迅先生所说："自有《红楼梦》出来以后，传统的思想和写法都打破了。"

第13章

兴建大观园

这一日，是贾政的生辰。贾政向来喜欢清静，不愿大操大办，并没有请其他大家族的客人，只是全家老小团聚在一起享天伦之乐。贾府众人推杯换盏，一边品佳肴，一边听唱戏，府中弥漫着温馨喜庆的气氛。

就在这时，一个看门的仆人慌慌张张地闯到宴会上，向贾政耳语一番。贾政连忙让停止唱戏，把宴席全部撤下。

贾家老小一听，都十分诧异。出什么大事了？

原来，仆人告诉贾政：宫里来了太监，说要传皇帝的御旨！

大家一听，都紧张起来。皇帝贵为天子，突然传旨是因为发生了什么紧急的事情吗？众人顾不得多想，恭恭敬敬跪接圣旨。只见太监夏守忠一路走上正厅，传下皇帝的口谕[①]：吩咐贾政立刻进宫！

贾政不敢耽搁，赶忙换了官服去宫里面圣。贾母、贾赦等人不

① 口谕：这里是指口头传达皇帝的旨意。古代皇帝乾纲独断，口谕、圣旨有至高无上的效力。

知是福是祸，心里头七上八下，坐立不安。

原来，在古时，皇帝乾纲独断，若是一高兴，或许贾家能平步青云；可若是一动怒，没准儿贾家立刻脑袋搬家、全族论罪！

多少达官贵人，不就是因为皇帝一道旨意，顷刻间就沦为阶下囚了吗！忽然召见，对于全家来说，到底是难得的荣耀，还是灭顶之灾呢？

众人焦灼地等了半晌，终于有个仆人传回信来：是喜事！而且跟大小姐元春有关！

贾母等人听了，略松了一口气，可又怕消息不准，连忙让办事牢靠的大管家赖大亲自去打听。

不多时，赖大眉开眼笑地回来了，隔着门帘，先向贾母下跪道喜。

原来，贾元春入宫是做女官，日日服侍皇后。由于才貌出众，元春受到皇帝宠爱，成为妃子，皇帝钦封为贤德妃！

贾母等人一听，大喜过望。赖大说，贾政已经去六宫中给元妃道贺了，还要请老太太、太太穿了诰命的官服入朝去朝贺呢！

家里女儿成为贵妃，那是天大的好事。很快，京城中的达官贵人就都知情了，皆来贾府道贺。贾家还专门派人给贾琏送去了消息。

由于黛玉一家原籍在姑苏，林如海死后，要送灵柩回苏州安葬。作为女子，黛玉诸事不便，很多事情交由表兄贾琏代劳。林家人丁不旺，近支已无亲眷，加之林如海在任时为官清廉，所余家底不多，贾琏协助遣散了家中上下人等，又打理了一些事务。

贾琏心中盘算着，姑丈并没有太多家资留给黛玉，好在黛玉住在荣国府，一应花销都不用发愁，没准儿日后她出嫁的嫁妆，都需要荣国府来筹办，也许贾母会动用私房钱。好在黛玉年纪尚小，亦不必多虑。

贾琏将一切安排妥当，正准备赶回京城。[①]就在这时，他得到了元春被封为贵妃的消息，心中十分高兴，想着家中肯定有很多事务亟待操办，正需要人手。因此，贾琏护送着黛玉，星夜兼程，快马加鞭往家里赶。

日子一天天过去，眼看离京城越来越近了，贾琏先派小厮往家里传去了消息，自己随后陪伴黛玉赶来。

掐指一算，贾琏外出已有数月光景，王熙凤听说他第二天就能到家，非常高兴。可自从协理宁国府之后，王夫人愈发信任王熙凤，无论是家里的大小事，还是外头的迎来送往，大都交给王熙凤去办，她比贾琏离开时更加忙碌了。即便如此，王熙凤还是吩咐提早准备酒菜，等丈夫归来好好地为他接风。

第二天晌午，贾琏与黛玉终于到家了。黛玉去给贾母、王夫人请了安，就着手打理送给长辈和姐妹们的礼品。江南制笔、印书驰名已久，黛玉精心挑选了这些礼物送给姊妹。

而此时，宝玉期盼着黛玉归来，早就急得如同热锅上的蚂蚁了。几个月没有见，黛玉又长高了些，气质更加出众，只是在外辛劳，

---

① 目前网络上流行着一种说法：盐政是肥差，林家必定有巨额家产被贾琏霸占。在历史上，从事盐政发家靠的是中饱私囊，而林如海会是一个贪官形象吗？作者笔下的林黛玉，究竟是一个"孤女"，还是一个"隐形富二代"呢？哪个定位更符合作者的表达？事实上，书中没有任何描写可以支撑贾府霸占林家财产的结论。小读者们在学习、答题时，应严格依据文中内容得出结论，须做到自圆其说。另外，当下自媒体平台上观点纷杂，有人炒作《红楼梦》写的是女鬼"，也有人说"大观园是一座坟"……这些观点看似吸引眼球，实际上皆属主观臆断，毫无参考价值。这样的内容与日常学习、答题无关，小读者们要勤于思考，学会对网络上的信息进行甄别，不要被低质量内容误导。

加之心情悲伤，越发清瘦了。

黛玉把礼物送给宝玉，而宝玉也为黛玉准备了一样礼物。

之前秦氏丧仪上，宝玉初次拜见了北静王水溶。宝玉本不愿与达官贵人交往，可这北静王不同，素来传闻是个贤王。他眉目清秀，人品端庄，与宝玉一见如故，还将皇帝亲赐的鹡鸰香珠串①送给了宝玉。宝玉知是难得之物，平时不舍得用，此时转送给黛玉。

谁知，黛玉却不要，说道："什么臭男人拿过的，我不要它。"说着，又掷还给宝玉。宝玉也不计较，默默地收起来。

这毕竟是地位尊崇的王爷，恐怕连贵为天子的皇帝，也不过是黛玉口中的"臭男人"，可见黛玉的品性有多么清高！②

作为姑娘家，黛玉没有太多见面行礼的事项，贾琏可就不一样了。

他一回府，还没有见王熙凤，便按长幼顺序一一见礼。先拜见了老祖母，又去东边小院给父母问安，之后又回来问候二叔贾政，连客居的薛姨妈也要拜见。来来回回，已过了好一段时间。因想着贾珍是兄长，且旅途劳顿，便暂没有去宁国府拜见，先回家歇息。

贾琏一进门，打扮得花枝招展的王熙凤就迎了出来，满面堆笑地说："国舅老爷大喜！小的给国舅老爷道辛苦了！小的还略准备了酒菜，给国舅老爷接风洗尘，不知可否赏光？"

这一番话，正说到了贾琏心坎里，他顿时眉开眼笑。只不过，他的口才可不及王熙凤，一时倒不知该说什么了，只说几句"岂

---

① 鹡鸰香珠串：古人以鹡鸰比喻兄弟友爱，曹雪芹为手串取此名应是强调兄弟和睦对于家族兴旺的意义。

② 《红楼梦》往往在文字表面之下，隐寓着作者的思想，要放到当时时代背景下去理解"臭男人"一语。如同前文宝玉说的"女儿是水作的骨肉"，类似的文学表达突破了礼教观念，具有反思男权社会的鲜明意义，可谓掷地有声。

敢""多承^①"的客气话。

有贾琏这么一比，更显得王熙凤能说会道了。贾琏离家这么久，曾经发生的大事、自己如何办理的，王熙凤都要告诉贾琏，她一口气说了长长的一番话。

只听王熙凤道："二爷这一走，偏赶上家里的事情又多，我一时也不知该如何处置了。我又是妇道人家，没见过几件大事，想想便也怕了，因此就想推说不管这些大大小小的事了。可太太一听，又不高兴了，倒说我只图清闲。没办法，我也只好硬着头皮做。可有的时候，又怕太太不满意。若是她略略不高兴，我这么胆小，就吓得连觉也睡不着了。可你也知道，咱们家这些管家的婆子、媳妇们，哪一个是好对付的——一个个都有心机呢！想调遣她们，哪有那么容易。不但不催着就不干事，甚至还隔岸观火，巴不得看别人的笑话。唉，也不知费了多大心思，才把咱们家的事给安排好了。可谁知道，又赶上东边府里蓉哥媳妇没了，珍大哥哥看没人理事，再三再四地说要让我帮着照看照看。咱们家里的事还忙不过来呢，哪有心思管亲戚家的事，我就一直推辞。可哪想到，珍大哥哥倒求太太去了。太太看他可怜，就一口应了。那我能怎么办呢，也只好勉为其难吧。这不，到头来还是让我管了个马仰人翻的，也不成个样子。没准儿，到如今珍大哥哥还后悔呢。你这一来了可倒好，明儿你见了他，多替我解释解释，就说凤丫头本就没见过世面，担不了这大任，谁让哥哥你看错了人呢！"

王熙凤滔滔不绝，原本协理宁国府照管得很好，却偏偏正话反

---

① 多承：受到别人厚待时的客套话，用于表示谢意。

说，好像自己还很谦虚。贾琏听着，感慨多亏王熙凤打理家中诸事，却是连一句话都插不上。[①]

这时，贾政派人来找贾琏，说有要事相商。见长辈叫，贾琏不敢耽误，立即出去了。

王熙凤知道贾琏旅途劳顿，回了府又去各处拜见，肚子还饿着呢，连忙吩咐摆上酒席，等贾琏一回来就开宴。可王熙凤心里也犯嘀咕，不是跟二老爷刚见过面吗，又有什么着急的大事呢？

不多时，贾琏回来，夫妻俩便开席了。王熙凤正要问贾政说了什么事，还没等开口，却见贾琏的乳母赵嬷嬷来了。

赵嬷嬷年纪有五十上下，贾琏小时候，她给贾琏喂过奶。依贾府的规矩，哪怕少爷长大一些，也由乳母抚养，就如同照顾自己儿子一般。等到少爷成年了，这个任务才算完成。要说起来，当年为了养育贾琏，赵嬷嬷也没少费心思。

正因此，王熙凤过门后，对赵嬷嬷格外尊重。赵嬷嬷平时惦记贾琏了，就常到府里来看看。丫鬟们习惯了，也不刻意通传。听说贾琏远路归来，赵嬷嬷要来看看他，就像回自己家一样，轻轻松松就来了。

不过，情分归情分，毕竟身份有着主仆差异，赵嬷嬷言谈举止并不敢随意，依然时时守着规矩。

王熙凤与贾琏见赵嬷嬷来了，连忙叫她一起吃酒。此时夫妻俩对坐在炕上，中间搁着小巧的炕桌，满满摆了一桌精致酒菜。王熙

---

① 贾琏也并非不善言辞，此处以贾琏为对照，重点刻画出王熙凤能说会道，这亦符合全书欣赏女性、肯定女性的文学思路。王熙凤的一番话，迎合了封建社会中男性的心思。显然，具体言辞是夸大、走形的，不可当真。

凤便让赵嬷嬷也上炕坐,一起品尝佳肴。

可是,赵嬷嬷知道,上炕坐是主子和尊贵客人的特权,所以说什么也不肯。那以往她来了都怎么坐呢? 平儿心中有数,连忙拿了脚踏①让赵嬷嬷坐,又摆了一张低矮的杌子,给赵嬷嬷摆了杯碟碗筷。

贾琏粗枝大叶,随便端了两盘菜,让平儿放在杌子上给赵嬷嬷吃。倒是王熙凤心细,知道她年纪大了,牙口不好,让平儿把那焖得烂烂的火腿炖肘子拿来,专门给赵嬷嬷品尝。

贾琏也带回了一些当地的土特产,席上斟的就是名贵的惠泉酒。王熙凤给赵嬷嬷倒了一杯:"妈妈②,快尝尝你儿子带来的惠泉酒!"③

瞧瞧这说法,多么亲切! 赵嬷嬷听了心花怒放,趁着少爷、少奶奶高兴,便张口说了一桩心事。

原来,赵嬷嬷如今老了,已经不管具体的事务了,这在贾府叫作"告老解事"。若比起来,府里仆人的家庭有几十家,自己家也算得到主子宠信的。若是再往上比,还有更富裕的奴仆之家。像赖家,那是贾府仆人中最高等的,代代身为大管家,谁也比不了。看看周围人,赵嬷嬷就存了一件心事:眼看自己的两个儿子也大了,却无事可做———一般的差事,哪怕有缺额了,他们看不上;若想干个出头露脸的事务呢,又没有这样的机会。因此,赵嬷嬷这次来,就是要为两个儿子谋差事。想必凭着自己的一张老脸,少爷、奶奶定会

①　脚踏原本是搁在椅、榻前边用于放脚或放鞋的低矮家具,可对仆人,主子表示高看便可以让仆人坐在上边。赵嬷嬷这样吃饭显然不舒适,但依照规矩只能如此,折射出森严的封建等级观念。

②　妈妈:读音与"嬷嬷"相近,在这里是对嬷嬷的亲近称呼,与"母亲"无关。

③　《红楼梦》中的人物是鲜活的、立体的,我们不应用"贴标签"的方式来理解书中角色。例如很多人一提到王熙凤,就只想到泼辣、狠毒、贪财等缺点。事实上,王熙凤具有丰富的性格侧面,像对待赵嬷嬷就显得温和体贴。

给面子。

可赵嬷嬷也有一番盘算，如今琏二奶奶风风光光，权力比以前更大了，日常的事又归她管，干脆，开口直接求二奶奶！

赵嬷嬷便说道："我这会儿来，倒不是为了吃酒，是因为有件事想求主子做主——不过，我不求我们爷，只求二奶奶！我这两个儿子如今还闲在家里呢。咱们家出了贵妃，里里外外又添了不少事，哪里不都需要人手嘛。只盼看在我这张老脸的份儿上，求二奶奶开恩，给他们安插个差事。这事啊，我也不跟我们爷说了，之前也不是没说过，爷嘴上答应得倒好，回头也就给忘了！"

见赵嬷嬷说得有趣，凤姐笑道："他平日里吃两杯酒，哪还记得咱们！妈妈请放心，两个奶哥哥的事包在我身上！"

"那我就先替他们谢恩了！如今有了奶奶做主，我什么也不愁啰！"①

说完了闲话，王熙凤又想起贾政找贾琏的事，便问贾琏，那么匆忙找他，是有什么要紧的事。

其实，这恰与之前的传闻有关——宫里册封了元妃，自然又热闹一番。据说，后来皇帝想起了一件事：宫里的太上皇、皇太后、太妃等，身边有皇后、妃子伺候，又有皇帝亲自问安、服侍，自然可以享受天伦之乐。可后妃自打进了宫，由于皇家规矩所限，就不能再回家了，多少年都远离父母，甭提有多么孤单。若是能让妃子也回家省亲，岂不是两全其美？因此，家里出了皇妃的达官贵人纷纷

---

① 赵嬷嬷在全书中只出现一次，她的行为举止是谨慎、得体的。同样作为乳母，赵嬷嬷与李嬷嬷形成了鲜明对比。这不单是写两个人，更是塑造出具有相同身份而性情不同的两类人，文学意蕴十分深邃。

议论，说是皇帝有意安排妃子们省亲。

若是元妃回府省亲，既能骨肉相见，又是家中莫大的荣耀，因此，贾家上下都希望能够如此。

可是，君心难测，妃子省亲涉及皇家制度，皇帝没有下旨，众人也不敢贸然提及。

贾政找贾琏之时，圣旨刚刚发下：妃子回家省亲的制度皇帝已经恩准，只要有专门的房屋院落能够驻跸关防[①]的，就可以接妃子省亲。

言外之意是：若想接女儿回家，还需要这些达官贵人建造专门的省亲别院！哪怕要耗费人力物力，对于豪门贵族来说，这难得的与女儿一见的机会，也是值得珍惜的。因此，京城中的大家族纷纷做起了准备。

贾琏说，家里要盖造省亲别院，准备迎接元妃回府省亲了！　[②]

如此一来，刚刚协理过宁国府的王熙凤，马上又要准备接驾了！她一向争强好胜，当然想借此机会再展现自己的才能，心里也越发得意。要说起来，皇妃回府，论排场、礼仪，与迎接皇帝的御驾别无二致。想到此，王熙凤又有一番感慨。

"可惜我年纪小些，没赶上以往的那些大世面。若像老一辈那样，就能见着千载难逢的大场面了！"王熙凤眉飞色舞地说，"以前常听我爷爷说，早年间太祖皇帝出巡，那排场、那故事，比听一部书还

①　驻跸关防：古代皇帝后妃出行排场很大，途中暂住时采取各种措施以确保安全，突出他们的身份与地位。这里指有条件安排相关人员与措施。

②　作为省亲别院，大观园是《红楼梦》中十分重要的园林建筑群，建园过程想必极其琐碎，又不可不展现。曹雪芹另辟蹊径，文中借赵嬷嬷出场，写到元春即将省亲；又通过贾蓉等人对话，概括了相关内容；之后略略点出分工，营造出忙碌景象，将千头万绪的建园过程浓缩为凝练的文学表达。

热闹呢！"

"可不是嘛！"赵嬷嬷道，"那时候咱们贾府正监修海塘、修造海舫，也在江南接过一次驾。哎哟哟，那排场，甭提有多大了。不要说银子都跟土一样，说花就花；任是世上各种珍奇的东西，没有一样不是堆成了山，连'罪过可惜'四个字都顾不上了！若不是亲眼所见，如果别人告诉我，没准儿我还不相信呢……"

不等说完，王熙凤便插言道："就是如此的！我们王家也接过一次驾，那时候我爷爷就管理各国朝贺进贡的事。广东、福建、江浙所有的洋船货物，都得我们家过问！那些外国人换回去的钱，哪一样不是我爷爷经手？！"

赵嬷嬷知道王熙凤好胜，忙附和道："可不是，现在江南还流传着一句话，叫作'东海缺少白玉床，龙王来请金陵王'，说的就是奶奶府上了，可不正是当年留下来的话！"

王熙凤听了得意洋洋，又道："可我还听说，只有江南的甄家，居然接驾四次！你说说，他们家怎么就那么富贵呢？"①

赵嬷嬷道："正是呢！现在想起来，那时我才刚记事！不过，要说这富贵不富贵……老实告诉奶奶一句话，谁家有这些钱买那虚热闹去，也不过是拿着皇帝家的银子往皇帝身上使罢了！"

王熙凤还要往下说，忽见王夫人派了一个丫鬟来找她，想来也是为了迎接省亲的事。王熙凤顾不得吃饭了，漱了口就要去见王夫

---

① 历史上从没有皇家妃子回家省亲的制度，"元春省亲"是曹雪芹虚构的情节，脂批点出，其目的在于"借省亲事写南巡"。清朝早期，康熙皇帝曾六次南巡，而曹雪芹的祖父曹寅深受康熙信任，曾四次接驾，皇帝就住在曹家。甄家、贾家原型皆是织造曹家。"甄"谐音为"真"，甄家在江南做官、四次接驾等，更接近"真实"的曹家经历；而贾家的故事，文学创作的成分更多一些。

人。偏巧，宁国府的贾蓉与贾蔷也来了。王熙凤向来在意手中的权力，知道少爷们要商量大事，便装作收拾衣饰，有意听他们说些什么。

叔侄见面先是寒暄一番，贾蓉传父亲贾珍的话，叫贾琏好生休息，不必为了礼节再到宁国府去拜见，又说道："二老爷和大老爷商量好，说是从府第后边，拆去一些下人住的群房，丈量好了拢共三里半大，可以盖造省亲别院了。"

原来，贾政与贾赦、贾珍等人一直为此事苦思冥想，只是为了体谅贾琏，才让他先回来休息。如今商量好了，大事也就可以定下来了。

一同到来的贾蔷比贾蓉略小几岁，是贾珍的侄子，可惜他父母都已经不在了。现在贾蔷年纪大了，单独搬出去住，但差事与生活上还有赖贾珍照应。这一次，贾珍给贾蔷安排了一个很有油水的差事，从中能赚不少银子。

原来，古代大户人家女眷的娱乐极少，逢年过节不过是听听戏。为了迎接元春省亲，不便找外头的戏班子，贾府打算建一个女子组成的昆腔家班。因此要到姑苏采买十二个嗓音清亮的女孩子，还要聘请教习、采办行头。贾蔷年纪轻轻，哪里管过这些事情。因此，贾珍让他带上管家的儿子以及单聘仁等几个清客相公去办。

故而，贾蔷说是来向琏二叔辞行的。不想，贾琏说道："你可了解这一行？这里头，可是大有藏掖的。"

听贾琏有质疑的意思，贾蔷赔笑道："也只好学着办罢了。"

王熙凤平时与贾蓉、贾蔷经常来往，贾蓉希望婶子能帮贾蔷说几句话，悄悄在灯影里拉王熙凤的衣服。

王熙凤不动声色，说道："孩子们也大了，该见见世面了。再说了，比起咱们，珍大哥哥难道还不会用人吗？也不过是让他作为家里人去看看，督促督促罢了。要说到谈买卖，还有底下人和相公们呢。"

听凤姐这么说，贾琏也不便再说什么，讪讪地道："那自然是如此。我不过是替他筹划筹划罢了。"凤姐一句话，贾蔷的差事就算定下来了。

贾蔷心满意足，说道："这次南下必有一段时日，侄儿不能在叔叔、婶子面前服侍，还请多多保重。"

既是这样，贾蔷便欠了王熙凤一个人情。可王熙凤极为精明，立刻就要"讨回"这份人情，见缝插针道："可也是，你没出过远门，又有那么多事需要操持，想来怕是人手不够吧。正好，我这里有两个妥当人，干这个差事正合适，你就带他们去办吧！"

贾蓉忙给贾蔷使眼色，让他答应下来。不然，若是王熙凤一反悔，这美差恐怕就要落到旁人手里了。

贾蔷会意，故意谄媚道："婶子平日理家，手底下有的是有才干的人，我正想跟婶子要两个人呢！"

不等贾蔷说完，王熙凤就问赵嬷嬷："叫什么名字？"

赵嬷嬷才明白过来，这是为她的两个儿子安排差事，忙说："一个叫赵天梁，一个叫赵天栋。"①

瞧瞧，口口声声说是"妥当人"，可连什么名字都不知道呢！既

---

① "赵天梁""赵天栋"在书中亦只出现一次，这样的写法符合日常语言习惯，同时点出家里仆人众多。具体人名也值得我们深思：两个在家中"啃老"、指望母亲给找工作的青年，居然以"栋梁"命名，是极具反讽意味的。另外，仆人中的男性如此，贾府的少爷们不也大多如此吗！作者借仆人的名字，讽刺了依附于大家族的男性主仆，点明他们终将坐吃山空。而反观王熙凤立刻满足赵嬷嬷的请求，再次肯定了书中女性的精明与能力。

是婶子，又有当家的权力，王熙凤要如此，贾蔷也不敢驳回。

见没什么大事了，王熙凤转身就走，去见王夫人。

贾蓉也乖觉，表面上恭恭敬敬地送婶子，低声问："婶子要什么东西……"

"少胡说！"王熙凤打断贾蓉道，"我的东西还没处撂呢，稀罕你们鬼鬼祟祟的！"说罢，便扬长而去。

而屋里，贾蔷也与贾琏嘀咕着："叔叔有什么需要的，我这次去，一并带回来。"

贾琏与凤姐反应不同，说道："你才学着办事，别一味学这些偷偷摸摸的事。我若需要什么，写了信告诉你便是。"

原来，这些公子少爷们都是办家里的事，但想的不是多做些贡献，而是暗地里把银子装进自己腰包！究竟什么是贾琏所说的"藏掖"，也就不言自明了。子孙如此不贤，实在可叹，大家族又如何能够长保繁荣呢！

第 14 章

试才题对额

　　随着贾蔷南下，贾府上下也忙活起来。贾政一向清高，不太管这些家事，就由贾赦与贾珍、贾琏商量着办。元春虽是荣国府的女儿，但论辈分，宁国府的贾珍是哥哥，又是族长，这样的大事也须过问。仆人当中，荣国府大管家赖大，赖大的副手林之孝，还有宁国府大管家赖升等，一齐指挥众人，建房的建房，种树的种树，各自忙碌着。

　　建设一座规模宏大的花园绝非易事，贾府账上的钱几乎全用到这一件事情上了。贾赦的小院中，原本有一些湖石、花草，只要是便于移动的，都移用到省亲别院里。宁国府以北原来也有一个花园，名为会芳园，园中的天香楼极其豪华。如今会芳园拆了一部分并入省亲别院，只保留了天香楼等几幢建筑仍作为宁国府的花园。[①] 这样一来，不但缩短了工期，也多少省了一些银两。

　　很快，一个有着花草树木、亭台楼阁的园林就建设起来。贾珍

---

① 大观园是用来迎接皇妃的，具有"行宫"的属性，具体描写上参考了清代皇家园林的气势与奢华，属于文学夸张。实际上任何豪门都不可能拥有大观园这种规模的园林，为照顾现实，书中写到了移用现成材料的细节。

等人一面忙着收尾，同时安排贾琏置办帐幔帘子等物，命贾蓉负责打造金银器皿；一面请了贾赦去看。贾赦看后非常满意，贾珍遂又请贾政去查看。

贾政喜好舞文弄墨，便与清客相公们商议道："省亲别院已建好，可如今除了楼阁、山石、溪水、花木，独独缺匾额楹联。这对于园林，断断是少不得的，随景题匾联方能点题，为园林增色。"[1]

建园是为了迎接贵妃省亲，论理该由贵妃定夺，但园林中的匾额楹联，须依据景色来撰写，万不可千篇一律。清客相公们提议，不妨先由贾家人拟出，参考花灯的样式制作成灯匾，日后若贵妃不满意也便于更换。

贾政觉得有理，便邀各位清客相公一同游园，詹光等人亦混迹其中。偏巧，宝玉好奇，先去园子里玩耍，出来正遇到贾政。宝玉便恭恭敬敬站住，想等贾政一行人过去。

谁知，贾政听家塾中的先生说过，宝玉虽然不喜欢八股等文章，却有些才情，擅长作诗词对联。因此，贾政有意叫上宝玉，让他到园中题匾题联，试试他的才分。清客相公深知贾政此意，心中早就想好了：到时自己不展现才华，只等小少爷一开口，就变着法地阿谀奉承。

贾政受诗书熏陶已久，对于鉴赏园林颇有几分见解。他命关了园门，先看园子的外观。之后，大门洞开，恰有连绵的山石立在不

---

[1] 《红楼梦》被誉为"百科全书式的文学作品"，书中通过细致描写展现了园林相关的文化知识。传统园林是优美的建筑群，具备山水景观、花木栽植、建筑设计、匾额楹联等要素。书中贾政欣赏园林的视角与观念，值得我们参考借鉴。

远处，如同屏风一样，园中的亭台楼阁皆隐藏在其后。

贾政点头道："这处山石极有趣，若没有它，一进门，园里的景致就悉收眼底，反倒太直露了。其中道理，正与提笔作文相仿。"说罢，便盯着宝玉。宝玉知道这是父亲提醒自己，只低头不语。

众清客怕宝玉尴尬，忙岔开话题，只附和说这山石的妙处，连连称赞。山石上嵌着一块洁白的石头，打磨得光洁莹润，正是题字之处。贾政随口问清客该题什么名目。清客们有意说了一些别人用过的名称，如"小终南""叠翠"等，毫无新意。

贾政连连摇头，便让宝玉题。宝玉想了一想说道："此处花木幽静，又有羊肠小道相通。不如用唐人的旧句，题作'曲径通幽处'，倒显大方气派。"

不等贾政说话，众清客抢先赞道："二世兄果然好才情！""是啊，活学活用，不像我们一般迂腐。"①

贾政听了，点头微笑，带着众人穿过小径。一路上小溪潺潺，绿树成荫，山石嶙峋，鸟语花香，风景果然宜人。

清客们一路指指点点，评论不休，既赞叹景色好，又夸赞贾府的奢华。

园中大大小小的亭子不少，凡有亭之处，必是观景的好去处。不但风光旖旎，雕梁画栋更为景致增色。

只见前边有一座亭子建在桥上，下有三孔桥洞，溪水流过，激起层层浪花，仿佛飞雪一般。众人走到桥上，贾政便问："依诸位之见，

① "试才题对额"一段情节，在语文教学中占有重要地位，属于常考内容。在曹雪芹笔下，贾政考查贾宝玉才情的初衷，贾宝玉从小心翼翼到滔滔不绝的状态变化，清客变尽花样的阿谀奉承，都值得我们细细品味。

这亭子题个什么名好？"

"这里真是好景致！须选个雅观的名目才好。""正是如此！古往今来，先贤名篇有不少写及亭的，究竟参鉴哪一篇章呢？""依小弟之见，宋人欧阳修有《醉翁亭记》一篇，其中说'有亭翼然'，看这亭子，斗角飞檐煞是好看，不如叫'翼然'如何？"①

众清客你一言我一语，看似咬文嚼字，实则不过是随口敷衍。

贾政思忖道："《醉翁亭记》确是名篇。只是文中那亭建于山上，亭子如同雄鹰振翼，故而题'翼然'好。若用于此亭，则不甚妥。一来这亭无翱翔九天之势，二来它建于水上，若依我浅见，不点水景似为不妥。"

众人听了，纷纷改口道："是是，政老爷说得是。""有理，有理！""依老爷说，用什么名好？"

贾政道："我记得同一篇中，说有流水'泻出于两峰之间'，颇能显出流水的气势，这一个'泻'字用得好，堪称典范。不如用这个字如何？"

有相公道："叫'泻玉'可否？"

贾政不语，也有相公附和道："以'玉'比这清溪，妙哉！"

宝玉不敢随意插言，只在一旁静听。

贾政看了他一眼，佯作愠怒道："你个庸才，一路闷头看风光！你可知道这题匾题联大有讲究么？今日恰有前辈在此，哪个不是饱

---

① 2022 年高考全国甲卷作文题目的材料，即化用了沁芳亭上的这段故事。题目中指出，"众人给匾额题名，或直接移用，或借鉴化用，或根据情境独创，产生了不同的艺术效果"，要求考生自定立意作文。显然，熟悉《红楼梦》的同学在遇到这样的题目时会有一定优势。

读诗书。你怎么不拟一个来，也好让众前辈指点一二！"①

宝玉知道父亲有意让自己展才，壮着胆子说："若……若是依我说，这'泻玉'二字万万用不得。"

"哦，为何？这须得说出个道理来！"

"毕竟是为迎接贵妃建的园子，若依皇家规矩，不雅的字眼一概不可用，想来，这'泻'字便过于粗俗了。"

"听这么说，倒是有点开窍了。"贾政微笑着对清客们说，转头又对宝玉道，"那依你说，题什么好？"

宝玉心里有底了，便说道："看这景致，溪水潺潺，四周姹紫嫣红，香气扑鼻，不妨就叫'沁芳'吧！"

"题得好！""二世兄独具慧眼！"众清客连忙附和。

"倒不要逞纵了他才好，"贾政道，"匾上二字不难，再作一副七言对联来。"

宝玉四下一望，念道："绕堤柳借三篙翠，隔岸花分一脉香！"

贾政拈须点头不语，清客又是一阵赞颂之声。②

于是众人一路前行，见山石花木优雅别致，不免又称赏一番。

忽见前边白墙环护，里面有几间小巧的房舍，周围有千百竿翠竹掩映。清客们纷纷赞道："果然是个幽静的院落！"

贾政便带众人进去游览，院中别有洞天：只见四周是曲折游廊，

---

① 在古代社会，由于观念所限，父亲即便对儿子表示肯定，也极少当众直接说出。贾政表面上对宝玉是否定的，实际表达了隐隐的肯定或指点，需要小读者们细细体察。

② 根据脂批提示，贾政"拈须点头不语"等表现，在当时已经意味着严父大悦。当下生活中，我们会用更先进的理念处理亲子关系，但赏析传统文学时，应放到当时的时代背景下去理解。

阶下石子铺成甬路，不但房屋别致，室内家具也是依据房间格局打制的。出后门一看，更有大株梨花伴着芭蕉，绿意茵茵，又有一股泉水穿过后院，绕阶流至前院，盘旋竹下而出。①

贾政看了一眼宝玉，说道："这一处景致却好，正适合月夜坐此窗下读书！"宝玉知道是提醒他用心于学业，不敢答言，忙低了头。

清客们见此情景，随意地取了几个名字，又是"淇水遗风"，又是"睢园雅迹"，据的是前代园林，但已被用滥了。

贾珍便说："宝兄弟拟一个吧。"

贾政道："你既然爱评论别人的，那你先议一议那几个，之后再拟。"

宝玉道："都不太妥当。这里离园门极近，日后贵妃进园，必是第一处游览的地方，应当颂圣才好。方才前辈拟的几个，不免失于刻板。依我说，不如据《尚书》成句，题'有凤来仪'四字。"

众人心知这是将贵妃比作凤凰，都称赞想得妙。

贾政也点头，命宝玉再题一联。

宝玉脱口而出："宝鼎茶闲烟尚绿，幽窗棋罢指犹凉。"

此联倒也雅致，颇合这一处景致的文人气息。贾政微笑不语，带着众人离开。一路上，清客仍对宝玉的才思赞不绝口。

前边一处景致又是另一番风韵：外边一溜矮墙皆是黄泥筑成，墙头上以稻茎遮盖，周围有几百株杏花正值盛开，如同喷火蒸霞一般。

---

① 中国古典园林主要分为两大类：一是气势恢宏的北方皇家园林，一是文人气息浓郁的江南私家园林。皇家耗费巨资兴建园林，往往也借鉴江南园林的某些特点。书中参考了这样的做法，潇湘馆的风格就极接近江南园林。这里日后是黛玉的居所，环境、氛围衬托出了黛玉优雅的气质。

里面有数间茅草屋，山坡之下又有一土井，旁边有桔槔辘轳等取水用具，四周分畦列亩，皆种植着粮食蔬菜。

贾府上下饭来张口，衣来伸手，又为何在此开辟农田呢？原来，这不过是一处景致，让老爷、太太、小姐们能够领略乡村风光罢了。当时连皇家园林都是如此，于是大户人家也纷纷效仿。①

果不其然，贾政走到这里便感慨道："这一处景致，倒让我羡慕起那农家之乐。若是今后不任官职了，不如效法五柳先生'种豆南山下'，每日读几卷书，闲时到江上垂钓，岂不快哉！"说着，又嘱咐贾珍，这一处只适合养些鸡鸭鹅作为点缀，万不可养鹦鹉、锦鸡之类。

清客们纷纷附和，宝玉却另有一番见解，说道："这比'有凤来仪'差太多了！此处远无邻村，近不负郭，背山山无脉，临水水无源，高无隐寺之塔，下无通市之桥，皆系人力勉强附会，有违天然……"

他还未说完，贾政气得大喝道："闭嘴！"

又逛了逛，见路旁矗立一大石，应当题村子之名，贾政方问宝玉："此处题什么字样？"

宝玉谨慎了些，试探着道："这一处景致，名为'杏帘在望'倒好。至于村子，古诗有'柴门临水稻花香'的句子，何不就名为'稻香村'？"

贾政佯怒道："你平日不学无术，能知道几句诗，也敢在老先生

---

① 曹雪芹的祖上曾担任江宁织造，一度受到皇家信任，因此他对皇家园林有着深入的了解。《红楼梦》中的大观园，在描写上就参考了被誉为"万园之园"的圆明园。结合文献记载与历史画卷来看，稻香村极接近圆明园中的"杏花春馆"。正是因为有了广泛的借鉴，才有了文学作品中美不胜收的大观园。

面前卖弄！偏不用'稻香村'！留待日后贵妃阅览过再赐名。"

宝玉不敢多话，只好跟着众人走出。

众人在园中一路走来，皆是长廊曲洞、方厦圆亭，景致各有千秋，宝玉为"蘅芜苑""沁芳闸"命了名，赏过水边一带的景致，又取了"蓼汀花溆"的名目。

转眼到了正殿，只见崇阁巍峨，层楼高起，更与别处不同。

众人只顾赞叹富丽堂皇，独有宝玉留意：殿前那一座玉石牌坊，精雕细琢，气势非凡，倒像在哪里见过一般。待细想想，却又想不出，只好默默地跟着众人走过。①

贾政因怕贾母挂念宝玉，加快了脚步，匆匆赏了几处景致，便离园门不远了。

贾珍在前带路，一行人绕过碧桃花，穿过竹篱花障编成的月洞门，只见前边绿柳周垂，现出一所庭院。进了正门，院中点缀几块山石，一边种着数株芭蕉，一边是一棵西府海棠，其势若伞，丝垂翠缕，葩吐丹砂。

清客们赏着花，纷纷赞叹。

贾政道："这叫'女儿棠'，相传出自女儿国，不过是道听途说，也当不得真。"

宝玉接道："这花红晕若胭脂，轻弱似扶病，有闺阁女儿的气质，想必文人墨客便乐于以'女儿'命名。"

---

① 大观园中的石牌坊，呼应着贾宝玉梦游太虚幻境时看到的牌坊。曹雪芹以具有浪漫主义色彩的笔调，点出大观园就是人间的"仙境"，活泼热情的少男少女在大观园中过着无忧无虑、高雅惬意的生活。在这里，他们远离了世俗的束缚，成为《红楼梦》中极具美感的一笔。

贾政瞪了他一眼，随即问他这景致取什么名好。

宝玉想了想道："有蕉无棠不可，有棠无蕉亦不可，不如题'红香绿玉'倒点题。"

贾政摇头道："一派纨绔气息，不好，不好！"说着，回身便引清客相公进屋观赏。

房中陈设着博古架，看似通透，走上前却如同迷宫一样，不经意间又有大镜子挡住去路。家具上的花纹有"流云百蝠"，也有"岁寒三友"，皆是名家雕镂，花团锦簇，令人目不暇接。最妙的是，墙上挂的古琴、宝剑等饰物，皆置于按形状抠出的槽中，从侧面看整面墙却是平的，众人都赞别出心裁。

待到了后院，走不远，却见清溪在前，转过之后，倒是通往正殿的大路了。

宝玉一路游赏，最是喜欢这"红香绿玉"的景致。这里离园门不远，与"有凤来仪"隔水相对，宝玉终是恋恋不舍地离开。

出了园，贾政便让宝玉去见贾母。众小厮护送宝玉走去，见老爷高兴，倒随手把扇子、荷包都解了去，美其名曰"赏赐"。宝玉向来不拿架子，皆由着他们了。

回禀过贾母，宝玉来看黛玉。谁知，黛玉一眼就看出饰物都被小厮拿走了，以为自己绣的荷包也被抢去了，恼道："你明儿再想要我的东西，可不能够了！"说着拿起一个做了一半的荷包就剪，宝玉连忙去抢，却已经迟了。

一见这样，宝玉倒先动了气，解开衣领，从里面拿出黛玉做的荷包，说道："你瞧瞧这是什么！我何时把你做的东西给人了！"

黛玉方知自己莽撞了，便低头不语。

宝玉看了一眼地上被剪破的荷包，说："我知道，你是不想给我罢了，干脆连我这个也一并还给你！"

黛玉听了却当真了，拿起剪子果真要剪这一个荷包。

宝玉见她动了气，连忙抢过荷包，又笑着劝慰道："好妹妹，饶了它吧！"

黛玉眼泪便流个不住，宝玉只好上来一边"妹妹"长"妹妹"短说好话，一边又将荷包戴好。

黛玉却破涕为笑："你说不要了，这会儿又戴上，连我都替你臊！"

宝玉见黛玉不恼了，又央道："好妹妹，明日再给我做个新的吧。"

黛玉"嗤"的一声笑了，两个人和好如初。①

---

① 《红楼梦》内容深邃复杂，有两条并行的主线：一是以贾府为代表的大家族的衰败过程，二是宝黛爱情故事。兴建大观园，耗费了大量资金，体现着经济上衰败的主线。"试才题对额"之后，作者巧妙穿插，点到宝黛之间的趣事。此时宝玉与黛玉心无城府，有着纯洁的感情。

第15章

元妃省亲

却说岁月匆匆，一年过去大半，省亲别院已初具规模。眼看花园中陈设、鸟雀日益齐备，贾府却丝毫不得放松，又是选纱糊窗，又是开库取金银器，王夫人与王熙凤忙得不可开交。

此时贾蔷也已从姑苏回来，采买了十二个女孩子作为贾府家班的戏子，行头等物也置办妥当。薛家另换了一处院子住，将梨香院腾挪出来，供小戏子居住、学戏。早年贾府也有一些学过唱戏的女子，后来嫁给了男仆，已成为贾府的下人，如今都是白发苍苍的老妪了，王夫人便安排这些人来照顾小戏子们。[1]

眼看各项皆已齐备，只是园中尼庵还差一位主事的尼姑。林之孝家的打听得，有一位带发修行的妙玉姑娘。她本是姑苏人氏，也是官宦人家的小姐，因身体多病，入了佛门才好了，如今已十八岁，非但父母亡故，连师父也故去了，自己孤身一人在城外修行。但她

---

[1] 《红楼梦》行文巧妙、笔法多样，看似不经意的一笔，写到早年间唱戏的女子，实际上烘托出贾府以往的富贵繁华。毕竟，书中的荣国府已兴盛了近百年，这种笔法正是传统文学中常用的"补笔"。

担心贾府以威势压人，故而不肯入园。

王夫人听说，便高看一眼，命人下了请帖，仿佛请客人一样邀她入园居住。

王夫人与王熙凤等日日忙乱，待准备停妥，已近年底了。贾政忙忙地题奏，请贵妃回家省亲。皇帝看了奏本，便恩准了，令贵妃于次年正月十五日元宵佳节省亲。

接了圣旨，贾府会同太监、官员筹备迎接贵妃的礼仪，越发忙乱起来，连过年也只是略略应付而已。

待到正月十四日夜晚，王夫人等人再次一一核查，加上心情激动，连觉也没有睡，只顾着准备迎接贵妃。哪怕年事已高的贾母，也不过略歇了片刻就起来了。清晨，众人穿上正式的朝服，到府门外迎接。贾政等男人们列队站在街口，贾母等女眷则守候在荣府门外。

只是，等了半天，丝毫没有宫中仪仗的影子。贾母心中自是纳罕，碍于宫中规矩甚多，却也不好询问。

终于，有太监来通报了——原来贵妃还要在皇上、太妃面前服侍过节，品尝皇帝赏赐的宴席，只怕到了傍晚才能动身呢。

既是皇上的谕旨，贾府只好遵照。王熙凤便扶贾母、王夫人等去歇息，待晚间再来恭候。

这一日过得仿佛格外漫长。终于，月上时分，在众人期盼的目光中，有一队太监气喘吁吁地拍着手跑来。后边是长长的仪仗，有提灯的，有执扇的，繁华耀目，处处彰显皇家威仪。

如今元春已是皇家贵妃，不同于自家儿女了，须如同迎接御驾一般对待。故此，贾母等人远远看到贵妃的金黄绣凤版舆来了，连忙下跪行礼。依着规矩，早有太监奉贵妃之命，跑来搀起众位长辈。①

贵妃不下版舆，直抬入荣国府大门。到了园中，元春方扶了宫女下舆，登舟赏景。元月十五正是赏灯之时，只见灯光相映，细乐声喧，虽然溪畔花树皆是枯枝，贾府人等却早以通草、绸绫、纸绢做成了花、叶粘在枝上，五光十色，比真花真叶更艳丽三分；而池中又有螺蚌、羽毛等做成的荷荇凫鹭，皆栩栩如生。绚丽的灯影映在水上，真是上下争辉，如同琉璃世界、珠宝乾坤，贵妃看了极为欣喜。

龙舟缓缓前行，忽见一灯匾，上面"蓼汀花溆"四字正是当日宝玉拟的景观之名。贵妃看了，更感欣慰。

原来，元春比宝玉大好几岁，待到宝玉三四岁时，元春已饱读诗书了，因此日日教导宝玉读书习字。后来她进宫去了，虽惦念宝玉的学业，却无缘见面指教。贾政深知这一层，故而让宝玉题匾题联，好让元春知道宝玉的文采。

元春见宝玉又有进步，甚是欣喜，因想着，姐弟多年未见，何不趁此机会再点拨一二呢，便对随行的太监说道："历来诗文提及蓼花，多取愁苦之意。况且'蓼汀'与'花溆'不免重复，传我的话，名为'花溆'便好。"

有太监慌忙坐了小船登岸去传旨，贾政与工匠人等一并谨慎伺候，一刻也不得闲暇，听闻贵妃有旨立刻改换。

待下了船，便是正殿，元春见石牌坊上写了"天仙宝境"四字，

---

① 晚辈给长辈行礼，这是人之常情；而在省亲时，贾母等长辈反而要向元春下跪！——此时元春已经是皇妃，成为皇室的一员，贾母等人跪拜的实际是至高无上的皇权。这一细致描写给人们留下深刻印象，也有不少影视剧曾经参考此处情节再度创作，这也从一个侧面印证了《红楼梦》的文学魅力。

觉得太过张扬，忙命更换为"省亲别墅"。

正殿越发奢华了，真是：

金门玉户神仙府，桂殿兰宫妃子家。①

此时，有太监跪请贵妃升座受礼。元春着朝服坐在正座，贾府众人应分男女两班行跪拜大礼，因有长辈在内，元春便命"免礼"。

行过国礼，方能行家礼。这边元春换了日常华服，乘了车驾来到贾母小院。元春欲行孙女之礼，贾母哪里敢受，连忙搀起来。

虽说家眷能够入宫见面，但次数极少，况且也不是人人能去的，如李纨、探春等人，已是多年没有见过元春了。如今众人见面，悲喜交集，又有宫女、太监在旁，倒一时不知该说什么了，只是默默垂泪。

过了一会儿，贵妃担心于礼不合，便勉强笑劝道："当日送我到那不得见人的地方，好容易回家团圆一会儿，倒该说说笑笑才好。不然待我回去了，又不知过多久才能再来！"

王夫人见说得有理，忙找话题岔开，但终究是例行公事罢了，哪有什么真心话可以当众说出。

元春知道家里来了黛玉、宝钗两个姊妹，但因是外姓人，不传旨便不能入内，遂命她们并薛姨妈进来相见，不免寒暄、夸赞一番。

---

① 《西游记》在描写道观"五庄观"时，曾用过一副对联："长生不老神仙府，与天同寿道人家。"显然，曹雪芹写大观园美景，正参考了这副对联，而对仗更加工整，遣词更加文雅。相比于《西游记》《水浒传》，《红楼梦》诞生较晚，作者在写作时广泛参考了以往作品的优点。这样的思路，对于小读者们的学习与写作是不是也有借鉴意义呢？

太监又唤了贾政来行礼，虽是骨肉，怎奈皇家规矩繁多，也只好隔帘相见，说些"贵妃勤慎恭肃以侍上，庶不负皇上眷爱之隆恩"的话，无非是官样文章，如同在皇帝面前奏对一样。

见过父亲，元春又想起宝玉，便召宝玉来见。孰知，虽是骨肉至亲，但在皇家规矩面前，此时宝玉就成了"外人"，须请贵妃口谕方能召见。费了一番周折，元春见了弟弟，只说"又长高了……"，便哽咽着说不下去了。

王熙凤、尤氏等人一面应候贵妃，一面不敢稍稍放松，听婆子回说正殿的宴席已经齐备，上前恭敬启奏，请贵妃游览花园、品尝宴席。

贵妃在众人簇拥下再次进了园，赏过"有凤来仪"等各处景观，颇为满意，只是又说道："以后万不可如此奢靡，还要周全考虑才是。"贾母等人只虚应着，在仪制上又哪里敢敷衍半分。

一路游到正殿，方大开宴席。元春坐在正座，贾母、王夫人等在下相陪，尤氏、李纨、王熙凤亲自捧羹把盏，如同当日服侍贾母一般侍候贵妃。

酒过三巡，撤过宴席，贾政便由太监传话，请贵妃为各处景致定名。

贵妃想了想，正殿赐名"顾恩思义"，以感念皇恩；园子因"天上人间诸景备"，名为"大观园"；又将"有凤来仪"这一处的屋舍赐名为"潇湘馆"，将"红香绿玉"改为"怡红快绿"，院子即称为"怡红院"，如此这般，又添了十余个匾额。贵妃提笔，一一留下墨宝，贾母、贾政等人皆备感荣耀。

隆重场合，众人作诗吟咏是不能少的。元春便命姊妹们作诗，吟颂各处景致。众人领命，专挑能颂扬皇恩的句子写来，皆不敢随意遣词。

尤其是宝玉，元春特意让他一人作四首五言律诗，意在考查他的学业，宝玉写起来更觉为难。

一时，众姊妹每人各作一首，早已写完。贵妃看时，只见迎春咏的是匾额"旷性怡情"，写的却是"园成景备特精奇，奉命羞题额旷怡"，非但言辞浅俗，而且竟把匾额上的四字缩成"旷怡"，显是凑韵而已。贵妃心中不免觉得好笑，只是素来知道迎春妹妹性子温顺，又不爱在作诗上与人争胜，倒也并不苛责。

惜春年纪小，更是勉强凑出，皆因她是珍大哥哥的妹妹，如此场合也不便指点，只由她去。

三姊妹中，探春写的"精妙一时言不出，果然万物生光辉"，虽非甚妙，却也留下了些许余地，任人想象，相较略胜一筹。

倒是宝钗与黛玉二人所作，虽为应制诗，却可圈可点。宝钗开篇即写"芳园筑向帝城西，华日祥云笼罩奇"，颇合贵妃心意。又看黛玉收笔于"何幸邀恩宠，宫车过往频"，实写此景此情。[①]

元春看了点头称赞，谦道："终是薛、林二妹所作与众人不同，更非愚姊妹可相提并论。"

此时宝玉还没有作完，众人与贵妃谈笑，姊妹们便去看宝玉作得如何了。

---

① 《红楼梦》中写到很多诗词，皆非泛泛之笔，均依"按头制帽"的思路写出，体现了书中人物的才情与个性。三春姐妹的诗作水平不同，而黛玉诗才出众，凸显作者笔法灵活。宝钗明知宝玉无意于科举，却依照正统观念提及科考的场景，展现出二人志趣不同。

　　宝玉正咏"怡红快绿"，其中写了一句"绿玉春犹卷"。宝钗一看，只觉不妥。

　　原来，宝玉当日拟的"红香绿玉"虽好，细看不过是一派繁华气息，如今贵妃不喜，改为"怡红快绿"，意指见了红绿两种植物而感到愉悦，更添了观者的心绪，快意之感跃然纸上。可眼下宝玉诗中却偏偏写了"绿玉"，岂不是与贵妃心意不合！

　　宝钗便悄声指正道："写作'绿蜡'岂不更好？"

　　宝玉心中焦急，顾不得多想，只是问："可有出处？"

　　宝钗道："唐人钱珝咏芭蕉，不是有一句'冷烛无烟绿蜡干'？"

　　宝玉恍然大悟，连忙续好颔联——"绿蜡春犹卷，红妆夜未眠。"

　　宝钗打趣道："这一句就想不起来，将来金殿对策，你大约连'赵钱孙李'都忘了呢！"

　　宝玉忙忙地把这一首写完，也不过三首齐全，如今才思已尽，愈发忙乱，咏"杏帘在望"的一首，更不知如何下笔了。

　　黛玉看在眼里，恰好自己有诗才，又有思绪，便提笔写了，悄悄揉成个纸团掷在宝玉面前。宝玉会意，忙抄录出来，呈给元春阅览。

　　元春看过，赞赏弟弟又有进步了，四首里最中意的一首，竟是黛玉代作的"杏帘在望"。只见写的是：

　　　　　　杏帘招客饮，在望有山庄。
　　　　　　菱荇鹅儿水，桑榆燕子梁。
　　　　　　一畦春韭绿，十里稻花香。
　　　　　　盛世无饥馁，何须耕织忙。

这一处纵然逼真，也不过是大观园中的景致，哪里会有农夫辛勤耕种，岂不正是"盛世无饥馁，何须耕织忙"？既合景观，又巧妙颂圣，果然别出心裁。

又想及"杏帘在望"路旁的石头尚待题写村名，贵妃喜道："好一句'十里稻花香'，不妨就把这村子名为'稻香村'吧！"①

正殿内皆是女眷，贵妃见众人作的诗好，又知探春喜好书法，便命探春用内廷彩笺誊录了一份，传给贾政等老爷、公子们传看。众人听闻贵妃大悦，都纷纷称赞。

此刻贾蔷与戏子们早已恭候多时了，终于等到贵妃口谕，说是开戏。戏单上的戏，贵妃共点了四出，依次上演：第一出是《豪宴》，第二出是《乞巧》，第三出是《仙缘》，最后一出是《离魂》。②

听过戏，贵妃又到园中佛寺、尼庵祈福，将妙玉所在尼庵赐名为"栊翠庵"。

太监因众人迎驾辛劳，叩请放赏。贵妃应允，依着辈分、身份赏赐了许多珍宝。

众人方跪谢恩典，孰知，便有太监上前启奏道："时已丑正三刻，请驾回銮。"

---

① 看到这里，小读者们是否还记得前文提到过"稻香村"三字呢？实际上，在"试才题对额"时，宝玉曾拟了"稻香村"一名，而贾政执意不用。偏偏黛玉作诗的立意与宝玉的想法契合，两人如同知音一般，有着相同的审美趣味。曹雪芹行文笔法多变、前后呼应，由此亦可见一斑。

② 书中点到四折戏的名称，目的是隐寓后文故事情节。第一折戏，脂批点出：《豪宴》伏贾家之败；第二折戏，出自描写唐玄宗与杨贵妃悲情故事的《长生殿》，伏元妃之死；第三折戏，出自《邯郸梦》（一枕黄粱）的神话故事，伏甄宝玉送玉；第四折戏，出自《牡丹亭》，女主角杜丽娘因情而死，伏黛玉之死。戏目隐寓的内容都是八十回之后的故事，"乃通部书之大过节、大关键"。

贵妃听了，又落下泪来，只得勉强堆笑，劝慰贾母、王夫人道："好自调养身体，若是明年皇上仍许归省，万不可如此奢华靡费了。"

碍于皇家规矩，元春不可久留，只好上舆去了。贾母、王夫人已哭成泪人，由丫鬟搀扶着才出了大观园，各自回房。①

---

① 妃子回家省亲是皇帝恩典，又恰逢元宵佳节，但曹雪芹并不突出欢庆的氛围，相反，有关流泪、哭泣的描写贯穿着元妃省亲一节。这暗合全书的悲剧氛围，引人深思。

第16章
薛宝钗生辰

却说贵妃回宫后，宁荣二府人人力倦神疲，仅是大观园中动用之物就收拾了好几天。因大观园是专供贵妃省亲使用的园子，便锁闭起来命人看管。

美景近在咫尺，却无缘再进入观览，宝玉颇觉可惜，只好每日在府中闲逛。

黛玉身体羸弱，夜间常常失眠，白日里倒觉困困的。这日午间，黛玉吃过饭便躺在床上养神。宝玉知道饭后躺着对身体不利，故而前来与黛玉说笑，有意逗她开心。

宝玉随口道："妹妹衣衫上倒有一股奇异的香气。"

黛玉道："我又没有亲兄弟弄了花儿、朵儿、霜儿、雪儿替我配制，又哪来的什么奇香！"

宝玉知道她是打趣宝钗的冷香丸，说笑了几句，又见黛玉要昏昏睡去。

宝玉灵机一动，讲了一个有趣的小故事："当初你们扬州有一座黛山，山上发生了一件奇事，你可曾听说？"

黛玉一听来了精神，说道："又是胡说，从来也没听过有这个山！"

宝玉忍住笑，一本正经地讲着："天下的山山水水多着呢，有的是你不知道的！你且听我说完——这黛山上啊，有一座林子洞。洞里呢，住着一群耗子，年深日久，居然都通了人言！有一年腊月初七，为首的老耗子就说了：'这人间都要过腊八节，咱们也煮一次腊八粥过节。'可洞里哪有各种各样的米和果品呢？老耗子便吩咐耗子们各自去偷。一时间，有偷米的，有偷红枣花生的，依次分派下去。又听说山下庙里还有一样香芋，老耗子便想着也要偷了来，就问哪个耗子要去偷香芋。谁知，一个极小极弱的小耗子答应了。大家觉得它不行，肯定偷不来。那小耗子倒有几分把握，说道：'不要小瞧我，我可会些法术呢！我摇身一变，就能变成个香芋，滚在香芋堆里，别人看不出来，我再暗暗地用分身法搬运，岂不就偷得了！'耗子们听了都称奇，却又不大相信，说让小耗子变成个香芋看看。小耗子只说了一个'变'，就变成了一位最标致最美貌的小姐。耗子们都说变错了，应该变香芋的！这时，小耗子却说道：'你们哪里知道，扬州林老爷家的小姐才是真正的香玉呢！'"

黛玉这才明白，原来宝玉是打趣她，便按住宝玉笑道："闹了半日是打趣我，看我饶不饶你！"说着要拧宝玉的嘴。宝玉连连央告，说："好妹妹，饶了我吧，我再不敢了！"[1]这下黛玉毫无睡意了，宝

---

[1] 省亲、搬入大观园前后，作者用大量笔墨描写了宝玉、黛玉等人生活中的玩笑与争吵。一方面，这真实反映了少年的生活，他们心无城府，毫不矫揉造作，曹雪芹下笔细腻，将生活小事写得妙趣横生；另一方面，宝黛争吵也是后来两人感情升华的铺垫。在礼教束缚下，青年男女不允许产生爱情，作者只能借种种吵架、试探体现两人的亲密。在当代的网文与影视剧中，经常出现古代青年谈情说爱的情节，很多完全出于杜撰，与真实的历史是两码事。

玉才放下心来，叫了黛玉与姊妹们一起玩耍。

依当时的规矩，正月里学房放年假，闺阁中也不做针线活，大家越发轻松了，连丫鬟们也偷闲，三五成群聚在一起玩耍。

待到了晚上姊妹们散了，宝玉一进房门，却见晴雯躺在床上，叫也不应。原来，是跟丫鬟们打牌输了，赌气谁也不理。宝玉劝慰一番，又想起一件事。

他叫来袭人，兴冲冲地道："早上贵妃赐出来一碗糖蒸酥酪，我特意给你留着呢！"说着，便让小丫鬟去取。

谁知，日间李嬷嬷又来了，也不多问，就自作主张吃了那酪。

袭人向来处事周全，听小丫头这么说，又想起之前茜雪的事来，忙说不喜欢那东西，就把这件事遮掩过去了。

到了第二日，宝玉又与姐妹们到贾母面前说笑。贾母看着孩子们玩乐，想起侄孙女史湘云来。原来，贾母喜欢女孩子，湘云年幼时，贾母常让她来贾府住着。后来，湘云父母双亡，只好跟着叔叔、婶子生活。贾母怕她受委屈，常接她来住一阵子。眼下有日子没见湘云了，贾母便命人去接她。

湘云性子颇像男孩子，说起话来唧唧咕咕没完没了，她一来，贾家更加热闹了。湘云与黛玉自幼相熟，晚间便到黛玉房中安歇。两人一时说笑，一时斗嘴，相互陪伴，倒不寂寞了。

宝玉喜欢与姊妹相处，一大清早就来到黛玉房中，跟她们一起洗漱过，又让湘云像小时候那样帮自己梳头。袭人见了，觉得不妥，毕竟如今年岁大了，不同于幼时光景。袭人便不时规劝宝玉不可失了礼节分寸，又说让宝玉专心于功课，那样老爷不但看了高兴，在亲眷友人前提起时脸上也有光。宝玉不过当作耳旁风，并不往心里去。宝钗听说了倒极为认可，从此与袭人更加亲密。①

湘云住了几天便要回去，贾母道："过几日是你宝姐姐的生日，又赶在正月里，等大家相聚看戏之后再走吧。"

却说王熙凤也正因此事举棋不定，来找贾琏商量。贾琏随口说道，以往如何给黛玉过生日，照样办理就是了。王熙凤却不以为然。原来，这是宝钗进府后的头一个生日，她如今是"将笄之年"，过了生日便是成年女子了。作为亲戚，连贾母都极为在意，要亲自为宝钗过生日。因此，置办酒戏自然不能小气。②

家里的事一向是王熙凤做主，贾琏就让王熙凤斟酌着办。

听闻贾母亲自安排过生日，薛姨妈与宝钗都很高兴。宝钗一向行事庄重，能讨得长辈欢喜。贾母问她想吃什么菜肴时，她偏偏挑了几样贾母平时爱吃的菜说出来。贾母觉得她懂事，更加欣喜了。

嫂子、姊妹们都挑选礼物略表心意，待到正日子，便更加热闹。

宴席上，大家吃酒看戏，轮到宝钗点戏时，她点了一出《鲁智深醉闹五台山》，原是想着贾母喜欢这样的戏文。宝玉只觉得过于热闹了，便有微词。

宝钗听了也不介意，倒细细说给他："这出戏也有好戏文呢，像那一句'哪里讨烟蓑雨笠卷单行？一任俺芒鞋破钵随缘化'岂不是直抒胸臆，颇能彰显人物？"

---

① 袭人劝谏宝玉，依照的是正统观念，而宝玉平日最反感这些条条框框。在当时，袭人的做法符合礼教要求，因此得到了宝钗的认可。显然，袭人并不理解宝玉，更不会支持他那些有违礼教的行为。在后文中，宝玉仍旧按他自己的想法生活，并没有屈从于礼教观念。

② 作为外孙女，黛玉是极受贾母宠爱的，但书中从未写到黛玉过生日的场景。这种笔法是传统文学中的"不写之写"。结合书中正文，我们通过宝钗过生日的情节进行推断，便可以想象出贾母给黛玉过生日的温馨与热闹。

　　宝玉一听，便兴奋起来，手舞足蹈夸赞宝钗博学。

　　黛玉见了，不免觉得宝钗胜过了她，心里不悦，对宝玉说道："还没唱《山门》，你倒《妆疯》了！"①

　　不等宝玉反应过来，湘云倒先笑了。

　　待到散戏时，小戏子们来领赏。王熙凤指着一个唱旦角的孩子笑道："这个孩子扮上，倒像在座的一个人，你们看看像不像？"

　　戏中的佳人其实有些像黛玉，众人听王熙凤这么说，早就想到了，只是怕黛玉多心，都不肯说出来。

　　谁知，偏偏湘云嘴快，对宝玉说："像你林妹妹的模样！"

　　湘云嗓门高，这一下众人都听到了。宝玉连忙冲湘云使眼色，让她不要再说。众人未往心里去，说笑了一会儿便散了。

　　倒是湘云生了气，让丫鬟翠缕收拾衣服，说道："明儿一早回家去，省得在这里看人家的眼色！"

　　宝玉知道湘云生自己的气，前去好言相劝："好妹妹，你错怪了我。当着那么多人你就明说出来，若是林妹妹生气了，你岂不尴尬？这会儿你倒生我的气，不正是辜负了我的好意？"

　　谁知，湘云个性很强，气道："她是小姐主子，我是奴才丫头，因此才不能得罪了她，是不是？你有话，说给那些动不动爱生气的人听去！"

　　都在一个院子里，黛玉早就听到了动静。宝玉又来劝慰她，黛

———————

① 《山门》是台上唱的戏，而《妆疯》也是另一出戏的名字，源于古时的一位将军装作疯癫拒不接受皇帝命令。黛玉借戏的名目，巧妙地拿宝玉开玩笑，体现出她的语言灵活与学识渊博。在《红楼梦》的很多场景中，黛玉的调侃起到了活跃气氛的作用。

玉却避而不见。

宝玉道："好好的又生气了，究竟是为何事？"

黛玉还口道："问我吗？我不过是给你们取笑的！"

宝玉听了，哑口无言。

黛玉又道："这倒没什么。可你为什么又跟云儿使眼色？她是公侯小姐，我是贫民丫头，她和我玩笑，便是失了身份吗？我生不生她的气，与你何干？她是不是得罪我，又与你何干？"

宝玉里外不是人，不知该说什么，只好闷闷地回房睡去。

黛玉虽然嘴上不饶人，心里却依然惦记宝玉，过了一会儿又悄悄来探视，见宝玉睡了，方安心离去。回到房中，却与湘云有说有笑，一起嘲笑宝玉不能劝和她们。

这不过是孩子家一时的玩笑，时间长了，几个人又重归于好。[①]

古时大家族闲来无事，把整个正月都当作节来过，来往宴饮不断。这一日，元春拟了一个灯谜，命太监送出来给姊妹们猜，若猜中的，便有赏赐。只见谜面是：

能使妖魔胆尽摧，身如束帛气如雷。

一声震得人方恐，回首相看已化灰。

（打一用物）

---

① 《红楼梦》中的人物是立体的、鲜活的，像黛玉也有活泼、诙谐的一面，我们不应草率地给她贴上"使小性儿""哭哭啼啼"等标签。与很多人的理解不同，黛玉气恼，根本上是由于觉得宝玉不理解她，并非因众人"比戏子"的玩笑话就生闷气。正如脂批点出，黛玉"却不同湘云分崩"。书中很多少年之间的小纠纷，都是孩子们熟识之后有口无心的真实写照，反而体现出他们的亲密与彼此了解，绝非有意刻薄刁难。

这灯谜不难，谜底是正月里燃放的爆竹。只是古时讲究"女子无才便是德"，宝钗等人明知谜底，却故意装作沉思，半日方在纸上写下答案。

待送回宫中由元春验看后，太监又出来传话。姊妹们大都答对了，得了元春的赏赐；唯有迎春答错了，但她性子温和，也不放在心上。

贾母一见，来了兴致，命姊妹们各自出灯谜，备了果馔大家欢聚，还特意请贾政来赴宴。贾母先说了一个让贾政猜：

猴子身轻站树梢。

（打一果名）

贾政为了哄母亲开心，先胡乱说了几个，才猜中是荔枝，然后又说了一个让贾母猜：

身自端方，体自坚硬。
虽不能言，有言必应。

（打一用物）

贾母年事已高，哪里能立即猜出呢？贾政悄悄把谜底告诉宝玉，宝玉又凑到耳边悄悄说与贾母。贾母想了一想，果然不错，说道："这是砚台！"

大家都夸赞贾母一猜就中，贾母高兴起来，便让贾政去猜姊妹们拟的。

只见探春写的是：

> 阶下儿童仰面时，清明妆点最堪宜。
> 游丝一断浑无力，莫向东风怨别离。
>
> （打一用物）

贾政猜道："这是风筝。"

又看迎春与惜春的，倒也不难，谜底分别是算盘与佛前海灯。

贾政猜中谜底，心中反觉不畅快——没有想到，这些孩子们作的谜语，猜出的都是些寓意不好的物件。风筝飘浮不定，算盘打动乱如麻，而海灯又寓意着清冷孤寂，就连娘娘所作的爆竹，也不过是一响而散之物。如此想着，他反添了些愁绪，强撑到宴席结束便回房躺下，辗转反侧，久久不能入睡。①

---

① 《红楼梦》的文字是内敛的、含蓄的，通过谜语也点出了很多内容。像贾母出的谜面，隐寓着"树倒猢狲散"——当贾府倒台时，无数依附于贾家的故交、清客、低层官员与宗亲子弟，就都失去了庇护。放在叙事情境当中，各个谜底都指向了贾府衰败的最终结局，强化了全书的悲剧氛围。

第 17 章

宝黛共读西厢

正月一过，日子渐渐暖了，春风唤醒了桃李，正是一派草长莺飞、鸟语花香的景致。

却说深宫之中，元春忆起大观园的景色，更觉美不胜收。因想起，那园子本是为迎接省亲而建，他人不得擅入，空置着不免可惜，又想到家中姊妹能诗善赋，若春日游赏园中盛景，许又能作出好诗佳篇，遂命太监夏守忠传下一道谕旨，让姊妹们搬到大观园中居住。贵妃所属之园，本不应有男人进入，但因宝玉时常与姊妹们一同起坐，又格外亲近，与旁人不同，故而也让宝玉搬入园中起居、读书。

宝玉听说，自然喜不自禁，与黛玉商量着选哪一处院子居住。黛玉道："我心里最喜欢潇湘馆，那几丛翠竹隐着一道曲栏，格外幽静些。"这正合宝玉之意。原来，宝玉早就想好要住在怡红院，那里与潇湘馆隔水相望，闲暇时便能常与黛玉见面。

贾母等闻听谕旨倒也欣喜，又张罗了一番，仲春时节命姊妹搬入园中。宝钗住蘅芜苑，迎春住紫菱洲，探春住秋爽斋，李纨住稻香村。自此，除了贾兰年幼跟随李纨生活外，园中就只有宝玉一个男子。

众姊妹住的房子大了，需要的人手也更多，每一处院落又增添了婆子与丫鬟，园中一时热闹起来。

待到姹紫嫣红之时，园中更是绣带飘飞、柳拂香风。姊妹们常常伴着一起读书谈讲，不时吟诗作画，好一番风雅之趣。

自从入园，不必日日待在王夫人等长辈面前，宝玉越发悠闲了。偏偏小厮茗烟从外头弄了些《西厢记》之类的杂书给宝玉。在古人看来，这些书籍原是少年不该读的，女子更不能接触。宝玉怕识字的姊妹们看到，便藏好了，只是寂静无人时自己阅览。

这一日正是三月中浣^①，宝玉拿了《西厢记》，要寻一个僻静无人处细看。走着走着，他就来到了沁芳溪畔桃花树下，坐在石头上，展开《西厢记》细细品味起来。

书中有一句崔莺莺的唱词："落红成阵，风飘万点正愁人。池塘梦晓，阑槛辞春；蝶粉轻沾飞絮雪，燕泥香惹落花尘。"宝玉一见，便觉回味无穷，这优美的词句，把暮春时节落花缤纷的景象写尽了！宝玉心中默念，品味着"落红成阵"四字。

忽然，一阵风吹来，树头上盛开的桃花，此时倒飘落了大半，落得满身满书满地皆是。这场景，岂不正如书中写的一般！宝玉一边慨叹着美景与际遇，一边不免又哀怜起那飘飞的落花。

他欲将衣襟上的花瓣抖落，又想着，落入尘埃的花瓣不免被人践踏，若落花有知，岂不如人一样难过？

① 中浣：唐宋时，官员每十日休息一天。由于条件所限，休息日才便于沐浴。"浣"原指沐浴，后来成为"旬"的别称。三月中浣，即指阴历三月中旬。

宝玉前思后想，只得轻轻拎起衣襟，兜着那些花瓣，悄悄走到池边，将落花抖入池内。花瓣纷纷随着碧水漂远，在水上时聚时散，不一会儿便流出沁芳闸去了。

宝玉一时感慨万千，想着如此也不失为落花的好去处，只是地上还有许多，可如何是好呢？正在思索，他忽听背后有人说道："你在这里做什么呢？"宝玉一愣，再想不到有人能来此处，回头一看，正是黛玉！ ①

此时的她与平日不同，柔弱的肩上担着小巧的花锄，锄上挂着丝绢的花囊，手中拿着一把小小的花帚，更显风雅脱俗。

宝玉开心起来，笑道："妹妹来得正好，快把这些落花扫起来，好撂在那水里，让它们结伴去吧。"

黛玉放下花锄，说道："这不好。你看园中的水干净，只一流出去，不免有人乱倒些脏东西，倒把那花糟蹋了。在那边无人留意的犄角上，我有一个花冢，如今把它们扫起来，装在这绢袋里，拿土埋上。日子久了，随土化为乌有，便不会被平白沾染了。"

宝玉见说得有理，倒把书的事忘了，只说道："待我放下书，帮你来收拾。"

黛玉方留意到石上搁的书，便问道："是什么书？"

宝玉这才恍悟，只掩饰道："不过是《中庸》《大学》罢了。"

黛玉心中明白了八九分，笑道："你何时爱读这些书了？可知骗

① 沁芳溪畔，宝黛不期而遇。一个是到僻静之处阅览戏文，一个是悄悄起了花冢，都不希望别人知晓。可两人偏偏无意中选择了相同的地点。这里美景如画，又藏着少年的心事，点明宝黛犹如知音一般，正是"共读西厢"的前奏。

人也不会骗！"

宝玉道："好妹妹，我是不怕让你知道的。只是你看了，千万别告诉别人去。我也才知道，这真真是好书，你若看了，连饭也不想吃呢。"

说着，他便把《西厢记》递到黛玉手上。黛玉翻开来，从头看去，越品越觉有味道，不一会儿便将十六出戏文看完，觉得辞藻警人，余香满口。

宝玉一时兴起，学了书中的戏文，说道："我就是个'多愁多病身'，你就是那'倾国倾城貌'……"

黛玉一听，便不乐意了。这原是书中张生对崔莺莺说的话，大家闺秀哪里能听这些胡言乱语！她立刻说道："你又胡说！看我告诉舅舅、舅母去！"说着，眼圈便红了。

宝玉一听赶忙拦住："好妹妹，饶我这一回吧。若是我有心，就掉在池子里，被个大乌龟给吃了！"赌咒发誓，一脸凄惨。

看他急得这样，黛玉倒"嗤"地一声笑了："一句话就吓成这样，'原来是苗而不秀，是个银样镴枪头'！"

宝玉这才明白黛玉没有当真，反而学了戏文来取笑他。

黛玉笑道："你能过目成诵，难道我就不能一目十行么？"

宝玉见黛玉喜欢自己爱读的书，便更觉亲近。两人一起收拾落花，埋入花冢。

一时宝玉被袭人叫了回去，黛玉独自闷闷地往回走。不远处的梨香院中笛韵悠扬，歌声婉转，正是十二个小戏子在演习戏文。几句唱词随风吹入黛玉耳中，细听时，唱的是："良辰美景奈何天，赏心乐事谁家院……①"黛玉回味着，想道："原来戏文中也有好词句！"
又听见唱道："则为你如花美眷，似水流年……"

黛玉听着，忽想起前人诗文中有"流水落花春去也，天上人间"
的句子，又有方才所看《西厢记》中的"花落水流红，闲愁万种"，
皆是歌咏暮春时节百花纷落的妙句。黛玉不免心中感慨，再想到自
己孤身一人，寄人篱下，不知日后又将如何，不禁眼中含泪，默默
哭泣。

园中生活闲适恬淡，却不知，园外贾府以及贾府之外，又有多
少人为了生计而奔忙呢？

且说贾府传承百年，后代众多，除了嫡长子继承府第、家产外，
其他的家庭也大多并不显赫。纵然家中使奴唤婢，但比起贾珍、贾琏
等人可要差远了。他们中的一些少爷长大了，也没有能力谋个一官半
职，只好倚仗着宁荣二府，若能在府中谋个差事，便可赚些月钱。

荣国公的后代中，有一个叫贾芸的，父亲排行老五，母亲就是
贾琏的五嫂子。如今父亲已经去世，贾芸便想通过贾琏谋个差事。
况且又增添了大观园，凭空多出许多管事的机会，贾芸就来求琏二
叔帮忙。

贾琏原想给贾芸一个差事，谁知，家里的事本就大都由王熙凤
做主，加之想谋差事的亲属也并非只有贾芸一个，王熙凤便把那个
差事许给了其他贾家兄弟。

一日，贾芸到荣国府书房见宝玉。虽然贾芸论年纪比宝玉还大
几岁，但按辈分，宝玉倒是叔叔。贾芸便想着，若能亲近宝玉几分，

---

① 　与后一句唱词皆出自明代戏曲家汤显祖的《牡丹亭》。

许对自己获取差事也有利。

谁知，宝玉并没在书房。贾芸让小厮去打听，不一会儿，果然找见了怡红院中的一个丫鬟。

这个丫鬟名叫林红玉，又被唤作小红，她父母亦是贾府奴仆，管着一些房田事务，在府中称不上有头有脸[①]。当初迎接贵妃省亲时，小红被分派到怡红院打扫照看。如今宝玉搬进了怡红院，小红自然就成了宝玉的丫鬟。

这小红知道贾芸是贾家的少爷，并不避讳，告诉他不必在书房白等，自己回头转告宝二爷就是。说话间，小红见贾芸外表清秀，言语温和，倒生了几分好感。贾芸也觉得小红懂事体贴，只是碍于规矩不便多言，匆匆告辞了。

却说等了一两日，仍没有差事的消息。贾芸精明，猜贾琏说了不算，倒不如直接来求嫂子王熙凤。只是王熙凤位高权重，若没有点见面礼，又怎好开口。可贾芸囊中羞涩，置办不起像样的礼物，便来找舅舅商量，想借点钱应付开销。

谁知，他舅舅不但不借钱，还冷嘲热讽。贾芸扫兴而去。

贾芸的街坊中有一个人，名叫倪二，平日饮酒作乐、游手好闲，还私下做些放贷的事情。贾芸本不愿与这样的人来往，孰知，倪二也并非一味糊涂，因也有几分胆识，爱打抱不平，故被人起了个绰

---

① 曹雪芹只写了《红楼梦》的前八十回，并没有最终修订完成。像写到林红玉时，一度将她写作"林之孝之女"，行文出现冲突。结合情节来看，林红玉并不像是贾府管家的女儿，将她视为中等奴仆的女儿为宜。对于书中的类似问题，我们了解其成因即可，不必苛责。

号"醉金刚"。①

倪二听说贾芸的舅舅如此不顾亲情，气愤不过，自己拿出钱来帮贾芸渡过难关，这对贾芸正如雪中送炭。打听得端阳节贾府要置办进贡给贵妃的香囊、饰物，必少不了使用冰片等名贵香料，贾芸便用那钱买了香料，来见王熙凤。

贾芸恭恭敬敬，又借着母亲的名义夸赞了许多好话。王熙凤见此，遂把在大观园中种树的差事交给了贾芸。

如此一来，贾芸手头上宽裕些，便可以孝敬母亲。他生性孝顺，对于舅舅的事绝口不提，丝毫不让母亲挂心。

却道这一日晚间，秋纹等人去打水给宝玉洗漱，一时没在眼前。其他丫鬟恰好也不在。宝玉想吃茶时，叫了竟没人应，只好自己倒水。可宝玉平日哪里做过这些事，倒不知该如何下手了。这时，只听有人说道："二爷小心烫了手，我来倒吧。"

说话的正是小红。原来，她一直未得空，直到今日才得以回禀贾芸前来的事。小红斟了茶，宝玉喝了口茶，觉得这丫鬟眼生，便问道："你也是我这屋里的丫头吗？"

小红点头称是。宝玉倒不解了："怎么我从没见过你？"

小红存了一肚子的话，却不好说出口。

原来，这怡红院中的丫鬟也各有各的特点。袭人是头一个被看重的，尤其长辈觉得她端庄稳重，最是信任。晴雯性格活泼爽快，

---

① 《红楼梦》不仅描写了大家族的生活，还写到很多中下阶层的人物，宛如一幅 18 世纪中国社会生活的风情画。人们经常将倪二与《水浒传》中的人物牛二作比较——在声色犬马、富贵生活的文学背景下，倪二是一个极特殊的侠士形象；而在豪杰会聚的梁山故事氛围中，牛二则是一个滑稽可耻的闹市无赖。

很受宝玉喜欢，只是王夫人不待见有个性的丫鬟，晴雯也自知，所以很少到王夫人面前去。余下的麝月，素日与袭人交好，袭人不在时，她也虑事周全，照看屋中灯火等琐事，便是平日晴雯有事找她，她也尽心去办。倒是秋纹等几个，只服袭人，从不把别人看在眼里，尤其在怡红院中，生怕有小丫鬟受了主子重用，超过她们去。

因此，小红虽然有心做些出头露脸的事情，却没有这样的机会。

不承想，就因为给宝玉倒了一杯茶，秋纹也容不下。秋纹知道此事后，立刻就追到小红面前奚落她一番，让她以后不要出现在宝玉跟前。小红听了满心委屈，从此便心灰意冷，不再多管怡红院中的事。

倒是贾芸，时常牵挂小红。他颇有法子，借着进大观园种树的机会，与小红交换了手帕，从这时起便彼此有情。

小红想到贾芸有了差事，心中十分喜悦。只是自己何日才能出头呢？况且自从那日之后，秋纹处处找自己麻烦，小红心里想："都说'千里搭长棚，没有不散的筵席'，不如趁早想办法离开这里！"

这一日，机会便来了！原来，王熙凤得了一些进贡的暹罗茶，分送给姊妹们品尝。大家聚在大观园中，向凤姐表示谢意，品评了一番。众人都感觉平平，倒是黛玉口味清淡，觉得合她的脾胃。宝玉与王熙凤听了，都说再送些给她，黛玉道："改日我叫丫头取去。"

王熙凤道："回头我打发人送来就是了，赶巧还有一件事麻烦你，一同打发人送来。"

黛玉听了笑道："你们听听，不过吃了她们家一点儿茶叶，就来使唤我了！"

王熙凤打趣道："你既吃了我们家的茶，怎么还不给我们家作媳妇呢？"①这句话触动了黛玉的心事，不好意思起来，大家说笑了一阵子才散。

王熙凤一人走在园中，想起一件事来，便随手招呼一个丫鬟帮着取东西、传话。别人素来知道王熙凤厉害，反装作没看见，不敢近前。小红看到，却把握住时机，跑上前答应："奶奶有什么吩咐？"

凤姐说："倒是有事，可不知你能不能干，说得齐全不齐全。"

小红回答得干脆利落："奶奶只管吩咐我，若误了奶奶的事，凭奶奶责罚就是了。"

王熙凤听了，对这丫头刮目相看，让她取了自己的荷包来，再告诉平儿支付了匠人的工钱。

这小红不但传了话、取了荷包，还将平儿的回禀一五一十交代清楚。王熙凤大喜过望，说道："难为你这孩子说得齐全。只是低三下四地服侍，倒耽误了你，不如跟着我去吧，我一调理，你就出息了。"

小红一听，正中下怀。

又听王熙凤道："可不知你本人愿意不愿意呢？"

小红忖度着，回答得滴水不漏："在奶奶面前，哪里敢说愿意不愿意的话，不过是听奶奶吩咐罢了。只是跟着奶奶，我也可学些眉高眼低，大大小小的事上也长些见识。"

这番回答深得王熙凤心意，从此便带了小红去，平素让她帮着平儿管些事务。有了这些历练，小红也越发能干了。偏巧贾芸在凤

---

① 茶有悠久的历史，不仅是一种饮品，还衍生出丰富的茶文化。古人种茶时，发现茶一旦栽下便不能移植，否则很难成活。在订婚时，人们会送上茶作为礼品，表示想法坚定、不会变更。这里王熙凤借这种习俗与黛玉开玩笑。

姐手下办事，与小红亦常来往，彼此更加熟识了。[①]

眼看天气渐渐热了，宝玉与凤姐忽然一齐病倒，家里上下心焦不已，请医问药也不见效果。这一日，荣国府门前来了一个癞头和尚与一个跛足道人，声称能消灾治病。

贾政听说忙来相问，看有什么办法。

不想，那和尚说道："你家中现有稀世珍宝，为何反来问我们呢？"

贾政一听，便知道和尚说的是通灵宝玉。因见和尚料事如神，他立时取了玉来，让二人设法相救。

只听和尚喃喃说道："青埂峰一别，展眼已过十三年矣。只可惜，你如今被声色货利所迷，倒也不能灵验了。"[②]

说着，又与道人施法念道：

天不拘兮地不羁，心头无喜亦无悲。

却因锻炼通灵后，便向人间觅是非。

贾政将信将疑，收好通灵宝玉，再看时，却不知和尚与道人的去向。许是郎中调理得当，宝玉二人渐渐好了起来。

---

① 林红玉作为封建时代的女仆，想法、行为上有很多可圈可点之处。她希望展现自己的能力，审时度势考虑到日后发展，随机应变获得了王熙凤的认可。

② 呼应前文，一僧一道再次一同出场，这也是前八十回中两人最后一次同时出现。此处巧妙点出宝玉的年龄。

第18章
黛玉葬花

这日晚间，夜风送来丝丝凉意。黛玉吃过饭，想着到怡红院看看宝玉恢复得如何了。谁知，待她来到怡红院，院门却紧紧关着。黛玉轻叩门环。偏赶晴雯与别的丫头拌了嘴，正在气头上，便说道："有事没事跑了来坐着，叫我们三更半夜不得睡觉！都睡下了，明日再来吧！"

黛玉一听是晴雯，知道她素来性子如此，并不计较，又叩门道："是我，还不开门么？"

晴雯只顾生气，没听清楚，只以为是别的丫鬟，大喊道："二爷吩咐过了，一概不许放人进来！"

黛玉听闻便当真了，只是又不好去找舅舅、舅妈诉说，毕竟那是宝玉的父母，自己若存心计较，岂不让大家为难？

如此想着，她心中难过起来，也不顾苍苔露冷、花径风寒，孤零零地站在墙角花荫下落泪。

偏偏此时院门又开了，宝钗走了出来。黛玉悄悄避在树后瞧着，更加寒心，觉得宝玉优待宝钗，存心与自己疏远，一想到此，更是触动万千愁绪，呜咽着回了潇湘馆。

月光透过轩窗洒落一地银霜，黛玉倚在床头，双手抱着膝，落下两行清泪，如此呆坐到三更时分才躺下。

转过天来，正是四月二十六芒种节。依风俗，须摆设各色果品祭饯花神，因百花落尽，花神归去，取饯行之意。大观园中的女孩子们，纷纷用花瓣柳枝编成轿马，或是用绫罗绸缎制成饰物，用彩线系了挂在花上、缠在树上。园中一时绣带飘飘，别是一番景象。①

姊妹们都在兴头上，探春见宝玉来了，笑着迎上去道："宝哥哥，我整整三天没见你了！"

宝玉倒觉好笑，若不看脸，只听声音，还当是湘云说的呢！

宝玉便问候一番。探春又说，如今攒下了十来吊钱，待宝玉出去时，挑些朴而不俗、直而不拙的雅物给她带了来。②

宝玉一一答应了，想着没见到黛玉身影，踱步到潇湘馆去找她。

正走着，他看到凤仙、石榴等各色花瓣散落一地，忽又想起之前葬花的事，便收拾了落花，用衣襟兜着要到花冢去，谁知，还没转过山坡，便听到呜咽之声，哭得何其伤感。细听不是别人，正是黛玉！

宝玉不禁停住脚步，远远看到黛玉正在葬落花，轻轻吟咏着，

---

① 脂批中说："饯花日不论其典与不典，只取其韵耳。"古人的文字常常是含蓄的，实际上，脂批这是点出"饯花"的习俗"不典"，即没有典籍出处。它是曹雪芹为突出主旨杜撰的风俗，并非真实节日。

② "朴而不俗、直而不拙"八字，正点出探春高雅的审美。前文省亲作诗时，她的文采胜过迎春与惜春。这些内容都强调了三春姐妹中探春是十分优异的，隐隐铺垫出后文。

将万千思绪皆诉诸诗中。只听黛玉哭道：

> 花谢花飞花满天，红消香断有谁怜？
> 游丝软系飘春榭，落絮轻沾扑绣帘。
> 闺中女儿惜春暮，愁绪满怀无释处，
> 手把花锄出绣闺，忍踏落花来复去。

宝玉知道，这恰是黛玉自己葬花的写照，在百花落去之时听到，更觉心中凄楚。又听黛玉吟着：

> 一年三百六十日，风刀霜剑严相逼，
> 明媚鲜妍能几时，一朝飘泊难寻觅。
> 花开易见落难寻，阶前闷杀葬花人，
> 独倚花锄泪暗洒，洒上空枝见血痕。

想来也是，黛玉虽生在绮罗丛中，然孤身一人，纵是锦衣玉食，也难抵心中凄凉。想到这里，宝玉亦是悲从中来，不免湿了眼眶。只见黛玉将最后一捧落花埋入花冢，又泣道：

> 昨宵庭外悲歌发，知是花魂与鸟魂？
> 花魂鸟魂总难留，鸟自无言花自羞。
> 愿奴胁下生双翼，随花飞到天尽头。
> 　　天尽头，何处有香丘？

听到此处，宝玉再也忍不住，不禁泪流满面，难过得几乎站不稳，怀中的落花飘洒一地。

原来，黛玉因昨夜晴雯没有开门，便错怪了宝玉，有心事不向他诉，反跑到这里来独自葬花悲泣。如今听到哭声，回头见宝玉也在落泪，黛玉偏不理他，扭头就走。

宝玉忙追了上来，强打精神逗黛玉道："妹妹且站住。我只说一句话，从今以后你我各干各的。"

黛玉好奇，便道："既是一句话，那你说。"

宝玉笑道："有两句话，你听不听？"

"你怎么不说与你宝姐姐听去！"黛玉说罢，抬脚就走。

宝玉跟上去，边走边说："你我从小一桌子吃饭，一床上睡觉。如今姑娘大了，不把我放在眼里，只想着什么宝姐姐等人，对我倒三日不理、四日不见的。你这么个明白人，难道连'亲不间疏，先不僭后'也不懂？咱们是姑舅姊妹，论亲近自然胜过她，况且她来得又晚，我岂会为了她而疏远你！"

黛玉听了，这才将昨夜之事告诉宝玉，原来宝玉毫不知情，是一场误会。黛玉打趣道："论理说，你屋里的丫头们也该管教管教。今儿得罪了我倒罢，没准儿哪日连什么宝姑娘贝姑娘也得罪了呢！"

说着，两人笑起来，便和好了。

年少的人儿在一起，难免发生些小矛盾。才好了没几日，两人又闹起了争执。

这一日，宝玉闲来无事，沿着沁芳溪走来，看着水中的游鱼，觉得十分自在。忽然，有两只小鹿慌乱地跑过，打破了宁静。宝玉正不解，却看到贾兰拿着一张小弓追来。

贾兰见到叔叔，便站住了。

宝玉皱着眉头，问他在做什么。

贾兰恭恭敬敬回答，说是"演习骑射"。

宝玉却觉得大煞风景，只说了几句话，二人便各自走开。①

宝玉往潇湘馆去了。夏日的潇湘馆，凤尾森森，龙吟细细。黛玉正在休憩，朦胧中念了一句："每日家情思睡昏昏。"

宝玉知道这是《西厢记》的戏文，心中感慨黛玉能够体察自己读戏文的趣味。

黛玉见宝玉进来，知他听了去，却有些不好意思。

宝玉道："紫鹃，把你们的好茶倒一碗给我吃。"

黛玉偏道："别理他，你先给我舀水去。"

紫鹃与黛玉相处久了，如同姐妹一样，又知宝黛之间常开玩笑，遂笑道："他是客，自然是先倒了茶，再去舀水。"说着，便倒茶去了。

宝玉见了一时兴起，又学了几句戏文打趣黛玉。黛玉毕竟是大家闺秀，哪里容得下这些，便气恼了，说什么也不理宝玉。

宝玉还要再劝，却有丫鬟来说，薛蟠有事找他，只得忙忙出来。这薛蟠哪里又有什么正事，无非饮酒作乐，拉了宝玉去赴宴。

席上另有几位客人，薛蟠便附庸风雅，说是见到了一幅好画，画的落款是"庚黄"。众人不解，自古名手中并没听过一个叫"庚黄"的。宝玉想了想，写下两字问薛蟠，是不是他认错了。众人一看，原来是"唐寅"，都笑话薛蟠不学无术。薛蟠大大咧咧，倒说："我

---

① 曹雪芹惯用对比的手法塑造人物，此处用简练的语言便写出了贾兰与宝玉兴趣、性情的差异。一般认为，八十回后的内容中，贾兰取得了军功，让母亲李纨获得了诰命身份。这一处情节就是重要的铺垫。

哪里知道什么'糖银''果银'的。"大家听罢哄堂大笑。

待要唱曲行令，薛蟠又胡说一通，唱道："一个蚊子哼哼哼，两个苍蝇嗡嗡嗡。"众人更是笑他粗鄙。薛蟠反振振有词，美其名曰"哼哼韵"。

其实宝玉一心记挂着黛玉，兴致又哪里在吃酒上。轮到宝玉唱时，他便和着琵琶唱道：

> 滴不尽相思血泪抛红豆，开不完春柳春花满画楼。
> 睡不稳纱窗风雨黄昏后，忘不了新愁与旧愁，
> 咽不下玉粒金莼噎满喉，照不见菱花镜里形容瘦。
> 展不开的眉头，捱不明的更漏。
> 呀！恰便似遮不住的青山隐隐，流不断的绿水悠悠。[①]

虽然不曾开口说出，曲中却满是对黛玉的思念。众人不解深意，只说：文辞优雅，唱得好！

待散席回到贾府，袭人来回禀道：贵妃赐出了端午的节礼，还送了一百二十两银子让五月初一到初三去打平安醮[②]。

宝玉本不留心这些礼物，只是听到黛玉与他的不同，反而宝钗跟他的礼物相同，比黛玉多了凤尾罗、芙蓉簟，一时却愣住了。宝玉心想，当日省亲时，黛玉、自己跟众姊妹的礼品相同，怎么到如今，林妹妹的跟自己不同，倒是宝姐姐的跟自己一样呢？别是送错了吧。

---

① 古人有诗云："红豆生南国，春来发几枝。愿君多采撷，此物最相思。"宝玉以"红豆"为题，表达了对黛玉的思念，但曲中并无一字提及黛玉，行文雅致而深邃。小读者们在写作时，是不是也可以参考这种高超的表达技巧呢？
② 平安醮：一种目的在于祈福的道教仪式。

又细问一番，方知太监送出来的时候都写好名签的，是贵妃的意思。

宝玉怕黛玉多心，命人把东西送到潇湘馆，让她喜欢什么便取什么。

谁知，不多时小丫鬟又将东西拿了回来，黛玉一件未取，只是道谢。

宝玉忖度着，不知她是否还怪罪自己，便亲自来瞧。

宝玉见了黛玉道："我送来的东西让你选，你怎么不选呢？"

黛玉早把之前的事忘了，说道："我哪有这么大的福分呢？我可比不得宝姑娘，什么金什么玉的，我不过是草木之人罢了！"①

宝玉见了贵妃的赐礼，本就不悦，一听黛玉如此说，便正色道："一向都是别人说什么金什么玉，我何曾说过，何曾放在心上了？我心里的事，日后妹妹自然明白。"

黛玉道："我知道你心里有妹妹，只怕见了姐姐，就把妹妹忘了！"说着，"扑嗤"一声笑了。宝玉方知她说的是玩笑话。

却说宝钗，以往听母亲对王夫人等人提起过，说宝钗有金锁，日后与有玉的男子方可结为婚姻。大家闺秀，怎可将这些事情放在心上？如今她见赐礼与宝玉一样，反倒觉得尴尬，遂刻意与宝玉保持些距离。

---

① 黛玉戏称自己是"草木之人"，呼应着绛珠草的前史故事。而当时的世人只重金玉，却不重真情，体现出礼教束缚下人们的悲哀。

第19章
晴雯撕扇

眼下已是四月末，王熙凤忙了数日，只为安排打醮的事。贾母知是贵妃的好意，便吩咐下去，不论主仆，凡是想去的，都跟到道观中去听戏。

大家族的女子，无论主子，还是丫鬟，平日都被禁锢在狭小的内院当中，哪里能得到机会外出游览，如今听到这个消息，都巴不得趁此机会出去看看，因此，小姐、奶奶、丫鬟们都乐意去逛。

五月初一这一天，荣国府便摆开仪仗去往清虚观，一时车辆纷纷，人马簇簇。前边贾母等人的车轿已经离清虚观不远，后头的丫鬟们还在府门前没上车呢。沿途一溜骏马香车，引得多少人围观。

贵妃命打平安醮，这是整个家族的荣耀。贾珍身为族长，又与清虚观主事的张道士熟识，便安排贾琏在家照应，自己则带着贾蓉来安排打醮事宜。到了观中，贾珍将贾母等人送入内院，又吩咐小厮守好角门，不得放一个闲人进去。忙了半日，来帮忙的贾氏子弟都觉天气闷热，偷闲到树荫下乘凉去了。贾珍见了很不高兴，碍于面子，只能责问贾蓉，结果不但贾蓉不敢回嘴，贾芸等贾家兄弟也不敢偷懒了，都各忙各的去。

贾珍呵斥道："今天老太太来打醮，还不赶紧回家接你母亲和你娘子来伺候！"贾蓉只好乖乖地出来，上了马回家接人。

原来，此时贾蓉已继娶了妻子。这继妻姓许，许氏平日侍奉公婆，逢年过节服侍贾母，倒也勤谨。一时接了尤氏与许氏前来，二人忙到贾母面前行礼。①

待贾珍张罗完，张道士早已等在内院门口了。原来，这张道士与豪门大户常有来往，就连皇上都为他钦赐了封号，贾府上下当然更是高看一眼！因此，贾珍引着张道士来见贾母等人。

见面先是寒暄一番，张道士知道宝玉是贾母的心头肉，开口便夸宝玉长得像他爷爷。

贾母一听，不禁老泪纵横，说道："我养这么些儿孙，也就这玉儿像他爷爷！"

张道士虽是出家人，却偏爱管红尘中事，因见宝玉大了，试探说道："前日我在一户人家看见一位小姐，如今十五岁了。我想着哥儿也该寻亲事了，这小姐论模样、论家境，倒也般配。只是不知老太太意下如何？"

贾母推说："这孩子不该早娶，你不妨再打听着吧。"

张道士知是推辞，就不再说了，倒是宝玉、黛玉听了这话，心

---

① 在《红楼梦》中，许氏的形象并不突出，她更像是秦可卿的"影子"。由于早逝，秦可卿在书中的内容很少，曹雪芹写到许氏侍奉贾母、参加家宴等情节，补写出秦可卿曾经的日常生活场景，折射出原著文学笔法的灵活多变。在程本续书中，将贾蓉继妻写作"胡氏"，添加了很多情节，并不符合曹雪芹的原意。

里皆不爽快。

话说这堂堂国公后人来打醮，众人哪有不逢迎的。观中众道士临潼斗宝一般，给宝玉献上许多精美物件，皆是玉琢金镂。

贾母见了，说不该收，谁知张道士巧舌如簧，不好推却，才让宝玉收下了。

宝玉见惯了这些东西，也不当回事，无意间瞥见其中有一个金麒麟，倒精巧别致，便拿在手中端详。

贾母道："这东西看着眼熟，好像谁家的孩子也戴着相似的一个。"

宝钗道："史大妹妹有一个，看着差不太多，比这个略小些。"

黛玉又想起"金玉良姻"之论，说道："宝姐姐最是在这些戴的东西上留心！"

见宝玉将金麒麟收了起来，黛玉便扭过头来，闷闷不乐。

此时，贾珍已忙活半天了。原来，在这道观中唱戏，有敬神的寓意，因此并非点戏，而是要在神前抽签，抽到哪一出就唱哪一出。

一时，贾珍来回禀贾母："老祖宗，头一出唱《白蛇记》，是汉高祖斩蛇起兵的故事。"

贾母道："哦，这却有趣。说起来，咱们家也是行伍出身，正该听这曲调激昂的戏。"

贾珍又道："第二出是《满床笏》。"

贾母一愣，忙平复了气色，又说道："这我知道，唱的是唐代郭子仪家中儿子女婿为官做宰的故事，却也合了如今咱们家的景象。只是不知道这第三出是什么戏？"

贾珍回道："是《南柯梦》。"

"南柯一梦，岂不是富贵繁华终成空？"贾母忖度着，微微皱眉，不再言语。①

　　贾珍传令下去开戏，贾家上下听了一天的戏，至晚方才打道回府。

　　回到家中，宝黛皆郁郁寡欢，全是因为张道士提亲的事。不但黛玉，连宝玉都嫌他多事。再者黛玉又受了些暑气，身体不适。

　　宝玉好心来探望，黛玉却存着心事，有意试探，说明日还让宝玉去找张道士听戏。

　　宝玉想着："别人不知道我的心意还罢了，连林妹妹竟也奚落起我来！"

　　因这样想，不免动了真火，沉下脸来说道："罢了，我白认得你了！"

　　黛玉针锋相对道："可不是白认得我了！我哪像人家有什么配得上呢！我还怕你不见那张道士，阻了你的好姻缘呢！"

　　其实宝黛皆没有二心，不过是试探彼此，可越是亲密，反而不免求全责备。

　　"没有什么配得上？！那我也不要什么来配，砸了这东西，就清净了！"宝玉说着，一把抓住项上戴的玉摔在地上，回身又拿凳子要砸。

　　黛玉哭道："你与其砸它，还不如来砸我！"

　　怕闹大了，袭人与紫鹃连忙来劝。袭人拾起那玉，赔笑道："你同妹妹拌嘴，也犯不着这么样。倘或一时砸坏了，她心里如何过得去！"

　　黛玉一听，宝玉竟还不如袭人明白自己的心事，更是哭得上气

---

① 曹雪芹通过戏的名称与内容，隐隐表达了丰富的内涵，这是《红楼梦》中常采用的笔法。这也折射出博大精深的传统戏曲文化，值得小读者们关注。

不接下气。

宝玉见黛玉如此难受，便后悔了，只是闹到这地步又如何好劝呢，不禁流下泪来。

袭人又劝宝玉："你不看别的，且看看玉上穿的穗子，岂不是当日林姑娘亲手做的？想想这个，也不该同姑娘拌嘴。"

谁知，黛玉一想到这个，更来了气，拿起做针线的剪子便剪。

宝玉口不择言，说道："想剪便剪吧，大不了我不戴它了！"

两人一番大闹，已惊动了贾母与王夫人。听说并没什么大事，贾母长吁短叹，感慨着兄妹俩越大反而越孩子气了，又说"不是冤家不聚头"。

事过之后，紫鹃也劝黛玉："别人不知道宝玉的脾气倒罢了，难道咱们也不知道？为那玉，如今不知闹了几遭了。依我说，宝玉有三分不是，姑娘倒有七分不是！且看他素日对姑娘好，也不该计较才是。"

黛玉听了，心中暗自后悔，想着不该剪了那玉上的穗子，该重新做了帮他穿好。黛玉虽挂念宝玉，却又不好登门，只是独自烦闷。

过了两日，已是初四。黛玉午间闲坐，忽听得有人叩门。紫鹃心中便有了几分欣喜，忙说"来了"，开门一看，果然是宝玉。

紫鹃客客气气把他让进来，笑道："我只当是宝二爷再不上我们这门了呢。"

宝玉笑道："你倒把极小的事情说成大事了。好好的，为什么不来呢？"

黛玉听见宝玉来了，心里既觉羞愧，又觉委屈，便暗暗抹泪。

宝玉走进来，低声细语地问："妹妹可好些吗？"

见黛玉不答，宝玉又道："我知道妹妹必不生我的气了。只是若不理我，别人知道了反而来劝，岂不倒觉得咱们生分了？不如凭妹妹处治，要打要骂都好，只是千万别不理我。"

黛玉听了，便不再计较。宝玉又说了一番好话，拉着黛玉到贾母房中。长辈们见两人和好，才放下心来。

此时宝钗也在这里，宝玉听说薛姨妈家里摆酒唱戏，便没话找话说，谁知倒一时说造次了。

宝玉道："姐姐怎么不看戏去？"

宝钗说道："大热天的，我怕热，看了两出就到这里来了。"

宝玉道："怪不得她们拿姐姐比杨妃，原来正是体丰怯热。"

大家闺秀哪里听得这话，宝钗便恼了，冷笑两声道："我倒像杨妃，只是没有个好兄弟可以作杨国忠呢！"

此时宝玉后悔也晚了，只好当作没听见。

倒是黛玉，见宝玉奚落宝钗，心中得意，插言道："宝姐姐，你听了什么戏呢？"

宝钗没好气地说："我看的是李逵骂了宋江，后来又赔不是。"

宝玉以为宝钗不计较，偏说道："姐姐一向博古通今，怎么连这出戏的名字也忘了，这叫《负荆请罪》。"

岂料这正中宝钗下怀，她道："你们博古通今，才知道这叫'负荆请罪'，我哪里又知道什么叫'负荆请罪'呢！"[1]

宝玉这才明白，宝钗是借机讥讽他向黛玉道歉之事。

---

[1]　"负荆请罪"原本出自廉颇与蔺相如的故事。而此处作为一出戏的名字，与两人无关，是指水浒人物李逵与宋江的故事。宝钗借戏名讽刺宝黛二人，体现出她也有偶尔打破端庄形象的一面。

一时大家散了，黛玉悄向宝玉道："看看，你如今也见识了言辞比我厉害的人了！你当谁都像我心拙口笨，由着你说呢！"

宝玉听了，心中更是惭愧，由此才明白，如今姊妹们年岁大了，凡事易往心里去，不能像以前那样随口便说了，因此心中极不畅快。

偏偏夏日雨水多，回园的路上正下起了大雨，宝玉身边没有雨具，被浇得浑身湿透。好容易跑到怡红院门前，他大声叫门，正巧丫鬟们在一处说笑，又因雨大，未听真切。袭人数落她们太闲散，亲自来开门，却已迟了半日。

宝玉存了一股火气在心里，此时头发也湿淋淋的，未曾看真，只当是下等小丫鬟，待门一开，上去就是一脚将人踢倒，再细看时，才发现是袭人，虽后悔也已经迟了。

袭人平白挨了一脚，既没面子，又疼痛难忍。宝玉心中忐忑，挨了一夜，第二天一早忙着请医问药。

近日宝玉不快，诸事一件连着一件。只是这日正逢端阳佳节，王夫人命午间治酒，请薛家母女赏午。宝玉听了，不得不去应酬。

宝钗因宝玉说话唐突，此时不愿多话。众人敷衍着，吃了几杯酒便散席了。宝玉虽闷闷不乐，到散席时亦觉不忍。他平日里是喜聚不喜散的，可黛玉恰相反，她是喜散不喜聚。

如今宝玉回房，不免长吁短叹。偏偏晴雯上来服侍换衣服，一不留神把宝玉的扇子摔在地下。

宝玉用的折扇皆是精工细作，尤其雕镂花纹的扇骨更是精致无比。谁知，这一落地，倒把扇骨跌断了。

宝玉一看，知道难寻相同的安上，便觉可惜，说道："日后你自己当家立事，难道也是这么顾前不顾后的吗？"

若换作别人，低声下气认个错，宝玉也就不计较了。谁知晴雯个性极强，偏偏不吃这个气，回嘴道："二爷近来脾气大得很，昨日连袭人都一脚踹倒了，今儿又来寻我的不是。就算摔坏了扇子，也是平常的事。先前那些玻璃缸、玛瑙碗，不知弄坏了多少，也没见怎么着。倒是这会儿，摔了一把扇子就急了。何苦来，要嫌我不好就撵我出去，再挑好的丫头来使。好离好散的，岂不好？！"

宝玉想不到，自己不过说了一句，晴雯倒说出这么一大番话来，加之心情阴郁，便大声喝道："你也不用急，将来有散的日子！"

见宝玉动怒，袭人忙来劝道："这又是怎么了？我一时没在跟前，就出了这岔子。"

晴雯此时也不畏惧，冷笑道："你既会说，就该早来服侍。因为你服侍得好，昨日才挨了窝心脚。我们不会服侍的，到明儿还不知是个什么罪名呢！"

袭人见晴雯捎带上自己，便说道："你且出去逛逛吧，原是我们不该如此。"

可晴雯偏不吃这套，冷笑着说："你们？你们又是谁？也不过跟我一样，谁又比谁高贵呢！"

袭人又拿着宝玉的身份压晴雯，说道："姑娘你是跟我拌嘴，还是跟二爷拌嘴？若是跟二爷生气，也不该吵得人人知道！"

"好了！"宝玉大叫一声，冲晴雯道，"你若不想在这里，我回太太去，打发你出去倒好！"

晴雯一听伤心起来，含泪道："想回就去回，反正我是不出这个门的！"

对于丫鬟，撵出去是重重的惩罚。袭人又怕因此事惊动了王夫人，便与众丫鬟齐齐跪下求情，只是晴雯依旧站在那里落泪。

宝玉气也不是，恼也不是，偏偏拿晴雯没办法。

正在这时，小厮传进话来，有人请宝玉赴宴。端午节间，应酬往来是常事，宝玉不好推辞，只好去了。怡红院的一番风波，才算暂时平息下来。只是宝玉又哪有心思吃酒，不过略坐了坐就告辞了。

回到怡红院，已是掌灯时分。一进院，只见芭蕉下的凉榻上正有人躺着乘凉，宝玉以为是袭人，上前挨身坐在榻上。

谁知，那人却翻身起来，说道："何苦来，又来招我！"

原来，不是袭人，倒是晴雯。此时宝玉却笑不得，恼不得，且他平时又对姑娘们极好，索性拉晴雯坐下，低声劝道："你性子也越发骄纵了。白日跌了扇子，我不过说了两句，你就说出那一大篇的话。袭人来劝，你倒捎上她。你自己想想，该不该？"

晴雯也并非不通事理，见宝玉说得有理，便岔开话题道："鸳鸯送了些果子来，如今都拿井水泡在那水晶缸里呢，叫她们拿给你吃。"

宝玉笑道："既然如此，你拿来一起吃吧。"

晴雯道："我慌张得很，连扇子都摔了，若是此时再打了盘子，那更了不得呢。"

宝玉见晴雯竟还没消气，也不管什么道理不道理的了，拐弯抹角逗她开心："东西嘛，无非是借人所用。比如盘子，你若想拿来摔着听响，那也算它的用处。再比如这扇子，你乐意撕了它玩也可以——只是不能生气的时候拿它出气！"

听他如此说，晴雯倒来了劲头，笑道："这可是你说的！那把你的扇子拿来给我撕！"

宝玉一心希望晴雯高兴，便笑眯眯地把扇子递过去。

晴雯果真接了,"嗤啦"一声就把扇面撕成两半,又接连地撕起来。

宝玉不但不恼,反拍手叫好:"撕得好,再撕响些!"

一时,撕碎的扇纸已零落一地。

麝月见了,摇着扇子走来,笑劝道:"好了,少作些孽吧。"

宝玉偏趁麝月不留意,一把抢了扇子,也拿给晴雯撕。

晴雯刷刷几下,又撕碎了,两人都大笑起来。

麝月道:"竟拿我的东西给她寻开心去了!"

宝玉道:"好扇子有的是,改日得了好的我再给你。一把扇子能值什么,却是开心难得。"①

麝月也不当真,众人说笑着,在月下乘凉。

---

① 在古代观念中,少爷与女仆有着森严的身份界限,绝不会任由女仆使性子。但宝玉打破了这样的观念。他尊重并欣赏女子,不惜放下身段想方设法哄晴雯开心。当然,不爱惜物品是大家族公子的通病,这一点不值得我们肯定。

第 20 章

宝玉挨打

端午刚过，贾母又想念湘云了，命人把她接了过来。凡是湘云所到之处，都一时热闹起来。

偏偏黛玉还记着金麒麟的事，说道："你哥哥得了好东西，正要给你看呢。"

湘云不解，宝玉忙岔开话题："哪有什么东西……有日子不见，倒是越发长高了。"

这样一说，大家想起了湘云小时候在贾府的趣事，你一言我一语说笑起来，提起当年湘云只顾了在雪地里堆雪人，踩滑了一跤跌进沟里，弄得灰头土脸。

谁知，湘云年纪不大，却已订了婆家。听她的奶妈这么一说，大家感慨万千，皆向湘云道喜，湘云反不好意思起来。

一时贾母乏了，湘云便进园来逛。多年前袭人也曾服侍过湘云，故而湘云与袭人熟识，遂踱步到怡红院小坐。

宝玉嘴上不说，心里却记挂着金麒麟，见湘云来了，便把两个麒麟拿出来比着看。比起湘云戴的那个，宝玉的这个又大又好看，两个如同雌雄一对。看了一会儿，众人又聊几句闲话。不想，忽有丫鬟来传话，说贾雨村到访，老爷让宝玉出去相陪。

宝玉喜欢与姊妹们同处，此时正在兴头上，哪里愿去。况且，他素日并不喜欢与达官贵人交往，觉得他们只知争名逐利、钩心斗角，躲还来不及呢，更不愿去应酬陪坐。

湘云终究年纪小，心直口快，也不曾多想，学着大人的口气说道："主雅客来勤，客人来了，你作为主人哪有不陪着说话的道理。如今大了，就算不愿读书去考举人进士，也该常见见这些为官做宰的人，谈讲些仕途经济①的学问，将来也好应酬世务……"

谁知，宝玉一听便恼了，也不等湘云说完，便打断道："姑娘还是请到别的姊妹屋里坐坐吧，小心我庸俗不堪，倒污了你这知经济学问的人。"

袭人担心兄妹不睦，忙劝道："云姑娘快别说这话。上回宝姑娘也劝过一次，谁知他也不管人家面子上是不是过得去，抬脚就走了。好在宝姑娘倒不往心里去，日后见了面还是那么和气。要换作林姑娘，还不知会闹成什么样呢！可偏偏这位小爷，倒不听宝姑娘的话，还跟人家生分了。"

宝玉换着衣服，扭头道："林姑娘也说过这些混账话吗？若是她也说过这些混账话，我早跟她生分了。"

袭人和湘云不解，笑道："闹了半天，这倒是混账话。"

---

① 在古代观念中，"经济"指的是"经邦济世"，与当今所说的"经济"一词内涵不同。当时，在鲜亮的说辞之下，"仕途经济"掩盖的是封建官场上的蝇营狗苟，因此贾宝玉十分反感。

众人却不知，此时黛玉正往怡红院来，方到门口，恰听到宝玉肯定自己的话。

黛玉不免心生感慨，一时愁绪万千，却不进来，悄悄抽身回去了。她一边走，一边想着：果然宝玉堪称知己，只可惜父母早逝，终身大事却无人主张，偏又有那金玉之论，只能孤零零独自愁闷，以至于沉疴渐重……

黛玉想着，便又伤感起来，轻轻以帕拭泪。

偏巧宝玉穿好衣服出来从此经过，见黛玉落泪，心中明白大半，犹豫半晌，对黛玉说了"你放心"三字。

黛玉心下了然，却不好说出，只喃喃道："我有什么不放心的……"说着，转身便走。

可宝玉宁肯此时将心事倾吐而出，痴痴地自言自语道："你这病，皆是因我而起。只有放了心，病才能好，那时我心里才得畅快些。"

谁知，这些话渐渐走远的黛玉没有听到，却被送扇子的袭人听到了。她心中大惊，担心宝玉做出不合礼法的事情，但眼下也顾不得这些，忙催宝玉去见客人。

宝玉虽到场，却并不愿与贾雨村交谈，加之在园中又发生了方才那些事，心中不免恍惚，显得无精打采。

待贾雨村走了，贾政不满道："瞧你垂头丧气成什么样子！如今家中还有什么亏欠了你不成？难道还不知足？"

一语未了，有人来通报，说忠顺王府的长史官求见。

贾政十分诧异，长史官是王府仆人的一把手，好端端的，忠顺王怎么派了他来？况且这忠顺王位高权重，平日跟贾府并无往来，为何忽然派人登门呢？

　　贾政虽不解，却不敢怠慢，忙命将长史官请到厅上，奉上好茶。

　　这长史官一开口就阴阳怪气，带着几分不满。原来，戏班中有个蒋玉菡，又名作"琪官"。忠顺王喜欢听他唱戏，可这几日琪官不知去向，忠顺王听闻他与宝玉素有来往，便命人来索问琪官下落。

　　贾政一听，更是气不打一处来，不想宝玉在外竟然结交这些乌七八糟的人，以至于忠顺王遣人登门索问，这还了得！他即刻传宝玉前来。

　　宝玉起初怕琪官受牵连，只装作不认识。

　　谁知，那长史官早有证据，知道诸多细节。

　　宝玉一听，便也慌了，只好将琪官在郊外的住所告诉对方。长史官这才志得意满地离去了。

　　贾政生了一肚子气，却只得笑脸相陪去送长史官。可还没等回来责问宝玉，他又遇到了一件事！

　　原来，赵姨娘是贾府下人出身，向来见识短浅，只看重利益。探春知道她心胸狭隘，便刻意保持距离。倒是贾环，不辨是非，日日跟在赵姨娘身边，受了不少影响，只觉得哥哥宝玉亏待了自己，想要寻机报复。

　　此时，贾环听说父亲正生宝玉的气，便悄悄又进了谗言，说宝玉对王夫人房中的丫鬟不敬。①

　　对母亲的下人不敬，便是对母亲不敬。贾政听闻，更是火上浇油，

---

① 宝玉挨打，意味着他的行为已经不容于封建礼教观念了。宝玉挨打的原因很多，背景是应酬贾雨村时的怠慢，而忠顺王索要戏子这一重大事件激化了矛盾，贾环搬弄是非更是事件的导火索。事实上，封建礼教是不允许青年男女之间存有爱情的，幸好贾政并不知道宝玉对黛玉说的那番话，不然宝玉的下场会更惨。

立刻命人拿来板子，将宝玉按倒就打。众清客见了，忙来劝解，贾政也不听，只担心宝玉玷辱了门楣，依旧责打不断。

这边一闹，早已惊动了王夫人、贾母等人。王夫人慌忙来到厅上，见丈夫恼火，却也不敢深劝，只说：老爷不要动怒，不要惊动了老太太。

好容易才劝住贾政，王夫人见宝玉被打得面色苍白，哭道："苦命的儿啊！要是有珠儿在，哪里会到了这地步？"

一听王夫人提起贾珠，众人纷纷落泪，尤其李纨，更是用手帕掩面大哭起来。贾政见了，又是气恼，又是后悔，也落下泪来。

孰知，贾母正在这当口赶到了。她气得颤颤巍巍，说道："我看你不过是厌烦我们了，我跟宝玉这就回南京去！"

在母亲面前，贾政哪里敢分辩，连忙跪下含泪相劝。

贾母也不顾这么多人看着，便将贾政数落一通。见宝玉被打得无法动弹，她又忙命人小心抬回怡红院中。薛姨妈等人听了忙来看望。

到了夜晚，袭人一边服侍，一边说道："但凡听我一句话，也不至于闹到这地步。"

正说着，宝钗来了。薛家铺子里有治跌打的药，宝钗携了一丸来，命袭人晚间给宝玉敷上。

宝玉忙道谢，宝钗看他仍疼得龇牙咧嘴，低头叹道："竟打成这样，别说老太太、太太心疼，就是我们看着，心里也疼……"说着，不觉红了脸，不好再说下去，只管拨弄衣带。

顿了一顿，宝钗便找话题，随口问为何事而起。

袭人只顾心疼宝玉，不及多想，将众人的传言脱口而出：许是薛蟠走漏了消息才导致宝玉挨打。

碍于薛蟠是宝钗的哥哥，宝玉忙要阻拦，却已来不及了。

宝钗初听，自然不悦，又看出宝玉有意阻拦。事实上，她自己也怀疑是哥哥不慎走漏了风声，只是在人前却不便承认，只道："说到底，还是宝兄弟素日不上心正事，才让老爷生气。袭人姑娘成日在内院中，哪里又见过那心里有什么、口里就直说什么的人呢？"①

袭人自知说造次了，只好低声应着。宝钗略坐了一坐，便告辞出来。

宝玉自觉疼痛不止，又昏昏睡去，不知过了多久，恍惚间却听到哭泣之声。睁眼一看，正是黛玉，她双眼早已肿得像桃儿一般，满面泪痕。

宝玉忍痛说道："你何苦又来这一趟。虽说太阳落下去了，那地上的余热未散，小心又受了暑。我如今也不觉得疼，只不过装出来哄别人的，你可千万别放在心上……"

黛玉哽咽道："你从此可都改了吧！"还未多说，却听丫鬟通报，二奶奶王熙凤来探望。黛玉怕她见了打趣自己，忙从后门去了。

因白日里一闹，上上下下皆心神不宁。王熙凤嘱咐几句离开后，偏偏王夫人又叫一个丫鬟去问话。

袭人一听，便主动去了。王夫人问起老爷为何打宝玉，袭人早已听说贾环进谗言的事，此时碍于身份，却有意不说。加之日间又听到宝玉倾诉内心的一番话，因此，她倒劝王夫人及早让宝玉搬出

---

① 《红楼梦》中，在神话前史的铺垫下，宝玉、黛玉的形象有一定的浪漫主义色彩。而宝钗是封建社会典型的大家闺秀形象，具备一定优点，但同时也有着封建礼教背景下"淑女"必有的缺点。比如她明知哥哥荒唐不羁，却饰词掩意，反将薛蟠描述成一副正气凛然的形象。因此，宝钗有她自身的局限性，我们应全面去看待。

大观园，以免与女子同处多有不便，容易落了别人口舌。她还说："老爷教训二爷一顿也倒好，免得此时不管，将来不知做出什么出格的事呢。都是别的人一味逢迎着他胡闹，也怨不得他如此。可这样下去，二爷今后一生的声名品行岂不完了！"

王夫人一听，倒是正中下怀，从此更对袭人倚重几分。

可怜宝玉，他哪里知道，才搬入园中没畅快几日，身边的袭人就已暗中安排，谋划着让他搬出大观园了！

而此时，宝玉满心想的却是黛玉，既惦记她一路回去有没有受暑气，又想着说出心事后，她还没有回应，也不知她是怎么想的。因此，要打发一个丫鬟去潇湘馆看看。

这时袭人已经回来，但宝玉知道她听去了自己的心事，遂找了个借口，让袭人到蘅芜苑去借书。袭人走后，宝玉才让晴雯去看黛玉，并带去两方自己用的手帕。

黛玉收到手帕，起初不明白是何意，忽想起那句"心知接了颠倒看，横也丝来竖也丝"，才恍然大悟。因想着，一番苦心两人彼此领会，不免觉得可喜；然而此种行为，若被人知晓，不知又会引出多少波澜，故而亦觉得可惧。两人因从小一起长大，越发亲近，却难免求全责备，一路走来发生了多少争吵。当日宝玉未带手帕时，黛玉曾用自己的手帕为他拭泪。如今再看手中的两方素帕，许也曾沾染过自己的眼泪。又想着不知今后会如何，越发愁绪满心，想来一切皆是因"泪"而起，遂提笔在帕上写了几首绝句。只见写的是：

眼空蓄泪泪空垂，暗洒闲抛却为谁？
尺幅鲛绡劳解赠，叫人焉得不伤悲！

又写道：

> 抛珠滚玉只偷潸，镇日无心镇日闲。
> 枕上袖边难拂拭，任他点点与斑斑。

复又写道：

> 彩线难收面上珠，湘江旧迹已模糊。
> 窗前亦有千竿竹，不识香痕渍也无？

写了半日，方才罢了，黛玉吹灯躺下，手中仍拿着手帕辗转反侧。①

一夜未曾好睡，黛玉只挂念着宝玉好些没有。一大清早，她来到花荫下，远远地看向怡红院的门口，却见贾母、王熙凤、宝钗等人进去了，自己眼睛肿肿的，不便露面，于是闷闷地只看周围景致。

只见地下树影参差，苔痕浓淡，忽又想起《西厢记》中的戏文："幽僻处可有人行，点苍苔白露泠泠。"

黛玉不免叹道："莺莺啊，你虽命薄，尚有孀母弱弟；今日黛玉之命薄，连孀母弱弟俱无……"

正在伤感，倒是紫鹃一路找了来，说道："姑娘回去吃药吧。如今虽已是五月天，到底也该留心些。大清早的，在这个潮地方站了半日，正该回去歇歇了。"

---

① 手帕曾经是林红玉与贾芸的定情信物，呼应前文，两方旧帕也明确了宝玉与黛玉的感情。诗歌的嵌入，使文学作品中的感情得到升华，变得更加美好。

黛玉便随紫鹃回了潇湘馆，却听架上的鹦鹉长叹一声，念道："花谢花飞花满天，红消香断有谁怜？"

众人听了轻轻笑起来。紫鹃道："这都是素日姑娘念的，难得它倒记住了。"

潇湘馆中阴阴翠润，几簟生凉。黛玉隔着月洞窗与鹦鹉说话，将素日喜欢的诗词教给它念。不同于潇湘馆的清幽宁静，此时怡红院中倒如同众星捧月一般，大家都围着宝玉，问还疼不疼，想吃什么。①

宝玉忽想起曾经吃过的莲叶羹，王熙凤便立刻吩咐下去给他做。要做这汤，须用到专门的模具。取来时，大家见了皆觉惊奇，连薛姨妈都没见过。只见四副银模子，每个都有一尺多长，上面凿着豆子大小的孔，形状各异，有菊花的、梅花的，也有莲蓬的、荷叶的，打造得十分精巧。

原来，这是贾府当初给皇上准备御膳时想出的花样。做的时候，全仗着好鸡汤方才入味，又借了鲜嫩荷叶的一股清香。以往长辈试吃时宝玉曾尝过，今日偏想要吃了。贾母眼下事事皆由着宝玉，立刻让人去做。王熙凤想得周全，让多做几碗，给贾母、薛姨妈等长辈尝尝。大家见了，都夸王熙凤虑事细致。

贾母却说道："提起女孩子们，从我们家四个女孩儿算起，全不如宝丫头！"

宝钗听了，只当没听见，仍与别的姊妹说话。倒是薛姨妈，连

---

① 黛玉虽有优越的生活条件，又有贾母的关心，但终不及亲生父母的悉心照料。书中通过对比，再次明确了这一点，突出黛玉寄人篱下的凄苦。鹦鹉能够念诗，自然是文学杜撰，借助诗意强化了黛玉人物形象的悲剧意义。

连说着谦辞。

不一会儿，莲叶羹做好了，贾母等回房去摆饭。

宝玉略尝了几口，也就不吃了。而黛玉一向身体柔弱，如今夏日颇感不适，又推说不吃饭了，倒没有尝这难得的菜肴。

宝玉挨了打，不但惊动了家里人，连有来往的豪门贵族也派了婆子来探望。只是，这些婆子又哪里会是宝玉的知音。有两个婆子一边走在大观园中，一边议论：说宝玉看见燕子，就跟燕子说话；看见鱼，就跟鱼说话；又说他大雨天里淋得落汤鸡一样，倒一味告诉小姑娘去避雨，全忘了自己也在雨中。两人笑谈着，只说宝玉有些呆气。

等到了怡红院，两人又换了一副面孔，对宝玉嘘寒问暖。宝玉不过应付几句，就让她们去了，心里却惦记着找莺儿来。原来，莺儿手巧，最擅长编织。宝玉闲来无事，想到日常用的衣饰、扇袋、荷包上都少不了各种结子、穗子，便找了莺儿来打结子。

莺儿会的花样多，又是方胜、连环，又是柳叶、攒心梅花，种种样式皆精巧无比。说起配色，更是有讲究，又说大红的须配石青才压得住颜色，又说松花要配桃红方显娇艳，又说葱绿配柳黄显得淡雅。

宝钗吃过饭也来了，说："你们倒忘了那要紧的物件，该先打个结子把这玉络上。"

宝玉这才想起，自从黛玉气恼剪了穗子，只空挂着一块玉孤零零的。

宝钗想着这玉五彩晶莹，须认真配色才好看，说道："若用红的则靠色，黄的又不起眼。依我看不如这样：拿了金线，再配上黑色珠线，编织起来倒好看。"

莺儿听说，便如法编织，给宝玉戴好。这一下，通灵宝玉可真的配上金色了。只可惜那边黛玉也想着重新编个穗子，一时却用不上了。①

宝玉将养了几日之后，贾母担心贾政再责问他，便传下令去，让宝玉在大观园中专心休养，不可轻易出园。宝玉整日只是吟诗作画，但这些事务终究与科举进身无关。宝钗等见了，不免又劝说几句，让宝玉用心于功课。宝玉却不领情，偏与宝钗疏远了，甚至还说出自己的见解，认为不该"文死谏，武死战"。别人听了惊奇，便问缘由。宝玉倒能说出一番道理，觉得以死而谏，那被谏者岂不是闭目塞听的昏君？既这样又何必如此认真呢？众人听了只当笑话。倒是黛玉不劝他立身扬名，宝玉心中越发敬重黛玉。

宝钗看出宝玉对她淡淡的，因是姐弟，也不往心里去，闲时仍到怡红院与宝玉闲话。

一日午间，因暑日天长，不但怡红院的小丫鬟东倒西歪地歇响，就连院中的两只仙鹤也在芭蕉下睡着了。

宝钗来到房内，只见袭人坐在床边绣花，宝玉已经沉沉睡去。

宝钗夸赞袭人绣的鸳鸯戏莲花样鲜亮，袭人因要小解，就让宝钗暂坐。宝钗只顾了看绣花，便坐在宝玉身边，还不时替袭人绣两针。

这里宝钗只刚绣了两三个花瓣，忽听见宝玉在梦中叫道："和尚道士的话如何信得？又胡说什么金玉良姻，我偏说是木石姻缘！"

宝钗听到，便愣住了，欲细思话中的意思，又知不该多想，心里只是乱乱的。

---

① 打结子一段情节，巧妙呼应着剪断穗子的前文。借着饰物外观，曹雪芹隐隐透露：日后金玉良姻变成了现实，互有情愫的宝玉与黛玉却没能在一起。

　　且说又过了几日，因湘云在荣府住的时候不短了，婶子派人来接她回去。此时宝玉已能出园行走了，与宝钗、黛玉等前去相送。

　　宝玉见湘云两眼泪汪汪的，就知道她不愿回去。

　　宝钗心里明白，若回了史府，又哪里像在大观园中如此自在呢？况且史府如今不比当年的盛势了，连专门做针线活的匠人也裁撤了，都要由湘云等人亲自动手做，日日忙到三更半夜。只是，这番心思若流露出来，被她婶子知晓，就更添乱了。因此，宝钗也不表现出来，倒提醒湘云别耽搁了。

　　临上车前，湘云还不忘悄悄告诉宝玉：过些日子别忘了提醒贾母接她来住。

　　宝玉答应了，湘云才恋恋不舍地离去。

第21章

海棠诗社

过了些日子，宝玉身体渐渐好起来了，只是仍怕见他父亲。偏巧，各地要举行乡试。贾政文采出众，素来受到皇帝认可。皇帝下了一道旨，安排贾政到外地做学差，管理科举事宜。这样一来，贾政出差在外，短则数月，长则一两年，宝玉总算可以舒一口气了。

八月十五合家团聚之后，贾政与众人话别，动身赶往外地。

且说之前几天，由于秋日渐凉，探春着凉生病了。宝玉非常关心妹妹，送去了难得的鲜荔枝，知道她喜欢书法，还送去了自己珍藏的颜真卿墨宝。

康复之后，探春命丫鬟给宝玉送去了一纸花笺，一来表示感谢，二来还有一件雅事要商量。只见探春字迹娟秀，写得极为文雅："风庭月榭，惜未宴集诗人；帘杏溪桃，或可醉飞吟盏。"原来，古人常有诗社雅集，众人吟诗作赋，极为高雅。探春虽然是女孩子，但依然羡慕文人墨客的集社雅趣，想要效仿先贤，在大观园集会作诗。

而此时，宝玉案上还放着一张便笺，上边字迹歪歪扭扭，句子也庸俗不通："因忽见有白海棠一种，不可多得。故变尽方法，只弄得两盆。"原来，这是贾芸讨好宝玉，送了两盆秋日的白海棠。海棠极为娇嫩，只是文笔实在令人捧腹。两相对比，宝玉更觉可笑。[①]

宝玉细细品味着妹妹的文笔，不禁叹服，心想，果然三丫头的文采又精进了，想必此时作诗，不像省亲时那么生涩了。

又见花笺上写"兼慕薛林之技"，十分谦逊。一想到宝钗、黛玉也参与诗社，宝玉更加兴奋，忙去赴约，与姊妹们齐集于探春居住的秋爽斋。

黛玉才分高，反倒打趣说："你们起社可别算上我，我是不敢献丑的。"

迎春笑道："若是你不敢，那还有谁敢呢！"

宝玉说道："这是一件正经大事，大家都出出主意，千万不要你谦我让的！"

倒是李纨，平日里生活乏味，负责管教小姑子们，偏偏又有几分才华，自告奋勇要当社长。

既是效仿先贤起社作诗，黛玉便说，不妨各自取一个雅号，这样一来，就更像是文雅的诗人了。

大家商议一番。探春喜欢芭蕉，自名为"蕉下客"；因潇湘馆绿竹成荫，便为黛玉取了"潇湘妃子"[②]的雅号。这样，各人纷纷依居

---

① 《红楼梦》中，作者常采用对比的写作手法，产生了丰富的文学效果。像写到探春文采飞扬的花笺时，偏偏同时展示了贾芸那张语句不通的便笺，两相对比，点出诗社发起人的文学功底，铺垫出后文高雅的作诗场景，亦符合赞颂女性的创作主旨。

② 黛玉的雅号为"潇湘妃子"，源于斑竹的典故。相传舜帝死于出巡途中，他的两位妃子娥皇、女英到潇水、湘水流过的地方去寻找、怀念，哭泣时眼泪滴在竹子上，竹子变成了斑斑点点的斑竹，故又称"潇湘竹"或"湘妃竹"。馆中种植千百竿翠竹，故名为"潇湘馆"。黛玉雅号"潇湘妃子"，也是依据了这一典故，突出黛玉时常落泪。

住的景观取了别号，李纨号"稻香老农"，宝钗号"蘅芜君"，迎春、惜春对作诗不感兴趣，据紫菱洲、藕香榭随便取名为"菱洲""藕榭"。倒是宝玉的雅号最多——小时自命为"绛洞花王"，宝钗又打趣他，说他是"无事忙""富贵闲人"，最终，还是他自己定为"怡红公子"。

李纨自任社长，又安排迎春、惜春出题限韵、誊录监场，定了每月初二、十六起社，社中要一较高低的是黛玉、宝钗、宝玉和探春。

大家兴致很高，遂决定当天就起一社，咏贾芸送来的白海棠。

迎春道："花刚送来，我们还未曾观赏，又如何作诗呢？不如赏过了再作。"

宝钗听了摇头，知道迎春并不懂得作诗的妙处，说道："作诗看的是才情，何必过于拘泥。心中所想的白海棠，只怕比那真花还添了几分神韵，写在诗中即是好的。若是一味看了再作，人人写出来大同小异，倒没趣味了。"

大家纷纷称是，准备一展才华。众人也效仿诗人，要分个一二三等，提出限韵以增加难度。

迎春负责限韵，可她平日娴雅安静，最不爱表达自己的看法，这样的小事她也不拿主意，随口让一个小丫头说了一个字。大家一听，此字属"十三元"韵部。姊妹们便从这个韵部中又选了"门""盆""昏"等字依次作韵脚，也就是一、二、四、六、八句的末字。若腹中无才学，只怕凑不出来呢！

题目一定，众人立刻各自思索，在稿纸上写写改改。倒是黛玉，气定神闲，赏着秋色，看着梧桐，也不知有没有思绪。

迎春又燃起了"梦甜香"限时，这香不过三寸来长，燃尽之前必须作完。

不多时，众人皆已写完，李纨等便品评起来。探春写"玉是精神难比洁，雪为肌骨易销魂"，大家都说，写出了白海棠的风骨，堪比古来的君子！再看宝钗的诗作，最妙的是头两句，"珍重芳姿昼掩门，自携手瓮灌苔盆"，这俨然是一位女子浇灌白海棠的画面，众人都说，极合大家闺秀的风范。再看宝玉写的是"晓风不散愁千点，宿雨还添泪一痕"，纵然细腻，却有些像女子的文风。

眼看梦甜香就要燃尽，大家都催促黛玉。此时黛玉面前还是一张白纸，然而，诗稿已在她心中了。黛玉不慌不忙，一气呵成将诗写下：

> 半卷湘帘半掩门，碾冰为土玉为盆。
> 偷来梨蕊三分白，借得梅花一缕魂。

句句皆有神韵，凝结奇思妙想，众人赞道："果然是潇湘妃子，下笔便与他人不同。"

黛玉又写道：

> 月窟仙人缝缟袂，秋闺怨女拭啼痕。
> 娇羞默默同谁诉，倦倚西风夜已昏。

众人看了，都说这首好。李纨却不这么想，说道："若论才思敏捷、颇具逸才，要数这最后一首。可是，若论含蓄浑厚，还是蘅芜君之作为首。"

宝玉不认同，委婉说道："我写得不好，居于最末，这极公平。

只是潇湘妃子与蘅芜君两首，究竟谁高谁低，不妨再斟酌斟酌。"

可大嫂子却坚持自己的想法，宝玉不好再说，只愿黛玉日后也能在诗社中大展才学。临别，众人商议好，自此这个诗社就名为"海棠诗社"，彼此常吟咏切磋。[1]

此时，袭人正在怡红院忙着一些家务事。秋日大观园里产了菱角与鸡头米，宝玉吩咐配上精细的糕点，送到史府给表妹湘云尝鲜。待到装盘时，袭人却发现橱子上有一个槽是空着的——怡红院的室内墙上，皆是按器物形状、大小抠的槽子，眼下有一个碟子没有收回来，故而是空的。

这碟子去了哪里呢？原来，这缠丝白玛瑙碟子盛了荔枝给探春送去，一时还没有拿回来。袭人便说，找个丫鬟去取碟子。怡红院丫鬟众多，不少人都想得主子赏识，你一言我一语调侃起来。

秋纹道："上次咱们小爷插了桂花，让给老太太、太太送去。太太看了高兴，说是宝玉孝顺，正巧看着玉钏、彩霞几个人收拾东西，太太顺手把年轻时的两件衣裳就赏我了。衣裳倒是小事，难得的是主子赏识的脸面！"

晴雯素来有个性，最看不上这些主子、下人的区别，说道："你哪知道，好的都给了别人了，寻常的才给你！要是我，我就不要。"

秋纹却说："别的我才不管给了谁呢！就算给了那小狗，我如今得了太太赏的，我也乐意！"

---

[1] 《红楼梦》写到中秋节前后的作诗场景共有三次：贾雨村吟诗，海棠诗社，以及后文黛玉、湘云的中秋联句。三次中秋诗前后呼应，体现着书中氛围的变化。正如脂批所说："用中秋诗起，用中秋诗收，又用起诗社于秋日。所叹者三春也，却用三秋作关键。"

众人偏笑道："可不是，就给了那西洋花点子哈巴狗呢！"说着，哄堂大笑起来。

袭人知道是说她，也不好计较，只是岔开话题，命人去取碟子。

东西准备齐了，袭人便找来一个婆子，是怡红院的宋嬷嬷[①]。虽然是家中的事，也少不了打点，袭人随手给了些散碎银子，让宋嬷嬷带了大观园门口侍奉的小厮去给湘云送东西。

袭人记得以往来怡红院的时候，湘云就喜欢那个精美的玛瑙碟子，便让嬷嬷带话说碟子就送给湘云了。

到了晚间，袭人方告知宝玉。

宝玉忽然想起，湘云也爱作诗，起社该请了她来！第二天清早，宝玉就缠着贾母派人去接湘云。

大家闺秀出门，要花不少时间，待到湘云进府，已经是午后了。

湘云性子活泼，按捺不住，只说要作诗，一连作了两首诗咏白海棠。众人看了，都觉得新雅，且一挥而就便是两首，才思敏捷可见一斑！大家品评、赞赏着，湘云来了诗兴，想要自己办个诗会，觉得宝钗待她像姐姐，就提出住在蘅芜苑，正好商议如何去办。

晚间湘云细说自己的想法，宝钗却觉得不妥，推心置腹地跟湘云说道："集会作诗自然是好的，且不说别的，只是备茶备点心也需要不少钱。你在家里不便做主，荣府又终归是亲戚家，也不好张口要，这钱可从哪里来呢？"

---

① 《红楼梦》中的人名、地名往往有深刻的文学寓意，"谐音命名"的手法体现在甄英莲、贾雨村等人物身上。此外，作者还常用"随事生名"的方法，即依据人物所做的事情或职务来为其命名，比如给湘云送东西的嬷嬷，姓氏"宋"即取了"送"的谐音。随事生名有时也会用到谐音，小读者们须灵活理解。

这样一说，湘云才静下心来想：果然如此，虽然自己有兴头，但具体的事确实不好安排。

倒是宝钗出了一个主意：薛家有一个伙计，家里出产肥美的螃蟹，不妨在秋日办个螃蟹宴。由宝钗找哥哥薛蟠提供螃蟹、美酒，请了贾母等人赏秋景、品螃蟹，长辈也开心，姊妹也谈笑作诗，岂不两全其美？

湘云听了，心中又是佩服又是感激，皆依宝钗的想法来办。

宴席的事安排好，自然还要商议出题。秋日菊花盛开，作诗咏菊，是古人金秋中的一大乐趣。

依宝钗看来，只要立意新颖，措辞自然就不俗。湘云遂与宝钗商量着拟了题，要众人作十二首菊花诗。题目有《忆菊》《访菊》《咏菊》《画菊》《簪菊》《菊梦》，等等，将菊花拟人、赋景咏物双关，既是咏菊，又是赋事，便于作出新意。

第二天午间，依宝钗所计，在大观园藕香榭摆了螃蟹宴。此榭四面有窗，正宜赏景。三秋时节，碧空如洗，清澈的流水映着池畔的两棵金桂，香气扑鼻，令人心旷神怡。

藕香榭中丫鬟们煽风炉热茶、烫酒，还拿来菊花叶桂花蕊熏的绿豆面以备吃螃蟹后洗手用。

凤姐净了手，服侍贾母等人享用鲜美的螃蟹。在贾母面前，薛姨妈虽是晚辈，但她是客人，王熙凤先剥好蟹肉，便让薛姨妈。薛姨妈说自己掰着吃有趣，王熙凤随即服侍贾母吃，又剥了给贾母宠爱的宝玉。

因螃蟹性寒，宜搭配热黄酒与姜醋，王熙凤不时张罗着。湘云又命在旁边廊上摆了两桌，让各位主子身边得宠的丫鬟也品尝一番，贾母的丫鬟鸳鸯、琥珀，王夫人的丫鬟玉钏、彩霞，还有平儿，都去那边吃蟹。王熙凤与李纨倒专心服侍长辈，一时也不敢懈怠。

品蟹不宜多，众人略尝了尝，就四处散步、观景。贾母上了年纪，王夫人便劝她回房歇着。

贾母等长辈走后，姐妹们一边选了菊花诗的题目，一边各自赏景游玩，构思诗句。湘云尚未取雅号，因家中有枕霞阁的旧馆名，便号作"枕霞旧友"。

惬意的秋日中，大家各有闲趣。黛玉素来孤单凄清，倚着栏杆，坐在一个绣墩上，随手拿着钓竿钓鱼，望着水中泛起的涟漪，诗句渐渐涌上心头。宝钗折了一枝桂花，闻着香气反复观玩，又俯在窗栏上，掐了花掷向水面，引得游鱼浮上来争食。探春、惜春与嫂子李纨站在垂柳荫中看鸥鹭，不时传来欢声笑语。迎春无意作诗，也不去看题，只是在花荫下拿着花针穿茉莉花，挂在衣襟，或是戴在腕上，香气沁人心脾，一如她的娴雅柔和。

独是宝玉"无事忙"，一时看黛玉钓鱼，一时又与宝钗说笑两句，一时又去陪袭人等吃螃蟹，也不知心中可有了诗句没有。

不多时，众姊妹都将构思的清词丽句写了出来，大家各抒己见，品评一番。

李纨道："依我看，黛玉作的《咏菊》《问菊》《菊梦》皆好，入题新颖，立意更新，咱们这次咏菊花，怕是要以潇湘妃子为魁了！"

宝玉一听，便为林妹妹感到欣喜，也不顾自己名次如何，只是拍手叫好："极是，评得极公道！"

李纨接着道："依次看下去，探春妹妹的《簪菊》写得好，不落俗套，非是写闺阁簪菊，倒写古来文人雅士赏菊而簪。这句'高情不入时人眼，拍手凭他笑路旁'，倒有些魏晋时竹林七贤的风骨呢！相比之下，《残菊》也是蕉下客所作，倒显得无甚新意了。"

众人观看着，不免称赏一番。

李纨斟酌着，又说道："枕霞旧友的《对菊》也好，'萧疏篱畔科头坐，清冷香中抱膝吟'，果然是对菊推敲的写照，只怕你趁我们不留意，也去'抱膝吟'了吧。"湘云听了，只顾着笑。

"枕霞旧友的这首《供菊》也好，对菊吟咏，意犹未尽，又撷来作案头清供，果然是好兴致；"李纨微笑着，频频点头，"再说下去，蘅芜君的《画菊》也好，'聚叶泼成千点墨，攒花染出几痕霜。淡浓神会风前影，跳脱秋生腕底香'，这分明写的是闺秀画菊的场景，诗中人许就是蘅芜君自己吧？同是蘅芜君所作，《忆菊》倒显次之。却说怡红公子，这《访菊》《种菊》嘛……无甚警句，平平而已！" [1]

宝玉道："我又落第！赶明儿闲了，我一个人作出十二首来，少不得有一两首好的呢！"

众人看着诗稿，逐个品评着，切磋习学，都说黛玉写得好。

黛玉谦道："我的《咏菊》那首也不好，到底过于纤巧些。"

李纨道："巧有巧的好处，通篇倒也自然，不露堆砌痕迹。"

黛玉道："若依我看，头等好的，是湘云妹妹的《供菊》。颈联的

---

[1] 书中作诗场景里，宝玉往往是最后一名，但他仍乐于参与这些高雅的活动，如此安排原因有二：一是点明宝玉喜欢与聪明灵秀的女孩子相处，欣赏她们挥洒才华；二是符合全书主旨，将宝玉作为闺阁的陪衬与旁观者，亦贴合通灵宝玉与日后石上故事的文学设定。宝玉自号"怡红公子"，除参考了"怡红院"的名称外，又有另一层内涵——所谓"怡红"，是指他喜欢与女子相处，因欣赏她们的优秀之处而感到愉悦。

'霜清纸帐来新梦，圃冷斜阳忆旧游'用的是'背面敷粉①'的法子，回想在花圃观赏时菊花的傲霜之姿，来衬供菊的初衷，显出供菊人的意犹未尽。有了这两句，再反观颔联的'隔座香分三径露，抛书人对一枝秋'，描摹供菊之趣更是入木三分。"

李纨笑道："评得有理！只是你的那句'毫端蕴秀临霜写，口齿噙香对月吟'，写咏菊场景，实是再贴切不过了。"

探春也评道："若论笔力沉厚，还是要数宝姐姐。这一联'空篱旧圃秋无迹，瘦月清霜梦有知'，无一字写'菊'，却让人一看便知是回忆秋日之霜菊！"

宝钗笑道："你也不必自谦。'短鬓冷沾三径露，葛巾香染九秋霜'，岂不是写尽了古往今来文人的簪菊雅好？稻香老农评尾联收得好，依我看，正有了这颈联，才收得尽兴呢！"

湘云又道："林姐姐的《问菊》着实好！'孤标傲世偕谁隐，一样花开为底迟？'这两句果然'问'出了菊花的别致出众！莫说是问菊，若是来问我，连我也答不出呢！"

一句话逗得大家笑起来，众人又要了热的螃蟹，乘兴品尝着，仍滔滔不绝评着菊花诗，恰合古人"菊香分嚼蕊，蟹美共持螯"的诗意。

不想大家品着蟹，又来了兴致，提笔作起螃蟹诗。宝钗也作了

---

① 传统文化的各个领域之间往往都是相通的，有的文学笔法命名，便来自具有相似特点的绘画技法。"背面敷粉"原指在绢上作画时，在物像背面衬以白色来突出画的主体。作为一种文学笔法，指不写人物、事物本身，而通过衬托的方式委婉交代。像湘云的诗，写了以往的游赏，实则雅致的游兴正是插瓶供菊的缘起，并未离题。《红楼梦》塑造人物也常采用背面敷粉的手法。

一首：

> 桂霭桐荫坐举觞，长安涎口盼重阳。
>
> 眼前道路无经纬，皮里春秋空黑黄。
>
> 酒未敌腥还用菊，性防积冷定须姜。
>
> 于今落釜成何益，月浦空余禾黍香。

姊妹们纷纷赞道："螃蟹只会横行，岂不正是'眼前道路无经纬'？若以纺织来比，它是只有'纬'，没有'经'呢！""螃蟹壳里可不就是'空黑黄'？肉无多，却只见些黑的与黄的。""也不要只看字面，这两句可谓'诗眼'，不知讽刺了多少势利小人呢！""可知这些小题目，作好了便也是大才！"①

---

① 大观园中，少男少女的生活何等雅致，何等美好！他们欣赏着如画的美景，吟咏着高雅的诗歌，这样的生活令人神往。其实，书中的黛玉等人，年纪不过十岁出头，正与小读者们年龄相仿。了解了书中人的生活，我们是不是可以有所借鉴呢？

第 22 章
刘姥姥进大观园

　　姊妹们尽兴之后方散了，纷纷到贾母面前说笑。此时，王熙凤与平儿才得回家歇息一会儿。偏偏上次来打秋风①的刘姥姥带着板儿来了，还扛来两条大口袋，装的满是枣子、倭瓜、野菜这些应季的蔬果。

　　原来，这一晃，距离当初刘姥姥进荣国府，已经足足有两年的时光了！那年刘姥姥得了王熙凤给的银子，家里丰丰富富地过了年，刘姥姥又与女婿盘算着置了些农具、种子，再卖些多余的食蔬，家中过得宽裕多了。因想着全仗贾家帮忙，刘姥姥这一次特地来看看，带些果瓜蔬菜表示谢意。

　　王熙凤陪着寒暄了一阵子。因贾母年老体弱，凤姐担心她吃了螃蟹会不适，忙忙地又去贾母处探视，便留了平儿与周瑞家的陪着说话。

　　这一次，刘姥姥有了前次进府的经验，加之是来表示感谢的，

————————
① 打秋风：指以各种名义沾光，从他人处获得钱物。

不再像之前那么局促，显得极轻松。

周瑞家的等人谈起刚刚散去的螃蟹宴，说大篓的螃蟹送进府，可到头来，虽然也给一些有头有脸的仆人品尝，但终究是人多蟹少，还未必够呢！刘姥姥掰着手指头算了半天，这一顿螃蟹宴，就得足足二十两银子！刘姥姥叹道："姑奶奶和姑娘们这一顿饭钱，就够我们庄稼人过一年的了！"

旁边有小丫鬟收了口袋里的蔬果，平儿又向刘姥姥道谢。

刘姥姥笑道："如今家里宽裕些，多打了些粮食，瓜果也不少。这是头茬摘下来的，想着先留着好的给姑奶奶、姑娘们尝尝，还没敢卖呢！想是姑娘们天天山珍海味的也吃腻了，吃个庄稼地里的野东西换换口味，好歹算是我们的一片穷心。"

说着，刘姥姥看了眼窗外，天色渐渐暗了。晚间城门要关锁，若走得迟了，出不去城就麻烦了。刘姥姥便说要走，可论礼节，须向王熙凤道别，因此，周瑞家的代她去回禀凤姐。

不一会儿，周瑞家的满面春风地回来了。原来，王熙凤见老人家好心扛了那么多东西来，有心让她歇歇，留她住一晚再走。偏偏说这话的时候，贾母也听到了。"人生七十古来稀"，贾母身边虽有儿媳、孙女们陪伴，但毕竟她们年轻，未必懂得贾母的心思；一听说有老人家来了，就想留她陪自己说说话，也听听乡屯里的趣事。所以，贾母要留她住几日、热闹热闹再走，说好歹是走亲戚，也要有个走亲戚的样子。

刘姥姥不曾见过贾母，看自己周身上下都是农妇打扮，连连推辞。

平儿劝慰道："我们老太太慈祥着呢，一向惜老怜贫，不像那些势利的人。想来你是不好意思，我和周大娘送你过去！"

几人说笑着，都说这是"有缘"，拉了刘姥姥祖孙俩便走。

到了贾母屋里，刘姥姥只见四周珠光宝气，如同来到天宫一般。满屋里都是人，一概不认识，也不知道哪个是主、哪个是仆，眼前珠围翠绕、花枝招展，一时眼花缭乱。刘姥姥定睛一看，就只认得王熙凤一个，此时她正站在众人面前说笑。想当初自己进府时，二奶奶是何等的排场——端坐在那里，又是拨弄手炉，又是要茶，可如今呢，却规规矩矩地站着说话，那榻上的老太太，肯定甭提多尊贵了！ ①

刘姥姥上前给贾母施礼，虽然举止粗俗些，但大体规矩是不错的。

刘姥姥请安时，口中的称呼很是别致——不用官称，也不称"老太太"，却称"老寿星"，正投贾母所好！果然她能理解贾母的心思。

听刘姥姥说"请老寿星安"，贾母便开心了，也欠身回礼问好，让刘姥姥坐。见板儿怕人，贾母便命小厮带他出去买果子吃。

好歹刘姥姥名义上算是王家的亲戚，而于贾母，儿媳王夫人、孙媳凤姐都是王家人，因此她对刘姥姥也高看一眼，索性叫个"老亲家"。

贾母道："老亲家，你今年多大年纪了？"

刘姥姥道："我七十五了。"

贾母感慨道："这么大年纪，难为还扛了那么多东西来，身体好生硬朗！说起来比我还大好几岁呢，我要到这个年纪，还不知道能

---

① 刘姥姥二进荣国府，与初进荣国府遥相呼应。之前刘姥姥求见时，王熙凤威势赫赫，还给了刘姥姥一个下马威。这时王熙凤竟成了站着说话的乖巧晚辈，侧面烘托出贾母作为诰命夫人的崇高地位，人物的性情差异也跃然纸上。

不能走得动呢！"

大家忙笑着劝慰，刘姥姥说道："我们生来是受苦的人，老寿星您不一样，您是来享福的！若是我们也这样，那些庄稼活谁来干呢？"

贾母笑道："老亲家眼睛、牙口都还好？"

刘姥姥道："也还好，就是打今年开春那会儿，左边的槽牙活动了。"

贾母道："这就健朗得很呢！不像我，平时嚼得动的东西吃两口，闷了就跟孙子孙女说笑一会儿，日子就这么过去了。"

"这就是您的福分了，我们哪怕想这样，也不得清闲呢！"刘姥姥说得众人都笑起来。

贾母又道："谢谢你的好意，我正想尝尝地里现采的瓜果。家里虽也有市集上买的，倒觉得不如你们地里现采的好吃！"

"这些不过是吃个新鲜，老太太不嫌弃倒罢了。依着我们，倒想吃鱼吃肉，只是平日里吃不起呢。"

贾母道："今儿既是认了亲，就别空着手回去。我们家园子里也有果子，你尝一尝，再带些个给家里人，也算是走亲戚一趟。"

王熙凤见贾母高兴，便说："姥姥你在我们这儿住两日，不过可不能白住，得把你们那里的新鲜故事说给我们老太太听听。"

贾母哈哈大笑起来，指着凤姐道："她是乡屯里的人，老实，哪比得你能说会道，可别打趣她。"

眼看到了用晚饭的时候，贾家规矩大，凤姐怕刘姥姥拘束，带她回家里，让平儿照顾她用饭。贾母特意挑了几样适合老年人胃口的菜，叫端去给刘姥姥吃。待吃过饭，王熙凤又把刘姥姥送到贾母面前，老老少少都聚在那里，听刘姥姥讲故事。

刘姥姥平常见过些世面，不紧不慢讲着故事，仿佛说书一般，倒也生动鲜活。大家族中的太太、小姐，哪里听过这些民间趣事，个个爱听，催促着刘姥姥讲了一个又讲一个。刘姥姥平时没少听乡亲们说那些奇闻趣事，张家长、李家短，哪怕一时想不起来了，也随口编些说给贾母等人听。

刘姥姥知道贾母等人一向烧香拜佛，就投其所好，说些乡村里做了好事、得了善报的故事，更引得贾母、王夫人频频点头。

可宝玉不在意这些，反倒对一个小姑娘的故事更感兴趣，待到将散时，还拉着刘姥姥问东问西。

其实，有些故事不过是刘姥姥信口开河，哪里有什么真人真事！但见宝玉问，刘姥姥不愿让他失望，便又编出来讲给他听。

刘姥姥讲道：听说邻近的庄子里有个大户人家，这家老爷没有儿子，只生了一位小姐，叫作茗玉。小姐读书识字，老爷爱如珍宝，只可惜这小姐长到十七岁，忽然一病死了。老爷、太太悲伤难过，就盖了一个小祠堂怀念她。

宝玉向来欣赏女孩子，听了茗玉的遭遇，便唉声叹气，同情不已。①

话说侯门公府的太太、小姐，时常找理由宴集聚会，渐渐有了个不成文的规矩：只要有人做东请客，客人吃了酒席，也需要回敬，须摆一桌宴席来款待请客的人，这称为"还席"。正巧湘云张罗了螃

---

① "茗"指茶，近乎黛色，从人名上看，"茗玉"照应着"黛玉"。一般认为，刘姥姥口中这个看似荒诞的故事表达了一定深意，应是隐隐点出黛玉的悲剧命运：她大约在十六七岁就泪尽而逝，之后只有宝玉对她念念不忘。

蟹宴，贾母便想着让刘姥姥开开眼界，说要在大观园中游赏、开宴，给湘云还席。

难得老人家有兴致，又正值秋高气爽，转过天来，贾母一大早就带着众人进了园子。

古时贵族妇女惯于簪戴鲜花，秋日菊花盛开，李纨命人采了绽放的各色菊花，盛在荷叶式的翡翠盘中奉与贾母。贾母满头银发，挑选了一朵大红的簪上，既艳丽又不失庄重。

丫鬟帮贾母簪戴好，贾母招呼刘姥姥道："来，老亲家，过来戴花。"

刘姥姥哪见过这个，左看看，右看看，不知选什么颜色的好。

倒是王熙凤，不由分说拉过刘姥姥，笑道："让我来打扮你吧。"

说着，王熙凤左一朵、右一朵，把满盘子的花都插在刘姥姥头上，弄得活像一个大花盆，之后还拿过铜镜，让刘姥姥自己照。

刘姥姥逗趣道："我今天不知修了什么福，头上也如此鲜亮起来！"

贾母笑道："你还不把那花摘下来掷到她脸上，这都把你打扮成个老妖精了！"

刘姥姥明白在贾母面前须玩笑才好，不然众人便觉得没趣，故而说道："老寿星，您不知道。要说我年轻的时候，也喜欢戴个花、扑个粉，如今老了倒没那心思了。哪知道今天我们姑奶奶一打扮，我这又美起来了！"

说得众人都笑起来。贾母乘兴带着刘姥姥游赏园子。大观园中风光旖旎，莫说普通人家，就算一般的官员，家中也没有这么豪华精致的园林。刘姥姥大开眼界，每走一处都要感慨一番。

贾母问道："我们家这园子好不好？"

刘姥姥一听，绘声绘色地讲起生活中的事："我们乡下人，到了过年的时候，都上城来买年画贴。那画上有山有水，还有花，那花倒好，四季都不谢呢！"姊妹们觉得刘姥姥说得有趣，都笑起来。

"有时候，乡亲们看着那画便感慨，说：要是咱们能钻进画里，进去逛逛就好了！又有乡亲说：画都是假的，哪有那么漂亮的地方，想来世上未必有的。可是，今儿我一看，这园子比那画上画的还强十倍！哎哟哟，可惜我们乡亲是看不到这么好的景了。哎，要是谁也能照着这景儿画个画，我带回去给他们瞧瞧，那可让他们也开了眼呢！"

贾母指着惜春道："你想要画，那容易！我这小孙女就会画画！我让她画一张。"

刘姥姥咂嘴道："哎呀呀，看姑娘生得这么秀气，没想到还会画画，许是天上的神仙托生的吧！"一句话倒说得惜春不好意思了。大家有说有笑，一路走向园门近处的潇湘馆。

众人到了潇湘馆，紫鹃等丫鬟忙让大家坐。刘姥姥见书架上满是书，感慨着："这必是哪位小少爷的书房。"大家忙告诉她，这是黛玉的住处。

贾母自小生活在豪门之中，于陈设上别有一番见解。此时见窗上的纱旧了，她便说道："这翠绿的窗纱倒好看，只是时间久了就不翠了。若说这潇湘馆的景致，并没有开红花的桃树杏树，偏偏竹子已是绿的，一味糊上绿纱并不配。"

说着，她扭头对凤姐道："我记得，咱们先前有四五样颜色的纱，糊窗倒好，赶明儿把这窗纱换了。"

王熙凤道："老祖宗说得是呢。往日我开库房，看见大箱里还有纱，样式倒多，有流云万福的，也有百蝶穿花的，颜色又鲜亮，纱又轻软，我倒没见过这样上好的蝉翼纱。"

贾母听了笑道："都说你见识多，谁知道，你连个纱还不认识呢！"

凤姐这才知自己认错了名目。薛姨妈正巧到来，听了便说："任凭她有见识，如何比得上老太太呢？不如老太太教导教导她，我们也跟着长长见识。"

王熙凤更是撒娇道："好祖宗，教给我吧。"

"若说起来，也难怪她认错，那些纱，跟蝉翼纱倒有些像，只是档次却大不同！要算一算，只怕当年制的那批纱，比凤丫头的年纪还大呢！正经名字叫'软烟罗'。"

"这名儿倒好听，"王熙凤说，"若论纱罗，少说我也见过几百种，倒没听过这个名目。"

贾母笑道："你才经历过几天富贵日子，不过见了几样平常使的东西，也值得夸口！我告诉你吧，那软烟罗有四样颜色，雨过天晴、秋香色，还有松绿和银红。那纱正适合用来做帐子、糊窗纱，远远地看去，就好似烟雾一样，因此才得了个'软烟罗'的名。那银红的，单有个好听的名字，叫'霞影纱'。若比起来，眼下的纱可没有这样软厚轻密的了。"

薛姨妈笑道："别说凤丫头没见过，连我也没听说过呢！"

贾母道："赶明儿有空了，拿几匹霞影纱，把这窗纱都换了，倒更好看些。"

刘姥姥感叹道："这么好的纱，拿来糊窗子，岂不可惜！"

贾母道："那纱虽好，做衣裳并不好看。这样吧，等刘亲家走的时候，送她两匹拿家去用。"

刘姥姥千恩万谢地应了。

贾母起身带众人离开潇湘馆。刘姥姥看着四处的美景，又是雕梁画栋，又是鲜花绿树，应接不暇。

王熙凤逗她说："我们这里的房子，一处一个样，各个不相同，还有好看的呢，我今儿都带你瞧瞧去！"

刘姥姥忙不迭地应着，笑得合不拢嘴。

这时，有仆人来问餐饭摆在哪里。贾母说让摆在探春所居的秋爽斋，在晓翠堂中一边赏景，一边吃饭。说罢她又想起梨香院的小戏子，便让她们准备奏乐来听。

凤姐提早带丫鬟、婆子们去安排，鸳鸯也跟了来，向王熙凤耳语道："听说政老爷他们吃酒，席上都有个清客相公，人们皆拿他取乐，逗老爷开心一笑。巧得很，今天咱们也得了个女清客！"

王熙凤一听，便知道鸳鸯有了鬼主意。

说话间，众人已经到了，王熙凤忙着去安排座位。这边鸳鸯拉了刘姥姥出去，悄悄地嘱咐了一番话，又说："这是我们家待客的规矩，可不能错呢！"

一时上了菜，凤姐偏挑了一碗鸽子蛋放在刘姥姥面前。[①]

贾母这边说了一声"请"，众人纷纷举箸。

谁知，刘姥姥猛地站起身，高声说道："老刘，老刘，食量大如牛，吃一个老母猪不抬头。"说罢，自己鼓着腮，仿佛塞了满嘴东西的样子。

---

① "食量大如牛"与吃鸽子蛋等故事，节选为九年级语文课文《刘姥姥进大观园》。这一场景中，不同人物的身份、个性特点值得小读者们留意。而了解二进荣国府的整段故事，有利于大家全面把握刘姥姥这一家喻户晓的红楼人物。

大家闺秀讲究"食不语，寝不言"，在餐桌上哪见过这等洋相，众姊妹一时也顾不得了，哈哈大笑起来。湘云笑得一口饭都喷了出来；黛玉笑岔了气，扶着桌子还止不住笑；宝玉扑到贾母怀里，贾母笑着，搂着宝玉叫"心肝"；王夫人知道是凤姐安排的，用手指着她，却笑得说不出话来；薛姨妈也没撑住，口中的茶喷了探春一裙子；探春一个没拿稳，手里的饭都扣到了迎春身上；迎春只是笑，也顾不得收拾；惜春拉着奶母，说笑得肚子疼，叫奶母给揉揉肚子，谁知这会儿连奶母都笑得站不住了。倒是王熙凤与鸳鸯撑着不笑，还一个劲地让刘姥姥吃菜，她们知道，刘姥姥的"表演"还没结束呢！

大户人家的筷子，都是上等木料制成，与乡村里的可是天壤之别，刘姥姥用不惯，直喊沉。王熙凤有意让刘姥姥尝鸽子蛋，这鸽子蛋是个稀罕物，刘姥姥不认识，只当是什么鸡下的，嘴里嘟囔着："到了这朱门绣户，连鸡也跟我们那儿的不一样，下的蛋也小巧，怪好看的。我尝一个。"

众人听了，又是一番说笑。

王熙凤打趣道："一两银子一个呢，可不是稀罕！你快尝尝，冷了就不好吃了。"

刘姥姥伸着筷子要夹，鸽子蛋圆溜溜的，偏偏筷子又沉，她本就用不惯，只见蛋满碗里滚，却是一个也夹不住。忙活了半天，好容易撮起一个来，刘姥姥才伸着脖子要往嘴里送，可手一抖，蛋又滑下来落在地上。刘姥姥觉得可惜，弯下腰去捡，早就有丫鬟捡了扔出去了。

刘姥姥叹道："一两银子，连个响声儿也没听见，就没了！"

众人看刘姥姥有趣，连饭都顾不得吃了。王熙凤见差不多了，不再逗刘姥姥，服侍贾母吃饭。刘姥姥哪里吃过这么丰盛的宴席，任是吃哪样菜肴，都感觉鲜美无比。倒是贾母，平日里吃惯了这些，只觉油腻腻的，什么都吃不了两口。见刘姥姥胃口好，贾母便命把自己面前的几个好菜都端给刘姥姥吃，又命一个老嬷嬷专门照顾板儿吃饭。

贾母与姑娘等人吃完了，撤去残席，另摆了一小桌，身为媳妇的凤姐、李纨才忙忙地吃饭。看着这阵势，刘姥姥感慨道："别的还罢了，我就爱你们家这行事，规矩真不少，难怪人家都说'礼出大家'呢！"

王熙凤说："姥姥可别多心，刚才不过是逗老太太和姐妹们一笑，您千万别往心里去。"

鸳鸯比王熙凤地位低些，更是收放自如，忙说："姥姥别生气，我给您老人家赔不是了！"

刘姥姥憨厚地笑着："姑娘说哪里话，咱们哄着老太太开心，有什么可当真的。你先时跟我一说，我就明白了，不过是大家一笑。我要是真往心里去，哪里还照着说呢！"

鸳鸯命丫鬟上好茶给刘姥姥品尝。论规矩，鸳鸯不能与少奶奶一同吃饭，王熙凤高看一眼，便拉鸳鸯一起吃。

鸳鸯也是个精细人，催促着婆子去准备酒席上的食品。原来，用过了正餐，后边还有酒席。

不多时，凤姐等人吃过饭，陪着刘姥姥一齐来到秋爽斋正房，贾母等人正在这里闲聊。

探春喜欢阔朗的居室，三间屋子没有设置隔断，极为敞亮。只见房内摆着花梨木打就、大理石作面的桌案，上面放着各种名人法帖，笔筒里的笔插得如同树林一般。一边架上设着汝窑花囊，插着水晶球的白菊，分外可人。西墙挂着米襄阳的《烟雨图》，左右的对联是颜真卿的墨宝，正是宝玉所赠。只见联上写：

> 烟霞闲骨格，泉石野生涯。

又有盘中盛着数十个娇黄玲珑大佛手，旁边架上悬着白玉比目磬。[①]

当日元春省亲时，最喜欢此处的梧桐，说正宜秋日桐下赏月，故题匾曰"桐剪秋风"。如今，贾母隔着纱窗看了一眼后院，叹道："景致却好，只是后廊檐下的梧桐还细些。"

诚然，建园时日不久，梧桐自然没有很粗。古人讥讽暴发户，常说一句话，叫作"树小房新画不古"。大户人家最不爱听这话，贾母巴不得贾家的富贵能够长久，到那时就能梧桐成荫了。这不过是老人的期盼，也不知能否成真，贾母默默思忖着。

倒是板儿十分活泼，见了佛手，觉得稀奇便想要。探春拿了一个给他，说道："拿着玩吧。"

一时，贾母起身要走，探春忙上前挽留多坐会儿。

贾母笑道："我这三丫头好，待人和善。只有两个玉儿可恶！等吃罢酒席醉了，咱们偏到他们屋里闹去！"

众人知道贾母宠爱宝黛，都笑起来。原本宝玉与黛玉正在一处

---

① 前文点明探春喜欢"朴而不俗、直而不拙"的雅物，又发起了海棠诗社，体现出她的审美境界。承接前文，秋爽斋的布置更突出了探春的气度，使人物形象更加丰满，铺垫出后文的兴利除弊。值得留意的是，对潇湘馆、怡红院等院落的描写，皆是呼应"试才题对额"进一步点明室内陈设，而秋爽斋的面貌则是全文第一次提到，行文笔法灵活多变。

说笑，听了倒不好意思了。

此时有丫鬟回禀，酒席摆在了缀锦阁。众人一路往那里去，王熙凤怕贾母劳累，忙引众人上了船，缘溪而行。

宝玉看到水中干枯的荷叶，随口说道："这些破荷叶不好看，怎么不叫人拔了去？"

黛玉道："我平时不喜欢李义山的诗，觉得他的诗中只有一句好，'留得残荷听雨声①'。偏偏你又不愿留着这残荷了。"

宝玉听了，立刻说道："果然是好句子！那咱们以后就不让人拔了，留着它也好听雨声。"

说着，船已到了花溆一带，两滩上衰草残菱，更助秋情。

贾母远远看到岸上清厦旷朗，因想着许是蘅芜苑，问道："这是不是薛姑娘的屋子？"众人都说是。

这蘅芜苑在园子深处，平时贾母偶然进园逛逛，不过就近看个一两处，略坐一坐。自从省亲之后，她还没有来过蘅芜苑，此时忽想进去赏景。

贾母便让船靠岸，众人沿着石梯上去，一同进了蘅芜苑。

只见这院中巨石插天，周围藤萝掩映，种植的花木都是古往今来典籍上载录的奇花异草。当日宝玉题匾题联时，依据古书中芳草的名目，取名为"蘅芜苑"。如今天气渐冷，那些奇草仙藤都泛着青色，愈显苍翠，妙的是有的果实累累，如同珊瑚豆子一般，甚是可爱。

---

① 黛玉所说的诗句，作者为唐代诗人李商隐，他的表字是"义山"。李商隐的原句为"留得枯荷听雨声"，《红楼梦》中将"枯"写为"残"。古时由于条件所限，人们往往凭记忆来写前人诗句，偶有个别字句差异是常见现象，就如同我们今天在生活中引用名人名言也未必一字不差。在《红楼梦》中，这种现象多次出现，未必一定有什么深意。

贾母游赏着，更来了兴致，一一指着，告诉刘姥姥这是什么花，那是什么藤。刘姥姥如听天书一般，连连咂嘴赞叹。

贾母觉得蘅芜苑景色好，室内想必也十分精致，便领众人来到屋中。谁知，来到室内，贾母不禁吃了一惊。只见房中空空如也，桌案上并无各种摆设，只有瓶中插着两三枝菊花，旁边搁着两部书和茶具，就连床上也只挂着青纱帐幔，十分简素。

贾母担心别人议论贾府苛待亲戚，说道："是我忽略了，你们的东西自然在江南没带来。纵是如此，凤丫头也该送些陈设器物给你妹妹。"

其实，哪里是不送呢，而是宝钗不喜欢摆，又都退回去了。薛姨妈忙打圆场，说道："老太太有所不知，她在家里的时候，就不爱那些花花绿绿的摆设。老太太莫见怪。"

贾母面沉似水，说道："年轻姑娘的房间这样素净，也忌讳。"

说着，她便告诉鸳鸯，把自己旧年收藏的珍玩拿来给宝钗，有精美的石头盆景、纱桌屏和墨烟冻石鼎，典雅庄重，又不花哨。贾母想了想，又说把水墨字画的白绫帐子拿来挂在床上。

鸳鸯记下，一一吩咐下去，让人到贮藏物品的后楼中找。

刘姥姥年纪大，深谙人情事理，见贾母不悦，便一句话也不说，更不敢随意逗笑。

贾母带众人在园子里走了一会儿，心绪才渐渐平复，与众人到缀锦阁吃酒席。

第23章
栊翠庵品茶

　　到了富丽堂皇的缀锦阁，刘姥姥一看，每人面前都摆着高高的几案，却也别致，有海棠式的，也有梅花式、荷叶式的。桌上的食盒跟桌子形状一样，盒中的格子里各装了几样小食。

　　贾母入座，说道："今日难得一聚，须行个酒令助兴才好。"

　　行酒令须有令官，因鸳鸯一向知道贾母的喜好，王熙凤便让鸳鸯做令官，大家行一套骨牌令。

　　行这令，要令官抽取三张骨牌，凑成一副。鸳鸯变着花样说出骨牌的名字，如同一句诗，对酒令的人也要说一句诗或俗语，最后一字须押韵。三张牌各有名字，这一副牌又有个名目，加起来一共四句——对得上来，便喝一杯；若对不上或说错的，那就要罚他多喝几杯！

　　贾母、薛姨妈等人依次对了酒令，便轮到了黛玉。

　　鸳鸯随手抽了三张牌，说道："这里又有了一副。"

　　因第一张牌俗称"天牌"，鸳鸯便说："左边一个'天'。"

黛玉对说："良辰美景奈何天。"

鸳鸯道："第二张，中间'锦屏'颜色俏。"

黛玉道："纱窗也没有红娘报。"[①]

鸳鸯看着第三张牌，道："剩了'二六'八点齐。"

黛玉道："双瞻玉座引朝仪。"

这一副牌有个名目叫"篮子"，故而鸳鸯道："凑成'篮子'好采花。"

黛玉道："仙杖香挑芍药花。"

说完，黛玉喝了一杯。

刘姥姥见对得这么雅，越发局促起来。偏偏宝玉等人就想看刘姥姥如何对酒令，皆起哄让刘姥姥来。

刘姥姥说什么也不肯对。贾母劝道："老亲家，你须得对了这个酒令，大家助助兴。也容易的！"

"既是老寿星这么说，我少不得就对一个，"刘姥姥憨笑道，"说实话，我们乡亲们闲了也玩这个，只是没有你们说得这么雅。我对一个，太太、姑娘们别笑话我！"

贾母道："想怎么说就怎么说，简单着呢！"

鸳鸯又抽了一副牌，见第一张是四四，又叫"人牌"，便说道："左边'四四'是个'人'。"

刘姥姥思忖着，说："是个庄稼人吧！"

众人都笑起来，贾母一边忍着笑一边说："对得好，就这么说！"

---

① 黛玉对酒令说的前两句，皆细致呼应前文：黛玉曾与宝玉共读西厢，红娘这一人物即出自《西厢记》；之后，黛玉又听到梨香院小戏子唱"良辰美景奈何天"一段戏文。同时，这两句酒令又引出了后文故事，线索穿插极为巧妙。

鸳鸯道："中间'三四'绿配红。"

刘姥姥道："提起这对酒令，我也知道些，说的颜色、样式，跟牌上的花点相似才好！"

众人附和道："是呢！""刘姥姥快对一句！"

刘姥姥想了想，说："看这牌，上面三点绿的，像个虫子，下边四点是红的，倒像一团火。有了！我对：大火烧了毛毛虫！"

鸳鸯忍住笑，接着道："右边'幺四'真好看。"

刘姥姥端详着："刚才是绿的，这又来了红的。你瞧，上边一个红点小，下边四个红点大，小的像蒜头，大的像萝卜。嗯，这句我对：一个萝卜一头蒜！"

贾母笑道："是，就说你现成知道的！"

鸳鸯道："还有最后一句，这副牌有个名儿，叫'一枝花'。我说：凑成便是'一枝花'。"

"花……花……有了，"刘姥姥想着，拿手比画着说，"花儿落了结个大倭瓜！"

众人哄堂大笑，甭提有多快活了。

刘姥姥对完酒令，乐呵呵地干了一杯。贾母怕刘姥姥喝多了受不住，说让王熙凤夹些茄鲞①给刘姥姥吃。

谁知，刘姥姥尝了尝，摇头道："世上哪有这么好吃的茄子，不对，这断不是茄子！"

这一说，众人又笑起来，都道："这是茄子，没有哄你！"

---

① 茄鲞：鲞（xiǎng）原意是干鱼，又泛指腌腊食品。在文中，"茄鲞"是一道制作工艺复杂、能够长期保存的菜肴。关于此菜一直众说纷纭，有人认为书中所写做法是真实的，也有人觉得是王熙凤逗刘姥姥玩。

刘姥姥咂嘴道:"茄子能做得这么好吃,是怎么做出来的?姑奶奶教教我,家去我也做着吃去。"

王熙凤一板一眼地说道:"我说给你,你看看能不能做出来——把新鲜的茄子去了皮,茄子瓤切成丁,用鸡油炸,再把鸡脯肉、新笋、蘑菇、五香豆腐干、各种干果子都切成丁,跟茄子一起拿鸡汤煨干,用香油一收,外加糟油一拌,盛在瓷罐子里封严,待它入味。要吃的时候拿出来,用炒的鸡丁一拌,可不就成了!"说着,又把茄鲞端到刘姥姥面前,让她细看。

刘姥姥叹道:"乖乖,一个茄子,反倒用十来只鸡配它!"说着连连摇头,心想家里哪做得起这个。

这边吃着酒,那边梨香院的十二个女孩子已经开始奏乐了,音乐悠扬,伴着流水格外动听。刘姥姥吃了些酒,不免有醉意,听了音乐更是手舞足蹈起来。

一时撤了酒席,大家又到园子里游赏,有丫鬟提了食盒来,请众人品尝点心。掀开来看,两盒一共四样:一样是藕粉桂糖糕,一样是松穰鹅油卷;另一盒是螃蟹馅的小饺子,还有一盘花朵形状的奶油炸面果。

贾母等人整日吃这些,早没了胃口,有人偶尔尝一点,也有干脆不吃的。倒是刘姥姥和板儿,尝尝这个,品品那个,一会儿这些点心就少了一半。

有个牡丹样式的面果,刘姥姥拿着端详了半天,说道:"我们村里女人们平时剪花样子,手最巧的,也剪不出这么个纸的来!多好看啊,我带回去给她们做花样子倒好!"

众人见她说得活灵活现,又都笑起来。贾母道:"好,等你家去的时候，我送你一坛子。"

此时，奶妈抱着王熙凤的女儿大姐儿来玩耍，王熙凤趁空哄了哄大姐儿。大姐儿手里抱着一个柚子玩，看到板儿拿着佛手，便也要佛手。众人哄着板儿，让他用佛手换了柚子。板儿见柚子又香又圆，便当作球踢着玩，两个孩子都开心起来。[①]

酒足饭饱，贾母忽想起品茶，看前边不远就是栊翠庵，一路带人往庵里来。

且说自从下帖子请来妙玉，元妃省亲那夜，妙玉为元妃诵经祈福，深得贵妃赏识。之后贾家对妙玉另眼相看，让她久居园中，如同客人一般相待。

妙玉十分高雅，喜爱品茶，甚至还有一个妙论，"一杯为品，二杯即是寻常的解渴之物，三杯便是饮牛饮骡了"。平常人们品茶以三杯为限，而妙玉只品头一泡，可见口味有多么讲究！

贾母知道妙玉懂茶，故而带人到此处品茗。

妙玉捧了一个海棠花式雕漆填金云龙献寿小茶盘，上面放着一个成窑五彩盖盅，奉与贾母。[②]

贾母才吃过东西，不喜欢喝绿茶，说道："我不吃六安茶。"

妙玉道："知道，这是老君眉。"

---

① 孩子之间交换玩具，本是平平无奇的生活场景，但在文学作品中被赋予了特殊用意。日后贾府子孙流散，巧姐被刘姥姥所救，过上了平淡的乡村生活。佛手换柚子的情节点明日后巧姐嫁了板儿，正是脂批所说的"千里伏线"。程本后四十回续书写巧姐嫁给周家富户的儿子，并非曹雪芹原意。

② 早在筹备省亲时，林之孝家的奉命请妙玉入园。栊翠庵品茶一节，写到了妙玉的行为、语言，则是这个人物第一次真正出场。在书中，妙玉的特点是高洁到常人无法理解的地步，通过刘姥姥的反衬，正彰显了妙玉的性格特质。后文妙玉对成窑盅子的处置，刘姥姥并不知内情，妙玉没有当面伤到她的自尊，这一点是值得留意的。

贾母地位尊贵，妙玉给她用的茶器是名贵的古玩。此时，小丫鬟给太太、姑娘们也上了茶，用的茶具逊色得多，不过是精致的白瓷盖碗。

贾母一边端茶，一边问用的是什么水。

妙玉答道："是旧年存下的雨水。"①

贾母一品，果然茶香四溢，茶与水相得益彰。

贾母喝了一半，剩下半杯，便逗刘姥姥，让她尝尝。

好茶自然以清淡芬芳为上，刘姥姥哪里懂得这些，只觉得浓的茶才有滋味，说道："好是好，就是淡些，再熬浓些就更好了。"逗得贾母等人都笑起来。

众人纷纷品茶，赞不绝口。妙玉却悄悄拉了拉黛玉和宝钗的衣襟，让她二人随自己去。

原来，妙玉个性鲜明，只愿与脾性相投的人来往，素日里高看黛玉、宝钗一眼，此时趁空单请二人品茶。

两人与妙玉也常往来，并不见外。宝钗坐在榻上，黛玉则坐在妙玉平日打坐的蒲团上。

妙玉视黛玉、宝钗为知己，亲自燃起风炉，烹水泡茶。她为二人准备的茶具更为精致，都是难得的雅物。

不想，宝玉也悄悄跟了来，妙玉就把自己日常用的绿玉斗给宝玉用。

宝玉笑道："都说'世法平等'，她两个用那古玩奇珍，给我的

_____

① 古人品茶，极其讲究水质，从茶圣陆羽开始就明确了这一点。古人将天然的雨水、雪水、露水视为"天泉水"，认为它们经过大自然的过滤，更为纯净，有益于身心。收集品尝天泉水须保证毫无污染，如今时过境迁，不宜贸然尝试。

就是个俗器了。"

妙玉本是大户人家闺阁出身，听了便说："也不是我说狂话，只怕你家里未必找得出这么一个'俗器'来呢！"

妙玉性子耿直，宝玉了解她的为人，并不介意，笑说："你一向品性高洁，在你面前，那金玉珠宝岂不是俗器了！"

听这么说，妙玉倒欣喜起来。她回身又取了一个竹根雕的大杯，给宝玉斟了一杯茶。宝玉细细品着，果然是淡雅无比，不禁连连赞赏。

黛玉见这茶好，问道："这也是旧年的雨水？"

妙玉道："你这么个人，没想到竟是俗人，连水也尝不出来。这是五年前我在姑苏玄墓山蟠香寺住着，收的梅花上的雪，也不过得了一小瓮，总舍不得吃，埋在地下，今年夏天才打开。我只吃过一回，这是第二回了。若是雨水，哪有这么轻浮呢。"

妙玉性情果与旁人不同，有心与知己同品这难得的梅花雪水，可嘴上却直来直去。黛玉知道她性格如此，便不计较，随后约着宝钗出来。

贾母等人品完茶，有婆子收了茶器来。妙玉道："那成窑的杯子，随手搁到外头墙角去吧。"

宝玉明白，这是因为刘姥姥用过了，而妙玉一向喜洁，哪怕是名贵的古玩，此时她也不要了。

宝玉便说："那杯子好歹是个器物，不如就给了那贫婆子吧，哪怕她卖了，也可以换点钱度日。"

妙玉答应了，宝玉悄悄把杯子给了贾母房中的丫鬟，让她替刘姥姥带上。

贾母歇得差不多了，起身要走。妙玉不过略让让，待众人出了门，也不远送，回身便将门关了。

走在园中，刘姥姥看哪里都觉新鲜，随着众人这里逛逛，那里看看，不承想，她只顾看景，竟被落在后边。刘姥姥再看四周，哪里都有花、有树，处处鸟语花香，不知该怎么走了，只好顺路走来，偏巧往怡红院去了。

待过了花障的月洞门，眼前是一片水池，有一块白石横架在上边，比那石桥倒显别致。刘姥姥走过去，想进屋里找丫鬟问问路。刚进门，只见一个女孩满面含笑迎在门口。刘姥姥正喜遇到了人，赶上来便拉丫鬟的手，不想却碰在墙板上。原来，刘姥姥已有了几分醉意，端详了一番才知道，那是一幅画，看着像真人，摸着却是平的。刘姥姥开了眼界，赞叹着走进了房子，可屋中一个人也没有。

正在疑惑，忽见迎面来了一人，看着有些眼熟，头上插了一头花，仿佛是村里哪个乡亲似的。只是奇怪，怎么自己迈腿，那人也迈腿，自己打晃，那人也打晃……

来至近前才看出来：那人正是她自己！忽想起，听人说大户人家都有那大穿衣镜，想必这个就是。刘姥姥好奇地上下摸着，偏偏那镜框也是一道门，装了西洋机关。刘姥姥一碰，门"吱扭"一声开了，露出一张极精致的床榻。

刘姥姥正头晕眼花，要找个地方歇歇，想坐坐再走，怎料酒劲上来，摇晃两下就倒在床上睡着了。①

---

① 从书中场景描写角度，"刘姥姥进大观园"正呼应着前文的"试才题对额"：如游园均是先到潇湘馆；而进入怡红院，贾政等人与刘姥姥的路线不同，细节上前文写后院有一条清溪，此处方点明溪上有白石作桥。且之前贾母说吃过酒再到二玉房中去，本是一句戏言，对于刘姥姥却成了真。另外，借刘姥姥的视角点出，潇湘馆像"书房"，而怡红院像"绣房"，从才华、气质与喜好方面强化了黛玉、宝玉的形象。

　　却说众人不见刘姥姥了，都觉得奇怪。倒是袭人细心，想着会不会往怡红院去了，故悄悄回来探看。不承想，正遇到刘姥姥四仰八叉睡在宝玉床上。原是小丫头趁空都跑出去玩了，房中没人，才让刘姥姥"享受"了这华美的床帐。

　　袭人忙将刘姥姥叫醒，又怕被宝玉发觉，往香炉里多抓了些合香，点着了好遮一遮酒气。

　　刘姥姥一边跟着袭人往外走，一边感慨着："这么精致，是哪个小姐的绣房……"

　　袭人领着刘姥姥找到众姊妹，也不敢直说，只说刘姥姥坐在草地上睡着了，众人皆不在意。

　　待出了园子，晚间刘姥姥便来向王熙凤辞行，说已经住了几日，也该回家去了。

　　刘姥姥道："这几日，把我没见过的见了，没吃过的也吃了。多谢老太太、姑奶奶、小姐和各房的姑娘们照看我！明日一早，说什么也要家去了。"

　　凤姐此时却有些心事。原来，贾母毕竟年纪大了，不惯劳累，从园子里回来就身体不适。偏偏大姐儿也着了凉，有些发热。再看刘姥姥，却是高高兴兴，一点儿事也没有。王熙凤一想，恰有一事求刘姥姥。

　　凤姐道："我这大姐儿向来娇弱，恰好她还没有大名，不妨姥姥给取个名，兴许能借借您的寿。再者您经历多，吃的苦也多，希望孩子日后能跟您一样硬朗。"

　　听说这大姐儿是七月初七生的，正是民间的乞巧节，刘姥姥想了想说道："姑奶奶若是觉得行，不妨就叫她'巧姐儿'。愿她身强体壮，日后大了，万一遇到什么不顺心的事，也愿她能遇难成祥、逢凶化吉。若果真如此，不也是一桩'巧'事吗！"①

王熙凤见巧姐有了名字，心中欢喜起来，便吩咐平儿收拾给刘姥姥带的东西。

刘姥姥连连推让："不敢让姑奶奶破费了。已经住了几日，若再拿着走，心里不安啊！"

平儿跟刘姥姥熟识了，笑着拉了她就走。

一夜无话。且说第二日一早，众人就命人请了太医来给贾母诊视。

贾母原也没有什么大病，不过是着了凉，连太医都说，略暖着些便好了，怕是连药也不用吃。倒是贾家人觉得用药习惯了，不喝些汤药反而不踏实，命太医开了药方去抓药。

凤姐想着巧姐也病了，又让太医给诊脉，实则并没有大毛病，不过开了些小儿的常用丸药。

刘姥姥插空来向贾母告辞。若是亲戚家有年纪大的人到来，走时贾母会送一送，哪怕送到院中，也是个礼节。但刘姥姥要走，贾母推说身体不适，就让鸳鸯去送。

鸳鸯吩咐小厮雇了车，帮刘姥姥装东西。刘姥姥一看，琳琅满目，样数可是不少，口中直念贾府众人的好。

贾母说送给刘姥姥的点心，果然已经装好了，还多带了几样她没吃过的点心；做衣裳的料子，足足送了几匹；原本装瓜果的袋子，

---

① 刘姥姥为巧姐取了名，这点明了二人的缘分。造化弄人，后文贾府衰败时，巧姐为亲眷所害，使她"遇难成祥、逢凶化吉"的正是刘姥姥。这位乡下老人诚恳朴实，知恩图报，值得我们肯定。

又重新装了上等的粳米，说是宫里皇上吃的；鸳鸯与平儿还各送了几件衣裳，表示自己的心意；刘姥姥开口要了几样难得的药，也都装上了；那个喝茶的盅子也带上了。

王夫人还给了一百两银子，并带话说：让刘姥姥做个小本买卖，以后不要再一味求亲靠友。

打点好东西，平儿等人送到角门，刘姥姥才作别上车去了。①

---

① 书中通过刘姥姥的视角，强调了贾府的富贵奢华。同样写到游园，前文"元春省亲"一节，虽然奢靡华丽，却突出悲戚的基调；朴实的刘姥姥入园，却为众人带来了无限的欢乐。另外，二进荣国府亦铺垫出后文刘姥姥第三次进府、搭救巧姐的情节。需要注意的是，书中刘姥姥进大观园只有一次，进荣国府有三次，不能说"刘姥姥三进大观园"。

第24章

惜春画园

　　刘姥姥一走，贾府便没有那么热闹了，大观园里又恢复了宁静，少男少女们却各有各的心事。

　　宝钗心里一直存着一句话，没有合适的机会说。待过了晌午，她把黛玉悄悄叫到蘅芜苑，见无他人在场，问黛玉道："我有一事倒要请教！昨儿对酒令，你说的是什么句子，可有什么出处？"

　　黛玉这才想起，之前对酒令时，只顾怕罚酒，一不小心倒说出了"良辰美景奈何天""纱窗也没有红娘报"等句子，那都出自《牡丹亭》《西厢记》！虽然她私下里与宝玉读过《西厢记》，但对外人、长辈却说不得，因为在当时那是禁书，闺阁中的女孩子是不许读的。

　　幸好那日在场的长辈没有听出来，宝钗虽听明白了，却没有告诉他人，只是在蘅芜苑私下问起。

　　黛玉心中羞惭，低声央求道："好姐姐，你别说给别人，我以后再也不说了。"

　　宝钗年纪略大几岁，见黛玉此时像小妹妹似的那么娇羞，便拉她坐下，依着当时的观念，说了一番大道理。原来，薛家曾经有不少藏书，宝钗年幼时与姊妹们也看过这些杂书，后来大人发现了，遂训斥教导一番，从此她才改了。

宝钗道："读书不明理，不如不读书的好。男人们读书明理，辅国治民，这便好了。只是如今并不听见有这样的人，那还不如耕种经商，倒没有什么大害处。你我只该做些针线纺织的事才是，偶然间闲了，倒看几章于你我有益的书，方是正经。"

宝钗说的书籍，无非是指古代禁锢女子的《女则》《女诫》等。对于她的话，黛玉未必真心叹服，但碍于大家族中的规矩，只好答应下来。

而此时，惜春因为要画《大观园图》，想请假不再参与诗社，李纨忙叫了姑娘们去商量。宝钗、黛玉赶到稻香村，见探春等人正在说笑。

黛玉道："都是昨儿老太太的一句话，让四妹妹去画大观园的图，才引得她要告假。"

探春笑道："也不要怪老太太，都是刘姥姥那句话，才引出了这事！"

黛玉忙笑道："可是呢，都是她提起的。话也说回来，她是哪一门子的姥姥，不如叫她个'母蝗虫'得了！"

一句话逗得小姐们都笑起来，大家说笑了一阵子。①

---

① 常有人质疑黛玉对刘姥姥的打趣，其实，黛玉与刘姥姥的身份、个性千差万别，在当时背景下，很难有真正意义上的理解与认同。事实上，在场所有的小姐与黛玉看法都基本相同，只是黛玉说了出来。从文学上讲，日后刘姥姥危难时刻搭救巧姐，此处"母蝗虫"的评价是欲扬先抑的手法。

可聊到正事上，这图规模不小，究竟怎么画却没人知道。姊妹中，独有宝钗擅绘画。虽然她平时不显露，但先前作的《画菊》一诗，正是她平日习画的心得。此时见惜春干着急，她只好帮着出主意。

宝钗道："若画这个图，当真不容易。又要画山石溪水，又要有房屋树木，还要点缀上些人物，带出行乐的意味。这须得谙熟工细楼台的画法才行，不知惜春妹妹可懂得么？"

惜春为难道："我不过是用写字的笔随手画两笔写意，颜色也只有赭石、花青、藤黄、胭脂这常用的四样，又哪里学过什么工细楼台呢。"①

前文说过，贾府的四春姐妹各学了一样才艺，惜春学的是作画。那为何到画画时，她又为难了呢？

原来，过去的大家族中，女子学这些技艺，不过是装点门面罢了，未必多么精通；况且，正如宝钗所说，哪怕是精通，也不能四处张扬。加上惜春年纪小，没学多少时日，只是偶尔画几笔兰竹而已。

宝钗道："这园子虽美，可画到画上，必经剪裁取舍，不可一一照搬。须得分清哪个是主、哪个是宾，该添的要添，该减的要减。尤其是画屋宇，若是栏杆歪了、柱子塌了，那不成'绘画'，倒成'笑话'了！如此说来，画这样一幅画也颇不轻松呢！依我看，少说也要半年光景。"

宝玉一听，倒来了兴致，说道："清客里詹光詹子亮就擅画工细楼台，不如让他指点一二如何？"

---

① 传统国画按技法不同分为写意、工笔两大类，例如郑板桥的竹是写意画，笔法疏放简练，追求人文意蕴；而工笔画则讲究细致艳丽，如清代画家孙温所绘的《红楼梦》图册。惜春只会写意，自然难以掌握富丽细腻的工笔画法。

宝钗道："那也需你多费心了，惜春有不懂的，你多去问问清客相公。依我说，让相公们备了绢，起了稿子、添了人物，之后由惜春慢慢上色，倒是个巧法儿。只是这样说来，你们还要调胶、配色，画具也需置办全了才好。"

众人听了，如听天书，感觉全无头绪，索性宝钗说着，宝玉一一记下，回头好让凤姐去配。

宝钗道："画工细楼台先要上好的小笔，讲究的是尖与健，需大蟹爪、小蟹爪各十支，画人物面目的须眉十支、开面十支……"

宝玉研墨速速记下，宝钗又道："颜料么，需要朱砂、赭石、石黄、石青、石绿、藤黄各四两……若只用颜料，怕是不能入老太太法眼，还须勾金点缀，需要赤金、青金各二百帖，用时还需配广匀胶和明矾。"

众人不禁感慨，原来画幅画还有这么多讲究。

宝钗又道："这些颜料，需要淘澄飞跌①才能上绢，咱们不妨也一起帮忙，说笑着就当玩了。"

众人点头称是，倒觉得有趣。

宝钗想了想，又说道："还需粗绢箩和细绢箩，以备筛颜料末子，还要碗碟和风炉，烧火炭需得二十斤方才够用。另外，需打稿子的柳木炭一斤……"

宝玉应着，忙忙地记下来，过了一盏茶的工夫，才都记清了。宝钗怕有遗漏，又细看了一遍。宝玉见无差错，急着要去找凤姐配

---

① 淘澄飞跌：古时的颜料都是块状或粉末状，需要加工才能用于绘画。淘澄（dèng）飞跌指加工、提纯颜料的过程：通过在水中沉淀，撇去表面的浮沫，沉淀后去除渣子，提取纯净的颜料。

画具，却被李纨拦住了，原来，眼前还有一个大日子呢！

眼看已经八月底了，下月初二便是王熙凤的生日！贾母等人心里早就开始盘算了。

前几日贾母受了寒，也没什么大病，将养几日就好了。倒是凤姐，殷勤地嘘寒问暖，又特意备了难得的野鸡崽子汤给贾母享用。贾母越发觉得这孙媳妇懂事，平时忙里忙外，好不容易赶上寿辰，便想替王熙凤张罗，让她过个热热闹闹的生日。

在贾府，以往有人过生日，都是大家送去礼物，年年如此倒觉无趣了。贾母一向爱享乐，忽想到换个花样来置办酒席戏曲，大家也好乘兴热闹一番。什么花样呢？贾母让大家各出份子钱，凑在一起为王熙凤过生日！

听了这个主意，王夫人、尤氏等人都说好，便挨个出份子钱。只是，虽说是平日取乐，规矩也不可乱了。贾母出的钱数最多，邢夫人、王夫人略少一些，尤氏等晚辈更少⋯⋯这样一等一等排下来，有身份的婆子们，有的跟王熙凤交好，有的虽然关系平平但惧怕王熙凤，因此都纷纷出钱。轮到鸳鸯、袭人等丫鬟，皆出一两、二两的表示个心意。这样算下来，足足凑了一百五十多两银子！ ①

贾母有意让王熙凤享受一日，就安排尤氏来打理寿宴，以便让凤姐轻轻松松听戏。尤氏虽才干不及凤姐，但区区寿宴，也办得很妥当，还请来了说书的、杂耍的。众人随了银子，更是时时留意，

---

① 《红楼梦》表面上只细致描写了太太、小姐、婆子等女性的生活，当时大家族男性的交际往来多涉及朝政、官爵等，不便直接展现，但书中礼俗习惯、人情世故等，其实反映出古代社会的方方面面，这一特点值得小读者们留意。此段情节中，贾母张罗的"攒金庆寿"，思路宛如当代的"众筹"，早早地就营造出热闹氛围。

听说有这么多玩乐的花样，个个开心，巴不得赶快到办寿这日。

可谁知，初二这一天，众人轮番给王熙凤敬酒，她推脱不得，到底喝了个酩酊大醉，让人看了笑话。

略消停了两日，李纨与众姊妹会齐了来找王熙凤。如此兴师动众，为的是两件事：

一是诗社刚起社就遇到惜春告假，若这样下去定会乱了套，大家想着，也仿照朝廷的样子，请王熙凤来做个"监社御史"；二是惜春要画《大观园图》，宝钗开列了工具单子，须请凤姐一一配齐。

王熙凤多么精明，一听就明白了：这哪是做什么"监社御史"，分明是大嫂子知道自己管钱，带着姊妹们来要起社的费用了。

王熙凤嘴上不饶人，与李纨说笑一番："作诗的事哪里归我管，我又不会什么'湿'的'干'的！显见是起社做东，给我套上个高帽让我出钱，是不是这个主意？"

李纨笑道："真真你是个水晶心肝玻璃人。"

王熙凤口齿伶俐，说话间跟李纨算了一笔账：贾府给寡居少奶奶的月钱是十两，比王熙凤多好几倍，且因为李纨要照顾儿子贾兰，贾母亲口允诺，又加了十两。这样一来，李纨便跟老太太月钱一样多。可她吃穿一向用的是贾府的，无须自己掏钱，李纨一年足足有四五百两的银子，何不拿出钱来，陪小姑子们起诗社呢！

李纨听了，笑说王熙凤小气，凤姐才道："罢了，我要不入社花几个钱，还想不想在这里吃饭了？你放心，我拿出五十两银子给你们做东道起诗社去！"

王熙凤又命人到后楼的库房中找画具，不全的另让人去买。不日配齐了画具，宝玉等姊妹都来帮惜春画画。

倒是黛玉，入秋后病情加重，犯了咳疾，只好歇着。宝钗几日不见她，便到潇湘馆来探望。

说起病情，黛玉不免神伤，说道："今年比往年反觉又重了些。"

宝钗因家中开药铺，素日也知些医理，看了黛玉的药方，说是人参、肉桂太多，不妨用些平和的滋补品。

黛玉又想起之前宝钗劝说不要看杂书的话，叹道："我素日多心，往日竟是我错怪你，实在误到如今。我父母去得早，如今大了，倒没有一个人像你这样教导我。怪不得湘云妹妹说你好，觉得你像个姐姐一般。"

可若说另吃补品，黛玉又觉得为难，因说道："我是一无所有，吃穿用度、一草一纸，皆与他们家的姑娘一样。如今若又要补品，长辈虽不说什么，可下头的婆子、丫鬟们未免说三道四，嫌我太多事了。"

宝钗听了，劝她不要多想："你放心，我在这里一日，便伴你排解一日。"又说回家选了合适的补品送来。

黛玉听了自是感激，说道："晚上再来跟我说说话。"宝钗答应着，告辞离开。

到了傍晚，淅淅沥沥下起秋雨。黛玉没胃口，勉强喝了两口稀粥，想着下了雨，宝钗就不便来了，只听雨滴竹梢，更觉凄凉，随手在灯下翻起了《乐府杂稿》，一时有感于心，披衣提笔写道：

秋花惨淡秋草黄，耿耿秋灯秋夜长。

已觉秋窗秋不尽，哪堪风雨助凄凉……

不觉时辰渐渐过去，方一写完，她就听外头丫鬟说："宝二爷来了。"

宝玉头上戴着竹编的斗笠，身上披着防雨的蓑衣。这个装扮不同于往日，黛玉觉得有趣，笑道："这是从哪里来了个渔翁！"

宝玉只顾询问："今日好些吗？吃了药没有？吃了多少饭食？"又说："今儿的气色好些了。"

宝玉的关心溢于言表，黛玉一一答了，谢他好意，帮他脱下蓑衣，好奇地问："这是什么草编的？穿上倒轻巧，不像那刺猬似的。"

宝玉道："这是北静王送的。妙的是下雪也能穿，回头我送一套给你。"

黛玉道："我不要这个，穿上倒像是画上画的和那戏上扮的渔婆了。"及说出来，才发觉与打趣宝玉的"渔翁"意思相连，便羞涩起来，连连咳嗽。

听着外面雨渐渐大了，黛玉便催促宝玉早些回去，因怕宝玉滑倒，又将玻璃绣球灯拿给他，让他点了照路。

宝玉刚走不久，忽有蘅芜苑的婆子送来了补品。黛玉好心让吃茶，又给了些赏钱，才让她去了。及至睡下，黛玉听着雨打竹梢，不免想起些伤心往事，又滴下泪来，翻来覆去才渐渐睡去。

第 25 章
鸳鸯拒婚

　　且说忽有一日，王熙凤正忙着，却见邢夫人打发了小丫鬟来请她。王熙凤知道，这必是有要事了。邢夫人作为婆婆，素日就不太喜欢王熙凤。王熙凤也深知，更怕无端怪罪，连忙到东边小院去见邢夫人。

　　究竟有什么事呢？原来，贾赦如今已经五十多岁了，行事却极为荒唐，仍想纳一房小妾。若看上别人也罢，偏偏看中了贾母的大丫鬟鸳鸯！

　　这鸳鸯深得贾母信任，偶尔有什么事情贾母想得不周全，哪怕王夫人、王熙凤等人都不敢说，鸳鸯却能悄悄提醒贾母。若离了鸳鸯，贾母便吃不好、睡不香。虽然鸳鸯年纪渐渐大了，但贾母没有让她婚配，就是想让她再多服侍自己几年。谁知，贾赦不顾贾母的感受，竟打起了鸳鸯的主意。

　　王熙凤一向了解贾母，又那么精明，听了就知道不妥。一来贾母未必答应，鸳鸯见过些世面，也未必应允，没准儿会碰一鼻子灰；

二来，贾母原本就对贾赦不太满意，如今贾赦做的事有违她老人家意愿，岂不是母子之间又要生出矛盾了？

王熙凤毕竟是贾赦的儿媳，也不能不为公公考虑。因此，王熙凤直言对邢夫人说这样不妥，希望邢夫人劝贾赦打消这个念头。

可是，邢夫人素来固执己见、看重利益，听不进去别人劝她的话；而对贾赦又言听计从，哪怕贾赦有错，她也不劝阻。

所以，邢夫人不但不听王熙凤的建议，反而数落她一通。王熙凤见事情到了这个地步，只好不再阻拦。

邢夫人自以为是，亲自来找鸳鸯说起此事。哪知鸳鸯一向厌恶贾赦的为人，虽然他是老爷，人前人后不免要恭敬，但是鸳鸯打心底瞧不上他那样的人，宁肯离得远远的。一听贾赦要娶自己，她更是无比反感，找理由推托了，径自往大观园中来，想躲一时清净。[①]

邢夫人与贾赦明知鸳鸯不答应，却执意要做成这桩婚事，唆使鸳鸯的哥哥、嫂子去劝说妹妹。这鸳鸯一家，几代都是贾府的奴仆。因为鸳鸯模样出众、行事周全，深得贾母宠爱，她的哥哥金文翔便当了贾母专用的买办，从中不知沾带了多少油水；而嫂子专为贾母浆洗衣裳，手下管着三四个人，平时也作威作福。

由于贾府在江南还有宅院，鸳鸯的父母在那边看管房舍，并不在京城，贾赦便从其兄嫂这里下手，威逼利诱。

照理说，金文翔夫妇因鸳鸯照顾，才谋得了好的差事，赚了

---

① 八年级语文课本上有东晋名士陶渊明的《桃花源记》，文中，桃林尽处、溪水源头的隐秘空间里，有享受安乐生活的一群人。这是作者想象出的地方，寄托了美好的生活理想。《红楼梦》中的大观园，是少男少女过着高雅惬意生活的地方，亦如"桃花源"。桃花源中的人，是因祖先"避秦时乱"而来到这个地方，因此，鸳鸯躲入大观园等细节，也继承了桃花源的"避难"寓意。

不少银子，本应一心一意为鸳鸯着想，可此时他们却因惧怕贾赦，一一按着贾赦的意思行事。

鸳鸯的嫂子能说会道，但鸳鸯打定了主意，无论如何也不能嫁给贾赦，所以不但不听从，反而骂了她嫂子一通，说兄嫂势利，根本不考虑自己的处境。

可贾赦横行霸道惯了，频频逼金文翔来劝。

鸳鸯一时急了，说道："是，他是老爷，我们一家都是贾府的奴仆。可那又怎么样？谁还不是一样过一辈子，还都有喜怒哀乐，凭什么我就该事事听他的？我不答应，难道还杀头不成？"

金文翔见妹妹恼了，不敢深劝，只好委婉地告诉贾赦。可贾赦不依不饶，口口声声说鸳鸯逃不出他的手掌心，转头又跟贾琏商量，要将鸳鸯的父母叫来，扬言一旦压服了她父母，鸳鸯也就只能顺从。

好在贾琏良心未泯，知道鸳鸯的性情，不愿她受屈，推说鸳鸯的父母生病，一时来不了，想着能拖一时算一时。

可贾赦哪管这些，对金文翔又是施以赏赐，又是威逼。金文翔看重金钱，更不敢得罪贾赦，只得与媳妇一起来到贾母小院门外，叫出鸳鸯来劝她。

鸳鸯见实在没有办法了，只好铤而走险，回身拉了嫂子就走。金文翔还当妹妹答应了，喜出望外。

谁知，鸳鸯扯着嫂子来到贾母面前，也不顾人多，跪下就是一番哭诉，将贾赦如何耍威风要强娶自己，哥哥嫂子也不顾情面从中劝说，这一桩桩一件件都告诉了贾母。

鸳鸯哭道："大老爷说我逃不出他的手掌心，是，他权势大，那我无论嫁到谁家，也过不了安生日子。既然这么说，我就宁肯一辈子不嫁！或是干脆我横了心，把头发剪了当尼姑去！"

说着，鸳鸯拿了剪子就要剪头发，婆子、丫鬟赶紧上来劝住。

此时，贾母听说儿子这么不争气，早就气得浑身乱颤了。李纨见这些事情姑娘们不宜听，忙带了三春姑娘出去。

贾母一时火冒三丈，本想数落邢夫人，偏赶她不在，又压不住火，便向王夫人说道："我通共剩了这么一个可靠的丫头，你们还要来算计！原来表面待我好，都是哄我的！"

贾家规矩大，王夫人虽然无辜，见贾母动怒，只好站起来听着，一句话也不敢辩解。薛姨妈亦是晚辈，好在是客人，不然也须站起来；虽然还坐着，但十分尴尬，不好替姐姐说话。见这阵势，一向能言善辩的凤姐也不敢吱声了。

倒是探春在门外听着，心里为嫡母王夫人捏了一把汗，若无人劝说，王夫人如何下得来台？可眼下迎春年纪虽大，但性格软弱，惜春又年幼，少不得只有自己出头了！

于是，探春款步推门进来，赔笑说道："老太太切莫动气伤了身子。这事与太太并不相干，纵是大伯子想做这等事，弟媳又怎么会知道呢？"

贾母一听，方觉有道理，刚才不过是急火攻心口不择言。但当时有规矩，长辈不能向晚辈道歉，贾母便让宝玉跪下替自己赔不是。纵是这样，王夫人也不敢接受，忙拦住宝玉。

这一场风波刚刚过去，谁知，邢夫人偏偏来向贾母请安，无异于自投罗网。

众人怕邢夫人尴尬，各找理由离开了。贾母见没有别人，便毫不留情地数落邢夫人一通，说她"倒真是三从四德，只是贤惠得也太过了"。

邢夫人支支吾吾，恐又惹贾母动气，也不敢辩白。贾母说道："你们趁早打消了这主意！留下鸳鸯这孩子服侍我几年，就好像是你们日夜服侍尽孝一般！"

古人讲究孝道，听贾母这么说，邢夫人无可辩驳，只好打消了念头。

鸳鸯年纪不大，却有勇有谋，借着贾母的地位解了自己的燃眉之急，实在可敬可叹！然而，这却以牺牲了自己的幸福为代价，又是多么可悲啊！

这里贾母数落完了，心情才平复些。邢夫人不敢离开，更不敢坐，只好站在贾母身边，像丫鬟一样端茶倒水。贾母赌气不理她，有意给她难堪，还说把大家叫来打牌。

众人虽觉得场面尴尬，但又怕再惹贾母不高兴，都假装和颜悦色，来陪贾母消遣。

贾母有意说说笑笑，招呼薛姨妈、王夫人坐下："来，姨太太快来打牌，咱们挨着坐，互相看着些，小心凤丫头悄悄看咱们的牌！"

薛姨妈是客，在贾母跟前好歹有几分面子，此时怕邢夫人不好意思，说道："可不是，我也不会打，老太太帮着我些。就是咱们四个打牌呢，还是再添个人呢？"

显然，这是希望贾母叫邢夫人来打牌，那样也就渐渐消解了尴尬。

王夫人委婉附和道："可不，四个人少些呢！"

王熙凤也为婆婆说话："是啊，再添一个人，才更热闹些。"

贾母此时存心臊着邢夫人，偏偏说道："也是，说得有理。来，叫鸳鸯坐我身边来，我就喜欢她帮我洗牌、摸牌！"

这更显得贾母看重鸳鸯，让贾赦夫妇知难而退。这样一来，邢夫人更是无比尴尬。众人见此情形，不好再多说，只能任由邢夫人在旁站着。

王熙凤等人特意说笑着，快要赢了也不敢赢，只等贾母赢牌，有心逗她一乐。[1]

贾母才好些，偏赶贾琏有事来找凤姐，在门口一探头，正好被贾母看到。贾母便指桑骂槐，借着贾琏数落贾赦："又做什么？在那里鬼鬼祟祟的，还不够惹我生气的呢！我自打嫁进这家门，从做重孙子媳妇起，到如今也有了重孙媳妇，连头带尾加起来拢共五十四年了！其间经历过多少大难大险，从来没见过这些没脸的事！"

贾琏吓得不敢吱声，连忙退出来。

却说贾赦听闻后，也不敢有违孝道，又有愧意，只好假称生病，不敢见贾母。

可贾赦终究又不死心，费尽心机要收一房小妾。到最后，贾赦果然花了八百两银子，买了一个妙龄女子嫣红。这嫣红相貌出众，琴棋书画皆擅，却要曲意逢迎这卑劣的贾赦，注定了处境可悲可叹。[2]

---

[1] 鲁迅先生将《红楼梦》界定为"人情小说"。人情小说，又称世情小说，是指反映当时社会面貌，描写人们生活日常及悲欢离合，刻画人物精神与情感状态的一类文学作品，以真实而平淡的生活中的人为主要描写对象。《红楼梦》细致展现了人与人之间的互动，细微之处值得回味。

[2] 作者在不经意之处，又点到了一个具有悲情意味的女性形象。后文放风筝一节，关心女子的贾宝玉便认出了嫣红的风筝。因版本差异，有的文本将风筝的主人写作"娇红"，实际据曹雪芹原意应是"嫣红"，与此处呼应，隐隐点出了她愁闷无奈的生活状态。

第 26 章

香菱学诗

　　走向衰败的大家族中，总有那么多意想不到的事。贾府的风波刚刚平息不久，偏偏薛家又出了意外！

　　薛蟠整日花天酒地，不务正业，虽然在贾家学塾挂名，却从不读书，只知喝酒玩耍。一日饮酒时，他与别人闹了矛盾。对方是个不怕事的，借着三分酒劲，使个花招把薛蟠单约出来。薛蟠人称"呆霸王"，有勇无谋，轻易便上钩了。谁知，来到外边无人处，那人举拳就打。薛蟠一向仗着人多势众，如今只有自个儿，哪里招架得住，被打得鼻青脸肿。

　　此事一传开，那些素日看不惯薛蟠的人，都说他应得个教训。

　　虽然伤无大碍，薛蟠却愧见亲友，只好闭门不出。

　　有道是"经一事，长一智"，遇到这次的事，薛蟠也有所反思。眼看母亲年纪渐大，自己又不通文、不经商，一事无成。正巧店铺中有个老伙计，颇谙经商之道，又在薛家做事多年，十分可靠。薛蟠便想着跟这个老伙计一起南下去办货，一来出去数月，躲躲众人的风言风语，二来也可跟着老伙计学些行商经验。

起初薛姨妈舍不得薛蟠，又怕他在外惹事。宝钗十分明理，觉得薛蟠若能体验到世路艰难，没准儿能收敛些。他若从此洗心革面，倒是一生的福气。

薛姨妈觉得有理，就应允了，让薛蟠先摆酒招待老伙计。薛姨妈作为母亲，自然要交代几句，但碍于规矩不便见面，只隔窗嘱咐他们一些话。一切安排好了，薛姨妈与宝钗、香菱送薛蟠出发。

薛蟠带去了几个男仆，家里只剩下看家护院的寥寥几个男人。为了方便，薛姨妈让女仆们夜间进内院睡觉，彼此好有个照应。

薛蟠一走，作为妾室，香菱也落单了。宝钗一向觉得香菱温柔可人，以往进大观园时，香菱常常感慨园中景色优美，巴不得多逛一会儿。想到此处，宝钗便邀了香菱到蘅芜苑去住，跟自己做伴。[①]

香菱自是欢欣，想着闲暇时还可以跟宝钗学作诗。宝钗处处按规矩行事，不愿谈及这些，只跟香菱说些人情事理的话。

刚刚安顿下来，却见平儿慌慌张张地赶来找宝钗。

平儿素来大方得体，此时发生了什么事，倒让她慌忙起来了呢？

原来，京城有个人绰号叫石呆子，家里虽穷，却藏着祖上留下的名贵古扇——不但做工考究，上面还有古代名家的字画，十分珍贵。贾赦看上了这些扇子，让贾琏去买。谁知，石呆子一心收藏扇子，咬定了一把也不卖，无论出价多高也不为所动。贾琏见状，便劝贾

---

① 整日面对庸俗粗暴的薛蟠，不难想象香菱生活的无奈与苦闷。只有将薛蟠"支开"，香菱才有可能进入大观园，体验高雅自在的生活，这对她来说也是极难得的美好经历。我们须依据曹雪芹的创作意图来理解文本，这样的设计十分巧妙，让故事细节合情合理，并同时塑造出多个人物的性格侧面。

赦收手。可贾赦哪肯善罢甘休?

偏偏此事让阿谀奉承的贾雨村知道了,他利用手中的权力罗织罪名,栽赃石呆子欠了官府银两,把那价值连城的二十把古扇抄没了,悄悄转送给贾赦。贾赦得了贾雨村的好处,自然志得意满,而石呆子却因此事家破人亡了。

事后,贾琏为石呆子说了几句公道话。贾赦听不入耳,又扯出几件小事,嫌贾琏办得不好,不由分说打了他一顿。

贾琏只能乖乖挨打,实是因为古时讲究"君臣父子",家里的父亲地位犹如朝堂上的皇帝。贾琏纵有千般理由,也不敢辩解。这一打可不得了,贾琏回来便觉得浑身疼痛,不能下地,只好躺在家中将养。王熙凤心里难过,却也不敢说,只悄悄让平儿来向宝钗寻丸药。

薛家的药铺中有不少好药,宝钗听闻,赶忙找人取了送去。

香菱倒不在意这些俗事,见宝钗不愿谈诗,以免人家说她张扬,便找了黛玉去"拜师"。

黛玉一听香菱要学诗,立刻来了兴致,将道理一一讲给她听:"作律诗,不过是八句起承转合,中间是两副对子,讲究平声对仄声,虚的对实的,实的对虚的①。但这些不过是条条框框,归根到底要的是词句新奇,唯有立意、句子出众,方是好诗。我这里有《王摩诘全集》,你先把他的五言律诗读一百首,要细心揣摩透了;然后再读杜甫的七言律诗一二百首,再看看李白的绝句一二百首;有了这些作

---

① 《红楼梦》是一部百科全书式的文学作品,融入了园林、戏曲、诗词等文化内容。文中说"虚的对实的,实的对虚的",有今人认为是作者笔误,实则古代并没有"虚词""实词"的概念,这里的"虚"与"实",是指诗中写景与抒情、现实与想象应虚实相生。如宋人评价杜甫的"往还时屡改,川水日悠哉",便说这是"以实对虚",可见原著此处文字并无谬误。

底子，再参看陶渊明、应场等人的名作。你又是个极聪敏的人，用不了多久，就不愁不是个诗翁了！"

说罢，黛玉将王维、杜甫的诗集递与香菱，让她回去仔细琢磨。

回到蘅芜苑，除了日常服侍，香菱诸事不顾，在灯下一首一首细细读起来，以至于废寝忘食。

过了几日，香菱心中有了些感悟，来讲与黛玉听："依我看来，诗的好处，在于写出三言两语说不清的意思，可细想去，那景那情却又是逼真的。像一首《塞上》，颈联写的是'大漠孤烟直，长河落日圆'。这轻风拂烟，哪里会是直的，似乎无理；下句写落日是圆的，不但看似粗俗，又觉空洞。可饶是如此，合上书一想，反倒像是见了这景似的！若说再找两个字来替换，我竟然找不出更合适的！"

宝玉、探春听了，都赞叹香菱说得妙！

黛玉道："这正是炼字的功夫了！"

香菱越说越起劲，接着道："还有那一首，有两句'渡头余落日，墟里上孤烟'，果然妙不可言！不禁回想起那年我们来京路上，一日傍晚停住船，岸上不见人，只有几棵树，远远的有几户人家生火做饭，那烟是碧青的，连云直上。我昨晚读了这两句，仿佛又回到当年那个地方了呢！"[1] 见她说得好，宝玉与探春都鼓励她作首诗来。

黛玉想了想，出了一题："昨夜的月倒好，不如你来吟月，就取'十四寒'的韵。想来初作诗也不可太难，爱用哪几个字作韵脚由你罢了。"

---

[1] 《红楼梦》不追求情节的跌宕起伏，而是一部具有诗意之美的小说作品。书中不但呈现了诸多的诗词歌赋作品，还借"香菱学诗"一节谈到了诗歌的审美观念。另外，一些美妙的场景描写，也参考了诗歌的意境美。

香菱兴致勃勃，回去涂涂抹抹，很快便作了一首，拿给黛玉等人看。

只见颔联写"诗人助兴常思玩，野客添愁不忍观"，虽用了些常见意象，终不免太实了；而颈联道"翡翠楼边悬玉镜，珍珠帘外挂冰盘"，这是写明月的外观，两句意思雷同，无甚新意，又显堆砌辞藻。

黛玉点拨一番，告诉她遣词还要雅致些才好。

香菱听罢，寻思着要作首好诗来，一时看两句诗，一时又作两句。偶然走在园中，身边没有纸笔，她就用小树枝在地上写几句，又删删改改。众人见她学诗如此上心，都不免赞叹。

宝钗借机向宝玉说："你若是能像她这般勤奋，哪有什么是学不成的？"宝玉听了只是不答。

过了一两日，香菱新作成一首，虚心请诸位指教。

只见香菱写道，"只疑残粉涂金砌，恍若轻霜抹玉栏"，这是将月光比作脂粉、轻霜。黛玉不免微微摇头。宝钗道："你这诗眼不是'月'，倒写成'月色'了。你看，句句写的都是月色！破题仍须下功夫。"

若论起来，这首比之前那首好很多，连香菱自己都觉得妙。可听众人一说，虽有些扫兴，她却立志要再作首更好的来。从此，她耳不旁听，目不别视，日日只想着诗。

终于，香菱日思夜想，又作成了一首，这时的她，对于诗意也有了更精深的理解。众人看了，都夸赞香菱果然一点就透！

宝玉道："看她首联两句'精华欲掩料应难，影自娟娟魄自寒'，起笔便有精神，不落俗套！"

探春又道："尾联收得亦好，'博得嫦娥应借问，缘何不使永团圆"，颇有神思！"①

大家都说写得好，遂邀香菱也参与诗社。香菱见自己入了门，方才喜悦起来。

---

① 在原著中，诗歌是"美"的集中体现。香菱作为"金陵十二钗副册"第一位，追求高雅的精神生活，同时，她执着的学习精神也值得我们借鉴。细节上，全书中以"团圆"二字收尾的诗句，除了香菱的第三首诗之外，就是贾雨村的那句"时逢三五便团圆"。两句诗前后照应，再次强调了甄家的悲惨遭遇——在凄楚的现实中，正是贾雨村的徇私造成了香菱无法与家人团聚。

第27章
群芳会集大观园

　　大观园中闺阁众多，各有优秀之处，不想，贾家又来了几位亲戚，一时更显得大观园姹紫嫣红。

　　原来，宝钗的叔叔有一双儿女，哥哥名叫薛蝌，妹妹名叫薛宝琴。如今父母已经亡故，因薛宝琴许配给了梅翰林之子，见妹妹大了，薛蝌便带妹妹进京，准备处理出嫁事宜。兄妹来到贾府投奔薛姨妈，也好彼此照应。

　　而邢夫人的哥哥邢忠与妻子因家中穷困无人周济，也带了女儿邢岫烟来投奔邢夫人。

　　这几个少年各有各的特点，薛蝌出落得文质彬彬，举止有度，与薛蟠有天壤之别。薛宝琴与堂姐宝钗交好，又深得贾母喜欢，贾母便让王夫人认宝琴作干女儿，自己将宝琴时时带在身边照顾。黛玉因与宝钗说了知心话，如今见来了宝琴，更是当作亲妹妹一般。

　　邢岫烟虽家境贫寒，却端庄得体，清秀聪颖，与探春等人一见如故，贾母便也留岫烟住在大观园中。

偏赶上湘云的叔叔被安排到外省做官，贾母舍不得湘云，遂也把她接来大观园长住，陪伴宝钗住在蘅芜苑。①

大观园中变得热闹无比，姐妹们平日聚在一起谈笑、作诗，度过了一段闲适欢快的日子。

这一日忽下起鹅毛大雪，大家来了兴致，便商议着起社作诗。黛玉披了一件大红羽纱的鹤氅，宝玉穿了大红猩猩毡斗篷，在雪地中一径走去，煞是好看。众姊妹为赏雪景，都穿了挡雪的厚衣服。倒是湘云别致，打扮得极利索，像个男孩子的模样，引得众人又是笑，又是赞，说她穿男装愈显俏丽了。

人群中，李纨寡居，不能穿艳色，遂披了青色的褂子。唯独邢岫烟只穿着单薄的旧衣服，冷风吹来，更觉寒气侵骨，但她谈笑自若，不因家境贫寒就自觉低人一等。

李纨说顺带给宝琴等人接风，命黛玉、探春等各出一两银子，好准备些起社的茶点。众人商议着，把作诗的地方选在芦雪广②，那里四周空旷，正是赏雪的好去处。

宝玉满心想着赏雪作诗，好容易等到第二天清晨，只见大雪下了一尺多厚，天上仍是搓绵扯絮一般。他穿戴好走出院门，看到大观园中洁白一片，在远处的青松翠竹映衬下，如同置身于玻璃盒中。

宝玉赏着这难得的景致，一路沿山坡走来，恰闻得一缕寒香。

---

① 很多人不理解，在书中闺阁众多的前提下，为何还要写宝琴等人进入大观园的情节。实际作者用意有三：一是塑造出有着别样生命际遇的女子，如宝琴见多识广，岫烟贫寒却优雅，不可能是贾府近亲的生活状态；二是点出邢夫人等人的亲眷，更具生活气息；三是让大观园汇聚更多优异女子，反衬出后文家族衰败时的凄惨。

② 芦雪广：在这里，"广"并不是"廣"的简化字，而是古汉字，读作 yǎn，意思是依附岩石建成的小屋。有的版本写作"芦雪庵""芦雪庭"等。

他抬头一望，原来是栊翠庵中有十几株红梅，正开得如同胭脂一般，映着雪色分外妖娆。宝玉情不自禁停下脚步，欣赏了好一会儿。

待忙忙地吃过饭，众人齐聚芦雪广。那里的房子傍山临水而建，四面皆是芦苇掩映。

京城人喜食鹿肉，湘云来了兴致，与宝玉合计着，向厨房要了鹿肉来烤着吃。倒是宝琴等人方从江南来，不熟悉北地的吃法，觉得甚是奇怪。

宝钗来贾府多年，早就见怪不怪了，对宝琴说道："你去尝尝，好吃着呢！你林姐姐身子弱，吃了不消化，不然连她都爱吃呢！"

宝琴尝了一尝，果然别有一番风味。

因凤姐是"监社御史"，李纨本也命人请了她，但她推说年下忙，还要把米账算一算，便不曾来。谁知，听说园子里烤起了鹿肉，平日倒没有这难得的趣味，凤姐也有了兴致，拉着平儿一起来品尝。

黛玉在一旁笑道："这哪里是来作诗的？今日这芦雪广，生生让云丫头弄得烟熏火燎了！"

湘云笑道："古人道'是真名士自风流'，我可不充那假清高！等回头你看我作的都是好诗，这叫锦心绣口！"

待品尝完鹿肉，大家都来看题目：作咏雪诗，五言排律一首。

大家赏着雪景，纷纷沉思，酝酿着好词佳句。偏凤姐有兴致，说道："成日家见你们作诗，既然今日我来了，不如也作一句如何？"

姊妹们哪里见过凤姐作诗？都笑着附和。

这王熙凤虽出身于武将之家，大字不识几个，但毕竟在大家族中熏陶多年，纵然不会什么高雅文辞，多少也知道作诗是怎么一回事。

想了一想，凤姐笑说道："那你们可别笑话，我呢，不过有一句俗话——说出来，好就用，不好便罢，倒别耽误了你们的好句子。"

众人都笑着催促她说出来，王熙凤笑道："那我可说了，说完我就走，前头还有事等着我呢！"

众人道："快说，快说！"

凤姐道："寒冬腊月的，风正大，昨天刮了一夜的北风，我想，这头一句就写'一夜北风紧'。你们觉得可好？"[①]

众人大喜过望，都笑着说："好，这才是会作诗的起法呢！虽是道出实情，却留下了余地。这句好，我们就续下去！"

李纨续了一句，又想出一个上句让姊妹们对，她提笔写道：

> 一夜北风紧，开门雪尚飘。
> 入泥怜洁白，

香菱接上一句，又出另一句让别人对：

> 匝地惜琼瑶。有意荣枯草，

探春对道：

> 无心饰萎苕……

---

① 诗词是唯美而高雅的，作者灵活运用诗词，为全书增添了雅致的气息。这里居然连王熙凤也作了一句诗，毕竟她出身于大家族，生活经验使她接触并了解到诗，同时又乐于陪伴公子、小姐们，才有了出其不意的一段情节。另外，王熙凤本不识字，但在理家过程中渐渐识了些字，这也呈现出作者对人物的认可。

这排律极长，正适合众人一起作，最考验才思敏捷。

排律除了首尾各二句，中间句子两两一联，讲究平仄相对，如同对对联一般。若按规则，是先对一个下句，之后再想出一个上句，让别人来对。可对到兴起之处，大家连规则也顾不得了，能抢上一句算一句。待收尾之后一数，性格活泼的湘云抢上的最多，堪称魁首。众人都笑说，这是那块鹿肉的功劳！

倒是宝玉，只顾看姊妹们对诗，自己没对出几句，又是最后一名。

李纨以社长自居，便要罚他。其实，说"罚"无非戏言，实是想求他一事。

原来，李纨看到栊翠庵中红梅开得正好，欲求一枝来插瓶观赏。

然而，妙玉是极富个性的，见到有些学识、性情高雅的才愿意交往。而李纨读了些中规中矩的书，只知一味清净守节，妙玉素来不愿与她来往。李纨对此心知，所以让宝玉代她去栊翠庵求一枝梅花来。

宝玉前去讨梅花，众人便又起了兴头，要作梅花诗。大家都觉得联句时邢岫烟未能展现才华，就让她作。

岫烟拈起笔来，写道："桃未芳菲杏未红，冲寒先已笑东风。"

众人皆道："起得好，正合'报春'之旨。"

岫烟不疾不徐写下去，姊妹们皆不知岫烟也善作诗，大为惊叹。待作完了，众人又品评一番，都道"看来岂是寻常色，浓淡由他冰雪中"这末二句收得好，正写出了岫烟的气质！

说话间，宝玉已经携了一枝红梅来，枝如蟠龙，花吐胭脂，插入梅瓶，果然是难得雅趣，人人称赏。

偏赶此时贾母安闲自在，也来凑趣。她惦记着惜春画的《大观园图》，赏了一会儿梅，就带姑娘们一同到暖香坞赏画。暖香坞十分温暖，正宜冬日居住，但惜春且提不起画画的兴趣，画好的还不足一半。大家玩笑说，这画园子竟比盖园子还费工夫！

冬日天短，眼看日影西斜，大家便簇拥着贾母的小轿送她回去。贾母四下看着雪景，忽见有一个女孩子出现在不远处的山坡上。只见她披着一件金翠耀目的衣裳，那不正是自己送给宝琴的凫靥裘么？这衣裳是用野鸭子头上绿色的毛织成，极为名贵。

此时天暗了，贾母一见衣服，才认出是宝琴。宝琴身后有一个丫鬟抱着一瓶红梅，又有宝玉披着大红斗篷从后面走来。贾母连连感叹，说这场景像一幅画。众人都道，这像老太太屋里挂的明人仇英所画的《艳雪图》！

宝玉笑向众人说，妙玉见大家有兴致，送了每人一枝红梅，已经让丫鬟送到各姑娘房中了。大家听了更加欣喜，原来妙玉也并非不近人情，只不过个性鲜明罢了。[1]

贾母最喜欢热闹，待第二日雪晴了，又给姊妹们分派了任务，让她们各自拟灯谜，待元宵节时大家一起猜谜。

众人各自去寻思，黛玉作了一个诗谜：

骒骊[2]何劳缚紫绳？驰城逐堑势狰狞。

---

[1] 书中为了塑造妙玉高洁的特殊个性，一直强调她的行为与众不同。但妙玉仍是作者肯定的人物，并非不食人间烟火，送红梅给每位小姐，表明她也有热心的一面。这恰恰是后文中秋联句时，她高高兴兴接待黛玉、湘云的铺垫。

[2] 骒骊（lù ěr）：古代名马的名字，在这里泛指好马。诗中点到了马的动态，古代又将灯盏堆叠、状如巨鳌的华丽花灯称为"鳌山"，因此一般认为，这首诗的谜底为走马灯。书中宝琴十首怀古诗谜并未写出谜底，有人据各自理解去猜谜底，也有人认为表面是谜语，实际暗示书中不同人物的命运。

主人指示风雷动，鳌背三山独立名。

宝琴年纪小，才思敏捷，竟以"怀古诗"为题，一连想了十个谜语。

原来，在众姊妹当中，宝琴是独一个走遍名山大川的。当年薛家在各省都有生意，加之宝琴年纪又小，不用守那么多规矩，父亲便带她游遍了各省，把古人诗赋中的山川美景都看过了，甚至还在西海沿子上见到过外国的女孩子呢！据她说，有个"真真国"的女孩子喜爱中原的诗书，也会作诗呢！

这在闺阁当中是殊为难得的经历。宝琴回想以往走过的地方，作了十首诗谜：先前到过赤壁，就吟咏那火烧赤壁的故事；想到淮阴景致，就怀念楚汉相争的旧事；到过马嵬坡，又回想起盛唐风云，感慨杨贵妃的悲惨结局……

众人见了都说新巧，赞叹宝琴见多识广，大家你一言我一语猜着，有猜得出的，也有猜不出的。如此雅致的集会，已足以令人心醉。

谁知，欢聚之后，紧接着又是一桩意外之事。

袭人的哥哥进贾府禀报，说母亲病重，想再看女儿一眼。王夫人准了袭人的假，由王熙凤斟酌着去办。

王熙凤一想，袭人在府中服侍少爷多年，这次回家，正是展现贾府主子仁慈的好机会。凤姐便传了话，让袭人好好妆扮一番，衣服、饰物都用好的。袭人听了皆照做，将往年王夫人赏的衣服穿上，哪怕包东西的包袱、取暖的手炉，一概都用极其精致的。

王熙凤特意交代，这身打扮究竟行不行，还须她亲自过目。袭人收拾好了，便来请二奶奶示下。王熙凤一看，果然不错！虽然几件衣裳是王夫人年轻时穿过的，但到底质地精良。只是雪天里还应穿件华丽的褂子，便将自己的冬褂送给了袭人，命平儿去找。

谁知，平儿却拿出两件来，都是王熙凤平时穿不着的，一件给了袭人，还有一件是给邢岫烟的。

原来，邢夫人一意孤行惯了，偏哥嫂邢忠夫妇又整日只知吃酒，办事稀里糊涂，王熙凤不想来往，就随便安排岫烟跟表姐迎春去住。

起初，王熙凤不过是看婆婆的面子，又怕多事，不愿多关照岫烟。可日子长了，她却发现尽管邢家家境贫寒，岫烟却端庄懂事，温柔和顺，便格外体恤，待岫烟更好一些。

因是亲戚，贾府每月给岫烟二两月钱。只是园中不时有赏赐下人等花销，这二两不够用，而邢夫人为了不花自己的钱，又让侄女拿出一两来接济邢忠。偏偏迎春性子又软，下人们作威作福，牙尖嘴利，嫌岫烟来住给她们添麻烦了。岫烟为图耳根清净，只好再拿出钱，让婆子们打酒、买点心。后来钱实在不够用了，岫烟也不愿求助于他人，竟把值钱的棉衣送到当铺里当了，换一点钱周转。当然，这些内情王熙凤等人自然不知。

只是平儿见大雪天里，别的姊妹都穿着大红羽缎羽纱的衣服，既挡雪，又暖和，穿上极为好看，只有岫烟穿着单薄的衣服，不免瑟瑟发抖。因此，平儿拿出两件衣服来，一件好的给袭人穿出去撑门面，一件普通的给岫烟拿去日常穿。

平儿不曾问过王熙凤的意见，看似自作主张，实际上，她素日了解王熙凤的想法，正合了凤姐的心意。凤姐感慨道："我的心事，也只有她知道三分！"

众人忙赞二奶奶仁慈、体恤家人，之后便派了车辆、丫鬟送袭人回家探望母亲。可想而知，别人见了这排场，谁不赞颂贾府"富而好礼"呢！可到家不久，袭人之母就咽了气。袭人顾不得许多，痛哭了一场，还须在家中住几日方回。

平日里袭人服侍惯了，忽然一走，宝玉不免思念，诸事便让晴雯、麝月两个照顾；可又一想，袭人回家，身边没有人时时规劝他，又觉得轻松了好多。

谁知，夜间晴雯贪玩，腊月天里着了凉，第二日一早就发起烧来。

依规矩，仆人生了病要回家休养，免得主子也染上病。但宝玉格外怜惜女孩子，又知道晴雯无父无母，纵有个表哥在府里做事，若回去了凄冷无靠，反而不利于养病。哪怕是怡红院中丫鬟们住的下房，也阴冷拥挤。因此，宝玉就让晴雯在自己房中将养，请了大夫来为她诊治。

既在大观园看病，按规矩便如同小姐一般。晴雯躺在床上放下帐子，只伸出手，婆子搭了块手帕在腕上，大夫方能上前诊脉。①

不多时，大夫开了药方，婆子又来回：需给这大夫一两银子的"礼"。

这下麝月可为难了。平时都是袭人管钱，虽然怡红院有大块的银子，也有称重的戥子，可麝月从没用过，不认识秤，竟不知道多大块银子是一两。

麝月索性随手给了一块，竟然比该给的钱多好几倍。

---

① 有的古装影视剧中太医为后妃诊脉，后妃的腕上都要搭一块手帕，其创作依据便是《红楼梦》中的这段情节。连大户人家的丫鬟看病，都需隔着帐子，不能轻易面对面见到郎中，更何况是宫中妃嫔呢！可很多影视剧中，太医都是当面给妃子诊脉，那些情节只是源于创作需要，并不符合历史。影视剧、网络文学等大都是娱乐，与严谨的学习是两码事，小读者们要区分清楚。

待抓了药来，依理应到下房去煎药，宝玉偏不许，就让人在自己房中生火煎药。他一边看丫鬟熬药，一边感慨着："我这屋里什么都有，独独只缺了药香，如今可齐全了。"说这话的时候，他满心想的是黛玉近来常常吃药，不知将养得如何了。

待晴雯吃了药，略好转些，宝玉便去看望黛玉。一进潇湘馆，却发现众姊妹都在这里。原来，宝琴新得了两盆水仙、两盆蜡梅，送了探春一盆蜡梅，又将一盆水仙送给黛玉，大家都聚在潇湘馆赏水仙。只见晶莹明澈的玉石条盆中，攒三聚五栽着婀娜多姿的单瓣水仙，点缀着几块小石，幽香四溢，大家赞不绝口。

此时，王夫人派丫头来传话：舅舅王子腾过生日，要宝玉明日一早去赴宴。

因宝钗是闺秀，只给舅舅送了礼，并不去吃酒。宝玉平素最不喜欢这些人情往来，又见姊妹们不去，只有他一人去，心中不乐意，只是长辈的话却违拗不得。

第二天一早，麝月等人服侍宝玉穿戴好，须先给老太太、太太问安，之后才可出门。

因天气极冷，况且王子腾位高权重，宴席上都是穿金戴银的公子、少爷，为了体面，贾母特地给了宝玉一件名贵的衣服，叫作雀金裘。这是用孔雀毛捻了线织成，比给宝琴的凫靥裘更稀罕！

宝玉穿上一看，果然金翠辉煌，碧彩闪灼，衬得宝玉更加秀美。因为衣服名贵，贾母千叮咛万嘱咐，让宝玉爱惜穿。况且，大户人家办寿不只办一天，而是连续多天，她吩咐宝玉近几日都穿这件衣裳去。

可是，偏偏不巧，宴席上人来人往，宝玉没留意，手炉里的火星迸在衣服上，把衣服烧了个指尖大小的破洞。一回来，宝玉就闷闷不乐，唉声叹气，怕被长辈发现了，自己又要受责备；何况贾母好意给的衣服，知道弄坏了岂不又要伤心？

麝月道："不是什么难事，家中有的是裁缝、绣匠，让他们连夜补好就是了！"说着，便吩咐一个婆子拿了衣服去找人缝补。

谁知，不一会儿的工夫，婆子又把雀金裘拿了回来。原来，这衣服做工复杂，寻常匠人非但不会补，反而怕弄坏了赔不起！

一见如此，宝玉更忧心了，不知怎么办才好，急得长吁短叹。

怡红院中，素来最擅长织绣的是晴雯，只是眼下她病着，宝玉本不想打扰她休养。如今宝玉与麝月犯愁，晴雯已经听到了，便披衣坐起，说道："拿来我瞧瞧吧。"移过灯来细看了看，又道："这是孔雀金线织的，须用界线的法子补了才看不出来。"

界线本是个细活，除了晴雯，众人皆不会。虑及宝玉的处境，晴雯说："实在没法了，也只好我拼了命来补吧。"

宝玉怕她病情加重，忙上前阻拦。倒是晴雯，打定主意要补裘，连宝玉也拦不住。晴雯强撑着，先将衣服里子拆开，用一个小小的竹弓套在背面，让破洞四周变得平整。之后剪了两段孔雀金线，纫了两根针，各自沿着经线、纬线织补。[1]

这是极细致的活计，晴雯不免细看看，再斟酌着缝两针，再端详

---

[1] 古代纺织品由纵、横两个方向的丝线织成，纵向的称为"经线"，横向的称为"纬线"。前文宝钗作的螃蟹诗中说"眼前道路无经纬"，就是说螃蟹横行，只知纬，而不知经。后来引申到地理学上，地球的经线、纬线也据此命名。一般的缝补只需要一根针、一根线，而晴雯补裘用的是两根针、两根线，便是模拟纺织的经纬交叉。曹雪芹出身于江宁织造世家，这一细节体现出他对锦缎织造过程的深入了解。

端详，又缓缓补几针。时间久了，晴雯头晕眼花，连连喘着粗气。但怕宝玉着急，她便不肯歇着，唯有实在撑不住了，才在枕上靠一靠。

宝玉又是急，又是怜，只好不时送水披衣，生怕晴雯累坏了。

直至那桌上的自鸣钟敲了四下，这个小小的破洞才终于补完。为了与周围的花纹融合起来，晴雯又慢慢地用小牙刷刷着，让线变得蓬松。

晴雯病中补裘，哪里能尽善尽美，只觉不够精细。宝玉看了看，便觉喜出望外，安慰晴雯道："已是完全一样了，别人定看不出的！"

撑着一口气补好孔雀裘，晴雯再也支持不住了，咳嗽着一头倒在炕上。宝玉连连叹气，担心晴雯的病越发重了。眼看天渐渐放亮，宝玉又连忙找了太医为她用药。

倒是晴雯，反劝宝玉速速去赴宴，不要耽搁了时辰。孰知，这正埋下了病根，又引出多少后文。

第28章

元宵夜宴

当下腊月过半，离过年越来越近了，家家户户都张灯结彩准备过节，宁荣二府也不例外。

依习俗，过年时全家要恭恭敬敬祭祀祖先。当年宁国公为兄长，因此贾氏宗祠设在宁国府西路。为迎接除夕、初一的祭祖，宁国府格外忙碌。贾珍命人打扫宗祠，收拾祭祖的用具，里里外外焕然一新。

每逢新春，皇帝照例为宁荣二公赐下祭祀赏银，以示不忘曾经的功臣。待领回赏银供在宗祠中，贾珍又忙着开列摆酒请客的单子。新春佳节，迎来送往总是少不了的。

而贾琏亦不得闲，毕竟祭祖、过年是家族中的大事，他也要协助贾珍办些事务，忙前跑后制作发压岁钱用的各式金银锞子，忙得不可开交。

这时有消息传来：王子腾官运亨通，又升任了九省都检点，在他的举荐之下，连贾雨村都掌管军机大事了！

众人觉得这是锦上添花的好事，贾府人等皆乐呵呵地迎接新岁。

　　两府上下人口众多，过年总要享乐一番，各种时鲜美味是少不了的。无论宁国府还是荣国府，在外省都有大片的农庄，每年交来不少物产与银两。贾珍正在忙着，恰有黑山村的庄头乌进孝送来了丰富的年货。乌庄头带领人马在雪地中跋涉一月有余，一路上着实不容易。

　　乌庄头送来的禽畜谷物数不胜数，贾珍看清单上列着：大鹿、獐子、野羊、青羊等，拢共有数百头；仅稻米便有碧糯、白糯、粉粳等数种，珍稀的御田胭脂米也送了来，可惜数量不多，只有二石，正是物以稀为贵；另有鸡鸭、海参、鹿舌不计其数，甚至还有几只活鹿、活兔供主子们赏玩。

　　贾珍尤其在意交上来的银子。见有二千五百两，贾珍直皱眉头，犹嫌不足。面对贾珍的质疑，能说会道的乌庄头自有一番说辞，他绘声绘色地说：碗大的雹子糟蹋了庄稼，实在是收成不好。

　　这乌庄头一家祖祖辈辈都管着宁荣二府的庄子，如今他兄弟便是荣国府庄子的庄头。贾珍知道他们在其中沾带了不少油水，可也须留几分面子，又赶在年下，只好不再计较，命人款待乌庄头。

　　私下里，贾珍跟贾蓉嘀咕几句：因为建园迎接省亲，荣国府已经捉襟见肘了，眼下乌庄头交来的银子有限，宁国府只好省着些花罢了。[①]

　　待诸事齐备，已是腊月二十九了，只见两府都换了门神、联对，焕然一新。从大门到正堂，各门依次开启，两边阶下列了灯座，点了朱红高烛，如同两条金龙一般。

---

① 曾经的元妃省亲看似风光，可建园、接驾却掏空了荣国府的家底，埋下了隐患。书中即将写到下一个元宵节，提及省亲，突出了悲剧意味。此时贾珍鼠目寸光，只看到荣国府的问题。宁国府的境况又会好到哪里去呢？

到了第二日，便是除夕。贾母、王夫人等诰命进宫向皇帝朝贺，回来后一路来到宁国府，带领诸子弟、女眷进入宗祠。原来，除夕这一日要先祭祖，之后才能摆团圆饭。

只见宗祠中挂着"贾氏宗祠"等匾额对联，个个皆有名堂，不是皇帝御笔，便是衍圣公[①]手笔，更显庄严肃穆。宗祠中香烛辉煌，锦帐绣幕，供着祖宗牌位。贾敬平日住在城外道观中，但遇上祭祖这样的大事，便不得不回家料理，因此是贾敬主祭、贾赦陪祭，诸如贾琏、宝玉等人各有执事。在乐声中，三献爵[②]毕，女眷就围随贾母至正堂上，贾氏宗亲立于廊下，堂上挂着宁荣二公等人的遗影。文字辈、玉字辈、草字辈三代俱在，待贾母拈香下拜，众人一齐跪下行礼。正堂内外接踵摩肩，环珮叮当，彰显着贾府传承百年的赫赫声势。

行礼完毕，贾母等人到尤氏上房小坐休憩。房间中早已是满地红毡，格外喜庆。贾母也不多坐，嘱咐几句小心火烛，便带姊妹们回到自己小院。

原来，贾赦等人已经到了荣国府，恭候着给贾母行礼拜贺。而尤氏与贾蓉之妻也不得闲，略收拾后，跟到荣国府向贾母行礼。

贾母归了正座，贾赦带老少人等进来，先是贾母受礼，之后是贾赦一辈受礼，一拨一拨依次按辈分行了礼，有头有脸的仆人也要来给主子行礼。待行礼毕，便发压岁钱、荷包、金银锞子，这是孩子们最欢喜的时刻。

此时贾母吩咐摆上团圆饭。众人归座，喜气洋洋，丫鬟献上屠

---

① 衍圣公：古时为彰显儒学的正统地位，皇帝为孔子后裔赐予的封号。
② 三献爵：指在祭祀过程中，恭敬地分三次献上美酒等祭品。在古时，三献爵是传统祭礼的核心流程，而具体器物等细节上体现着不同等级。

苏酒、合欢汤、吉祥果、如意糕，样式口味倒在其次，讨的是个彩头。

这一夜，上下人等打扮得花团锦簇，府中爆竹声声，笑语连连，又迎来了新的一岁。守岁之后，贾母初一再次进宫朝贺，又庆贺元春寿辰。忙碌了一日，老人不免觉得困乏，接下来数日便不见诸亲友，只与宝玉等人说笑，若来了客人，只是让王夫人、王熙凤应酬。此时走亲访友、宴请酬送络绎不绝，忙了七八天才算清闲些。

眼看元宵将近，若是家中老少团聚，没有那么多宾客应酬，倒可以轻松地欢乐一场，因此，贾母特意摆酒开家宴。

席上精心布置了一番，设着炉瓶三事①，焚着御赐宫香；席间点缀小盆景，寒冬时节竟带来了几分绿意；又有"岁寒三友""玉堂富贵"等插花，新雅无比。

元宵佳节正是赏灯的日子。花厅内，两边大梁上挂着一对玻璃芙蓉彩穗灯；廊檐内外，羊角、玻璃、戳纱、料丝等各种材质的花灯如同满天星斗，璀璨绚烂。

席上女眷皆到，连薛姨妈、宝钗、宝琴、岫烟、湘云也都来了，花团锦簇地围坐在贾母身边。倒是少爷们来的不多，外间席上贾珍、贾琏招呼着贾环、贾琮、贾蓉、贾芸等人。

贾母也曾派人去请族中亲戚，可有不愿来的，也有不便来的，甚至还有不喜凤姐为人而不来的。若比以往盛时，此次家宴人还远不齐全，但在近年宴席中也算热闹的了。

贾母十分惬意，品着美酒，又不时取了眼镜看看台上演的小戏。

正唱着一出戏，戏中公子走了，只留一小书童在台上。演书童

---

① 炉瓶三事：古人焚香的一套工具，包括一个香炉、一个盛香料的香盒以及一个瓶子，瓶中插着香铲等工具。

的小戏子十分机灵，知道要讨贾母欢喜，临时编了几句词，说道："你这一走，可只剩下我自己了。也罢，恰好今日正月十五，听说荣国府中老祖宗正开家宴，不如趁这工夫，我赶去讨些果子吃倒好！"

这一句话，逗得众人大笑起来。

凤姐适时道："演这书童的孩子才九岁呢！"

贾母高兴，便要放赏，只说了一个"赏"字，下人们便将大把铜钱抛到台上，一时间金光灿灿、满台乱响。小戏子们都纷纷跑上去抢钱，台上热闹无比，台下公子、太太们见了乐不可支。

听了一会儿戏，贾珍、贾琏来到里间给长辈敬酒，两人下跪为贾母斟酒，跟着进来的贾环等人见了忙都跪下，连宝玉都急忙离席跪下。

待众人敬过，宝玉又上前一一斟酒，只有贾蓉之妻是晚辈，便由丫鬟代为斟上。一时丫鬟们端上滚烫的元宵，大家品尝起来，皆赞叹味道香甜无比。

怕众人一味听戏厌倦，宴上还另请了说书的女先生。贾母唤了她们来，问有什么新故事，好说来听听。女先生说，有一段新编的书叫《凤求鸾》，说着，便绘声绘色地介绍了起来：有一个公子进京赶考，途中遇到大雨，只好到世交家中避雨，恰巧他家里有一位千金小姐……

刚说到这儿，不想，贾母接着道："那我知道，接下来的故事，必是那公子看上了人家的小姐，所以一心求娶，是不是？"

女先生笑道："原来老祖宗竟听过这段书！"

一听这话，众人都笑起来。原来，贾母并不知晓书中内容，只不过这样的故事都是相同的套路，也容易猜到。

女先生极为伶俐，便夸赞贾母见多识广。贾母来了兴致，滔滔不绝地说道："这些才子佳人的故事，最是没新意！想来，那书香门第的女子，哪里就如此行事了？难不成连规矩也忘了吗！可知都是编书的诌出来糊弄人的。再者，谁家小姐身边没有几个婆子、丫鬟服侍呢？怎么到了书里，就只是一个小丫鬟伴着一位小姐？都是为了编故事罢了，当不得真。也没准儿，是有人存心嫉妒，编出来污蔑人家的亦未可知呢！"[①]

王熙凤凑趣道："那书里的故事都是编出来的谎话，经老祖宗这一解释，果真站不住脚了。老祖宗今晚说得精彩，这一段干脆就叫个《掰谎记》吧！"

王熙凤说话，偏偏能说到贾母心坎里。老太太笑道："这几日我竟没有痛痛快快地笑一场，倒多亏了凤丫头，才让我心里痛快了！大家再同饮这一杯。"众人听了大笑起来，又举杯相庆。

在座的数贾蓉之妻辈分最小，忙殷殷勤勤上前给众长辈斟酒。

见贾母无意听书，凤姐提议击鼓传花，命人取了一枝红梅来，行一个"春喜上眉梢"的酒令——鼓停之时，红梅在谁手里，谁就要讲一个有趣的故事。

众人都知道王熙凤最擅长说笑，皆等她来讲故事。女先生常出入豪门，何等机灵，早就猜着了，偏偏红梅在王熙凤手里时便停了鼓。

只听王熙凤道："说是过正月半，有个人抬着一个像房子那么大

---

① 通过贾母"掰谎"等情节，原著中多次批判了才子佳人题材的文学与戏曲作品。那些内容都是虚构的，并不真实，格调不高，并且往往有相同的套路：小姐与公子相爱，包藏祸心的小人则从中挑拨。而《红楼梦》原著依据现实生活，描写了丰满鲜活的人物形象，理解《红楼梦》不应受才子佳人题材的影响。

的炮仗到城外去放。结果半路上，有人偷偷点着了。就听'噗哧'一声，抬炮仗的人回头再看时，只剩了一地的纸末子。这人便埋怨炮仗做得不结实，没等放就散了。"

众人有些不解，湘云嘴快，问道："难不成他自己没听见响吗？"

王熙凤道："这人啊，原本是个聋子。"

众人原本都期待王熙凤讲一个好笑的故事，没想到却如此平淡无味，心中便不舒畅。就在这当口，王熙凤接道："已经四更天了，老祖宗想必也累了，咱们也该'聋子放炮仗——散了'！"①

大家才明白，王熙凤这是提醒宴席该结束了。众人纷纷离座，又放了一会儿烟花，便各自散了。

---

① "散"是多音多义字，"散了"二字出现在王熙凤口中，有两层意思：一是故事中的炮仗散了；二是时间不早，宴席该散了。而作为作者撰写的文字，还有另一层寓意：贾府即将面对衰败的结局，好景不长，众人也将四处流散，各自面对凄惨的命运。元宵夜宴就仿佛一道分水岭，此后的情节气氛急转直下，无论是王熙凤生病，还是仆人无事生非，都与之前优美的情节氛围截然不同。

第 29 章
探春革新

　　元宵节刚过，朝中、家中就接二连三出了几件事。先是宫里有一位太妃病重，元妃要侍疾，便不能再次省亲了。有鉴于此，官员贵族不敢随意行乐，荣府也不再宴集猜谜，姊妹们之前拟的诗谜一概没有用上。

　　偏偏王熙凤也生病了。由于素日操劳，病来如山倒，后来一直调养了大半年才好。眼下家中无人打理家务，王夫人更觉心烦意乱。宝玉一向无心于家事，况且内宅事务终究还是女人的事，只好让李纨料理。可李纨平日好说话，仆人们都不怕她。王夫人觉得女孩子中探春最亲近，遇事又有些见解，故命探春帮着打理，又命外甥女宝钗帮忙照看。从此，荣府的对牌交到她们手里，三人一起协理家务，办得倒也周全。

　　可下人们见这几位要么是年轻的小姐，要么没有理家的历练，并不真心放在眼里。若她们料理得好还罢，若是偶然出了差池，仆人们就会私下里笑话，再往后更是不怕她们了。不少人就想瞅空子给探春等人一个下马威。好在探春虑事精细不次于凤姐，一时倒没有什么疏漏。

尤其有一个吴新登媳妇，平时最是狡猾，论地位，荣府仆人中也就赖大、林之孝等两三家在他家之上。不少人唯她马首是瞻，吴新登媳妇便想找机会为难年轻的主子们。

这一天，家中出了棘手的事情：有个叫赵国基的男仆人，年纪轻轻就死去了。按规矩，荣府主子要赏赐银两以示抚慰。可这赵国基却大有来头——贾政的妾室赵姨娘是贾府奴仆出身，这赵国基正是赵姨娘的弟弟！

碍着赵姨娘的面子，李纨与探春便斟酌赏银的数目。因之前袭人之母故去，王夫人赏了四十两，李纨觉得应从宽给赏银，随口说给四十两。

吴新登媳妇一听，正中下怀，拿了对牌就走。这奇怪的举动被探春看在眼里，便觉有异样，立刻叫她回来。

探春斥责吴新登媳妇办事潦草，命查看旧日账本，按以往家中的规矩来办。看过账本才知，只该给二十两银子。

探春细想，明白吴新登媳妇有意添堵，心中已积了一团火。偏偏赵姨娘一心只想着利益，也不考虑女儿的处境，大张旗鼓来闹，硬要再添二十两，还口口声声说赵国基是探春的"舅舅"。

依照礼法，王夫人是探春的嫡母，探春只能承认王夫人的哥哥、身居高位的王子腾等人是舅舅，而赵国基无非是荣府的一介奴仆罢了。[1]

---

[1] 书中探春不承认赵国基是舅舅，常有人表示质疑，认为探春不近人情。实际上，放在当时时代背景下，探春的做法没有任何错误，其种种行为都是封建礼教观念的产物。作者对封建礼教进行了反思，而非否定探春人物本身。实际上，探春虽依规矩反驳了赵姨娘，其实母女私下里仍有走动。

见赵姨娘无事生非，东拉西扯，探春有口难辩，急得直掉眼泪，感慨道："我但凡是个男人，早就不在这里受这份为难了！若能出去立一番事业，到那时我自有主张。可如今在家里，谁又能不按祖宗定下的规矩办呢？"

李纨也并非能言善辩的人，急得又是落泪，又是劝解。

这里一闹，早已惊动了平儿，她前来解慰，说是"再添些也好"。探春本是按规矩办事，一听平儿这么说，反倒更来了气。加之吴新登媳妇以往在王熙凤面前办事不敢造次，如今却欺到自己头上，探春便把气撒在了平儿身上。素日和睦时，平儿也能跟探春说笑，可眼下见她动了真气，只好上来像丫鬟一样服侍，为探春端茶催饭。

平儿心中不但没有不满，反而体谅探春的处境，帮着呵斥婆子们。众人见了，方加了几分小心，不再肆意胡来。

偏偏有一个婆子来回：贾环、贾兰在家塾中上学，一年有八两银子买纸笔用，要支领这笔钱。探春觉得家中开支太多了，说他们已各自领了月钱，遂命把这八两银子的开支免除。探春又说外头买办给小姐们买来的脂粉价高质次，反糟蹋了银两，不如小姐们拿月钱派人去买，又命把这项开支免去。

平儿看出来，探春这是有意要改一改凤姐理家时的规矩，之后才好放开手脚办事，便唯唯诺诺，皆依探春的看法行事。

待探春等人用饭，平儿又抽空出来，告诫婆子们一番："你们也别一味由着性子胡来！回头惊动了太太，你们可吃不了兜着走！平日里你们的心机我还不知道，别说是三姑娘，就说二奶奶，若是哪里差个一点儿半点儿的，没准儿早让你们拿捏住了。都说你们怕她，可我心里清楚，她未必不怕你们呢！实话告诉你们，家中这些大姑子小姑子里头，提起三姑娘，二奶奶都畏她五分，何况你们！"

听平儿如此说，婆子方知其中的利害，一个个都老实了。探春这一招"擒贼先擒王"，果然收到了功效。

探春用过饭，说眼下家中开支过大，一日复一日家底渐薄，不如想个法子来解决，让平儿快去吃了饭来商议。回去的路上，平儿拿了主意：探春是为家族着想，任凭她说什么，自己只点头说好。

可平儿也不敢自专，一五一十讲给王熙凤。王熙凤倒也不怪探春，反觉得探春有主意，是个有理家能力的人；又想起如今家里的情势，不免感慨一番。

原来，王熙凤早就觉察，这几年贾府田庄等收入一年不如一年，但种种事项的支出，都是按老祖宗时的规矩来——可那时贾府何等风光，岂是眼下能比的？王熙凤设法省了一些开支，终究难挽大局。凤姐觉得，若是探春的主意好，对家里的事也有益。

听平儿说了前后细节，王熙凤觉得平儿办得对，待她格外亲近，让平儿跟自己一起吃饭。虽是如此，平儿也不敢坐，一条腿跪在炕上，另一条腿站在地下，就这样匆匆吃过了饭。过了晌午，平儿便去议事。

原来，大总管赖大一家借着荣府的势力，攒下不少钱，甚至还盖起了一个花园——虽说比大观园小一半，但也有不少花草树木。一次赴宴时，探春听赖家女儿说，那花园中的荷塘、鱼塘都让人承包了去，这些物产卖了，不但承包的人有收入，还能给赖家交几百两银子。

探春便想，如今贾府有大观园，若是依此法，将稻香村的稻田等承包给婆子们，不也可以有几百上千两的收入？对于家里的开销，多少算是贴补。平儿等人一听，皆觉得有理，潇湘馆的竹笋可以挖了卖钱，其他院子的玫瑰、金银花也可以卖到茶铺、药铺，这些不都是银子吗？

因此，几个人定下兴利除弊的法子：将大观园中的地亩承包给仆人，比如承包稻田，可避免稻子被白白糟蹋，平日里更加齐整悦目，又能给园子里养的鸟雀提供吃食，省了此项花销；到了秋收时，卖了稻子，不但仆人们得益，贾府还能收些利润。

婆子们听说有利益，自然巴不得能承包给自己，都自告奋勇说能干。李纨等人希望她们都尽职尽责，不听一面之词，便在花名册上圈定了一些值得信任的人：老祝妈管种植竹子，老田妈打理稻田，等等。依次分派下去。

但说到年终交账，宝钗便觉不妥：赖家是奴仆出身，不怕说三道四；可贾家毕竟是豪门大户，若让仆人交钱，闲言碎语传出去，会让人以为主子克扣仆人，难免伤了颜面。

因此，宝钗说承包地亩的仆人不必向探春交账，总归已节省了内宅开支，一年算下来也省了四百两银子。只是希望婆子们从此兢兢业业，不要疏于上夜等本职；再者，承包地亩的人年终时拿出些钱来，分给大观园中其他的婆子，也免得她们有怨言。①

众婆子一听，更是欢欣，都称颂宝钗等人贤德。

这里刚刚安排下去，忽听仆人来报：江南甄府家眷来到京城，甄夫人与三小姐奉旨进宫晋见，由于两家是世交，多年来情谊深厚，

① 探春本想让婆子们上交一部分钱财，但考虑到大家族的颜面，薛宝钗免去了这一条。兴利除弊往往被概括为"开源节流"，于贾府而言，只不过是节省部分开支而已。《红楼梦》展现"承包"相关情节，体现出封建社会末期有的人已经萌发了一些新观念。探春的远见与责任感值得肯定，但革新的尝试注定无法挽救贾府。

故先差人给贾府送来了绸缎等礼品。

李纨等人便陪着甄家几个有头有脸的女仆闲话，说起甄家也有一个甄宝玉，无论年纪、模样、性情，竟皆与贾宝玉相似。待见了贾宝玉，几个女仆感慨：他跟甄宝玉像是一个模子刻出来的！又说那甄宝玉行事也同贾宝玉相似，平日里跟在老太太身边，只愿与姐姐妹妹相处。

众人说笑了一会儿，方才散了。后几日，王夫人又备了宴席款待甄夫人与甄家三小姐，大家都夸赞那三小姐才貌出众。[①]

来往数次后，甄夫人方带家人回江南去了。

---

① 书中提及的甄府夫人、三小姐与甄宝玉，只是贾府相应人物的"影子"。甄家优异的三小姐，实际体现出作者对探春的肯定。贾府与甄府如同镜像一般，后文不便直接呈现的抄家等细节，就借助两府的映射关系巧妙点出。甄宝玉在全书前八十回并未真正出场，元春省亲时点戏一节，脂批提示后文会有"甄宝玉送玉"的情节。但由于脂批文字有限，具体情节不详，小读者们不妨大胆展开想象。

第30章

紫鹃试宝玉

春日中，大观园里姹紫嫣红，鸟语花香，正是欣喜赏春的时候。谁知，大好春光中，却因一句玩笑话惹出了一番波折。

一日，紫鹃忽跟宝玉说：黛玉即将打点东西，有林家的亲眷会来接她回苏州。

宝玉起初不信，怎奈紫鹃说得万分真实，加之她是黛玉身边知根知底的人，说的话又怎么会错呢？

这下可了不得，正触动了宝玉的心事。他哭喊着不让黛玉走，以至于犯了痴病，谁也不认识，也不知饥饱，只呆呆地说要留住黛玉。

袭人等丫鬟着急起来，忙禀报了贾母与王夫人。袭人找来紫鹃，埋怨她不该胡乱跟宝玉说笑，毕竟宝玉心实，一句玩笑话便当了真。

贾母闻讯赶来，安慰宝玉一番，说紫鹃是逗他玩，林家没有亲戚了。可宝玉听不进去，只是一副痴痴傻傻的样子。贾母急得老泪纵横，连忙让叫太医。

宝玉一病，怡红院里来探望的人跟走马灯似的。听见别人倒还罢，一见有丫鬟说，"林之孝家的来瞧二爷"，宝玉混混沌沌，当成是林家来了接黛玉的人，连声喊"打出去，打出去"。贾母只好依他，喝退林之孝家的，心里越发慌乱起来。①

好在有太医来诊了脉，说并无大碍，照方抓了喝药，之后宝玉安静了许多。只是任谁劝，宝玉都不放开紫鹃，说只要紫鹃还在，黛玉就不便离开贾府。无奈之下，贾母只好让紫鹃跟在宝玉身边日夜服侍。

便是如此，宝玉仍一夜哭醒几次，泪流满面地喊着"林妹妹走了"。紫鹃知晓是自己惹出来的，只好再安慰一番，宝玉复又沉沉睡去。

好在长辈们都以为是宝玉与黛玉兄妹情深，再加上宝玉素来有痴病，因此没有多心。不然的话，在那个时代，宝玉与黛玉的名誉便不保了！

略加调养之后，宝玉渐渐好转，贾母等人悬着的心才放下。

众人终于轻松下来，不想，日常往来之间又促成了一桩喜事。

且说薛姨妈常听宝钗提起邢岫烟，说她为人温顺，诗文也好，每每见面，薛姨妈不免多留意些，越发觉得岫烟端雅稳重。恰想起薛蝌未娶，无奈父母已故，她作为大娘便想将邢岫烟说给薛蝌为妻。贾母听了极为高兴，遂叫来邢夫人，说成了这桩婚事。

邢岫烟与薛蝌曾在来京途中见过一面，但彼时也不过见礼、寒暄一番，并无甚了解。倒是岫烟与宝钗合得来，她因宝钗端庄周全，推测薛蝌的为人，故而心中也满意。当时年轻人无法自由选择婚姻，

---

① 《红楼梦》中的贾宝玉具有"痴"的特点，此处亦照应前文他被袭人听到心里话时的状态。但这种"痴"并非呆傻，出现在作者笔下有犀利的讽刺意义。封建礼教观念是压抑人性的，不允许青年之间出现感情。而贾宝玉恰恰看重真情，种种表现反而成了浑浑噩噩的世人眼中的"痴狂"。故而文本中的文学呈现看似可笑，实则可悲、可怜、可叹。

由长辈来办理一切。只不过宝琴许配人家在前，因梅翰林一家在外省任职，如今婚事未完，岫烟也不便过门，仍在大观园中居住。[①]

春日的时光匆匆流逝，宝玉渐渐康复了。

却说紫鹃素来稳重得体，贾母也是看她懂事和顺，才让她服侍黛玉，这么多年来没有一丝差池，为何如今却因玩笑之语掀起这轩然大波呢？

宝玉清醒后，也曾问过紫鹃。

紫鹃便说出一番心事。原来，紫鹃亦是贾府的家生奴仆，父母兄妹都在贾府当差。依理说，若是黛玉出嫁，紫鹃也应当跟过去服侍。况且两人情如姐妹，若分开亦彼此不舍。只是，如果嫁到别家，紫鹃跟过去不免孤单；若是宝玉与黛玉在一起，自己尚且能够时常与家人团聚。而如今邢岫烟与薛蝌已订了婚，宝玉、黛玉年纪渐大，也快到了谈婚论嫁的年龄，又听说贾母之前曾问过宝琴的家世，似有为宝玉求配之意。故而紫鹃一时心急，就说了那番话来试探宝玉。

宝玉听了，倒好言安慰紫鹃一番，此时他更担心黛玉，赶忙让紫鹃回潇湘馆服侍黛玉。

黛玉因近日宝玉生病，心中苦闷烦忧，又清瘦了几分。

紫鹃心中既惭愧，又忧心，面对黛玉便将心事和盘托出：她是担心黛玉嫁给别人得不到善待，更乐于看到黛玉与宝玉相伴，便寄希望于黛玉自己向贾母提起——当然，为了黛玉的名誉着想，在宝

---

① 邢岫烟与薛蝌定亲全由长辈作主，这体现出古时青年并不能自由选择婚姻。而当下的一些网文、影视剧中，古代男女往往能够自主选择恋人，这显然是出于杜撰，并非历史实情。如此看来，宝黛感情的描写有很多虚构成分，表达出作者的生活理想。当然，在书中贾宝玉后来娶了薛宝钗，而依照科学原理，近亲之间不能结合，这体现出古人观念的局限性。

玉面前，紫鹃只说自己心急，并不敢提及黛玉。

只可惜，若父母健在，此事还有父母主张，而黛玉却是孤身一人，无人提及终身大事。紫鹃确是一片好心，可在那个时代，黛玉又哪里能主动跟贾母说起这些事呢！想到如此种种，黛玉心中更加愁闷，独自默默垂泪。

此时，朝中又发生了意外之事：那位生病的太妃亡故了。皇帝因此下旨，规定国丧期间官员贵胄不得娱乐，家中戏班全部遣散，不得表演。

贾府长辈体恤这些女孩子不容易，发善心做出安排：若有小戏子愿意回到父母身边，就送她们回去，再额外赏给些银子。可芳官等人皆无人投奔，只好留在贾府，分到各个主子身边去做丫鬟。故此，芳官便到怡红院服侍，藕官跟了黛玉，蕊官跟了宝钗，其他几个也各有安排，分散在大观园各处。眼下梨香院空置了，遂关锁起来，原本照顾小戏子的婆子也一并进了大观园。①

这边方安排妥当，皇帝又下了御旨。

原来，贾府纵然富贵，但在皇室面前也不过与奴仆相似。如今太妃亡故，贾母等诰命夫人不但要依规制灵前随祭，还要送灵到皇陵去，来往需要一月光景。

贾母、王夫人等一走，家中便无长辈照应。临行前，贾母千叮

---

① 作者安排小戏子们在梨香院学戏，亦借鉴了历史上的典故。唐玄宗懂得音律，曾亲自在梨园教导伶人学习宫廷歌舞。像白居易的《长恨歌》中就有"梨园弟子白发新"的诗句。后世常用"梨园"一词指代戏曲行业，如今将世代从事戏曲行业的家庭称为"梨园世家"。正因有此典故，贾府家班成立后，作者便将梨香院作为戏子生活、学戏的地方。值得注意的是，分析书中人名、地名的谐音寓意，应尽量依据脂批。当下有人认为梨香院的谐音为"离乡怨"，脂批无此表述，只能代表少数人的意见，这类观点小读者们应慎重采纳。

咛万嘱咐，让薛姨妈多管照宝玉等姊妹。

准备停妥，贾府长辈便踏上了旅途。虽然贾母走前再三申斥，让仆人们安分守己，管好家宅，但是贾珍、贾琏亦随行在外。有些仆人见主子们不在，心中放松了很多，再有那些无法无天的，就开始渎职寻衅，闹得家宅不宁。

且说直到清明时节，宝玉才彻底好起来，渐渐出门行走，却见园中已是柳垂金线，桃吐丹霞，一株大杏树花已落尽，枝头结满了豆子大小的小杏。宝玉不禁感慨道："病了这几日，倒把杏花辜负了，不觉已是'绿叶成荫子满枝'了……"

宝玉默默踱步到潇湘馆，见黛玉因担心他，越发瘦得可怜。黛玉见宝玉也消瘦了，不免又伤神流泪，略谈了谈，便催宝玉回去休息。

宝玉看着园中熟悉的景色，感慨着春天易逝。可他哪里知道，原本花红柳绿的大观园，此时却变了一个样子——以往平静的气氛被打破了，处处充斥着争执与吵闹。

原来，芳官这些小戏子素来只是学戏，不善服侍，又性情活泼、伶牙俐齿，遂招来了婆子们的不满。况且两拨人之间又有些积怨——在梨香院的时候，婆子们利欲熏心，名义上是"照顾"女孩子，实际从中克扣了不少银钱。如今戏班遣散，众人都进了大观园，便时常因琐事发生争吵，令人心神不宁。偏小戏子们一起被买来，又一起学戏，情同姊妹，时不时为彼此打抱不平，连李纨、平儿等人都不知该先管哪一个好。

如今的大观园，还有一件事引出了不少纠纷，那便是探春一番好意搞的兴利除弊。婆子们若安分自持，获得了各自的一份土地，应当珍惜并懂得感恩。可实际上，这些婆子满眼都是利益，生怕别人掐自己的花、摘自己的果子，生生把蝇头小利看作万年基业一般，由此又产生了无数纷争！ ①

曾有个无辜的婆子从树下经过，不过抬手赶了赶面前的蜜蜂，就被误会成偷摘李子，立刻引发了争吵。整个大观园中，这样的矛盾数不胜数。

若是贾府自家出些纠纷倒也罢了，谁料，有些无知的婆子，竟不顾及薛家的面子了。

宝钗的丫鬟莺儿心灵手巧，擅长编织。一日闲来无事，她在园中采了些嫩柳枝编成精致的小花篮，又随手撷了几朵花装在篮中，显得分外别致。莺儿虽知大观园中的地亩已经划分给了婆子们，因想着平时其他小姐房中都要瓶插鲜花，而宝钗不喜欢过多装饰，又是寄住在亲戚家更不愿多事，故而没让婆子提供过鲜花。在莺儿看来，偶然采些柳枝、花朵也无妨。偏偏管这些花树的婆子看到了，便指桑骂槐，连亲戚的面子也不顾了。两人吵嚷起来，气得莺儿把编了一半的花篮掷在了河里——曾经令人心旷神怡的大观园，何曾闹到过这个地步！

哪里知道，一波未平，一波又起，芳官的举动也在园中掀起了波澜。

有道是"一样米养百样人"，这些婆子当中，虽然有肆无忌惮的，

---

① 贾宝玉一向不愿与婆子们来往，对她们常持否定评价。他将灵秀的少女视为"宝珠"，而将婆子称为"鱼眼睛"。这并非对女性不尊重，而是作者对当时社会现实的犀利讽刺。当时的社会、官场十分黑暗，女孩子们生活在内宅，不接触唯利是图的男性，倒可以保持内心的纯洁与美好，但成婚后不免受男性影响，便沾染了一些自私、虚伪的恶习，故而贾宝玉才否定她们。

但亦有通情达理的。大观园的厨娘柳嫂子就是这样的一个人。

小戏子们在梨香院学戏时，柳嫂子行事温厚，待她们极好，小戏子们平日都喜欢跟她来往。如今，柳嫂子有为难的事情了，芳官自然也愿意帮她。

柳嫂子究竟有何心事呢？原来，宝玉、黛玉等姊妹本是跟贾母一同用饭，可搬进大观园后，路程遥远，若是天气暖和还罢，天冷的时候来来往往就十分不便。王熙凤考虑周全，主动提出在大观园设了小厨房，专门为黛玉等人做饭。如此一来，餐饭送到各个小院，姊妹们各自吃饭，也极方便。

新设的厨房便由柳嫂子来管。她有一个女儿，名叫柳五儿，素来体弱。论理说，奴仆之女到一定年纪，就要来服侍主子。柳嫂子为女儿身体考虑，便想为她找一个温和体贴的主子，觉得让她到怡红院当差是个上好的选择。尤其是听说宝玉关心房中的女孩子，打算日后还她们自由之身，让她们找合适的人家自行婚配，不再受主子呼来喝去，柳嫂子就更希望把五儿送到怡红院了。①

毕竟贾府仆人众多，自己人微言轻，如何才能办成这件事呢？柳嫂子就想到了芳官，她知道芳官受宝玉喜欢，如果芳官能劝说宝玉应允，这事也就八九不离十了。故而，每每芳官到小厨房来，柳嫂子便殷勤地烹热茶给她品尝，再不就是给她一些好吃的糕点。

---

① 在当时的历史背景下，贾府中的仆人皆是没有人身自由的，往往有卖身契掌握在主子手中。在贾府世代为奴的下人，一降生便注定了要服侍主子，称为"家生子"或"家生奴仆"，像紫鹃、鸳鸯、林红玉，以及赖大一家、院门口侍立的小厮等，皆是这种身份。而贾宝玉欣赏女孩子们的优点，希望日后解除卖身契等约束，还她们自由之身。但这在当时完全不可能实现，终将成为泡影。

　　芳官毕竟是小孩子，有心要帮五儿姐姐，未曾考虑周全就答应了柳嫂子。宝玉听说后，有意成全芳官的一片好心，说待王夫人回府便提起此事。

　　芳官本是好意，可婆子们却私下里指责她自作主张；又见宝玉关照柳五儿，众婆子便在背后议论纷纷，无中生有地说柳五儿包藏祸心。五儿本就身子娇弱，听了这些风言风语，更是气得大病一场。

　　宝玉闻听，心生怜悯，终是自己出头证实了五儿的清白，这片心意着实可贵！

　　这样一来二去，五儿进怡红院的事情终究搁置了。恰因此事，又引出了多少后文。

第31章
怡红夜宴

转眼间已是春末，又到了宝玉的生日。由于王夫人等尚在皇陵，这次生日不比往年热闹，不过是家中亲人各送些礼物，王子腾等亲眷略表心意而已。

虽然长辈未曾归来，但磕头行礼的规矩不能免。清晨，宝玉到宗祠祭过祖，在正堂台基上叩头，遥拜贾母等长辈。之后他又依次给薛姨妈、李纨、奶母李嬷嬷等人行礼，而家中仆人也要向宝玉贺喜。说话间，探春与平儿等人都来了。

偏偏赶得巧，平儿的生日是同一天，她早早地来给宝玉贺寿，恭恭敬敬地万福施礼。主仆有别，宝玉本不必还礼。但平儿向来温柔和顺，受人尊重，宝玉待她如同姐姐一般，从未视为奴仆。故而见平儿施礼，宝玉便作揖还礼。

可平儿自知身份，不敢受这样的还礼，又连忙跪下。宝玉偏偏心实，觉得不敢领受，忙也跪下。两人不知所措的样子逗得湘云哈哈大笑，袭人连忙都搀扶起来。宝玉起身后再次作揖，这是给平儿拜寿，平儿笑着还了礼。

众姊妹说笑起来，聊到府中女子偏有几个是同一天生日的，像黛玉与袭人，生日都在二月十二，当天正是花朝节。

平儿来贾府多年，由于身份所限，从不过生日。如今宝玉拜寿，众人才知道她的生日，让平儿也风光了一回。探春等人拉着平儿一起过寿，园中人多，越发热闹起来。

姊妹们将寿宴摆在了芍药园，那里名为红香圃，栏中芍药盛开，厅上亦是花团锦簇，坐满了闺秀。

为了助兴，大家行起了酒令。姊妹们玩的酒令也巧，要一句古文、一句古诗、一个骨牌名、一句曲牌名，还要一句历书上的俗语，凑成意思能通的话语。一个个说出来都是一长串子，像是"泉香而酒洌，玉碗盛来琥珀光，直饮到梅梢月上，醉扶归，却为宜会亲友"，尽显姊妹们的才华。满厅中红飞翠舞，玉动珠摇，十分热闹。众人尽了兴，品尝些点心，大家各便，有赏花的，有观鱼的，有的下棋，有的观局。

春日正宜斗草，香菱与小丫鬟们采了些花草，纷纷席地而坐。一个说："我有观音柳。"便有人对："我有罗汉松。"又有人说："我有君子竹。"这一个对道："我有美人蕉。"一时又是"星星翠"对"月月红"，大家玩得兴起。①

看着这满园的风光，处处洋溢着欢笑，黛玉依然改不了凄愁的性子，跟宝玉说："咱们家里花费也太多了，每常闲了，替你们算计

---

① 斗草是古时孩子们玩的一种游戏，又分为"文斗草"与"武斗草"。文斗草指收集若干花草，以它们的名目来对对子，培养的是对联、作诗的基本功。武斗草是以草叶、花梗交织拉扯的方式较量，看谁手中的花草更结实。流传至今，小读者们熟悉的"拔老根儿"，便有武斗草的影子。

一下，倒觉出的多、进的少，若是如今不俭省些，只怕日后为难。"宝玉并不在意这些，轻描淡写道："再怎么为难，也少不了咱们两个人的。"

倒是芳官放纵惯了，也不论该与不该，玩饿了就让柳嫂子悄悄做了餐饭送来。只见食盒中有五样饭菜：一碗虾丸鸡皮汤，一碗酒酿清蒸鸭子，一碟胭脂鹅脯，一碟奶油松瓤卷酥，还有一大碗热腾腾、碧荧荧的绿畦香稻粳米饭。色香味俱全，令人胃口大开，芳官便饱餐一顿。[①]

在园中热闹了一天，待傍晚回到房中，宝玉意犹未尽。偏偏晴雯、袭人与小丫头们已经准备好了，晚上要在怡红院为宝玉摆酒贺寿。宝玉一听，大喜过望，就想早些关了院门，才好开宴。谁知，时候还早，晚间巡查的婆子还没有到，不便关门的。宝玉此时巴不得她们早点来，一刻一刻地挨着时间。

好容易等到林之孝家的带人来了，袭人好意让坐坐再走。往常林之孝家的不过客套一两句就去了，谁知今日怕宝玉贪玩，偏果真坐下闲聊，说了一大番话，还说让他多喝些普洱茶消消食。宝玉虽不耐烦，却不敢怠慢，反而一口一个"妈妈"亲切地叫着，句句敷衍，好让林之孝家的说完了赶紧走。

待婆子们走了，众人这才悄悄摆了酒席。宝玉提出玩个"占花名"

[①] 《红楼梦》中花样繁多的美食一向受到读者关注。书中写饮食并非简单罗列，而是在关键之处点到，或突出精雅的生活氛围，或彰显人物身份特点，或引出故事情节，行文凝练而精妙。此处柳嫂子烹制的餐食，配色十分雅致，令人垂涎欲滴。当然，芳官本是小戏子，不谙内宅规矩，又自恃受贾宝玉重视，自作主张享用这样的饭食是不妥当的。因此她身上既有优点，又有不足。

的酒令，须要人多才好玩，可惜院中丫鬟少，人不够。大家商议着，索性放开欢乐一场，遂将黛玉、湘云、宝钗、探春等人都请来。

宝玉见黛玉来了，甚是高兴，忙说："林妹妹怕冷，来这边靠板壁坐着吧。"又拿个靠背给她垫着。黛玉便坐了，拉湘云坐在自己身边。

晴雯拿来一个竹雕的签筒，里面都是精致的花签，分外好看。原来，这花签上有四样图字：画着一种花，有四字标明主题，又有一句古诗，并注了饮酒的规则。

大家坐定，晴雯开始摇骰子，轮到谁，谁便抽一支花签。众人看了骰子的点数，一路数过来正是宝钗，宝钗伸手抽了一支签。签上画的是牡丹，题有"艳冠群芳"四字，诗句是"任是无情也动人"，抽到此签的人，可以随意让人吟诗唱曲。宝钗点了芳官来唱，一曲唱毕，大家齐声喝彩。①

宝钗掷了骰子，又轮到探春抽签，众人看上面画着杏花，写着"瑶池仙品"四字，诗句是"日边红杏倚云栽"，又写着"得此签者，必得贵婿，大家恭贺一杯"。探春极不好意思，倒是姊妹们笑说道："我们家已有了个皇妃，难道你也是王妃不成？"②

湘云早就等得摩拳擦掌了，待轮到她时，抽出来一看是海棠，有"香梦沉酣"与"只恐夜深花睡去"等语。依着规则，湘云自己

---

① 通过抽花签一段情节，作者巧妙隐寓了人物各自的命运。第一个掷出骰子的是晴雯，书中却没有写她抽到的花签，因为后文很快写出了晴雯的结局。这也从另一个角度印证了，每位女子抽到的花签，都隐隐点出八十回后的遭遇。

② 探春抽到杏花签，结合众人对白点出她日后"必得贵婿"，成为王妃。探春的结局是远嫁他乡，此处点明，其夫婿的地位并不低，学术界一般认为是外国的君王。其他女子的花签亦同理，小读者们不妨自行分析，只要能自圆其说便好。

不需饮酒，左右两人各饮一杯。湘云两旁不是别人，正是宝玉与黛玉。只可惜黛玉体弱，喝不得酒，说着话就将酒倒在了漱盂里。

接着轮到麝月，她抽的是荼蘼花，写着"韶华胜极"与"开到荼蘼花事了"，还写着"各饮三杯送春"。麝月不识字，便问宝玉签上写的是什么意思。宝玉一看，是指春日将尽，因怕大家扫兴，藏了签子不答。

接着轮到黛玉，大家来看时，见签上画着一枝木芙蓉，题着"风露清愁"四字，诗是"莫怨东风当自嗟"。

众人皆笑道："除了她，别人不配作芙蓉！"[1]

黛玉掷了骰子，便数到袭人。袭人抽了一支桃花签，写有"武陵别景"与"桃红又是一年春"。

大家说说笑笑，在怡红院度过了一个美妙的夜晚。这一晚在他们心中，成为一个永恒的美好回忆。[2]

第二日清晨，小丫鬟呈上一个拜寿的帖子，宝玉看上面写着"槛外人妙玉恭肃遥叩芳辰"，方知是栊翠庵的妙玉送来的。妙玉一向不愿与人来往，此番特意送上拜帖，表明她肯定自己，宝玉看了心中十分欢欣。只是提笔回复帖子时，他却为难了。

---

[1] 作为植物的名称，书中提到的"芙蓉"，是指秋日盛开的木芙蓉，而非荷花，可参前文冷香丸的配方（出现在诗句中或作为纹样名称偶有例外）。原著的主要人物中，黛玉与晴雯性格上有相似之处，日后宝玉相信晴雯做了芙蓉花神，并写《芙蓉女儿诔》怀念，这里的"芙蓉"皆指木芙蓉，与黛玉的花签隐隐呼应。

[2] 由于长辈们外出，又恰逢宝玉生日，夜晚的怡红院才有了这场难得的"怡红夜宴"。这是少女们的一次狂欢，也是前八十回中最后一个团聚的、热烈的、欢快的场景，是给读者留下深刻印象的一段情节。之后贾府的景况便一日不如一日，再没有众姊妹欢聚的场景了。

原来，妙玉的落款是"槛外人"三字，是指修行佛法，不在红尘之中。那自己如何落款呢？必然要相称才好。

宝玉拿不定主意，想着妙玉与黛玉也常来往，因此携了帖子去潇湘馆问黛玉。谁知，走到半路，正看到邢岫烟往栊翠庵去，宝玉才知道，岫烟与妙玉竟是旧相识。

这还要说到当年在江南时，邢家家境贫寒，便赁了房子居住，一墙之隔就是妙玉居住的寺院。岫烟遂常与妙玉见面，连识字、诗文都是妙玉传授的，俨然老师一样。后来多年未见，不想两人又在大观园重逢了。

宝玉方恍然大悟，感叹道："怪不得姐姐诗文出众，原来曾有这样的缘分。"

既然岫烟与妙玉相熟，宝玉索性请教岫烟该如何回复拜帖。

岫烟见宝玉如此郑重，也就明白妙玉是将宝玉当作知音相待，说道："她如今在栊翠庵修行，是'槛外人'，而你身处这红尘之中，不妨就回个'槛内人'吧。'槛内''槛外'便好似这人间与佛门的差异。"

宝玉醍醐灌顶，忙回房照样写了帖子，走到栊翠庵也不敲门叙话，只是从门缝里投进去。想必，妙玉看了这样的帖子，也会感到欣喜。

有道是"乐极生悲"，这边宝玉生日刚过，城外道观忽传来消息：贾敬一味想长生不老，谁知服食丹药后却中毒死了。

此时贾母、王夫人等皆在皇陵，贾珍、贾琏陪同贾赦等长辈，远在百里之外，这可如何是好！

尤氏是主妇，虽有不便，却只好勉强支撑料理，将抛头露面的事托给贾家的一些亲戚和男仆办理，自己带着一众女仆主持大局。

尤氏命人给贾珍送信，让他向皇上告假，回来料理丧事，又想着公公死得突然，担心日后贾珍责怪，便不由分说将道士们全部抓起来，等着贾珍回来讯问。道士们纷纷喊冤，尤氏也顾不得了。可怜这些道士原本无辜，却白白受了牢狱之灾。

尤氏又吩咐，暂时停灵到家庙铁槛寺，办理一应丧仪事务。

古时皇帝讲究"以孝治天下"，闻听贾珍、贾蓉告假，虑及此系名门之后，阅过礼部奏本，特下了恩旨：贾敬身为进士，念祖上军功，追赐五品之职，准移入京内私宅办理丧事，除恩赐祭礼外，准王公以下人等祭吊。①

圣旨一下，贾家感恩戴德。贾珍父子星夜赶回，一到铁槛寺，便下了马从门外跪爬到灵前，一直哭喊到喉咙哑了才罢——难道两人真的如此伤心难过吗？看过后文便知！

且说移灵进城，一路上吹吹打打，沿途看热闹的少说也有数万人，有那羡慕的，亦有慨叹过于靡费的，不一而足。

待到贾琏护送贾母等人从皇陵回来，众人不免又到灵前哭泣一番，皆称赞尤氏料理得好。尤氏等人只是痛哭，也顾不了许多。

宁国府总管赖升手下，有一个小管家名叫俞禄，素日是他管着银钱账目。因移灵过了多日，所用银两仍未结清，有多处买卖人上门讨要，俞禄便来问贾珍，五百两欠银从哪里出。

---

① 经常有人觉得，书中秦可卿丧仪与贾敬丧仪在规模上相差很大。实际上，秦可卿丧仪突出贾府尚存的富贵气息，又展现出凤姐协理的才干；此处贾府已是强弩之末，自然不宜铺开来写。另外，当时达官贵人多在皇陵，又有皇帝圣旨，祭奠贾敬的人必有身份限制。值得留意的是，宁国府在书中情节有限，却接连办了两次丧仪，折射出家庭的颓败。

贾珍倒觉得奇怪："这等小事也来问我？从银库房支取不就是了，向来都是这么办的，还用得着聒噪我！"

俞禄面带难色，尴尬地说道："回爷的话，近几日办理老爷丧仪，各处用银甚多，如今除必要用度外，竟没了余银。故来请爷的示下。"①

贾珍方知底细，可一时也无处腾挪，叹道："唉，如今不是先前了，有银子放着不使！"

干着急也不是办法，贾珍少不得跟贾蓉东拼西借，才把这笔银子凑上。

谁能想到，堂堂宁国府，短短数年间已经沦落到这等地步！

---

① 俞禄的谐音当是"余禄"，指贾府受"祖荫"积下家产，而随着子孙挥霍，眼下所余的家底已然不多。在书中，贾府倒台不仅受抄家等外部力量影响，开支捉襟见肘也体现出经济上的崩溃。虽然具体描写不多，但相关细节隐隐构成了一条故事线索。

且说近日因李纨、探春料理家事，又要参与贾敬丧仪，众人忙得不可开交。送殡之后，虽偶有闲暇，怎奈众人烦闷不安，无心提及海棠诗社。加之薛蟠经商归来，香菱又搬回家住，园里少了一人，更显冷清。

宝玉便觉心中空落落的，常回想当日与姐妹们作诗的盛况。忽有一日，湘云让丫鬟来请宝玉，说是有姊妹作了好诗，请他去鉴赏。宝玉便有了兴致，忙忙地来到沁芳亭上。原来，姊妹们已交谈半晌了，待宝玉来了，递给他诗稿，让他猜是谁作的。只见写的是：

桃花行①

桃花帘外东风软，桃花帘内晨妆懒。

---

① 桃花行："行"是一种文体，指初唐歌行体，对后世影响深远。如中唐诗人白居易的《琵琶行》，便是歌行体的代表作。书中之前咏海棠、咏菊皆是七言律诗，讲究遣词凝练，对仗工整。而歌行体形式灵活，抒情酣畅淋漓，《桃花行》中桃花的意象回环复沓，朗朗上口，感情真挚而动人。

帘外桃花帘内人，人与桃花隔不远。

东风有意揭帘栊，花欲窥人帘不卷。

桃花帘外开仍旧，帘中人比桃花瘦。

花解怜人花也愁，隔帘消息风吹透。

风透湘帘花满庭，庭前春色倍伤情。

闲苔院落门空掩，斜日栏杆人自凭。

凭栏人向东风泣，茜裙偷傍桃花立。

桃花桃叶乱纷纷，花绽新红叶凝碧。

雾裹烟封一万株，烘楼照壁红模糊。

天机烧破鸳鸯锦，春酣欲醒移珊枕。

侍女金盆进水来，香泉影蘸胭脂冷。

胭脂鲜艳何相类，花之颜色人之泪。

若将人泪比桃花，泪自长流花自媚。

泪眼观花泪易干，泪干春尽花憔悴。

憔悴花遮憔悴人，花飞人倦易黄昏。

一声杜宇春归尽，寂寞帘栊空月痕！

宝玉一看，沉郁满纸，便知是黛玉所作。尤其"胭脂鲜艳何相类，花之颜色人之泪"一句，写的岂不是血泪么？作诗之人，除了黛玉还能有谁呢？诗句虽好，但想到这里，宝玉不禁难过起来，默默流下眼泪。可他此时年纪渐大，不比幼时想做什么便做什么，故而怕别人看见，忙轻轻擦去。众人都催问他，让他猜作者是谁。

偏偏宝琴年纪小，性子活泼，又是宝玉的干妹妹，遂开玩笑道："这是我作的呢。"

宝玉强挤出一丝笑容，说道："我不信，这诗风断不是琴妹妹的，况且哪怕妹妹想作这样的诗句，宝姐姐也必然不依。只有林妹妹经历过永诀之痛，才会作此哀音。"[①]

黛玉听他正说中自己的心事，便低头不语。

这一首《桃花行》又唤起了姊妹们的诗情，大家商议着再起诗社，改"海棠诗社"为"桃花诗社"，推黛玉为社主。

就在这时，贾政的书信到了，说是学差事务已办理妥当，奉旨即将回家。这一下，宝玉可着急了，哪里还有心思作诗！

原来，贾政走的时候曾给宝玉留下功课，要他日日读书、临楷习字。父亲这一回来，少不得是要查问的！因此，宝玉只好收了心，每日读书、临帖，多花了很多时间在功课上。王夫人数落他道，早知今日，何必当初？

过了些时日，在得了姊妹们代笔帮忙后，宝玉的功课才补上了。此时，贾政恰好因公务推迟回来，宝玉便又把课业搁在一边，照旧游玩。

偏湘云阅览古人诗词，看前人常有作诗作词咏柳絮的，又见宝玉得闲，便来了兴致，张罗着起诗社同姐妹们填词咏絮。

众人齐集潇湘馆，因久未填词，皆兴冲冲提笔落纸。紫鹃燃起一支梦甜香，未待香尽，已然作成了几阕。

---

① 作为黛玉笔下的两首长诗，《葬花吟》与《桃花行》在意象、情感上遥相呼应。《葬花吟》哀怜暮春落花，《桃花行》收尾写到春尽，亦隐隐点到桃花的凋残。两诗都有以花自喻的特点，只是后来黛玉已接近"泪尽而逝"的结局，故《桃花行》更显悲凄。宝玉领会诗意之后的反应，亦是呼应的。之前是泪流满面，尚且能够宣泄，此处却是偷偷擦去眼泪，将《桃花行》视为"哀音"。书中借凄婉的诗歌，烘托出宝黛爱情悲剧的基调。

姊妹们鉴赏品评一番，只见黛玉填的是《唐多令》，大家都道："头两句'粉堕百花洲，香残燕子楼'起得好！皆用典故，直抒胸臆！只是整阕看来，太过悲凉些。"

又看宝琴的，她填的是一阕《西江月》：

> 汉苑零星有限，隋堤点缀无穷。
> 三春事业付东风，明月梅花一梦。
> 几处落红庭院，谁家香雪帘栊？
> 江南江北一般同，偏是离人恨重！

李纨道："到底是琴妹妹见识多，起笔就格调不凡，颇有几分气势。"

宝钗谦道："只可惜是写柳了，终不是写絮。不如潇湘妃子入题自然随心。"

探春便道："底下转得好，也不碍的。你看她'几处''谁家'两句极妙！"

湘云嘴快，说道："前日评诗，琴妹妹笑说《桃花行》是她作的。看今日这首，末两句怎么倒有些潇湘妃子的意味了呢？"

众人细看，果觉煞尾悲凄了些，但想是她小孩子随手写来，也并未多虑，又拿宝钗的来看。

方一读罢，众人不免拍手叫绝，都道："'韶华休笑本无根，好风频借力，送我上青云'，这几句最妙！""果然，立意新奇不俗！""若说这柳絮，最是轻薄无根之物，宝姐姐倒写出了别人不曾写过的意蕴！"

大家称赏不已，都赞桃花诗社有新气象，个个都想着日后如何作出好词妙句。[①]

正说着，忽听窗外竹子上传来"哗啦啦"一阵响动，大家惊奇地向窗外看去，只见一只大蝴蝶风筝从天而降，挂在了竹梢上。

众人道："好精致的风筝，想来是有人放断了线的，快拿下来。"

待丫鬟取下，众人都议论不知是谁放的。

宝玉细看方说："这风筝我认得。是大老爷院里嫣红姑娘的，她难得有兴致放一回，想来从外头得来这风筝也不易，不知费多少口舌跟婆子、小厮去说。快拿去送还给她吧。"

这边小丫鬟拿着蝴蝶风筝去了，黛玉等人也起了兴头，相约到园子里一起放风筝。众丫鬟巴不得玩一会儿，忙忙地回各家去取风筝。

宝玉惦记着怡红院有个崭新的大鱼风筝，偏偏丫鬟回说，昨日晴雯已经把那大鱼风筝放走了，又有一个螃蟹风筝也给了三爷贾环，便拿了一个美人风筝来。

宝玉见这美人画得极工巧，心中欢喜，忙让放起来。

探春等人的风筝渐渐飞到空中，宝琴放的是大红蝙蝠样式的，宝钗的风筝是连在一起的七只大雁。探春的风筝是一只软翅子大凤凰，五颜六色，煞是好看，翅子随风摇曳，倒真似一只凤凰舞动。[②]

---

① 桃花诗社新成立，众人都期待日后有更多雅集。事实上，桃花诗社的第一次集会，便是书中最后一次写到众闺阁参与诗社了。桃花诗社的草草收尾，象征着大观园中的高雅生活戛然而止。而柳絮是飘忽不定之物，结局往往是陷入尘埃，这种意象也照应着各个少女的命运。

② 宝琴是一个活泼、博闻的小姑娘，读者往往期待她拥有美满的人生结局。但原著中已暗示"千红一哭"。"大红蝙蝠"寓意着"洪福"，只是这风筝却远去了；同时，宝琴填的柳絮词亦十分悲凄，皆暗暗点出她日后无法过上幸福生活。其他风筝的样式也各有寓意，小读者们不妨持有自己的观点。

谁知，宝玉的美人风筝却放不起来。他急得一头汗，试了几次，偏都落在地上。宝玉道："若不是个美人，我非要一脚给它踩烂！"

黛玉说："这是顶线打得不好，需另叫人打了顶线来。"

宝玉便让丫鬟随手再拿一个来放，边等边欣赏着姐妹们的风筝在空中飞舞。风渐渐大了，籰子^①上的线皆已到了尽头。

紫鹃等人拿来剪子，预备将线剪断。原来，其中有个讲究，古人把这叫作"放晦气"，希望远去的风筝能够把晦气、病气带走，给人们带来吉祥。黛玉也知这个风俗，只是心中不忍。她望着风筝，劲风一吹，眼里便含了泪水，道："放它走，虽是有趣，却只是不忍。"

李纨知道她的心事，安慰道："风筝远去了，许把你这病都带走了呢。"

紫鹃怕黛玉伤神，便剪断了线，念叨着："快把姑娘的病根儿都带去吧！"只见黛玉的风筝飘飘摇摇，离大家越来越远，一时只有鸡蛋大小了，再一看，只剩了一点黑星，之后便消失不见了。

众人看着，皆道："有趣，有趣！"

这触动了宝玉的心事，他说道："可惜这一去，就不知落到哪里了。若落在荒郊野外无人烟处，连我都替它寂寞。把我这个也放走吧，让它们两个好做个伴。"说着，宝玉也剪了线，放飞了自己的风筝。

偏偏探春的凤凰风筝线还没有剪断，倒又见另一个凤凰风筝逼近了。那风筝不知从哪里来的，风一吹，风筝线便绞在一起。探春想要收线避开那个风筝，可就在这时，又有一个门扇大的玲珑喜字风筝也飞来了，三个风筝绞到一处。这喜字风筝带了响鞭，随风而响，

---

① 籰（yuè）子：指放风筝时缠风筝线的工具。

声音分外清脆。

那两个风筝也不知是谁放的，见绞在一起，三处皆齐用力收线。只是彼时哪里还分得开，线都断了，三个风筝绞在一起随风而去。①

大家拍手而笑，都道"有趣"，尽兴方散。

---

① 小学五年级的语文课文《红楼春趣》，即选自原著放风筝一节。课文选取部分只到黛玉放走风筝，突出了春日放风筝的乐趣。而之后探春凤凰风筝的故事，重在隐寓探春远嫁的命运。在这里，"凤凰"比喻优秀的人，喜字风筝的出现则寓意着婚嫁。书中通过四点隐寓探春命运："金陵十二钗"判词与《红楼梦》仙曲，点出探春清明时节乘船去往海外；探春所作诗谜，谜底是风筝，寓意背井离乡杳无音信；抽花签突出"必得贵婿"；而放风筝一节呼应诗谜，点明这段婚姻是突如其来的。这四块内容的文学功能在探春身上体现得最明显，其实分析思路亦适用于其他女子，小读者们不妨自行解析。

第 33 章
贾 母 过 寿

却说八月初三是贾母的八旬大寿，此时贾政已然回京，王熙凤身体也好些了，渐渐开始打理事务，合家办寿更多了几分热闹。

大户人家庆寿往往连续多日，况且贾母身为诰命，又是耄耋之年，更要风风光光地大操大办。贾府人等商议好，自七月二十八至八月初五两府齐开宴席，连连热闹八日为贾母庆寿。府中张灯结彩，鼓乐声喧，好一派喜庆景象。①

因料到宾客极多，每一家往往男人、女眷皆到，贾府特意做了安排：女客在荣国府相聚，男客都让到宁国府宴饮。诸事需一一料理清楚，故而贾珍、贾琏等十分忙碌。

朝堂上，皇帝、元妃都赐了礼物，达官贵人纷纷馈赠，就连远在江南的甄家也差人送来大红缂丝的围屏，种种珍玩堆得像小山一

---

① 庆寿本是大家族中常见活动，但作者有所取舍，书中重点写到三次女性生日，依次是宝钗、凤姐与贾母的生日。每次庆寿都各有特点，既强调人物的身份，又暗合情节氛围的变化，前后呼应。唯一详细描写的男性生日便是主人公贾宝玉的生日，即前文的"怡红夜宴"。

样。起初贾母觉得新鲜，还挑几样好的看看，后来也看厌了，只叫凤姐查收了事。

转眼到了办寿的头一日，来的皆是最尊贵的客人，荣国府中来的有南安王太妃、北静王妃等与贾府交好的贵族女眷。众人拜寿之后便入席，到场的世家女眷依次而坐，规矩十分严整。

贾母虽然年高，却坐下首，首席让与南安太妃与北静王妃。贾母身后，邢夫人、王夫人、尤氏、贾蓉之妻以及几个有头脸的婆子，雁翅排开恭敬侍立。南安太妃、北静王妃点了几出吉庆戏文应景，大家赏看一会儿。

南安太妃道："素知府上几位小姐出众，今日如何不见？"

贾母笑回道："她们姊妹腼腆得很，家里另备了酒戏让她们自便。"

南安太妃道："既如此，请了来叫我见见吧。"

贾母闻听，不再推托，让王熙凤只把湘云、黛玉、宝钗、宝琴、探春五人叫来。

五位姑娘到来，皆依礼请安问好，彼此之间有见过的，也有没见过的。

南安太妃见了，便一一拉着手叙话，问问年纪，又夸赞一番，笑道："都是极出众的姑娘，一时竟然不知该夸哪一个了。"

众人听了都笑起来。跟随太妃的人早料到会有此一举，已备好了戒指、手串等若干见面礼，如今依人数打点出五份来，呈与太妃。

南安太妃谦道："你们姊妹莫笑话，留着赏丫头们吧。"

姐妹们忙恭敬谢过。礼已尽到，贵人们也不多坐，皆各自告辞。

贾母年事已高，虽说是坐席，她已颇感劳累，除了家宴外不再会女客。

　　倒是尤氏，见荣国府上下甚是忙乱，索性夜间在稻香村歇下，也不回家，时时帮着王熙凤等人料理事务。

　　这一日，尤氏服侍贾母用过晚饭之后，便去园中小憩。彼时天色已晚，该熄了彩灯、关锁园门。谁知，大观园各门仍未吹灯、关门，连婆子的值房中也空无一人。尤氏眉头一皱，生怕寿宴忙乱，园中无人看守，倘或出了事干系非小。因此，她叫小丫鬟去找管事婆子问话。

　　原来，主子寿辰，也要给下人分发酒菜，两个婆子兴冲冲地领酒菜去了，哪里把这小丫鬟放在眼里。又因宁国府奢靡无度，规矩废弛，荣国府仆人私下里议论颇多，故而并不把尤氏看在眼里。

　　两个婆子便对小丫鬟说道："各家门、另家户的，你不必管我们西府的事。"

　　谁知，小丫鬟也张狂惯了，直把这话告诉了尤氏。作为少奶奶，这口气尤氏如何咽得下！众人忙好言相劝，又派人去知会婆子熄灯锁门。偏偏周瑞家的四处游走，听说了这事。

　　论起来，周瑞家的素来有几分心机，怎奈她是随王夫人进门的，来得晚，银钱往来等风光的执事都被贾府的家生奴仆占尽了，而她不过是陪伴着太太、少奶奶，偶尔服侍出门。平日里，她并不管人员调遣等事，但一听说出了这事，她偏要显弄自己的地位，便直冲到尤氏面前，气哼哼地说："气坏了奶奶了，可了不得！若是我在跟前，抬手就打她们两个耳刮子，看看还敢不敢胡说！"遂又自告奋勇，去禀告王熙凤。

　　王熙凤得知，思忖着：这事也不难办。往日有这类事，不过是捆了犯错下人送到主子面前，任由发落。毕竟碍着亲戚颜面，一般下人说几句好话也就轻恕了。只是眼下正值办寿，不可扫了贾母兴头，王熙凤便吩咐说："让林之孝家的记下她们的名字，等办完了寿宴，捆到宁国府让珍大嫂子发落便是了。"

周瑞家的听了，心里就有了主意。原来，她此番也有私心：她素来与这两个婆子不睦，偏偏她们又自投罗网，得罪了亲戚家的主子，故而从中挑拨，想让这两个婆子受罚。从凤姐房中出来，周瑞家的便添油加醋传了令：一是把两个婆子捆到马圈里关押起来，让她们先吃点苦头；二是怕此事轻易过去，传话让林之孝家的去见尤氏。

此时林之孝家的忙碌一天，已回家中歇息，听到主子传她，以为有要事，忙忙地坐车进府来见尤氏。

尤氏性子本就柔和，荣府众人劝了半天，又怕惊动老太太，她此时气也消了大半，便轻描淡写只说没什么事。林之孝家的丈二和尚摸不着头脑，只得闷闷地回家去，白白跑一趟，心中存了几分不满。

偏偏还没出府门，两个婆子的女儿便来求情，求林之孝家的饶过她们母亲。

林之孝家的本不愿多事，无奈两个丫头哭诉不止，她遂指着一个丫头说道："你姐姐不是嫁到了大太太的陪房费婆子她们家么，又不是没有门路，让你们亲家费婆子求求情不就完了！如此捎带着，两人不都没事了？"

说着，她就上车去了。怎料，如此一来，把事情闹得更大了！

这费婆子也不是省油的灯，常借着邢夫人陪房的身份倚老卖老。又知道邢夫人不喜欢王熙凤，为讨好邢夫人，私下里常说王熙凤坏话，甚至还牵扯上她的姑妈王夫人。

如今出了这件事，费婆子更是存心挑拨，添枝加叶地对邢夫人说道："原本不是什么大事，何况我那亲家也是七老八十的人了，哪里经得住这么折腾？前前后后都是那周瑞家的调唆的！求太太给二奶奶说一声，且大事化小，饶了她们这次。"

邢夫人听罢，心里打定了主意。

可巧次日是族中子弟为贾母贺寿，正是团聚的好日子。到散席时，王熙凤送各位长辈到门口。

别人不过作辞而已，但邢夫人临上车，瞅准时机便对王熙凤发难："我听见说，昨晚上二奶奶生了气，让周管家的娘子捆了两个老婆子，也不知是犯了什么大错。论理我不该讨情，只是想着，如今是老太太的好日子，她老人家素日还周贫济老的，咱们家里反倒先折磨起老仆人来了。二奶奶不看我的脸面，也该看眼下是老太太的寿辰，就放了她们吧。"

瞧瞧，这邢夫人的口齿也堪称伶俐，居然一口一个"二奶奶"叫着，表面是尊重，实际是威逼，当着众人的面让王熙凤下不来台！

邢夫人说罢，也不听王熙凤解释，转身就上车走了。

王熙凤折损了颜面，又羞又气，憋得脸紫胀，却仍笑道："这又是谁去说什么了……"①

王夫人还不知情，忙问是怎么回事。论理说，王熙凤办得毫无错处，只是偏赶上周瑞家的公报私仇。但这一时也说不清，王夫人便息事宁人，也不跟王熙凤商量，就直接下令放了两个婆子。

----

① 自从人物出场，王熙凤爱笑的特点就给读者留下深刻印象。而笑有很多种，并非只有开心的笑，也有冷笑，甚至奸笑、狞笑。庆寿一节，当邢夫人为难王熙凤时，笑容亦出现在凤姐的脸上，只不过，这里的笑是为了掩饰尴尬，更突出了人物的无奈与可悲。

王熙凤思前想后，又气又愧，自知日后更不好管束下人了，不由得心灰意冷。可她依然要强，不愿让人知道，独自回到房中偷偷哭泣。

来向贾母请安时，她的眼睛仍是肿的，纵然百般掩饰，贾母还是看了出来。

鸳鸯心中为王熙凤感到不平，知道她为了让王夫人、贾母满意，天天忙里忙外，只是又难免惹恼了邢夫人。到了晚间无人时，鸳鸯早已打听清楚是怎么回事，禀告了老太太。

老太太叹道："凤丫头原做得没错，毕竟奴才得罪的是亲戚家的主子，不管便失了礼数。这都是大太太素日看不惯她，偏拿这个来说事，当众给凤丫头没脸！"

明知王熙凤受了委屈，可又能怎么办呢？毕竟邢夫人也是当婆婆的人了，贾母终不好过问。

末了，贾母长叹一声，眼中含泪道："咱们家这些奴才啊，不管男的女的，都是一个富贵心、两只体面眼呐！"

说罢，贾母只命吹灯睡下，躺在床上辗转反侧，唉声叹气。[①] 可她想不到，更麻烦的事情还在后头。

几天的寿宴摆完，荣府上下忙着收拾灯笼、器物，贾琏却犯愁了。一是因为王熙凤生了气，原本身体刚见起色，如今病情又加重了，

---

① 原著中写盛大欢庆的场合，往往在欢腾的表面之下掩盖着无限悲凉，或是紧接着突如其来的变故，从没有以欢乐结尾的大场面，如元妃省亲、元宵夜宴、贾母过寿等皆是如此。再如贾宝玉的生日之后紧接着贾敬故去。这源于作者表达深邃思想的需要，亦暗合全书悲剧氛围。唯有作诗等高雅集会，常常通篇描写欣喜与惬意，引人回味。两相对比，作者肯定什么，便不言自明了。

只得日日卧床休养。二来，眼看重阳节临近，要备办送进宫给元妃的厚礼，且又有几家高官婚丧嫁娶，都需要送礼。

贾琏本想支了银子办理这些事务，谁知，办寿里里外外花了几千两银子，银库房中空空如也，已无现银可用了！他与王熙凤商量着，劝说老太太拿出一时用不着的压箱底的东西，当了换钱应付周转。

老太太倒是应允，只可怜，这位老人过寿看似风光，事后却要拿自己的东西换钱抵上！

即便如此，钱仍不够用。太监夏守忠偏又来借钱——说是借，却屡屡有借无还，无异于勒索。可元春在宫中，贾府也不敢得罪这些太监。王熙凤只好当了价值连城的金累丝攒珠项圈，暂得了几百两银子，才将太监打发走。①

贾琏想着日常还有不少用钱的地方，便让王熙凤再多当些东西，各种值钱的首饰、自鸣钟都可以。王熙凤明白，眼下没有现银，这些东西日后只怕无法赎出，固然不同意，又想到这几年，背地里总有人议论她私下放贷，故而索性当着贾琏的面告诉来旺媳妇："回头说给你男人，在外头的所有的账，快快地收进来。要论来财，如今我也没能耐了。前几日太太要给老祖宗送寿礼，还是当了些东西才得了钱呢。如今我又有什么办法？能过到几时算几时吧。"

贾琏心中烦闷，不想听她絮叨，便出门到外书房来。

---

① 书中出现具体名姓的太监共有两个：一个是贾珍买官时的戴权，借谐音点出大权独揽；另一个便是夏守忠。显然，他在宫中的职权与贵妃有密切联系。凡与贵妃有关的情节，常出现夏守忠，如封妃传旨、移居入园等，可推知这正是贾府不敢得罪夏守忠的原因。两个太监形象各有文学用意，行文细腻可见一斑。此处写到夏守忠借银的情节，表明贾府开支捉襟见肘，已经衰败到一定程度，家里家外的种种矛盾集中地表现出来。

谁知，眼下不如意的事还不止这几件。只见林之孝悄悄来说："方才我听人说，贾雨村不知犯了什么事，竟降职了。"

贾琏叹道："说来总算是宗亲，但愿不要连累了咱们才好，日后且留心来往吧。"

林之孝道："爷素日倒与他来往不多，只是那边大老爷，还有宁国府大爷，倒像爱与他交往似的。"

贾琏不便多话，只是不答。林之孝问了几件日常琐事，又说起花钱置办节礼的事，想了想方说道："如今太太、小姐房里的丫鬟也太多了，日常耗费太大。眼下家里已是这个样子，不比当年了，少不得改一改成例——原本该用八个人的，现在就用六个人；以往用六个的，不妨再减两个。"

贾琏叹道："我又何尝不曾说过，只是家里事多，太太哪里照管得这些小事？太太倒说，老爷刚从外省归来，且让他宽心几天，不叫说这些让人心焦的事。且莫论这个，就连媒婆来提亲，有孙家想求娶二姑娘，太太还说迟几日，先不让向老爷提起呢。"

林之孝一听，便知王夫人享福惯了，哪里又愿意俭省呢？他何等精明，立刻改口称赞王夫人想得周到，从此再不提节俭开支的话。

曾经声势赫赫的荣国公府，如今却到了这步田地，实在令人感慨！

第 34 章
抄检大观园

人们常说须"防微杜渐",果不其然,贾府中就因小事扯出了一个又一个难题,最终成为一场轩然大波,闹得无法收场!这还要从一天晚上说起。

这日夜里,大观园的丫鬟许是天黑未看真切,叫嚷着有人跳墙进了大观园。这一吵闹可了不得,惊动了王夫人与贾母,便命传来管家严查。搜查了一夜,不见半个外人的身影,倒是查出了一些"内贼"!

原来,仆人们上夜,不时需要四处巡查,一宿不能安睡。长夜漫漫,主子又留意不到,仆人们就趁这空当儿聚赌,倒把夜间巡视的职责抛到了脑后。更有甚者,为了蝇头小利拳脚相向,闹得实在不成样子。管事的仆人把种种情况皆报告给了主子。

王夫人与贾母觉得非同小可,要严加查问。一向不过问具体事务的贾母,亲自责问仆人的头儿,叫来林之孝家的等人斥责一番。

贾母怒道:"如今各院上夜的人,处处不小心,只怕他们本身就是贼呢！”

众人听了，都不敢说话。

贾母又道：“夜间赌钱，保不住就捎带吃酒，没准儿倒误了正事。园中都是她们年轻姊妹，没有长辈在眼前照应。事关非小，岂可轻恕？”遂传令一查到底，有隐瞒不告者一并责罚。

林之孝家的见贾母动怒，哪里敢怠慢，依令查问了一通，该打的打，该罚的罚。这些犯错的仆人一时叫苦连天，其他仆人见了方有所收敛。

谁知，迎春的乳母亦是罪魁祸首之一。姊妹们看迎春的面子，不免求情，但贾母下定决心严惩，大家也只好噤声。

平日里，迎春的乳母是邢夫人管辖的仆人，如今出了这样有损脸面的事，邢夫人深为不悦，待众人散了之后便到紫菱洲来找迎春。

迎春知道嫡母邢夫人不快，但她性格懦弱，也不知随机应变，只说：“毕竟她是乳母，我有了不是，她理应说我，自小便是如此。如今她有过错，我又怎好开口责怪她。”

邢夫人听了更加不快，说道：“她敢不听你指正，你就该立刻去回禀我！”

迎春不作声，只低头盘弄着衣带。

其实，邢夫人对迎春也并非真心关爱，就算迎春真的告诉她，她不过管一时，又哪里会日日过问呢？对于懦弱的迎春来说，岂不更难应对了吗？

邢夫人却不管这些，一味说着：“若你的东西被她骗去，我是没有钱贴补你的。”邢夫人说了一番气话，终究未能帮迎春解决任何问题，反倒气哼哼地走了。

邢夫人平常不大进园子，既然来了不免四处走走，不想，却在僻静之处捡到一个香囊，看样式竟是男女定情之物！

这还了得？想来是有丫鬟无法无天跟人私订终身了，若是影响到小姐们可如何是好？一旦传出去，小姐们的清名、贾府的声誉便都保不住了！

邢夫人见事关重大，不敢随意处置，遂拿走香囊，想着该如何办理。

只说邢夫人走后，迎春房里并不清净，反而起了争执。

之前，为了过中秋节，贾府为每位小姐都打造了名贵的累丝金凤头饰，让她们在夜宴时妆扮起来。可如今，丫鬟绣橘发现，迎春的金凤盒中竟是空的，头饰不知去向。显然，是乳母赌钱输了，私自拿金丝凤去当了。

绣橘便急了，一来替迎春抱不平，二来金丝凤丢了，自己岂不是要背上看管不善的罪名？因此，她催着迎春去问乳母的媳妇，好把金丝凤赎回来。哪知道乳母的媳妇素日不怕迎春，此时不但不收敛，反而恶语相加。可迎春又听之任之，倒说"那金凤我不要了"，说着就从架上拿了一本《太上感应篇》来看，任仆人们吵成什么样，也毫不过问。

幸好探春经过，弄清了原委，找来平儿震慑那媳妇，才为迎春讨回了金丝凤。迎春的懦弱可见一斑！

事过之后，大家又劝慰迎春一番。连黛玉都说："若二姐姐是个男人，一家上下这么多人，你又如何管辖他们呢？"

迎春反笑道："可不是呢。多少男人也不过如此，何况我一个弱女子呢。"①

大家知道迎春向来如此，也就见怪不怪了。

自打之前邢夫人发难，王熙凤病情加重，更心灰意冷了，不愿再过问这些事情，虽然听说了金丝凤的事，也不过任由平儿处置。只可惜，王熙凤少出几分力，下人们更是肆无忌惮，私下又闹出了很多事情。

且说邢夫人回到东边小院之后，思忖良久。想到大观园是由王夫人跟王熙凤管辖的，邢夫人决定把那香囊送去给王夫人，看看姑侄二人究竟如何处置。于是，她将香囊包裹得严严实实，准备派仆人送去。

派谁去好呢？邢夫人怕走漏风声，也不敢随意交给旁人，而自己的陪房，除了费婆子，就是王善保家的，这两人皆是自己的心腹。由于寿宴之时费婆子得罪了王熙凤，此时邢夫人便派王善保家的去送。

王夫人忽见嫂子派人送来一个包着的东西，说是在大观园里捡到的，很是纳闷。及打开一看，却是不容于礼法的物件，王夫人大吃一惊。自己管理家务，不承想，家中却出了这事，思前想后，不禁老泪纵横。

王夫人也顾不得许多，径直来找王熙凤，埋怨她平时不留心，才导致出了这样的事情。

---

① 古典小说中，以某人物为主要塑造对象的局部情节，常被称为某人的"正传"或"正文"。这样说来，围绕累丝金凤的一段情节便是迎春的"正传"，也是书中唯一以迎春为主角的大段情节。文中突出了迎春的懦弱，因为父母兄嫂皆非真正关心她，面对问题时的软弱也是她无奈的选择。在这一节的结尾，作者指出当时的很多男性亦是软弱可欺、无所作为的，具有浓重的讽刺意味。

王熙凤纵然满心委屈，在长辈面前也不敢辩解，只好强撑病体跪下哭诉一番。

王夫人不知该如何处置，一来要给邢夫人一个交代，二来若是惊动了贾母，事态就更严重了。

此时王熙凤头脑依然清醒，含泪道："我知道出了这样的事，太太难免心焦。不妨派周瑞家的等人悄悄访察，才能知道究竟是怎么回事。万不可大张旗鼓，若传出去让外人知道，更是了不得。到时查清了，无论谁弄了这东西进来，还有那些犯错的丫鬟，一并打发出去，这样也可省些用度。"

王夫人点头，让王熙凤起来，又说："如今家道虽然艰难，还不至于如此。若是要省俭，还是从我这里开始吧。"

王熙凤一想，对于长辈，晚辈只有孝顺的分儿，怎么能苛待呢？这不过是王夫人的说辞。她不好深说，只商议如何派人去园中查看等事。

偏偏王善保家的又来请王夫人示下，回去好给邢夫人交差。王夫人生怕惹出大祸，想着多一个人好办事，索性让王善保家的跟着一起过问此事。这王善保家的素来极有心机，正想找机会显示一下自己的体面，就谄媚地帮王夫人出主意，王夫人便对她言听计从。

如此一来，王熙凤怕王善保家的日后跟邢夫人说三道四，只好唯唯诺诺，哪怕心知不妥，也不好劝阻了。

可王善保家的此番果真是为贾府着想吗？并非如此，她为的只是自己的私心，想显示自己受到太太信赖，甚至还想着报复他人——原来，很多丫鬟看不惯她趾高气扬，尤其是晴雯，性格直率，向来不愿与她来往，更不会当面说恭维的话。王善保家的记恨在心，借着给王夫人出主意的当口，就进了谗言，说晴雯如何不好。

王夫人一向担心丫鬟们把宝玉带坏了，引得他不思学业，甚至不听父母的话，此时一听王善保家的所言，便信以为真，叫来晴雯痛斥一顿。

自打冬日里受了风寒，又忍病织补孔雀裘，晴雯的身体一直虚弱。如今王夫人偏又不分青红皂白辱骂一通，虽是欲加之罪，由于主仆身份有别，晴雯却也无法辩斥。她越想越难过，掩面而泣，一路回了怡红院。

王善保家的见状更加张狂了，索性提出，要在夜间趁人不备，彻彻底底搜查丫鬟们的所有物品！王熙凤有话不敢说，王夫人偏认为可行，这便引出了一场风波——抄检大观园！

等夜色暗下来，大观园各处门已关锁，王善保家的自告奋勇，带着周瑞家的等人进了园子，王熙凤也只好跟着。

王善保家的既得了王夫人信赖，便如同得了圣旨一般，狂妄地指挥起来，连婆子们平日私自攒下的蜡烛等物也当成了赃物，叫嚣着要严加审问。王熙凤表面不动声色，却跟王善保家的并不是一条心，只盘算着自己如何才能不得罪众位小姐。

王善保家的有意针对晴雯，进了园门便奔邻近的怡红院来。

众人惊诧不解，王熙凤也并不说实话，只说道："园子里丢了一个要紧的物件，所以把丫头们的东西都搜查一遍，大家也好洗去嫌疑。"

丫鬟们不敢违拗，王善保家的在女孩子的箱子里随意乱翻，衣裙掷了一地，众人无端受此侮辱，皆敢怒不敢言。

王善保家的并未搜出什么不该有的东西，却见一个箱子没有打开，便问是谁的箱子。

此时只见晴雯强撑病体，面带泪痕闯进来，拎着箱子角，"咣啷"一声把所有的物品都倒在地上。

晴雯向来行事检点，哪里又有半点违禁之物呢？到头来，王善保家的只好狼狈地带众人离开。

此时园中黑漆漆的，这一群人点了灯笼，气势汹汹地走来。王熙凤动着心机，对王善保家的说："抄检也只可抄检咱们自家的人，蘅芜苑住的薛姑娘是亲戚，怕是不能抄检的。"

王善保家的知道宝钗是王夫人的外甥女，哪里敢得罪，只点头称是。

相比之下，黛玉寓居贾府多年，就如同自家女孩一样，王熙凤便不避讳，带人去了潇湘馆。黛玉虽清高病弱，但管束下人也有良策，王善保家的并未找出任何破绽。又到了稻香村，亦无不妥之处。

众人在大观园中抄查了多处，打破了园中的宁静，早就闹得鸡飞狗跳了。待她们到了秋爽斋，又是另一番局面。

原来，探春早已听到了消息，猜到有什么隐秘之事才会引出这等丑态。只是，这样的做法仅会闹得人心惶惶，哪里能解决问题呢？况且，平白无故地，怎么能让丫鬟们受这样的屈辱呢？

探春极有个性，亦不怕事，让丫鬟点了蜡烛，自己端坐在堂屋里，等着王善保家的等人出现。

见众人来了，探春冷冷地道："嫂子三更半夜带人来，所为何事啊？"

王熙凤不愿得罪探春，赔笑着说："家里丢了一样东西，怕有人说是丫头们拿的，如今搜一搜，免得别人说三道四，却委屈了这些女孩子。"

谁知，探春毫不退缩，冷笑道："我们的丫头，自然都是些贼！我就是头一个窝主。只搜她们的，不搜我的，怎称得上彻底，万一她们偷了拿给我藏着呢？既如此，不如先来搜我的东西！"说着，探春便让待书等人把箱柜一齐打开。

王熙凤见探春话语带刺，忙笑着劝解："我不过是奉太太的命令，妹妹可别错怪我，千万别生气。"

毕竟，王夫人只是让搜丫鬟的东西，并不该惊动小姐。王熙凤哪里敢造次呢，忙使了一个眼色。跟来的平儿等人见了，连忙上前将箱柜关好，并不敢搜查。

探春见镇住了众人，便说道："我的东西，你们可以搜。要想搜我的丫头，那是不可能的！她们哪怕偷了东西，也是我收着！要搜就搜我的，若你们不依，就去跟太太说！太太若责怪我，我自然去领罪！"

一听这话，王善保家的气焰去了大半，不敢轻举妄动了。

探春想着前前后后的事情，不禁悲从中来，含泪说道："自家抄检自家，竟还如此理直气壮！江南甄家你们不陌生吧，如今正是前车之鉴！那么大一个家族，说败就败了，究竟因为什么？你们私下里不都议论么，不是都一清二楚吗？好端端的，自己家里抄检起自家来了，闹得家宅不宁，还有人因为些些小利把家里的丑事捅到了官府。如今怎么样，果然朝廷下旨抄家了吧？家产一概抄没，调取进京治罪！如今咱们家竟也有样学样了。你们别忙，别看你们今天兴冲冲地抄查别人，只怕抄检你们的日子在后头呢！有道是'百足之虫，死而不僵'，但凡家中和睦团结，哪怕外头有人生事，终究一

时是不会倒台的。若是家里人先自杀自灭起来，必将一败涂地！" [①]

探春担忧家族的未来，说着就流下泪来。

在场的人，有听进去的，也有当耳旁风的，也有只想着眼前的。一时连王熙凤都不知如何是好了。

周瑞家的极有心机，说道："既然女孩子的东西全在这里，奶奶且请到别处去吧，也好让姑娘安歇。"

王熙凤有了台阶可下，便转身告辞。

不想，探春却不轻易放过，说道："你们可细细地搜明白了？今天来还罢，若明日再来，可别怪我不依！"

王善保家的等人未曾得到半点便宜，根本不得搜查。见此状况，王熙凤说："既然丫头们的东西都在这里，就不必搜了。"

一听这话，探春哪里肯依，冷笑道："连我的箱柜、包袱都打开了，还说没搜。没准儿明日又该说我护着丫头们，不许你们翻了。若是如此，你趁早明说，若还要翻，不妨再翻一遍。"

王熙凤不敢得罪探春，便赔笑道："我已经连你的东西都搜查清楚了。"

探春又问众人："你们也都搜清楚了不曾？"

周瑞家的等人忙说："搜清楚了。"

旁边倒有一人按捺不住了，正是王善保家的！她见探春没冲她

---

① 当初甄家内讧，自己家里抄检起来，后来倒被皇帝下旨抄家，最终落得一无所有。根据贾府与甄府的对应关系，抄检大观园之后，贾府获罪抄家不过是迟早的事。为了避免触怒当时统治者而致使作品遭到禁毁，前八十回中，作者没有明确写出抄家的情节，但借此方式隐隐点出。文中，探春对家族未来有着清醒的认识，却已无力回天。常有读者认为，探春推动兴利除弊，后文并没有写到明确结局。事实上，当初的发起者已经成为被欺压的对象，革新又怎么会有成效呢！

翻脸，以为探春只埋怨凤姐，加上自己是大太太的人，又是二太太派来抄检，觉得探春不敢对她如何。

王善保家的便张狂地上前，拉着探春的衣襟，故意一掀，说道："连姑娘的身上我都翻了，没有什么……"

一句话没说完，只听"啪"的一声脆响，探春早就一巴掌扇到王善保家的脸上。

王善保家的不禁愣住了，只听探春道："你一个奴才敢来拉扯我的衣裳！有些人狗仗人势，天天无事生非，如今越发了不得了，背地里调唆主子，什么事情干不出来？你抄检东西我不恼，但不该拿我取笑！"

探春忍了半日，终于忍无可忍了。王熙凤忙给探春整理衣衫，又喝着王善保家的，让她出去。

王善保家的讨了个没脸，连王熙凤都暗暗觉得好笑。

这里劝解半日，探春气才消了，王熙凤待她睡下，带着人又到暖香坞来。

惜春年幼，见来者不善，不知发生了什么事，王熙凤不免轻声安抚着。谁知，丫鬟入画的箱子里抄检出了一些来路不明的金银锞子，还有些别的东西。

原来，入画的哥哥在贾珍身边当差，这是贾珍赏她哥哥的，便交给入画收着。只是，贾府有规矩，未经主子允许，仆人们除了带着自己日用物品外，不许私自传递东西。

惜春本就害怕，又知道贾珍素日作风不好，觉得这些东西来路不明，为了远离宁国府众人，保全自己的名节，说什么也要把入画撵出去，再也不用她服侍了。

当下夜已深，只好待白日里再作处置，众人又忙忙地赶到紫菱洲迎春房中。

谁知，众人竟出乎意料地在司棋箱中抄出了男人赠送的物件！这是与小厮的定情之物，在当时是绝对不允许的。

可这司棋不是别人，正是王善保夫妇的外孙女！

王善保家的千算万算，不承想抄检了一通，最丢脸的竟然是自己的外孙女！这下连王熙凤与周瑞家的等人，都冷言冷语地讽刺她。王善保家的自作自受，羞得自打耳光，恨不得找个地缝钻进去。①

① 清朝康熙年间，织造曹家因多次接驾，造成了巨大亏空。虽曹家人设法弥补，但终究埋下了祸根。到雍正初年，曹家被抄家的原因之一仍是江宁织造存在亏空。曹雪芹以血泪凝成的文字，反映了家族曾经的沧桑经历。如贾府因迎接省亲而耗光家底，便体现了曹家的窘迫。故而，贾府的结局是被抄家，从此万劫不复。程本后四十回续书写贾兰中举、贾府又有了些许兴旺气象，显然并不符合曹雪芹原意。在书中，大观园本是一个安宁美好的理想境界，抄检这一恶劣事件的发生，意味着园中祥和的气氛一去不复返，贾府也必将一步步走向最终惨败的下场。

第 35 章

中秋夜宴

一场抄检大观园的闹剧终于宣告结束，但它造成的家人之间的裂痕，却永远不可能抚平，反而会随着贾府的衰败越来越大，终将吞噬掉贾府的安宁与荣耀。

先是凤姐劳累一夜，当晚病情就加重了，一宿不曾好睡，叫苦不迭。

第二日一早，惜春便找来嫂子尤氏，让她将入画撵出，并立志与宁国府划清界限。惜春虽年幼，却自有主张，不愿因为这件事带累了自己的名节。她言语犀利，尤氏碰了一鼻子灰，十分不悦。

出来后，尤氏想到王夫人房中坐坐，却又听说，甄家派了几个女仆，带着一些东西慌慌张张来见王夫人，许是要藏匿抄家时没被发现的一些东西。尤氏知道此事非同小可，不敢擅去，只好到李纨那里闲坐。

尤氏心中不快，想不到荣府抄检大观园，也牵扯到自己，感慨道："看起来，咱们家讲究的不过是假礼假体面，处处做的事，都叫人看不下去！"李纨听了，只是不语。

偏偏此时宝钗来到稻香村，她不像往日那样和颜悦色，却是面带尴尬。

原来，昨晚别的小姐房中都被抄检过了，但由于自己是寄住的亲戚，没有被搜查。宝钗反而觉得不妥，怕再生事端，不如及早搬出大观园，回到薛姨妈身边去住为好。因此，她大清早便作了决定，以照顾薛姨妈为由告知李纨。

李纨明知实情，也不好阻拦，只由她去了。当日姐妹们仍聚在一起，可都如鲠在喉，不像以往那般祥和。

尤氏略坐了一会儿就出来。因近日凤姐、李纨皆身体不适，她作为孙媳，便到贾母房中服侍用饭。

彼时王夫人正跟贾母说起甄家抄家、回京治罪等语。贾母不愿听这些是是非非，只说道："明日是八月十四，咱们且别管人家的事，商量中秋赏月是正经。"

王夫人便拣贾母爱听的说，聊起如何在大观园赏月。

不多时，饭已摆下。因与族长贾珍血缘疏远，贾母对夫妻二人格外客气。用过饭后，贾母就让尤氏在此吃饭，令鸳鸯陪着权当陪客。

尤氏净过手坐下，仆人们便端过一碗普通的白米饭。

贾母道："我才刚吃的红稻米粥还好，怎么不给你奶奶端一碗，倒盛了这个饭来？"

王夫人听了不免尴尬，还不等仆人答话，忙解释说：如今贾府中也没有多余的米了，这红稻米本就稀少，只预备了给贾母吃的，没

有富余的给其他人吃了！ [1]

鸳鸯感慨道：“如今是‘脑袋多大，就做多大的帽子’，要一点富余也不可能了！”

贾母叹道：“还真是‘巧媳妇做不出没米的粥’啊！”

到了夜晚，尤氏回到宁国府，贾珍便来商议过中秋的事。原本贾敬故去后，贾珍、尤氏仍在守孝期间，不应宴饮取乐。

然而，贾珍有意将宴席安排在八月十四，不过是为了掩人耳目。其实，贾珍背地里任性妄为，已是尽人皆知。守孝期间本应杜绝娱乐，贾珍却以练习武艺为名，在天香楼下的箭道设了靶子，约了些纨绔子弟名为“习射”，实则宴饮聚赌，无所不为。贾珍表面上大讲孝道，实际上哪里有怀念父亲的半点真情！种种做法令人不齿，也难怪惜春不愿跟这样的哥哥来往。

待到八月十五正日子，荣国府贾母等人相聚到大观园中赏月。嘉荫堂前焚着斗香，陈献着西瓜、月饼及各色果品，果然是月明灯彩，晶艳氤氲。依古礼，中秋节要祭月神，古时有“男不拜月，女不祭灶”的习俗，因此，自贾母始，女眷一一净手焚香祭拜，之后缓步到山上的凸碧山庄去赏月，贾赦、贾政、贾琏等人早已恭候在那里。

这凸碧山庄是一座敞厅，建在园中山丘的最高处，视野极开阔，正是赏月的好去处。因今日人多，分了男女两桌，中间以围屏隔开，

---

[1] 地位最尊贵的贾母才能品尝的“红稻米粥”，呼应前文乌庄头送年货时的“御田胭脂米”。在历史上，这是康熙皇帝在御稻田中发现的良种。从数量上，原著中乌庄头送来的白糯等其他品种的米，比红稻米多十余倍，可见其珍稀。连贾母日常吃的红稻米都没有富余了，这凝练地体现出贾府衰败的程度。

贾母坐在贾政这一桌。看着儿孙满堂，重孙贾兰也在场，贾母本应尽享天伦之乐，可她仍感慨人太少了，不免回忆起以往家人团团围坐赏月的场景。

贾政等人怕贾母伤感，忙岔开话题，命人撷了一枝盛开的桂花，行起了击鼓传花的酒令。传了几轮，连一向严肃的贾政都说了一个趣闻，逗大家一笑。再往下传，花又到了宝玉手中。

宝玉心中忐忑，想着若说笑话，难免被认为油嘴滑舌，不如临场作诗。贾政听了，便让宝玉咏这秋景。谁知，在座的贾环、贾兰也想展示一番，欲各作诗歌一首。①

三人取了纸墨构思，贾政左看看，右看看，连连拈须点头。

原来，贾环、贾兰读书倒也中规中矩，若论八股文，或许能一展身手，可若论思路灵活、文采飞扬，二人便不如宝玉了。两人作诗亦受八股之法拘束，显得拘板庸涩，比不上宝玉的诗才。况且，贾政年纪大了，不再爱慕名利，又想到贾家子弟虽也读书，却从没有通过科举发迹的，想来皆不得其法，因此，倒不再苛责宝玉了。

如今三人作了诗，贾政因贾母在场，更是不加责备，只说他们"不乐读书"等语，命婆子取了出差时带回的扇子赏给他们。

倒是贾赦，看了贾环的诗，说道："我喜欢这诗，竟不失咱们侯门的气度。这就很好，何必多费了工夫，反弄出书呆子来了。"说着，

---

① 这一情节在原著回目中叫作"赏中秋新词得佳谶"，"谶"意为谶语，在文学作品中，指借着诗文、话语等铺垫出后续情节。依作者思路，宝玉等人的诗隐隐点出了相关人物命运。但书稿没有最终完成，且曹雪芹英年早逝，具体诗文便缺失了。《红楼梦》诞生二百多年来，宝玉三人的诗一直留白。小读者们不妨设想一下，他们的诗可能会出现什么意象，点明什么内容。

又单赏了贾环一些玩物。①

众人饮酒赏月，又过了一时，贾政等人纷纷辞出，请贾母与姑娘们随兴玩乐。

老爷、公子们一去，人更少了，贾母叹道："如今宝钗跟她母亲在家里团圆，更何况多了宝琴几口人，咱们不便打扰。以往宴席上有凤丫头在，倒格外热闹些，如今偏赶上她病了，可见天下事总难十全啊！"

众人便劝慰着，强打精神吃酒。实则宝玉心中一直挂念着晴雯，她因受了气，病情更加严重，数日卧床不起，宝玉不免担忧；而探春因近日之事烦恼，也不过敷衍罢了，又哪里有心情取乐呢。

此时却已见月上中天，晶明如玉，贾母道："如此好月，不可不闻笛。"

说着，叫吹笛的女孩子到桂花树下吹奏。秋风中，笛声徐来，呜呜咽咽，倒让人更觉凄凉了，贾母不禁暗暗落泪。大家见此，忙说了些闲话，便劝贾母休息。再看时，只有探春一人还勉强陪坐。

贾母道："你也去吧，我们散了。"王夫人等忙着送贾母回去。②

---

① 书中提及贾环的情节较少，如造成宝玉挨打的进谗等。但他并非只有顽劣的一面，诗文上亦有进步。这再次表明简单化"贴标签"的方式，并不适用于评价红楼人物。哪怕对于贾环，我们也应全面看待。另外，在历史上，嫡长子继承主要的家产，庶出的儿子会分得较少的一部分。但在外人眼中，庶子依然是大家族的少爷，无人敢小瞧。至于家庭中的女儿，嫡庶的区别实际不大。当前的很多文艺作品夸大了古代的嫡庶差异。我们在理解《红楼梦》时，千万不可代入"宅斗"等思路，那些艺术创作的呈现并不符合史实。

② 曹雪芹撰写《红楼梦》只到八十回，已形成相对完整的结构。贾府的中秋夜宴，正照应着开篇甄士隐家的中秋宴。这里再次写到女子作诗的高雅品位，但作诗者不过两三人而已，不再是群芳会集的盛况。之前的元宵夜宴上，王熙凤通过笑话点出"散了"，而中秋宴贾母对白也提到"散了"，这意味着贾府距离"家亡人散"的结局已经不远了。

却说黛玉此时去了哪里呢？

原来，八月十五本是团圆的日子，而黛玉思念逝去的父母，又听贾母说起一家团聚的话，心里便难过起来，悄悄到僻静处凭栏垂泪。

湘云也失去了父母，她知道黛玉的心事，走来轻轻劝解："难怪三姐姐说，这富贵人家表面看起来繁华荣耀，实则家中不知有多少不遂心的事，比起那寒素之家，许是烦难之事更多。"

黛玉道："从老太太到宝玉等人，无论事大事小，皆不能各遂其心。更何况，你我皆是客居之人……"

湘云岔开话题道："姐妹们原本说好中秋节要起社作诗的，如今也没有兴致了。不如咱们两个联句吧，明日也好拿给她们看！"

黛玉明白湘云是为了开解她，不愿辜负一番好意。

湘云便说，到山脚下的凹晶溪馆去赏月联诗。两人借着月色一路走来，园中静悄悄的，一轮圆月挂在树梢，一派诗情画意。

湘云想让黛玉开心起来，唧唧咕咕地说着："在山上赏月虽好，但还是不如近水观月。当初修这园子的时候就有讲究，在山上高处的，叫凸碧庄；在山脚下近水之处的，就叫凹晶馆。这两处一上一下，高低呼应。有喜欢山高月小的，便到山上去；有喜欢皓月清波的，就往水边来，景致怡人，各有不同。"

有湘云陪伴，黛玉心情舒畅了很多，接着道："这一个'凹'字有讲究，古来用此字的甚多。像江淹的《青苔赋》、东方朔的《神异经》，还有《画记》上的故事，举不胜举。只不过今人不知，倒觉得它是个俗字了。"

湘云道："果然一字一词皆有讲究，更可见这匾题得妙！"

黛玉道："看来你不知，'凹晶'二字还是我拟的呢！当日宝玉题匾题联，有尚未拟的，舅舅便叫我们拟出来。像这一处轩馆就是我取的名，凡是我拟的，后来一字不改都用了！"①

说着，已然到了凹晶馆，只见天上一轮皓月，池中一轮水月，上下争辉，如同晶宫鲛室一般。微风一过，粼粼池面皱碧铺纹，令人神清气爽。两人见景生情，你一言我一语联起诗来——

> 三五中秋夕，清游拟上元。
>
> 撒天箕斗灿，匝地管弦繁。
>
> 几处狂飞盏，谁家不启轩。
>
> 轻寒风剪剪，良夜景暄暄……

越往后对，就越难了。轮到湘云时，她便思索起来。

忽然，池中闪过一团白影，原来是一只白鹤呼扇着翅膀从水面飞过。

湘云灵机一动，联了一句："寒塘渡鹤影。"

黛玉思忖着，须别出心裁方能承接。她看着月光，低声吟道："冷月葬花魂②……"

话音刚落，却听有人笑道："果然是好诗，可惜失于悲凉了！"

黛玉与湘云回身看去，来的正是栊翠庵的妙玉！

原来，妙玉亦没了父母，孤身一人寄居贾府，月圆之夜便到园

---

① 此段情节亦与"试才题对额"遥相呼应，点明黛玉也参与了题匾题联，肯定了她的文采，为中秋联句铺垫出雅致的氛围。至于黛玉谈论"凹"字是雅是俗的观点与例子，则参考了明代文人杨慎的著作。这种思路，小读者们在写作文时是不是也可以借鉴呢。

② 冷月葬花魂：有的版本作"冷月葬诗魂"。

中散心。她虽远远看到贾母等人在山上宴饮，却碍于是红尘中事，不便参与，遂独自来赏这清池皓月。谁知，无意中听到了这一首好诗。

妙玉也爱作诗，便邀了黛玉、湘云去栊翠庵，扇火烹茶，要将此诗续完。品了一会儿茶，妙玉已胸有成竹，提笔续诗，兴致极高。

黛玉笑道："从来没见你这样高兴！"

妙玉道："我不过是续貂罢了，只是不可过于凄楚，不然便失了咱们的闺阁面目了。"①

不多时，诗已续完。黛玉与湘云细品，交口称誉，都赞道："尤其这一句'振林千树鸟，啼谷一声猿'最好，气势宏大，倒不似我们那些脂光粉艳的句子！"妙玉不免谦虚几句。

三人又彼此称赞切磋一番。黛玉惊喜道："平日竟不知，园中还有'诗仙'在此，日后倒要常常请教了。"

三人畅谈着，不觉已近天明，方想到回房小憩，这才散了。妙玉送至门外，看二人去远，方掩门回房。

---

① 佛教认为"世法平等"，但妙玉并没有做到这一点，比如前文中她给贾母的茶具便与其他人的有明显档次差异。实际上，妙玉作为"金陵十二钗"之一，作者写她的初衷是塑造一个具有鲜明个性特点的优异女子，此处对白中的"闺阁面目"正强调出这一点。妙玉带发修行，无依无靠，也是有着特殊命运的悲情女子。我们须依照作者的创作意图来理解文本，对人物不必苛责。

第36章
家事纷乱

一场原应欢喜团聚的中秋夜宴，就在众人各怀心事的氛围中平平淡淡地过去了。

孰知，王夫人表面上和颜悦色，实际心中还憋着一团怒火呢！

到了十六日，一大早起来，王夫人就准备收拾司棋与晴雯。

可还没出门，倒是王熙凤先派了丫头来。原来，王熙凤的病情没有减轻，反而加重了，清晨又请了医生来诊脉。医生开了药方，说是需要用人参配丸药。以往王熙凤何等阔绰，家里存放着不少上好的人参。可如今家道中落，需要用人参时才发现，竟找不出一丁点儿了。王熙凤没辙，只好来求王夫人。

王夫人命丫鬟找了半天，也没有找到得用的好人参。最后连贾母那里都问了，虽有几支，可医生看过，说是年头太久，早就没有效力了。①

---

① 抄检大观园之后，书中先写了中秋节的宴饮与作诗，之后才写到对晴雯等人的处置，这用的依然是"山断云连"的笔法，既让高雅的吟咏笼罩上一层凄楚苦闷的氛围，形成鲜明对比，也让晴雯的命运成了悬念。此处说人参年头太久、没有效力，岂不正是贾府眼下状况的形象写照吗？

王夫人正发愁，倒是在座的宝钗给拿了个主意——薛家经营的药铺中有人参。宝钗也曾听哥哥说起，市面上的人参鱼目混珠，不乏掺杂使假的，倒不如让伙计去自家药铺里取些来用。

王夫人觉得也只好如此，感慨道："以往家里有的是，也不觉得什么，还送给别人不少。如今用着的时候，反倒要费神去各处搜寻了。"

宝钗道："人参这东西虽然值钱，但终究是药，送给别人医好了病，也是一件功德。咱们不像那些没见过世面的人家，得了这罕有的药材就一味珍藏密敛。"几句话保全了姨妈的面子。

王夫人一边打发仆人去办，一边又问起宝钗回家居住的事。王夫人原本想着，待过了中秋团圆之日，让宝钗再回园中居住。可宝钗为了避嫌，无论如何也不肯搬回蘅芜苑了，口上却只说要照顾母亲，还须筹备哥哥薛蟠的婚事。王夫人见宝钗十分坚决，只好由她自便。从此之后，宝钗就住在薛家的小院中，再不到大观园中来。

且说王夫人待宝钗回去，才过问大观园中抄检的事。碍着邢夫人的面子，王夫人命人将司棋带到东边院里，由邢夫人发落，自己又带着周瑞家的等人，气冲冲进了大观园，要挨处阅视丫鬟，将不中意的人一并撵出。

王夫人头一处就来到怡红院，指着晴雯便是一顿臭骂。此时晴雯病倒在床上，已是四五天没有吃饭，恹恹弱息。王夫人没有一丝怜悯，说道："宝玉都是被她这样的丫鬟教坏了，把她给我拉出去，除了身上穿的衣服，什么也不许带走！有那好的衣服也留下给别的丫鬟穿！"

晴雯纵然满心委屈，此时也无力辩解。周瑞家的等人把她从床上拖下来，连架带拽撵出了怡红院，逐到仆人住的群房中去。宝玉虽然不忍，但碍于礼法，无从辩驳，只好任由王夫人发落。

王夫人冷笑着，又责问芳官："那年我们到皇陵上去，你竟敢调唆宝玉要那柳五儿！打量我不知道呢，实话告诉你，早就有人说给我了！如今那丫头短命死了，不然的话，你们又合起伙来引着宝玉一味玩乐！"①

芳官一惊，哪料到这些内情王夫人也知道了。原来，早有人看不惯她们这些小戏子，已告到了王夫人那里。

王夫人声色俱厉，命人把芳官撵出怡红院，还吩咐下去：凡是进园的小戏子一概赶出去，让婆子们领了去，或是嫁人，或是卖掉，一个也不许留在大观园中！

这样一来，那些唯利是图的婆子可高兴了，却是苦了芳官、藕官这些无辜的女孩子。

"等着到了明年，就让宝玉搬出大观园，也免得惹是生非！"说完，王夫人怒气冲冲地带着人走了，又到其他院中，把她看不惯的仆人一一撵出。

王夫人走后，宝玉便难过起来，更是纳闷，为何私下里的事情，王夫人都知道得一清二楚呢？显然是有人在背后说了什么。

尤其是晴雯，平日里大家相处惯了，如今她却平白受屈离开。宝玉看着房中的一切，仿佛又听到了晴雯昔日的欢声笑语，不禁流

---

① 此处通过王夫人的对白，巧妙点出柳五儿的结局。程本删去了相关表述，并在后四十回续书中加入了很多柳五儿的故事，不同于曹雪芹本意。在情节上，我们不必苛责贾宝玉毫无作为、无法保护女孩子们，毕竟在封建礼教束缚下，若贾宝玉反驳王夫人，晴雯等人的下场只会更惨，原著的悲剧意义正体现在这里。王夫人站在封建礼法的立场，生怕芳官等人影响贾宝玉，此时的发落与戏班遣散时的处理方法完全不同，体现出王夫人的气急败坏。

下泪来。

袭人担心走漏了风声，再惊动王夫人，随口劝道："晴雯身体已无事了，回了家或许静养几天就好了。"

宝玉知是骗他，又哪里解得半分忧闷。他知道，当日晴雯是与表哥一起被卖到贾府的。晴雯无依无靠，被撵出大观园，只好到表哥家中栖身。可她这表哥表嫂满眼利益，只知喝酒赌钱，又哪里会精心照顾她呢……

想到这里，宝玉愈发伤心起来，但无奈拗不过王夫人，思前想后无计可施，便哭道："她是犯了何等滔天大罪，竟被这样苛待！居然平常的玩笑话都被传了出去，也不知是什么人进的谗言！"

袭人听了，说道："你平日一时高兴，就不管有没有人了，想来是被来来往往的下人听了去。"

不想宝玉闻听这话，反问道："别人的错处，太太都知道，怎么就挑不出你和麝月、秋纹的毛病来？"

袭人听了一惊，知道宝玉是在疑她，想辩解什么，却不好开口了。

宝玉叹道："就算晴雯平日里性情爽快，嘴上不饶人，终究也没有坏心，更没有背地里害过谁，怎么就遭了这样的罪？"说着，又大哭起来。

袭人只好岔开话题，说已收拾好晴雯的衣物首饰，回头悄悄让婆子给她送去。

宝玉只说自己累了，让丫鬟们都离开。等众人走了，他却蹑手蹑脚出了后房门。原来，他实在放心不下晴雯，要去贾府后头下人住的房子里看看她。

宝玉以往从没到过仆人的群房，只见房舍低矮，四处都是杂物。

看到如此不堪，他更担心晴雯的处境。

到了地方，只见门上歪歪斜斜挂着满是灰尘的草帘。宝玉也顾不得了，上前掀开帘子。及进了屋，只见晴雯气若游丝地躺在土炕上，身下铺着破旧的芦席，幸好被褥还是从怡红院中带来的。如今的惨状，与当日在怡红院中养病的情景却是天壤之别。

除了晴雯，屋中空无一人——果然不出宝玉所料，根本无人在意晴雯的病痛！宝玉看着，不禁眼中含泪，轻轻唤着晴雯。

晴雯勉强睁开眼，一看是宝玉，又惊又喜，又悲又痛，一把抓住宝玉的手，深深喘了几口气，才哽咽说道："我只当见不到你了……"

说着，她又咳嗽起来，无论如何也说不下去了。

宝玉想倒碗水给晴雯喝，无奈碗盏皆油腻不净，宝玉只好将碗洗了洗，才给晴雯倒了一口水喝。①

晴雯自知时日无多，这怕就是见宝玉的最后一面了，却也不知该说什么，唯有默默流泪。临了，怕宝玉再被长辈责骂，反催他快些回去。

宝玉嘱咐晴雯好生养病，之后才不舍地离开。

宝玉心中一直惦念晴雯，连夜里都轻声呼唤着她。朦胧之间，忽见晴雯打扮得极为俏丽，面带笑容来见自己。宝玉只当是晴雯好了，不想，晴雯却说日后再也不能相见了……

---

① 晴雯这样一个美好的女孩子，却在如此凄楚的环境中结束了生命，值得人们怜悯。同样作为丫鬟，晴雯性情直率活泼，不同于袭人的中规中矩，也正因此，她才不容于封建礼法。在《红楼梦》中，太虚幻境的判词与仙曲预示着人物命运，翻开"金陵十二钗正册"之前，贾宝玉最先看到的便是晴雯的判词。此时晴雯已有了明确结局，这正拉开了贾府倒台、群芳流散的序幕。

宝玉一惊，从梦中醒来，心知不好，或许晴雯已经故去了！

好不容易挨到天亮，宝玉想再去探望，谁知，贾政却派人叫宝玉去赴宴，宝玉只好强打精神应付了半日。

待回到大观园，宝玉已不再信任麝月、秋纹这几个与袭人交好的丫鬟，有意把她们支开，只向小丫鬟问话，问她们知不知道晴雯究竟怎样了。

其中一个小丫鬟甚伶俐，想到晴雯不在了宝玉必定伤心，所以好心编出一些话来安慰宝玉，说她悄悄去看过晴雯了，晴雯咽气前告诉她，自己到天上做芙蓉花神去了……

宝玉知道是无稽之语，但可聊作宽慰，便权当晴雯去做了天上的仙女，要写一篇祭文悼念。

宝玉素来喜读辞赋，回到房中，他参照《离骚》《秋水》等先贤名篇，以诔文体裁写成一篇长文，倾诉对晴雯的怀念，又对进谗言者进行了嘲讽。

辞赋文辞华丽，最善想象天宫胜境，宝玉因想着《离骚》中有一句"驷玉虬以乘鹥兮"，便想晴雯到了天上，定然也可驾异兽来往于彩云之间，因此写道："天何如是之苍苍兮，乘玉虬以游乎穹窿耶？"

又想起书中还有一句"杂瑶象以为车"，遂又写道："地何如是之茫茫兮，驾瑶象以降乎泉壤耶？"

如此种种，不一而足，倒也文采纵横，情感真挚。

待写成后，宝玉取了晴雯以往最喜欢的冰鲛縠[1]工整抄录出来，

---

[1] 冰鲛縠（hú）：一种轻盈洁白的丝织品。

名为《芙蓉女儿诔》。又备了晴雯素日喜欢的几样茶果，趁着月色，捧到池畔木芙蓉花前。

看着眼前一花一景，宝玉不禁动容，将诔文挂在花枝上，含泪颂诔文以怀念晴雯。偏偏黛玉心情烦闷，独自出来闲步，恰远远望见这一幕，便坐在一块山石上静听。

只听宝玉念道："维太平不易之元，蓉桂竞芳之月，无可奈何之日，怡红院浊玉，谨以群花之蕊、冰鲛之縠、沁芳之泉、枫露之茗，四者虽微，聊以达诚申信，乃致祭于白帝宫中抚司秋艳芙蓉女儿之前。"

黛玉何等聪颖，一听便知宝玉是在追念晴雯。又听宝玉道："其先之乡籍姓氏，湮沦而莫能考者久矣……相与共处者，仅五年八月有奇。"

黛玉心知，这是写晴雯身世的凄惨，如今仅十六岁就命丧黄泉，着实令人哀叹！

"金玉不足喻其贵……冰雪不足喻其洁，"宝玉赞扬着晴雯的品行，转而又写到了她的遭遇，"花原自怯，岂奈狂飙；柳本多愁，何禁骤雨……钳诐奴之口，讨岂从宽；剖悍妇之心，忿犹未释！"

黛玉明白，这是说有人因利益而进谗言，导致晴雯遭此无妄之灾。宝玉心中愤恨不平，故有此等文字。

再听时，又是："抛残绣线，银笺彩缕谁裁？折断冰丝，金斗御香未熨……自为红绡帐里，公子情深；始信黄土垄中，女儿命薄！"

黛玉曾听宝玉说起过晴雯撑病织补孔雀裘的事，知道宝玉深深怀念往昔，又见他哽咽难语，不禁也潸然泪下。

后又有"素女约于桂岩，宓妃迎于兰渚"等句，是想象晴雯到了天上，与神女一同游览天宫胜迹；从此不再遭受人世间的诽谤与中伤。

宝玉呜咽着将诔文念完。黛玉知道宝玉内心难过，便绕过芙蓉花丛，走来委婉相劝。

黛玉道："与其说'红绡帐里'，倒不如按眼下的真事，依那'霞影纱'的名目，写作'茜纱窗下'，你道如何？"

宝玉道："却也好，文虽可虚，情不可不真。不妨把这'公子'之类的字眼弃了，改作'茜纱窗下，我本无缘；黄土垄中，卿何薄命'，岂不更真挚些？"①

黛玉此时哪有心境当真探讨诗文，只道"改得好"，之后便劝宝玉赶紧回去，不要太过悲伤。说着，黛玉受了些凉风，又咳起来。宝玉送黛玉回去，又忙忙地回了怡红院。幸好其他人都没有留意，才没有引出别的事。

自从晴雯被撵出，大观园中越发寂寥了。晴雯故去，宝钗带着丫鬟搬出，司棋、入画也早已被逐出。尤其芳官等人被带走后，婆子们非打则骂，芳官、藕官几人不愿受气，只说要削发出家，闹了

---

① "卿"的意思是"你"，表示关系亲昵。对白中，宝玉说的"卿"，本是指诔文中怀念的晴雯，但面对黛玉说出来，"卿"一语双关，又指向了黛玉。黛玉终究会在"还泪"后逝去，只是结局并未出现在前八十回，借"卿"的巧妙用法，作者点出不久之后黛玉也会香消玉殒——这正是脂批所说的"虽诔晴雯而又实诔黛玉"。这源于书中晴雯与黛玉性情上有相似之处，而袭人与宝钗更为相近，都遵循封建礼教规范。脂批将这种人物映射关系称为"晴有林风，袭乃钗副"。当前网络上有人引用时存在讹误，我们应引用这八个字的原文。

几日，众人便让她们跟着水月庵的尼姑走了。[①]

王夫人将撵出晴雯的事告诉贾母，她巧言如簧，只说晴雯学懒了，又得了重病，所以才打发出去。自从查禁夜赌之后，贾母也灰心了，纵然家中有千般事，她已是风烛残年，无论如何是管不过来的，便听之任之了。

没过几日，迎春因要嫁人，也搬出了大观园。那夫家姓孙，当初爱慕宁荣二公的富贵，祖上曾以门生自居。如今贾府盛势不再，贾赦倒觉得与孙家门当户对，把迎春嫁给了孙绍祖。贾母、贾政素来闻得孙绍祖是武官出身，脾气粗暴，人品不好，但迎春婚事有父亲做主，也不便干涉，只由着贾赦去办理。

此时大观园中已物是人非，宝玉再看诸处景致，虽然轩馆依旧，但蓼花苇叶摇摇落落，仿佛追忆故人之姿，更觉寥落凄惨。

正所谓"几家欢乐几家愁"，此时薛家小院中，正热热闹闹地为薛蟠操办婚仪。

薛蟠的正妻是亲戚夏家的女孩子，她家为皇家栽植桂花盆景而发家，遂被人称作"桂花夏家"。[②]

香菱听说这姑娘也读书识字，只盼着日后家里又多一个"作诗的人"。

---

① 芳官等人跟着尼姑走了，并非走上了修习佛教的道路，而是将会被呼来唤去，过着暗无天日的生活。在书中，水月庵相关情节有两处：一处是前文净虚尼姑说动王熙凤做了伤天害理之事，另一处就是带走芳官。这实际与宗教信仰无关，而是形象地揭示出在封建社会中，有些人披着宗教的外衣做了很多不法勾当。

② 桂花本是秋日盛开，而这家人偏偏姓夏。正如前文护官符中的谐音用法，"薛"即代表着"雪"。桂、夏、冬本是风马牛不相及的事物，文中放在一起，寓意着时机不恰，这一段亲事自然不会有好的结果。

谁知，这姑娘一过门，便胡作非为，令人侧目。她父亲过世早，又没有兄弟姊妹，自小母亲娇生惯养，因此这姑娘眼中只有自己，没有他人，哪怕对丫鬟也是打骂不绝。由于名叫"金桂"，她偏不许别人说这个"桂"字，甚至还命人将"桂花"改作"嫦娥花"，因此众人背地里没有不耻笑她的。

夏金桂自从一进门，就看香菱不顺眼，处处找她的麻烦。一日，夏金桂佯装闲聊，问香菱的名字是如何起的，又说菱角哪有什么香气。

香菱不知是计，说道："不只是菱角花，就连荷叶、莲蓬，都天然有一股清香呢！若是寂静的夜晚，或是清晨时分，细细去品味，那一股香气倒比花香还好呢，令人心神爽快，是极妙的！"

香菱天资聪颖，又学了诗文，连说话都别有一番诗意。可越是这样，正妻夏金桂就越容不下她，故意引诱香菱说出"桂花"二字。待香菱反应过来，已经迟了。夏金桂借故把香菱的名字硬改为"秋菱"，香菱因犯忌讳在前，也只好接受。①

平日里，香菱每每诚心服侍，夏金桂却屡屡生事。命香菱来跟她一起睡，夜间却又是要喝水，又是要捶腿，总不让香菱安生。香菱心中委屈，但也只好忍耐。谁知，夏金桂行事霸道，语言粗俗，却辖治得薛蟠百依百顺。她又极尽调唆之能事，引得薛蟠对香菱拳脚相向。薛姨妈好心来劝，夏金桂毫无顾忌，竟与婆婆争执起来。

---

① 曹雪芹只写了《红楼梦》的前八十回，而改名"秋菱"的情节正发生在第八十回的开头。从"甄英莲"到"香菱"，再到"秋菱"，三次改名代表着她生命中的不同阶段。秋日的菱角意味着即将凋零、枯萎，寓意着香菱终将面对悲凄的命运结局，书中众多女子也将纷纷面对坎坷的人生际遇。哪怕没有八十回后的文字，这种基调与走向也是明确的。程本后四十回续书中说，薛蟠遭受牢狱之灾后又被释放，那时夏金桂已死，香菱便成为正妻。显然，这样的思路并不符合作者原意。

　　宝钗心疼母亲，忙息事宁人，便让香菱来服侍自己，从此香菱再不关涉薛蟠与夏金桂的事。

　　可叹香菱自幼被拐，没过上几天好日子。如今又受了气，不免对月伤悲，挑灯自叹，日子久了便支撑不住，一病不起。宝钗体谅香菱的处境，让她卧床休息，请医诊治。

　　薛家天天闹得鸡犬不宁，宁荣二府近在咫尺，尽人皆知，都慨叹不绝。[①]只是此时贾府也颇不安宁。原来，迎春过门之后，生活并不如意。孙绍祖言行粗鲁，常常欺侮迎春，又说之所以作成婚事，是因为贾赦跟孙家借了五千两银子，如今还不上，才将迎春送来"抵债"。迎春原本性格软弱，又遇到这样的丈夫，只能每日暗暗落泪，又不敢让孙绍祖知道。

　　如今家中琐事繁多，凤姐又不能像往常那样理事，王夫人日日忧闷，疲于应付。但听说后动了恻隐之心，仍作了安排，要接迎春来家中住几日解解烦闷，又命宝玉去天齐庙上香祈福。

　　次日一早，宝玉来到了城外的天齐庙。那庙修造年代久远，阴暗潮湿，宝玉让小厮茗烟燃起一支梦甜香[②]，方觉好些。他巴不得仪

---

① 薛家从梨香院迁出，原著中只说迁到东北角上另一所院落，未有具体描写。薛蟠成婚时，很多人猜测薛家已从荣府搬走，回到了自家宅院中。这种猜想符合生活逻辑。但事实上，文学源于生活，亦高于生活。从宝钗、香菱能够自由来往于大观园等细节，无法得出薛家搬出荣府的结论。薛家闹得鸡飞狗跳，却又处于贾家亲眷众目睽睽之下，这不是充满讽刺意味的绝妙之笔吗？

② 作为一种长度很短的香，"梦甜香"在《红楼梦》中大多用于赋诗场合的计时。前两次点出梦甜香，一次是在海棠诗社首次作诗时，一次是在桃花诗社第一次起社时。而第三次提及梦甜香，却是在第八十回出现在小厮手中，氛围已大不相同。看似不经意之处，实则隐隐呼应。红楼一梦，这香甜美好的梦终究要在家族衰败的背景下被惊醒。自此，贾府距离"白茫茫大地真干净"的结局已经越来越近了。

式早些结束，好赶回家见二姐姐。

迎春一回家，便向王夫人、姊妹们哭诉孙绍祖的苛待。众人劝解一番，迎春只说想到紫菱洲住几日，不知日后还有没有机会再住了。贾赦与邢夫人并不关心迎春，无非是略问候而已。迎春在大观园中住下，总算舒坦了几日，之后不得已又回孙家去了。

第37章

《红楼梦》八十回后的故事 ①

朔风凛冽，寒冬早至，宝玉看着大观园日渐寂寥，早已没有了往日的兴致。薛家小院中，香菱的病越发重了，虽有宝钗关照，请医问药不断，但仍全无起色。

黛玉也曾去探望香菱，只见她气若游丝，不过强撑着说几句话，跟当初学诗的她已是判若两人。黛玉好言劝慰一番便回来了，到了潇湘馆只是默默落泪。

眼看又到打春的时节，香菱却没能熬过残冬，在漫天飞雪的日子中撒手人寰。②

---

① 高中语文要求对《红楼梦》进行整本书阅读，其中的学习任务之一，是让学生比较后四十回续书与前八十回的差异，并设计八十回以后的故事，要求"设想主要人物的命运或结局"。这一思路小读者们可以借鉴。本章结合通行学术观点，对书中主要角色的结局略作梳理，提供整体故事走向供读者参考；同时，注释中点到后四十回续书内容，供大家对比。小读者们也可以有自己的看法，只是须做到言之成理，能够自圆其说。

② 香菱是《红楼梦》中第一个出场的女子，在前八十回中，她已得了重病且无法医治。想必八十回后的情节里，香菱也是第一个逝去的女子，之后越来越多的女子将迎来悲剧性命运。

那夏金桂不许薛蟠正经操办香菱的丧事，不过草草了事。倒是薛姨妈，想起香菱过往的种种，伤心哭泣了一番。贾府人等闻听莫不慨叹，黛玉自不必说，单是宝玉就凄然泪下，心中无比难过。

一日，宝玉漫无目的地走在园中，忽见池中仍存枯荷。这早春的残荷经了霜雪，越发显得枯黄羸弱，稀疏的莲梗探出水面，荷叶如同一个个残破的灯笼低垂在水上，有的只余丝丝缕缕，好不凄凉！

看着这一切，宝玉不禁又想到了香菱。她名中有"菱"字，菱角与荷花本是相伴而生，香菱屡屡被欺，坎坷的命运正像这池中的残荷！

宝玉泪眼蒙眬，再抬头看时，却见池畔的桂树枝头已泛出绿意。宝玉不免觉得奇怪，这场景倒像一幅画，似在哪里见过……

又过了些日子，春暖花开，姹紫嫣红难掩宝玉心头淡淡的忧闷。

宝玉日日只想待在园中，不愿虑及园外的那些是是非非。谁知，此时朝中的政事，竟也关涉到闺阁际遇。

原本迎春未出嫁时，有媒婆见探春到了婚嫁的年纪，便来为探春说亲，一来二去，为探春寻了个不错的婆家，贾政、王夫人皆满意。探春一概听长辈安排，只等过门。

怎料边境上起了战事，朝廷派南安王领兵讨伐。这南安王祖上曾立过军功，当年所向披靡，战无不克。可哪知南安王却只知纸上谈兵，误中对方将领之计，以致损兵折将，大败而归。

如此一来，门户洞开。皇帝生怕敌军乘胜追击，攻城略地，惊慌无措之下，只好议和，要选取女子和亲。

南安太妃心焦不已，为减轻南安王的罪责，本该将自己的女儿送去和亲，可事到临头，作母亲的却不舍，便另作主张，要在世家大族中择一女子认作义女，送到异域去和亲。挑来选去，南安太妃想起贾母寿宴上见过的探春，觉得她才貌俱佳，一心要认她为义女。[①]

贾府人等听说，颇觉意外。王夫人泪如雨下，不愿送探春千里迢迢去和亲。贾政亦不如意，怎奈如今贾家在朝中无人，亦不敢得罪南安王府，只得一一照办。贾府上下准备送亲，却毫无半点喜色。

探春做着准备，看上去与平时一样。原来，她觉得与其悲悲切切，不如泰然处之。

倒是宝玉，想着妹妹即将远去，非但不知日后境遇如何，从今往后想见一面怕是也难了，故而伤心不已。

后来又听说，探春要嫁的是外国的君王，虽身居一隅，倒也有雄才大略，待人温厚。宝玉这才略略舒了一口气，只愿妹妹在异国他乡能够平安顺心。

和亲那日，宝玉等人来到码头送亲。探春虽是盛装，却留恋家人，久久不愿离去。怎奈吉时已到，南安太妃催促下，探春才登船启程，不免时时回顾，以帕拭泪。

宝玉看到船渐渐远去，泣不成声，泪眼模糊之际，忽望见远处天空中飘着几只风筝，原来恰逢清明时节，正是放飞风筝的时候。

猛然间，宝玉觉得眼前一幕极为熟悉，又不知曾在哪里见过。他苦思冥想，心中忽又想起一句"一帆风雨路三千"，却不知出自何处……宝玉呆呆地想着，王熙凤等人只当他怀念妹妹，不由分说地带他回了贾府。

大观园中又少了探春，愈发显得冷清了，宝玉回想以往姐妹们

---

① 南安太妃与探春之间的瓜葛，照应着贾母过寿时见面的一段情节。后四十回续书中写探春嫁给镇守海疆的官员之子，与"一帆风雨路三千"等说法不合。

畅快欢聚的日子，每每潸然泪下。谁料这一日忽传来噩耗：嫁到孙家的姐姐迎春故去了！迎春年纪轻轻，竟去得如此突然。人们议论纷纷，说是孙绍祖一味苛待，才致使过门不久的迎春一命呜呼。[①]

贾母老泪纵横，说让贾赦为迎春讨个公道。

哪知孙绍祖如今一手遮天，买通了皇上身边的人，不但不认账，反说贾家有意栽赃。那些对贾府不满的小人又趁机说些闲言碎语，皇帝反而更厌恶贾家了，以至于在后宫中也冷落了元春。

宫中美女如云，元春早已感到圣宠不再。如今迎春妹妹死了，皇上不为贾府做主，还疏远了自己，让元春不得不担心贾家日后的处境。忽想起，弟弟宝玉也大了，万不能再结一门不妥的亲事，故想着为宝玉指婚。元春觉得宝钗是自己的表妹，况又有那"金玉良姻"之论，遂选定了宝钗。王夫人自是欢喜，薛姨妈想着亲上加亲，故也遂意。

若依贾母，并不想选择宝钗，只是如今家中事多，自己日渐老迈，究竟还能管多少事？故此前查赌之后，贾母便不太过问事务，知道大局已注定，不是自己能挽回的。眼下她并不表态，只听元妃谕旨。

接到旨意，宝玉并未感到一丝喜气，担心黛玉还不知会哭成什么样。哪知黛玉并不曾落泪，众丫鬟见了，倒说她身子好了。

一日清晨，紫鹃取花上露水沏了茶，来叫黛玉时，却发现黛玉

---

① 在原著中，"金陵十二钗"判词有谜语的意味，吸引读者来猜想判词与人物的对应关系。到此时，晴雯、香菱、迎春已有明确结局，意味着"又副册""副册"和"正册"中，都出现了与判词明确对应的人物和命运。那么接下来，其他人物的结局也将一一应验。

已然悄无声息地香消玉殒了。

大观园一时笼罩上凄愁的气息，府中人等忧心哀伤自不必说，宝玉更是哭成了泪人，怎奈碍于礼法，只好依指婚娶了宝钗。①

宝钗一心听长辈做主，过了门侍奉公婆倒勤谨。只是宝玉心中明白，虽与宝钗看似举案齐眉，实际又何来半点感情呢？在家人面前不过是遵照礼法亦步亦趋，他内心依旧怀念着黛玉……

深宫中的元春哪知这些，只觉得门当户对，以为弟弟夫妻二人琴瑟和鸣。况且，元春亦有颇多不如意事。近来朝中派系之间互相倾轧，一干新贵不将贾府放在眼里。后宫中，元春亦觉圣宠渐衰，不免忧郁成疾。

皇上听说，不过请太医诊治，却不曾亲自看视。虑及贾府日后不知将会如何，元春想对父母作一番嘱托，此时只是有口难开。病中的元春更觉烦郁，自己沉疴渐重，夫君却不闻不问，难道自己也要步迎春妹妹后尘么？

贾府听说元春违和，一心想打听清楚，再送些良药进宫。可此时，太监夏守忠却找尽理由，任凭送什么好礼，只是避而不见，贾府上下更慌了手脚。

---

① 程本后四十回续书围绕宝玉婚娶，杜撰出了"调包计"与"黛玉焚稿"等情节。续作中，王熙凤表面上答应贾宝玉娶林黛玉，却暗中安排薛宝钗顶替成亲，被称为"调包计"。实际上，这并不符合古代观念，大家闺秀不可能接受这种名不正、言不顺的婚姻。另外，续书中贾母等人的反应亦不真实。有读者认为"黛玉焚稿"情节感人，但其仍建立在"调包计"的基础上。这样的处理似有绝情之嫌，与前八十回的人物形象亦有出入。

时日未久，贾府忽见太监来传旨，说是元春已然薨逝。[①]

贾政、王夫人等纵然悲伤，却丝毫不敢埋怨一句。元妃的丧仪不过草草办理，贾府仍须称颂皇恩。

此时屈指一算，住在大观园的姊妹已然无多：宝玉搬出园子完婚，史家因操办出嫁事宜早已接走了湘云，宝琴、岫烟各回各家居住，怡红院、潇湘馆、秋爽斋、紫菱洲已空无一人……

这大观园本是迎接贵妃省亲用的，此时贵妃已逝，众人怕贾母伤心，王夫人遂与李纨、宝钗商议，让姊妹们都出园居住。

因惜春年纪也渐渐大了，贾珍趁此机会，说要将惜春接回宁国府，又找了媒婆为惜春说媒。

惜春知道宁国府一团混乱，无论如何也不想回去。因想着贾珍结识的无非纨绔子弟，个个荒唐无耻，又想到姐姐们的遭遇，惜春更是心灰意冷，只说要削发为尼。

此时贾府中的琐事一件接着一件，尤氏也拗不过惜春，最终答应了。大户人家小姐出家，京城中的人听了，都称是一桩奇事。

却说这一日，蒋玉菡忽忙忙地来见宝玉。原来，当初宝玉虽向忠顺王府长史官说出了琪官下落，但琪官知道那是无奈之举，并不曾怀恨在心。如今他已不再唱戏，又改回本名蒋玉菡，靠积下的家资在郊外过活。他当年出入忠顺王府等豪门时，结识了不少人，偶然间通过旧交，得到了一些与贾府有关的消息，知道非同小可，匆

---

① 脂批点出，贾家四春姐妹名字中间的字放在一起，"元迎探惜"借谐音隐寓着"原应叹息"，指她们的遭遇原本应当受到人们叹息。实际上"原应叹息"不只限于四春姐妹，同样适用于书中遭遇坎坷命运的诸多优异女子，暗合全书"千红一哭""万艳同悲"的主基调。

匆来告知宝玉，好让他全家早做些准备。

原来，朝中暗流涌动，偏偏又有要事牵扯到贾府，贾府已是岌岌可危！

宝玉近日知晓袭人早就盘算着让自己搬出大观园、远离众位姐妹，只觉如鲠在喉，有意疏远她。此时宝玉心中感激，又知蒋玉菡未曾婚娶，便想起将袭人嫁给蒋玉菡，毕竟服侍自己一场，于袭人而言，这也算不错的归宿。

袭人只好全凭宝玉做主，收拾好东西，临走时又对宝玉、宝钗夫妇说："从此我不在身边，好在麝月细心，也能周全服侍，好歹留着麝月吧。"①

宝钗觉得有理，送袭人出嫁之后，又遣散了一些丫鬟，只留着麝月等人使唤。

另一边，宝玉把蒋玉菡的话告诉了贾政、贾赦等人。但他们纵然知晓了又能如何呢？子孙不贤，朝中已无势力，只好坐以待毙罢了。

这一切，皆因朝堂上出现了一位新贵，大权在握，皇上对他言听计从。这官员能够发迹，却多亏了一位幕僚。

你道这幕僚是谁？不是别人，正是当年贾雨村判案时从旁出谋划策的门子，也就是早年间葫芦庙的僧人！

原来，这门子自打被充军发配，便怀恨在心，打定主意要报复贾雨村。他本就有几分心机，经过这一劫，又多了几分谨慎，殷殷

---

① 关于八十回后的情节，脂批曾点道："袭人出嫁后云'好歹留着麝月'一语，宝玉便依从此话。"袭人的判词中说"堪羡优伶有福，谁知公子无缘"，应是隐寓袭人后来嫁给蒋玉菡。而前文麝月抽花签，"开到荼蘼花事了"的诗句意指荼蘼开花较晚，往往被视为一年花季的终结，之后极少有盛开的鲜花。这表明宝玉身边众多丫鬟中，麝月是留到最后的一个。

勤勤服侍上官。日子久了，倒有个官员注意到他，让他当了自己的幕僚。偏偏这官员运气好，一路亨通做了京官，如今与贾雨村争权夺势，一心要扳倒贾雨村。[①]

门子见正到了自己出力的时候，遂将贾雨村在应天府徇私包庇薛蟠的内情和盘托出。那官听了，便志得意满——这等枉法之事，岂不是一告一个准儿。遂向皇帝上了一本，参贾雨村罔顾国法！

皇上大怒，命将贾雨村羁押查办。这一查可不打紧，牵三挂四又扯出不少罪证：先是贾雨村讹取石呆子的古扇贿赂贾赦，又得知了国丧期间贾珍、贾琏罔顾圣旨寻欢作乐，其中又夹杂着些王子腾为非作歹的证据。

待奏报到皇上面前，龙颜大怒。如今元妃已死，皇上不再念及情面，遂下旨查抄贾家、王家。

一时六部官员带着御林军气势汹汹直扑贾府，样样搜查，处处查封。贾母年老体弱，哪经得起这些，又惊又恐又气竟故去了。贾府上下不知所措，皆成了俎上鱼肉。大观园也被抄没，瞬间易主。混乱间，妙玉因不是贾家人，只身逃离了栊翠庵。

贾府几十年间仗着位高权重，也做了不少上不得台面的事，小的不说，大的就有几件：先是贾珍结交南京来的人，却是与犯官甄家有瓜葛；王夫人又帮甄家私藏物品，这更是大罪；王熙凤私自放利，有违国法，甚至为了钱财在外做了害死人命的事！

[①] 书中贾雨村判案之后，将门子充军，脂批点出："又伏下千里伏线。"据推测，一般认为后文门子又告发了贾雨村，反给雨村带来牢狱之灾。"草蛇灰线""伏脉千里"是古典小说常用笔法，作者在《红楼梦》中更是用得出神入化，取得了极其精妙的文学效果。

消息传出，朝堂上人人侧目。贾政本不知内情，一时束手无策，只是唉声叹气。那王家如今也一败涂地，史家早已失势，薛蟠又关押候审，贾政连个援手也找不见了。

皇上见证据确凿，便一一发落。贾珍、贾赦、贾琏等人均身陷囹圄，连贾政、宝玉也未能幸免，一概关进牢房。女眷无辜的多，暂关押在荣国府中，倒是出家的惜春逃过此一劫。

贾琏虽亦担着罪责，但听说王熙凤的种种行为之后，仍执意将其休弃。曾经威势赫赫的王熙凤，如今贫病交加，沦落到蓬头垢面的地步。李纨、宝钗等人见她可怜，有心照料，怎奈衣食不周，能保全性命已是万幸，更遑论请医问药，只能看着王熙凤气息奄奄。

不久之后，薛蟠问斩，薛家彻底败落了。那夏金桂如何过得了凄苦的日子，没过多久便郁郁而终。

又是一年寒冬时节，昔日风光无限的荣国府，此时已破败不堪。官差看着满地残冰污雪，便要找一个人来打扫。众女眷中，那官差偏选了病重的王熙凤，其他人敢怒不敢言，王熙凤只好强撑病体去扫雪。寒风吹来，王熙凤头晕目眩，偏偏官差在旁讽刺，一口一个"二奶奶"叫着。王熙凤又羞又恼，倒在了雪地中……①

而此时，监牢之中衣衫褴褛的宝玉正默默发呆，忽听狱卒叫他，说是有人探监。

宝玉不免觉得奇怪，贾家沦落到这等地步，还有谁会来探监呢？

狱卒将宝玉带到了狱神庙，却见来探监的有一男二女，原来是贾芸、小红与茜雪！

---

① 学术界一般认为，贾府败落后，王熙凤会沦落到像仆役一般扫雪的下场。脂批中亦有"凤姐扫雪拾玉"的说法，但脂批只有这几个字，具体含义不明。

宝玉未料能再见到茜雪，一时悲喜交集！

原来，贾芸与小红在王熙凤手下当了几年差，待小红年纪大了，王熙凤做主还了她自由之身，让她与贾芸成婚。如今两人做着些小买卖，生活倒也富足。

而那年宝玉因枫露茶要撵李嬷嬷，为了逼他放弃这个想法，贾母等长辈做主撵了茜雪。但茜雪也因祸得福，皆因主子们同样免去了她的奴仆身份。后来茜雪在外成婚，如今过得也算美满。

听说贾府被抄、宝玉入狱，茜雪念起旧日恩情，便与小红、贾芸商议对策，来到狱中探望。

眼下已物是人非，宝玉因当年撵了茜雪感到惭愧不已。茜雪不计前嫌，倒安慰了宝玉一番，说想办法尽快让他出狱。①

此时，皇帝下旨，贾府人等所有官爵一概褫夺。有司已查明，贾赦、贾珍、贾蓉等皆罪不容诛。贾府至此一败涂地。如吴新登媳妇、周瑞家的等奴仆，又被别人买了去，成为新主子的仆人。冷子兴没了靠山，其他商人便落井下石，他只好关张了事，只能勉强糊口罢了。

贾府女眷大多无辜，李纨、宝钗等人皆被释放，各寻活路去了。李纨因往日将一些财物寄存在家人手中，如今带着儿子贾兰生活，倒也衣食无忧。

幸而薛蝌、宝琴无涉案情，没有被牵连，然而宝琴亦可悲可怜。当日未抄家时，宝玉还颇感奇怪：宝琴没过门原本是因梅翰林在外

---

① 古代的监狱需供奉狱神，狱神庙往往成为探监的地方。脂批点出"茜雪至狱神庙方呈正文"，点明作者原有"狱神庙慰宝玉"等构思。同时脂批又提示，"狱神庙红玉、茜雪一大回文字惜迷失无稿""红玉后有宝玉大得力处"，表明贾府败落后贾宝玉应是得到了茜雪、红玉的安慰与帮助。

省任职，后来梅家分明已然回京，自己在宴席上还曾见过梅翰林，可他却对婚事只字不提。过后才知，梅家儿子久病，因此不便完婚。哪里料到，那梅公子年纪轻轻却不治而亡。好在薛家是商人，不讲那么多规矩，薛蝌为宝琴另寻了一门亲事，只是夫家门第便差多了。宝琴嫁过去之后，常常忧愁叹息，也只勉强过活。

且说因宝玉无罪，贾芸又托醉金刚倪二等友人上下打点，衙役将宝玉放了出来，终与宝钗团聚。

只是，贾府已经败落，家是回不去了，两人又能到哪里去呢？

好在蒋玉菡与袭人没有忘记他们，把夫妻二人接到城外的家中一起生活，远离了京城中的是是非非。[①]

宝钗原本十指不沾阳春水，此时看境况艰难，不免学着料理些家务，闲了与袭人做些针线活，让蒋玉菡拿到集市上卖了补贴家用。

这样的日子让宝玉内心无比痛苦，他不想再让蒋玉菡与袭人受累，却又无计可施。偏偏宝钗时不时还劝宝玉读书考科举，若做了官才好有些俸禄。可想到贾家的过往，宝玉哪里还有半点科举进身的心思！

看着宝钗与袭人劳碌的身影，宝玉脑海中浮现出几句话：

都道是金玉良姻，俺只念木石前盟。

空对着，山中高士晶莹雪；终不忘，世外仙姝寂寞林。

叹人间，美中不足今方信。

纵然是齐眉举案，到底意难平。

---

① 脂批点出，在八十回后的情节中，蒋玉菡"与袭人供奉玉兄宝卿得同终始"，表明蒋玉菡与袭人在贾府衰败之后，依然照顾着宝玉、宝钗夫妇二人。

又想起几句曲词觉得耳熟，"一个是阆苑仙葩，一个是美玉无瑕"，"一个是水中月，一个是镜中花"……

宝玉思前想后，不愿再继续过这样的生活。终于，他下定了决心。

一日清晨，宝玉悄悄离开了蒋家，出门不远，就看到有人鸣锣开道，一位官员坐在崭新的轿中威风凛凛地过去，轿后有一人骑着高头大马，趾高气扬。这不是别人，正是门子与他的新主子。路人议论纷纷，说是孙绍祖也触犯了律法，这一行人是要去抄家的。

宝玉听了，漠无表情地渐渐走远。

后来，蒋玉菡四处打探宝玉的下落，哪里还有音信。

再后来，有一个偏僻的村落来了一个化缘的僧人，穿得破破烂烂，时哭时笑，显得狂放不羁。人们都不知道他从哪里来，也不知道他是谁，因见他项上挂着一块石头，脏兮兮的，也没什么光彩，都说那是一块像玉的石头，随口称他为"石头僧人"。

可只有这僧人心里清楚，他就是当年的贾宝玉！

这一年冬天，漫山遍野白雪皑皑，连野果都难寻，宝玉讨不到饭食，饥肠辘辘。好容易见有户人家门口扔着一个破罐，里面尚有些咸菜渣子，宝玉便像得了珍宝一样，掏出来塞在嘴里，实在难以下咽，就抓一把地上的雪和着吞下去。①

宝玉舍不得一丁点儿菜渣，直到罐子里空空如也才起身离开，来到村头的破庙里栖身。寒风呼啸，庙中残败不堪，他只好用捡来的破毡紧紧裹在身上，蜷缩在佛堂一角。

---

① 脂批点出，后文中贾宝玉将落到"寒冬噎酸齑（jī），雪夜围破毡"的境地，与之前富贵奢华的生活构成鲜明对比。"酸齑"指切成细末的咸菜，脂批以寥寥数语点明贾宝玉日后困顿不堪的生活状态。

忽有两个行路的客商从此经过，来到庙中歇脚。两人打开酒壶，喝了两口酒暖着身子。角落里的宝玉闻到酒香，不免回想起过往。

此时，两个过客你一言我一语地聊起天来。

其中一人道：“你可曾听说，京城中出了几件奇事。那荣国府被抄，自然是都知道的了。倒是几个女眷的经历，颇令人感叹。像那史家的千金，原也是荣府亲眷，本来成了婚与夫婿和和美美，谁知，那公子倒被掳到了外国，至今杳无音信……”

宝玉默默听着，就知这说的是湘云了。她从小失去父母，若能过上美满生活该多好啊，谁知终究事与愿违！

当初湘云订婚，夫婿是卫若兰。以往卫若兰因应酬往还也曾来过贾府，只是当时王孙公子众多，宝玉又哪里会一一结识。倒是后来一次在射圃习射，宝玉见卫公子性情温厚，便引为好友，复又听说是湘云未来的夫婿，更觉亲近几分，遂将自己从清虚观得来的金麒麟送给了卫若兰。原以为湘云、若兰二人能婚姻美满，不承想，早春时节，湘云过门不久，卫若兰便因战事上了沙场。结果南安王惨败，卫若兰被俘，至今下落不明。湘云只好独守空房，如同被天河分开的牛郎、织女一般，心中日夜思念。这样的日子，不知要煎熬到几时……①

如此想着，宝玉眼角滴落几许浊泪。又听那过客说：“贾府毕竟

---

① 《红楼梦》第三十一回提及宝玉从清虚观得到的金麒麟又大又好看，脂批点出：“后数十回若兰在射圃所佩之麒麟，正此麒麟也。”另外，此回回目中有“因麒麟伏白首双星”的说法，“双星”指天上的牛郎星与织女星。在神话传说中，牛郎与织女本是夫妻，无奈被天河隔开，只能每年一度鹊桥相会。“白首双星”比喻夫妻二人直到年老却因种种原因不能相见，隐寓着湘云婚后的处境。至于湘云与夫婿不能见面的原因，小读者们可持各自观点。

富贵一场，倒有个孙子争气，后来立了军功，为他娘挣得了诰命身份，凤冠霞帔穿戴起来，甭提多威风了。可谁知道，偏是不巧，那公子旧伤复发，不久倒故去了……"①

宝玉便知这说的是大嫂子李纨与贾兰。谁承想，侄儿年纪轻轻，却已不在人世，宝玉心中更加忧伤。

"这些都还罢了，倒有一个姑娘的经历，那才叫一个巧呢，"过客说道，"这贾府也是鱼龙混杂，衰败的时候更是顾头不顾尾，有个女孩倒被自家亲眷害了！听说是她的舅舅，还有哥哥，为了得几个钱，串通起来打着婚配的幌子把这姑娘卖了！想想多可怜啊，曾经衣来伸手、饭来张口的小姐，眼看倒要被打着骂着服侍别人去了。就在这个当口儿，说是他们家以往接济过一个乡村里的老人，偏赶上进府探望，听说了此事。这老人还真不含糊，卖房卖地说什么也要把她赎出来。后来这姑娘才逃出了虎口，听说是嫁给了那老人的外孙。这不，也安安生生过起乡下生活了。"②

听到这里，宝玉方才知晓巧姐的坎坷经历。想必救她的，就是那刘姥姥了。当初只看刘姥姥在贾府吃喝玩乐，哪会想到竟有如此

---

① 照顾到文学表达效果，描写李纨命运的曲子《晚韶华》，一并点到了贾兰的结局。曲子中说："威赫赫爵禄高登，昏惨惨黄泉路近。"有人认为故去者是李纨；实际上前几句提及"头戴簪缨""胸悬金印"，这是男性官员的打扮，故而"黄泉路近"的应是贾兰。李纨老来丧子，纵然有诰命身份，依然是可悲可怜的，正合全书的悲剧氛围。

② 描写巧姐遭遇的曲子名为《留余庆》，其中说"休似俺那爱银钱、忘骨肉的狠舅奸兄"，据此句推测，日后巧姐应是被"狠舅奸兄"所害。但曲子中并未指出具体角色，一般认为，"狠舅"指王熙凤的哥哥王仁，其谐音便是"忘仁"。后四十回续书写贾环、贾芸参与此事，应非曹雪芹原意。一来贾环是"叔"而不是"兄"，二来亦与贾芸的人物定位不符。或许，在作者的构思中，贾蓉之流会做出如此恶行。

一番际遇。幼年时，巧姐在大观园中与板儿见过，那时两人还交换过手中的果子，如今结为连理，看起来倒真是一桩巧事了！

又听那过客道："却说这姑娘有个远房姑姑，如今跟夫婿生儿育女，倒是踏踏实实地生活着。"

宝玉心知，想必这是说邢岫烟。她与薛蝌未受牵连，如今安稳生活，倒是一件值得庆幸的事。

宝玉还想再听听，却见那客说道："天不早了，眼看又要下雪，咱们还是赶紧上路吧！"两人推开门，又走入风雪之中。

佛堂里只剩了宝玉，他回想前前后后的事，心中不知是什么滋味。偶一抬头，正看到莲花座上破败的佛像，忽想起惜春妹妹已然出家，不知如今是否安好，是不是正对着青灯古佛念那经书黄卷。

可看着这佛像，宝玉越发觉得似曾相识，好像在哪里见过一幅画，画的正是古庙佛像，有一女子阅览经文……

宝玉苦苦思索着，脑海中浮现出一首诗：

> 勘破三春景不长，缁衣顿改昔年妆。
> 可怜绣户侯门女，独卧青灯古佛旁。

啊！这不是那年自己梦游太虚幻境时梦到的"金陵十二钗"册子，还有在宴席上听到的《红楼梦》仙曲吗？

想那"正册"上，头一幅画着树林中挂着玉带，又有白雪埋着金簪。这不正隐着"林黛玉"与"薛宝钗"的芳名么？判词写"可叹停机德，堪怜咏絮才"，或以才华著称，或以端庄闻名，不正是她们二人的写照吗？

又想到仙曲《终身误》唱的是"都道是金玉良姻，俺只念木石前盟"，正是自己后来的境遇，而那《枉凝眉》道"一个是阆苑仙葩，一个是美玉无瑕"，宝玉不禁泪流满面，更思念故去的林妹妹。①

宝玉忽然领悟，依着"金陵十二钗正册"一一想下去——

那"二十年来辨是非，榴花开处照宫闱"说的不正是元春姐姐么？她将大好青春年华全都耗在了深宫之中，年纪轻轻便溘然长逝，令人心碎。②

宝玉记得还有一幅图，画着恶狼追扑一女子，那判词道："子系中山狼，得志便猖狂。金闺花柳质，一载赴黄粱。"如今恍然大悟，"子系"二字合在一起即"孙③"字。这孙家本是仗着贾家发迹的，谁知孙绍祖不但不思报恩，反而落井下石，在贾家衰败时折辱姐姐迎春，结婚不久便致其寿夭，果然如恶狼一般可恨！

那画中坐船远去的女子，必定是探春妹妹了，她背井离乡，正是"清明涕送江边望，千里东风一梦遥"。也难怪哀叹她命运的那支

---

① 在书中，"金陵十二钗"册子中的画是用文字写出，需要借助想象来理解。黛玉与宝钗合用一幅画、一首判词，画中内容借谐音隐着两人姓名，依古人习惯，与人物命运等其他内容无关。另外，《红楼梦》仙曲名为"十二支"，实际加上《红楼梦引子》与《收尾·飞鸟各投林》共计十四支，通过这类笔法，作者避免了机械重复十二这个数目。仙曲中的《终身误》借宝玉婚后的视角，点明他对宝钗、黛玉的不同态度。而《枉凝眉》从黛玉角度描写了宝黛爱情，即"木石前盟"的具体表现。

② 元春判词的后两句为："三春争及初春景，虎兔相逢大梦归。"其中，由于版本不同，有"虎兔相逢"与"虎兕相逢"两种行文。由于古籍抄写常常存在谬误，目前来看，难以断定哪种说法为作者原意。"大梦归"是死亡的委婉说法，若认可"虎兔相逢"，一般认为是指元春死于虎年与兔年交替之时；若采纳"虎兕相逢"，一般认为是指元春死于朝中两派之间的政治斗争。

③ 孙："子系中山狼"字面意思是"这男人如同忘恩负义的中山狼"。这里引用了东郭先生与狼的典故。"子系"合在一起是"孙"字，即"孙"的繁体字，点明孙绍祖忘恩负义，粗暴地折磨迎春，最终导致迎春故去。

仙曲名为《分骨肉》，果真是"一帆风雨路三千，把骨肉家园齐来抛闪"！如今她杳无音信，也不知是否安好，若她闻得家中如此惨状，还不知该有多么伤心……

至于画中立在冰山上的凤凰，不用说，就是指凤姐姐了。她有才有貌，只可惜贾府如同消融的冰山，终究是靠不住的。"一从二令三人木 ①，哭向金陵事更哀"，宝玉反复思量这两句话，又回想起当初协理宁国府时，凤姐姐指挥众人说一不二的情形，心中五味杂陈。

此时她虽已逝，好在女儿巧姐能逃过一劫，果然是"偶因济刘氏，巧得遇恩人"。这"巧姐"的名字还是刘姥姥取的，想必画上画的荒村野店、女子纺绩，便是如今巧姐的生活景象了。

那仙曲《乐中悲》道"霁月光风耀玉堂"，岂不正是湘云爽朗个性的写照么？一句"云散高唐，水涸湘江"，其中隐着湘云的名字，必是指她与夫婿不能相见的凄楚境遇了。

还有一幅画，凤冠霞帔之人身旁有一盆兰花，说的正是李纨母子。"桃李春风结子完，到头谁似一盆兰"，句中的"李""完"即李纨的芳名，"兰"是说她的儿子贾兰。只可惜，大嫂子虽有了诰命身份，终是悲惨一生。

又想及妙玉此时不知流落何方，这混乱的尘世，于喜欢洁净的她，终究是"可怜金玉质，终陷淖泥中"！

原来，那金陵省优异的"金陵十二钗"全都是以往自己身边的

---

① 该句脂批注明"拆字法"三字，通过拆字的方式点明王熙凤命运。但具体如何拆字，脂批没有言明。一般认为，"一从"是说一开始贾琏服从于王熙凤；"二令"指贾琏反感凤姐之后，反过来命令她；而"人木"合成"休"字，"三人木"指后来贾琏将凤姐休弃。除此之外，不同学者又有不同的理解。

女子！"正册"中，黛玉、宝钗、四春姐妹，再加上珠大嫂子、凤姐姐与湘云妹妹，还有妙玉、侄女巧姐，另有早早逝去的侄媳秦可卿，恰是十二人！

宝玉再想那"副册"，当初翻开就见画着桂花盛开而荷花枯萎，判词写的是："根并荷花一茎香，平生遭际实堪伤。自从两地生孤木，致使香魂返故乡。"

彼时只当是写景物而已，如今细想，"两地生孤木"——两个"土"加一个"木"为"桂"字，正合画中景象。这写的是夏金桂作威作福，导致香菱芳魂早逝。菱角与荷花相伴相随，只可惜了香菱这个如同莲花一样温婉可人的女孩子！

再想"又副册"中，必是晴雯、袭人等无疑了！"风流灵巧招人怨，寿夭多因毁谤生"的判词，说的若不是晴雯又会是谁呢？宝玉想着，脑海中浮现出晴雯撑病补孔雀裘的场景，不禁潸然泪下。

他又细想，第二幅画上的"花"与"席"，岂不正寓意着花袭人？

只可惜，自己梦游太虚幻境时，尚不知那些册子、判词竟关乎闺阁女子的境遇！若早知如此，便该细看看，不至于如今连"副册""又副册"还有何人都不知道。或许平儿、紫鹃都在列吧，不知她们后来沦落到何方了……

可他转念一想，如今家业凋零，群芳流散，就算一一知晓她们的境遇，又有什么用呢？又哪里会减轻她们半点痛苦！贾府数十载荣耀奢华，到头来却正如那收尾的仙曲《飞鸟各投林》所唱："好一似食尽鸟投林，落了片白茫茫大地真干净！"

想到这里，宝玉苦笑起来。他经历过富贵繁华，如今慨叹的是身边那些优异的女子，还有她们带来的纯真与美好。曾经作海棠诗、咏菊花的美妙场景，是他心中唯一的安慰了。

宝玉眼泪汪汪，口中喃喃吟起那些诗句，"玉是精神难比洁，雪为肌骨易销魂"，"寒芳留照魂应驻，霜印传神梦也空"……

他正想着，门外飘起了鹅毛大雪，正如同诗句中的意境。宝玉飞奔到门外，见天地之间一片素白，皑皑白雪仿佛要将痛苦的回忆渐渐湮没。

他手捧着雪，眼含热泪，似乎捧着最洁白、最晶莹的东西。

不知何时，雪地上传来吟唱歌谣的声音。宝玉循声望去，只见一个僧人与一个道士衣衫褴褛，徐徐而来。那道士吟着：

> 陋室空堂，当年笏满床；衰草枯杨，曾为歌舞场。
> 蛛丝儿结满雕梁，绿纱今又糊在蓬窗上。
> ……
> 金满箱，银满箱，展眼乞丐人皆谤。
> ……
> 因嫌纱帽小，致使锁枷杠；昨怜破袄寒，今嫌紫蟒长。
> 乱烘烘你方唱罢我登场，反认他乡是故乡。
> 甚荒唐，到头来都是为他人作嫁衣裳！ ①

宝玉忽然间明白，歌谣唱的是世事浮沉，岂不正合自家的经历吗？"金满箱，银满箱"，昔日的凤姐姐不就如此么？那"因嫌纱帽

---

① 《好了歌解注》在反思历史真实的同时，亦隐寓着书中主要人物的命运。如"展眼乞丐人皆谤"，就是说甄宝玉、贾宝玉一干人。《红楼梦》在开篇即隐隐点出人物结局，堪称神来之笔。

小，致使锁枷扛"的，不管是大老爷，还是贾雨村，概莫能外……

宝玉想着，不禁扑倒在雪地中，双手掩面，也不知是笑还是哭。

宝玉心中越发思念那一个个纯真优异的女子。他回身望着那破庙，将身前的雪拢成一个小丘，折了三根草，权当是香插在雪丘上，深深地拜下去，久久不起。

再抬头时，他猛然发现那癞头和尚与跛足道人已然走远，茫茫渺渺之处只有两个依稀的身影。宝玉踉跄爬起，朝着一僧一道追去，雪地上空留下歪歪斜斜的两行脚印……①

又过了许多年，忽有神采奕奕的神瑛侍者来到警幻仙姑面前。原来，神瑛侍者下世历练已了，重归幻境。

警幻仙姑甚是欣慰，而一旁，眉目含笑的绛珠仙子早已等候多时。两人相见，满腹话儿不知从何说起。

后来，神瑛侍者与绛珠仙子在太虚幻境中朝夕相伴，再不分离。

而那块通灵宝玉，经茫茫大士与渺渺真人点化，复归大荒山无稽崖青埂峰下，以那满身字迹，向世人诉说着这个发人深省的故事……

---

① 后四十回续书的结尾，宝玉在雪地中穿着大红斗篷遥遥向贾政下拜，之后被一僧一道带走。这一情节让不少读者印象深刻，觉得色彩上极具视觉冲击力。然而，既已出离红尘，又何必拜别父亲呢？况且困顿之中又哪里来的奢华斗篷？细思亦有不合理之处。

因为受人所托……

几年前，我到外地做讲座普及《红楼梦》。当地有一位同事做了很多细致周到的工作，给我留下了深刻印象。

临别时，这位同事托付我一件事：她打算让正在读小学的孩子提前了解《红楼梦》，希望我推荐一个适合孩子阅读的版本。

当下小学、初中阶段的语文教材中有多篇课文节选自《红楼梦》，比如五年级的《红楼春趣》，九年级的《刘姥姥进大观园》等。而高中阶段要进行《红楼梦》整本书阅读，相关考题进入高考。

这位同事希望孩子尽早接触《红楼梦》，可作为家长，无论从专业上，还是精力上，未必能够时时处处指导孩子。选择一个适合孩子理解的读本，无疑可以起到事半功倍的效果。

我认可这位同事的想法，就答应下来。原本以为这是很简单的事，不承想，却迟迟没有找到符合我设想的读本。这份托付可如何完成呢？

斟酌再三，我最终决定自己执笔写一本《给孩子讲〈红楼梦〉》！

如今付梓，我长舒了一口气，终于做到忠人之事了。记得同事的孩子当时上三年级，现在该五年级了吧……

为方便孩子们阅读，不妨说说本书写作的思路，供大家参考。

一、关于本书整体风格

理解《红楼梦》的最大难点在于结构与笔法，如元宵节、中秋诗的呼应，开篇两回的设置，以及种种"伏脉千里"……一旦打破原著结构，哪怕孩子对人物、情节再了解，乍一接触原著仍会感觉如堕五里雾中，并不利于他们深入理解《红楼梦》。

《给孩子讲〈红楼梦〉》定位为通向原著阅读的桥梁。本书尊重原著结构特点，甄选适合孩子们接受的经典故事，突出具有审美价值的情节，力求体现原著精髓与神韵。书中正文以讲故事的口吻呈现了流畅、有趣的故事，让孩子们迅速了解《红楼梦》的主要人物与主要情节，力争成为可以让孩子们全面了解原著的好读、好懂的入门书。

二、关于注释与知识讲解

《红楼梦》是复杂而深邃的，在有趣的故事之外，深入了解《红楼梦》也需要掌握文学笔法等知识。本书采用"讲故事 + 讲解"的模式，参考脂批等内容，以注释的形式择要讲解古典小说经典笔法。300 余条注释中，除对必要字词的解释外，绝大部分为针对《红楼梦》文本的精要讲解，分层次满足不同年龄段孩子的阅读需求，适用于亲子共读。

面向低龄儿童，家长可以依照本书给孩子讲红楼故事，让他们了解书中主要人物与情节；年龄大一些的孩子可以自行阅读正文，家长可参考注释内容进行指导；高年级学生在阅读全书时，应重点领会作品的笔法与主旨。

知识讲解着眼于语文教学中常学常考内容，兼顾当下生活及自媒体平台传播的观点，注重趣味性。通过阅读本书，孩子们可以提高语文素养，潜移默化地提升写作水平。

三、关于诗词等传统文化知识

《红楼梦》"文备众体"，借诗词歌赋表情达意、强化人物，文学价值极高。本书立足于彰显"善"与"美"，尝试以一种新的形式展现诗词等内容，尽量多地保留原著中的诗词。同样，对于涉及服饰、陈设、园林、戏曲等传统文化的内容，本书力争凝练呈现，让孩子们了解原著的文学价值与文化价值。

四、关于八十回之后的情节

对于后四十回，学术界的共识是：程本后四十回为续书。在高中语文教材中，《红楼梦》整本书阅读的学习任务之一，是要求学生设想八十回后主要人物的命运与结局。

处理八十回后的情节时，本书尝试依据前文伏笔及脂批，参考学术界在探佚方面的共识，将人物命运与后续情节梳理成文，为全书故事简要安排了结局。孩子们可以以此为参考，大胆而合理地推断故事走向与细节。

名著阅读应是具有开放性的，我始终愿把赏析品评的机会交给每一位读者。

本书能够顺利出版，要特别感谢责任编辑孙元元老师。元元老师喜爱《红楼梦》，在本书写作过程中提出了很多宝贵意见。若没有她的辛勤付出，本书便无法与读者见面。

愿这本小书能够得到孩子们的喜爱，为他们走进《红楼梦》的文学殿堂打开一扇大门！

参考文献

[清] 曹雪芹, [清] 无名氏. 红楼梦 [M]. 北京: 人民文学出版社, 2008.

[清] 曹雪芹. 红楼梦脂评汇校本 [M]. 北京: 清华大学出版社, 2020.

[清] 曹雪芹, [清] 高鹗. 红楼梦 [M]. 北京: 中华书局, 2014.

冯其庸, 李希凡. 红楼梦大辞典 [M]. 北京: 文化艺术出版社, 2010.

周汝昌, 晁继周. 新编红楼梦辞典 [M]. 北京: 商务印书馆, 2019.

蔡义江. 红楼梦诗词曲赋全解 [M]. 上海: 复旦大学出版社, 2007.

邓云乡. 红楼风俗谭 [M]. 北京: 中华书局, 2015.

段启明.《红楼梦》艺术论 [M]. 沈阳: 白山出版社, 2009.